鲁迅著译编年全集

王世家
止庵 编

人民出版社

鲁迅著译编年全集

拾贰

目　　录

一九三〇

一月

二月

一九三〇

一月

一日

日记　雨。无事。

流氓的变迁 *

孔墨都不满于现状，要加以改革，但那第一步，是在说动人主，而那用以压服人主的家伙，则都是"天"。

孔子之徒为儒，墨子之徒为侠。"儒者，柔也"，当然不会危险的。惟侠老实，所以墨者的末流，至于以"死"为终极的目的。到后来，真老实的逐渐死完，止留下取巧的侠，汉的大侠，就已和公侯权贵相馈赠，以备危急时来作护符之用了。

司马迁说："儒以文乱法，而侠以武犯禁"，"乱"之和"犯"，决不是"叛"，不过闹点小乱子而已，而况有权贵如"五侯"者在。

"侠"字渐消，强盗起了，但也是侠之流，他们的旗帜是"替天行道"。他们所反对的是奸臣，不是天子，他们所打劫的是平民，不是将相。李逵劫法场时，抢起板斧来排头砍去，而所砍的是看客。一部《水浒》，说得很分明：因为不反对天子，所以大军一到，便受招安，替国家打别的强盗——不"替天行道"的强盗去了。终于是奴才。

满洲入关，中国渐被压服了，连有"侠气"的人，也不敢再起盗心，不敢指斥奸臣，不敢直接为天子效力，于是跟一个好官员或钦差大臣，给他保镖，替他捕盗，一部《施公案》，也说得很分明，还有《彭公案》、《七侠五义》之流，至今没有穷尽。他们出身清白，连先前也并无坏处，虽在钦差之下，究居平民之上，对一方面固然必须听命，对别方面还是大可逞雄，安全之度增多了，奴性也跟着加足。

然而为盗要被官兵所打，捕盗也要被强盗所打，要十分安全的侠客，是觉得都不妥当的，于是有流氓。和尚喝酒他来打，男女通奸他来捉，私娼私贩他来凌辱，为的是维持风化；乡下人不懂租界章程他来欺侮，为的是看不起无知；剪发女人他来嘲骂，社会改革者他来憎恶，为的是宝爱秩序。但后面是传统的靠山，对手又都非浩荡的强敌，他就在其间横行过去。现在的小说，还没有写出这一种典型的书，惟《九尾龟》中的章秋谷，以为他给妓女吃苦，是因为她要敲人们竹杠，所以给以惩罚之类的叙述，约略近之。

由现状再降下去，大概这一流人将成为文艺书中的主角了，我在等候"革命文学家"张资平"氏"的近作。

原载 1930 年 1 月 1 日《萌芽》月刊第 1 卷第 1 期。
初收 1932 年 9 月上海北新书局版《三闲集》。

新月社批评家的任务[*]

新月社中的批评家，是很憎恶嘲骂的，但只嘲骂一种人，是做嘲骂文章者。新月社中的批评家，是很不以不满于现状的人为然的，但只不满于一种现状，是现在竟有不满于现状者。

这大约就是"即以其人之道，还治其人之身"，挥泪以维持治安的意思。

譬如，杀人，是不行的。但杀掉"杀人犯"的人，虽然同是杀人，又谁能说他错？打人，也不行。但大老爷要打斗殴犯人的屁股时，皂隶来一五一十的打，难道也算犯罪么？新月社批评家虽然也有嘲骂，也有不满，而独能超然于嘲骂和不满的罪恶之外者，我以为就是这一个道理。

但老例，刽子手和皂隶既然做了这样维持治安的任务，在社会上自然要得到几分的敬畏，甚至于还不妨随意说几句话，在小百姓面前显显威风，只要不大妨害治安，长官向来也就装作不知道了。

现在新月社的批评家这样尽力地维持了治安，所要的却不过是"思想自由"，想想而已，决不实现的思想。而不料遇到了别一种维持治安法，竟连想也不准想了。从此以后，恐怕要不满于两种现状了罢。

原载 1930 年 1 月 1 日《萌芽》月刊第 1 卷第 1 期。

初收 1932 年 9 月上海北新书局版《三闲集》。

二日

日记　昙。午后修甫来。下午望道来。雨。

三日

日记　昙。无事。

四日

日记　晴。海婴生一百日，午后同广平挈之往阳春馆照相。下午往内山书店买文艺书类三本，共泉八元二角。晚微雪。达夫招饮于五马路川味饭店，同座为内山完造，今关天彭及其女孩。

五日

日记　星期。晴。下午映霞，达夫来。

六日

日记 昙。上午往福民医院,邀杨女士为海婴洗浴。往内山书店杂志部买『新興芸術』四本,四元。得叶锄非信。下午往小林制版所托制版。往内山书店还围巾。得徐诗荃信。晚章衣萍来,不见。夜友松,修甫来。大冷。

七日

日记 昙。午后复叶锄非信。复徐诗荃信。得淑卿信,十二月廿九日发,附万朝报社信。下午收德文杂志三本,诗荃所寄。

八日

日记 晴。下午友松来。魏福绵来。

致 郁达夫、王映霞

达夫
映霞 先生:

我们消息实在太不灵通,待到知道了令郎的诞生,已经在四十多天之后了。然而祝意是还想表表的,奉上粗品两种,算是补祝弥月的菲敬,务乞

晒收为幸。

鲁 迅
许广平 启上 一月八日

九日

日记 晴。午有杨姓者来,不见。下午寄徐诗荃信并汇四十马

克买书。得神户版画の家来信。与广平以绒衫及围领各一事送赠达夫,映霞,贺其得子。晚修甫及友松来,托其以原文《恶之华》一本赠石民。夜代女工王阿花付赎身钱百五十元,由魏福绵经手。

十日

　　日记　晴。上午得季市信。午友松,修甫来。下午赴街取图版不得,于涂中失一手套。买煤半吨,十七元。夜雨雪。

十一日

　　日记　晴。下午昙。寄季市书四本。

十二日

　　日记　星期。晴。午后往街取图版。取照相。寄诗荃信。夜之超来。

十三日

　　日记　雨。上午收诗荃所寄《柏林晨报》两卷。下午出街为瑾儿及海婴买药。晚杨先生来为海婴沐浴,衡之重五千二百格兰。夜雪。

十四日

　　日记　晴。下午得侍桁信。沁一,友松来。

十五日

　　日记　雨夹雪。上午寄诗荃信。得淑卿信,五日发。下午达夫来。石民来。收大江书店版税九十九元陆角五分。

十六日

日记 昙。晨被窃去皮袍一件。午后上街取照片。

现代电影与有产阶级

[日本]岩崎·昶

一 电影与观众

电影的发明,是新的印刷术的起源。曾经借着活字和纸张,而输运开去,复制出来的思想,是有着使中世的封建底,旧教底社会意识,归于坏灭的力量的。

有产者底社会的勃兴,宗教改革,那些重大的历史底契机,由此得了结果了。现在,在思想的输运上,在观念形态的决定上,电影所负的任务,就更加积极底,更加意识底了。它是阶级社会的拥护,也是新的"宗教改革"。

这新的印刷术,是由于将运动的照相的一系列,印在 Zelluloid 的薄膜上而成立的。那活字,并非将概念传给读者,却给以动作和具像。这在直接地是视觉底的这一种意义上,是无上的通俗底的而同时也是感铭底的活字,在原则底地没有言语这一种意义上,则是国际底活字。作为宣传,煽动手段的电影的效用,就在这一点。

当考察作为宣传,煽动手段的电影之际,比什么都重大的,是电影和在那影响之下的大众的关联。

我想用了具体底的数目字来描写它。

据英国的电影杂志 *The Cinema* 所发表的统计,则一星期中的电影看客之数,其非常之多如下。

亚美利加

常设馆数	15,000
人口	106,000,000
每星期的看客数	47,000,000
对于人口的比率	45%

英吉利

常设馆数	3,800
人口	44,000,000
每星期的看客数	14,000,000
对于人口的比率	33.3%

德意志

常设馆数	3,600
人口	63,000,000
每星期的看客数	6,000,000
对于人口的比率	10.5%

(Hans Buchner—*Im Banne des Films* S. 21.)

又,这些常设馆的收容力的总计,是可以看作每日看客数目的平均底数字的,如下表所示——

常设馆与收容力

	常设馆数	收容人员
亚美利加	15,000	8,000,000
德意志	3,600	1,500,000
英吉利	3,800	1,250,000

于这些数字,乘以 365 则得

$$8,000,000 \times 365 = 2,920,000,000(亚美利加)$$

$$1,500,000 \times 365 = 547,500,000(德意志)$$

$$1,250,000 \times 365 = 456,250,000(英吉利)$$

就可以算作一年间的看客总额的大概。

但这些数字,还是一九二五年度的调查,若据较新的统计,则世界各国的常设馆数,总计约在六万五千以上。

内计——

亚美利加	20,000
德意志	4,000
法兰西	3,000
俄罗斯	10,000
意大利	2,000
西班牙	2,000
英吉利	4,000
日本	1,100

(Léon Moussinac——*Panoramique du Cinéma*,p. 17)①

由此看来,则美,德,英三国,在常设馆数上,显示着约三成至一成的增加。于看客数,也可以想定为大约同率的增加;于这三国以外的诸国,也可以推为同样的增加率。

就是,虽在一九二五年度的统计,一年间的电影看客的总额,就已经到了在亚美利加是约二十九亿,在欧罗巴是二十亿,在亚细亚,腊丁·亚美利加,加拿大,亚非利加等是十亿,总计五十九亿那样的好像传奇的空想底数字了。

电影所支配的这庞大的观众,以及电影形式的直接性,国际

---

① Moussinac 所举的数字,并未揭出调查年度。推想起来,恐怕是一九二七年末的统计罢。

据一九二八年度的 *Film—Daily* 及其他的调查,则亚美利加于这数字上,增加 2.5％有二万五百的常设馆;日本增加 10％成为千二百;德国增加 30％成为五千二百六十七(收容座位数一八七六六○一)了。而这些,还是除掉了移动电影馆,非商业底剧场的数字。

性，——就证明着电影在分量上，在实质上，都是用于大众底宣传，煽动的绝好的容器。

二 电影与宣传

要正当地认识那作为宣传，煽动手段的电影的价值，必须知道所谓"宣传电影"这一句熟语，以及那概念之无意义。

为了介绍日本的好风景于外国，以招致游客而作的电影，富士山，艺妓，日光，温泉等等，我们常常称之为宣传电影。凡这些，有时是因了教导疾病的预防法，奖励邮政储金，劝诱保险之类的目的而照的。那时候，我们便立刻感到装在那些软片之中的目的，领会了肺结核之可怕，开始贮金，加入生命保险去。然而利用了公会堂，小学校讲堂之类来开演的宣传电影，往往是不收费用的，既然白给人看，便会立刻发生疑惑，以为来演的那一面，一定有着白给人看的根由。这种宣传电影，目的意识就马上被看透。

有着衰老而盲目的母亲的独养子一太郎君，得了召集令，将母亲放在她的一切衰老和盲目之中，"为了君国"，出征去"膺惩可恶的仇敌"了。勇壮的日章旗，万岁，一太郎呀！我们往往被给看这种军国美谈的东西。而这些东西，乃是×××电影公司所制的商业电影，当开演时，也并不叨公会堂和小学校讲堂的光，收取着有名誉的观览费，在普通的常设馆里堂皇地开映。一到这样，善良而无疑的看客，便不觉得这是宣传电影了。他们就将自己的付过正当的观览费这一个事实，做了那影片并非宣传电影的证明。其实，单纯的看客，是没有觉到陷于被那巧妙地布置了的宣传所煽动，所欺骗，然而对于那欺骗，还要付钱的二重欺骗的。

在市民底的用语惯例上的"宣传电影"的无意义，大略就如此。为什么呢，因为没有目的的电影，因而就不是宣传电影的电影之类的东西，不过是幻想的缘故。

我们能够就现在所制成的一切影片,将那隐微的目的——有时这还未意识底地到了目的地步,止是倾向以至趣味的程度罢了,但那倾向以至趣味,结果也是一个重要的宣传价值——摘发出来。那或是向帝国主义战争的进军喇叭,或是爱国主义,君权主义的鼓吹,或是利用了宗教的反动宣传,或是资产者社会的拥护,是对于革命的压抑,是劳资调和的提倡,是向小市民底社会底无关心的催眠药,——要之,是只为了资本主义底秩序的利益,专心安排了的思想底布置。

在一九二八年,开在墨斯科的中央委员会的席上,关于电影,有了

> "将电影放在劳动者阶级的手中,关于苏维埃教化和文化的进步的任务,作为指导,教育,组织大众的手段。"

的决议了。苏维埃电影的任务,即在在世界的电影市场上,抗拒着资本主义底宣传的澎湃的波浪,而作×××××宣传。

世界现今是正在作为第二次大战的准备的,观念形态斗争的涡中。而电影,是和那五十九亿的看客一同,可以在这斗争的秤盘上,加上决定底的重量去的。

三 电影和战争

资本主义底宣传电影之中,占着最重要的部门的,是战争影片。

将战争收入电影里去,已经颇早了。当电影刚要脱离褓褓的时候,我们就看见了罗马,巴比伦,埃及之类的兵卒的打仗。这是那时的电影对于舞台的唯一的长处,为了要使利用了自由的 Location(就地摄影)和巨大的 Set(场内陈设)和大众摄影的光景的魅力,发现到最大限度,所以设法出来的。辉煌的古代的铠甲,环以城垣的都市,神祠,奇怪的偶像,枪,盾,矛,火箭,石弩,这样异域情调的,而在当时,又是壮丽的布置,便忽然眩惑了对于电影还很幼稚的大众的眼,

正合了时尚了。

但在初期的这类的战争,归根结蒂,和大排场的马戏,比武之类的把戏,也并无区别。古代罗马和凯尔达戈,都不是现代电影看客的祖国。战争也不过仗了那动底的煽情底的视觉,使他们兴奋,有趣罢了。

引进近代的战争去,而在那里面分明地装入有意识的宣传底要素的最初的电影制作者,我以为恐怕是葛蕾菲士(D. W. Griffith)罢。他在取材于南北战争的《一民族之诞生》(*Birth of a Nation*),《亚美利加》(*America*)这些影片上,赞美北军的英雄主义,将所谓合众国建国的精神,化为正当,化为美丽了。凡这些,虽不如后出的许多好战底影片那样,积极底地鼓吹了对外战争,但那目的,则仍在对于国民中有着驳杂分子的人种博物馆一般的合众国和其居民,涵养其确固的国家底概念,爱国心。“十足的亚美利加人”这一句口号,流行起来,成为“亚美利加化”运动的有力的武器,对于从爱尔兰来的巡警,从昔昔利来的菜商,于黑人,于美洲印第安,也都想印上这脸谱去了。

“亚美利加化”的历程,以欧洲大战的勃发,亚美利加的参战,以及和这相伴的急速的帝国主义化为契机,而告了完成。

亚美利加和对德宣战同时,还必须送一百万军队到法兰西去,于是开始了速成的募兵,施行了速成的海军扩张。奏着煽动底的进行曲的军乐队,在各处都市的大街上往来,各十字路口帖着传单,报纸独于此时候说些“亚美利加市民”的义务。易受煽动的青年们,或者为着不去应募,将被恋人所鄙弃,或者为着对于生活,觉得厌倦,或者又为着“进了海军去看看世界”,就来当募兵了。当此之际,亚美利加政府之宣传,也是有史以来的最大规模,而且最见效果的了。

在这宣传之战,充了最主要的脚色的,是新闻和电影。当这时期,在本来的意义上的战争电影,这才制作出来了。

在以根据西班牙的发狂底反对德国者伊本纳支(Blasco Ibáñez)

的原作《默示录的四骑士》(*Four Horsemen of the Apocalypse*),《我们的海》(*Mare Nostrum*)为代表作品的战争影片上,亚美利加的支配阶级便描写出德国军队的如何凶残,德国潜艇的如何非人道,巧妙地煽动了单纯的花旗人。

然而花旗帝国主义开始呈露它本来的锐锋,却在欧战收场之后,懂得了大众的军国化,是应该在平时不断地安排的时候。

在一九二〇年代的前半,切实地支配了全世界人类的脑子的,首先是活泼泼的战争的记忆。于是发生一种欲望,要符世界大战这一个重大的历史底事件,在国民底叙事诗的形态上,艺术底地再现出来,正是自然的事。而所作的电影,就切实地倾向大众的兴味和感情上去,也正是自然的事。将这有利的情势,忽然利用了的,是花旗帝国主义。战争的叙事法,便以最为好战底的煽动企图,创作出来了。

战争影片的不绝的系列,产生了。《战地之花》(*Big Parade*),《飞机大战》(*Wings*)以下,许多反动底宣传影片,列举名目就不胜其烦。不消说,那些电影是没有战时的纯粹的煽动影片一般地露骨的,制作之法,是添些乐剧式恋爱的适当的甘甜,以及掩饰些人道主义底的战争批评的药料,弄得易于下咽,使能在较自然,较暗默之中,达到宣传的目的。但虽然是十分小心的假面,而其究竟目的之所在,则同是将遮眼的东西给与大众,使不明帝国主义底战争的本质,以及赞美亚美利加军队的英雄主义,有时还宣传军队生活的放恣和有趣罢了。(我深惜在这里没有揭出这种战争影片的完全的目录,以那代表底的几个例子,来使我的叙述更加具体起来的纸面和时间了。但我相信将来会有补正的机会的。)

就战争和电影所历叙的这些事实,那自然,也决不是惟亚美利加所独有的特别现象。倒是在别的一切帝国主义强国里,都在争先兴办的。德国将《大战巡洋舰》(*Emden*)《世界大战》(*Weltkrieg*)等呈在我们的眼前,法国是制作了《凡尔登——历史的幻想》(*Ver-*

dun——*Vision d' histoire*)《蔼克巴什》(*L' Equipage*)等，英国则以《黎明》(*Dawn*)，日本则以《炮烟弹雨》，《地球在回旋》和《蔚山洋西的海战》等，竭力用心于"军事思想"的普及。

当叙述完战争电影之际，而没有提及作为几个例外底现象的反对战争的倾向，怕是不妥当的罢。

我们在《战地之花》里，在几个段落里，虽然是太感伤底的，然而总算也看见了描写着诅咒战争的心情。那心理，在《战地鹃声》(*What Price Glory*)中，就更为积极底地表白着。但在这些影片上，对于战争的确然的批评和态度，并无一定。只有着和卓别林(Charlie Chaplin)曾在《从军梦》(*Shoulder Arms*)里，将战争化为谑画了那样的同一程度的认识。

和这比较起来，技术上非常卓拔的战争影片《帝国旅馆》(*Hotel Imperial*)的导演者 Erich Pommer 所作的《铁条网》(*Barbed Wire*)，倘临末没有那高唱人类爱的可笑的夸张，则和猛烈地讽刺了帝国主义战争的名喜剧《阵后谐兵》(*Behind the Front*)一同，大概是可以属于反战争电影的范畴的了。

四　电影与爱国主义

爱国底宣传电影，也是世界大战后的显著的现象。为什么呢？因为这种电影，虽有外形上的差违，但终极之点，是在向帝国主义战争的意识的准备，鼓舞，在那君权主义上，在那好战性上，和战争影片是本质底地相关联的。

那么，那目的是在那里呢？

直接地，是宣传团体观念，国旗之尊严，间接地，是奖励暴力，使民心倾向右翼政党，当和外国争夺资本市场之际，即刻有军事行动的事，成为妥当化。

这种影片的最活泼的影响，大抵见于选举国会议员，选举大总统的时期,如德国的国权党,尤其是能够仗了爱国主义的电影,博得许多的投票。

例如叫作《腓立大王》(*Fridericus Rex*,这在日本,是大加短缩,改题为《莱因悲怆曲》了)的普鲁士勃兴的历史影片,是其中的最获成功的。那正是大战后的张皇的时代,且正值跟着德国革命的失败而来的反动的火头上,这是有产阶级的巧妙的宣传。穷极,饿透了的小市民们,在这影片中,看见精锐的腓立大王的禁军的行进,看见七年战争的冠冕堂皇的胜利,于是想起了往日的皇帝的治世,便在无智的廉价的感激中,鼓掌蹈足,吹起口笛来了。

接着这个,而国民底英雄俾士麦的传记,化成电影了,兴登堡的传记,化成电影了。

《俾士麦》(*Bismarck*)者,单为了那制作,就设起俾士麦电影公司来,照成了两部二十余卷的巨制,凡在这帝国主义底政治家一生中的一切爱国底,煽情底的要素,都一无遗漏地填进在那里面。①

《兴登堡》(*Hindenburg*)者,是乘这老将军当选为大统领——这叨光于影片《腓立大王》和《俾士麦》之处是多么的大呵。——之机,为了他的收罗人心而作的。

一九二七年春,德意志国权党领袖之一,奥古斯德·霞尔书店的事实上的所有者福干培克,乘德国大公司之一乌发公司的财政危机,买进了那股票的过半,坐了乌发公司总经理的交椅了。于是德国的电影事业和那影响力,便全捏在国权党的手里。福干培克立刻

---

① 《俾士麦》影片公演时所散布的纲要书上,载着这样的说明——

"我们的影片的祖国底的目的(der vaterlaendische Zweck),也规定了那内面的结构和事件的时间底限制。所以俾士麦的少年时代,仅占了极简略的开端。(中略。)而且这故事,是应该以一八七一年的德意志建国收场的。为什么呢?就因为跟着发生的国内的纷争,以及他的退隐,是惹起阴沉的回忆,不使观者结合,却使之乖离,有违于这电影全体的祖国底的目的的缘故。这影片的主要部分,是将从一八四七年,俾士麦入了政治底生活的时候起,至一八七一年止,作为一个完成了的戏曲的。(下略。)"

在乌发公司的出品计划上,露骨地显示了他的政治底主张。那最是世界底的例子,是《世界大战》(*Weltkrieg*)的二部作。

对于这,社会民主党的内阁便即刻取了牵制底手段。就是,使德意志银行来对抗福干培克,投资于乌发公司。为了使德国的独占底大电影公司不成为国权党宣传机关,这是不得已的方法。

《世界大战》[①]已有删节的片子,绍介于日本(译者按:在上海,去年也大演了一通),那是有着怎样的倾向和主张的事,大约现在早可以无须详说了罢。

在表面上所标榜的,《世界大战》是将一九一四年至一九一七年的战争中所摄的各国(大抵是德法)的照片,凭了纯粹的历史底客观而编辑的留在软片上的记录。

而且这比起专一描写本国军队的胜利的,勇敢的,爱国的亚美利加式电影来,也真好像近于写实。然而注意较深的观察者,却即刻可以看见。从丹南培克之战起,常只将兴登堡将军的胜利,重复地映出了好几回。而且和写着"在战时屡救祖国的将军,当平和时,也作为大统领而尽力于祖国"等语的字幕一同,这电影也就完

---

① 当《世界大战》开演之际,关于这影片,有一个将军述其所感,登在报上道——

"战争是完全可怖的,但我们是认战争,因为在战争中,更没有较之辱没自己的职务,尤为可怖的运命了。我们的青年们,对于战争的恐怖,应该以平静的镇定和确固的意志而进行。所以这影片的凄惨的场面,决不是可以厌恶的东西,却对于这影片给了意义,增了价值。"

结了。①

五　电影和宗教

通一切时代，宗教一向在供支配阶级的御用，是已经证明了许多次数的。

这在东洋，则教人以佛教底的忍从和蔑视现世，在西方，则成为基督教底平和主义，想阻止现存的阶级社会的积极底改革。

到二十世纪，宗教虽然已经失却了昔日的权威和信仰，但倒是因为失却，所以对于那支配阶级的奴仆状态，也就愈加露骨，故意起来了。

在物质文明发达较迟的国度中，宗教还有着大大的宣传煽动力。资本主义于是将宗教和电影相结合，能够同时利用了。

例如《十诚》(*The Ten Commandments*)，《基督教徒》(*Christian*)，《宾汉》(*Ben Hur*)，《万王之王》(*King of Kings*)，《犹太之王，拿撒勒的耶稣》(*I. N. R. I.*)之类的基督教宣传电影，《亚细亚之光》(*Die Leuchte Asiens*)，《大圣日莲》之类的佛教电影，是和感激之泪一同，从全世界的愚夫愚妇，善男信女的衣袋里，赚得确实的布施，从商业底方面看起来，也是利益最多的影片。一切宗派中，罗马加特力教会是最留意于电影的利用的，每年开一回电影会议，议定着那一年中全世界底宣传的计划。

---

① 作为属于这范畴的影片，可以列举出《路易飞迭南公子》(*Prinz Louis Ferdinand*)，《乌第九号》(*U. 9.*)，《猫桥》(*Katzensteg*)，《律查的猛袭》(*Luelzows Wilde Verwegene Jagd*)，《希勒的军官们》(*Schillsche Offizere*)，《大战巡洋舰》(*Emden*)，《我们的安罩》(*Unser Emden*)及其他的德国影片；《拿破仑》(*Napoléon*)，《贞德》(*Jeanne d'Arc*)——但并非输入日本的 Karl Dreier 的作品——等法国影片；《珂罗内勒和孚克兰岛的海战》(*The Battles of Coronel and Falkland Islands*)等英国影片来。

至于亚美利加，则连在《彼得班》(*Peter Pan*)，《红皮》(*Red Skin*)之类的童话和乐剧中，也发见了训导 Stars and Stripes（译者按：星星和条纹＝花旗）之尊严的机会了。

在我们的周围,宗教之力早已几乎视若无物了。至多,也不过本愿寺,日莲宗之流,组织了巡行电影团,竭力想维系些乡下农民的信仰。然而因此便推定宗教的世界底无力,是不可以的。只要看在苏维埃的文化革命的历程中,还不能放掉对于宗教的斗争,而在实行的事实,大概就可以明白其间情势了。①

六　电影和有产阶级

为资本主义底生产方法和有产者政府的监视所拘束的现今电影的一切,几乎都被用于拥护有产阶级的事,我相信是已经很明显了的。

但在这里,却将电影和有产阶级的关系,限于较狭的意义,只来论及直接服役于市民有产阶级的光荣和支配的电影这一种。

这种电影,可以分成三样概括底区别。

那第一种,是和封建底,乃至贵族底社会相对抗,而尽讴歌有产阶级之胜利的任务的。因此那全部,几乎都是取材于市民底社会的勃兴的历史影片。××,或者××的野兽底横暴,在其下尝着涂炭之苦的农民,工商阶级。到影片的第七卷,而有产阶级终于蜂起,将电影底的极顶(Climax)和壮大的群集(mob scene),在这里大行展开,这是那典型底的结构。但在大多数的影片上,有产阶级是决不作为一个阶级底总体而蹶起的,大抵由一个(往往是贵族出身,年青,而又眉目秀丽的!)英雄所指导,力点就放在那个人底的英雄主义上。作为那最是性格底的作品,读者只要记起《罗宾汉》(*Robin Hood*),《斯凯拉谟修》(*Scaramouche*),《定情之夕》(*A Night of Love*)来,大约就足够了。在日本的时代剧,尤其是剑剧影片之中,

①　在最近的苏维埃影片《活尸》(*Der Iebende Leichnam*)中,我们也能够看见将对于宗教的斗争,采为分明的纲要。

我们也有那不少的例子。

但是,我们又能够在那历史底时代,发见新兴有产阶级所演的革命的脚色,和现在的无产阶级的斗争,其间有很大的类似(Analogie)。倘作者将意识底的强音(Akzent)集中于此的时候,是可以产生优秀的作品的。如《熊的结婚》,《农奴之翼》,《斯各丁城》,《忠次旅行日记》等,便是那仅少的代表。

第二种,是反对无产阶级革命的电影。

《党人魂》(*Volga Boatman*)是当内务省检阅之际,惹起了大问题,终于遭了警视厅来制限其开映的忧患的影片,但那内容是什么呢?

《大暴动》(Tempest;译者按:在上海映演时,名《狂风暴雨》)也靠了长有数卷的小插画,这才好容易得以许可开演的影片,然而那所选的是怎样的主题呢?

这些影片,是只在用俄国的无产阶级革命为背景这一点上,因而遭了禁止,或重大的删剪的。但要之,那所描写,是将无产阶级革命当作了无统制的暴民的一揆。无教育而不道德的农民和劳动者,倚恃着多数,攻入贵族的城堡去,破坏家具,××美丽的少女,酗酒,单喜欢流血。那是在无产阶级的胜利上,特地蒙上暴虐的假面,涂些污泥,使小市民变成反革命起见而作的有产阶级的××。我们于此,看见了如拥护有产者社会而设的宣传电影,却被×××××××的××所禁止的那种奇怪而且愉快的现象了。

固然,在《约翰南伊之爱》(*Liebe der Jeanne Ney*)和《最后的命令》(*The Last Command*)上,剪去了十月革命,那却是检阅者十分做了他所该做的事的。

最后,就来了以《大都会》(*Metropolis*;译者按:在上海映演时,名《科学世界》)为典型的劳资调和电影的一连串。

关于《大都会》，现在已经无须在这里缕述了。那是揭着"头和手之间，非有心脏不可"这标语的社会民主主义者，宣讲着资本家和劳动者可以不由战争，但靠相互底的协力与爱，即能建设新社会云云的巴培尔塔以前的童话。①

七 电影与小市民

有产阶级的电影底宣传，一到阶级间的对立逐渐鲜明地，决定底地尖锐起来，也就陷在无可避免的绝地里了。

在实际上，电影是以大多数的小市民和无产阶级为看客的。而他们，小市民和无产阶级，早已渐渐地觉察出有产阶级的诡计来了。就是，已经注意于"支配阶级制作了宣布那服从于己的观念形态的影片，而以此来做掠取无产者的衣袋的手段"这事实的真相了。

卢那卡尔斯基关于苏维埃电影，曾经说明过"拙劣的煽动，却招致反对的结果"这原则，在这里，却被有产者底地应用了。

露骨的宣传是停止了。最所希望的，是使电影的看客看不见"阶级"这观念。至少，是坐在银幕之前的数小时中，使他们忘却了一切社会底对立。

---

① 论难攻击了 *Metropolis* 而显了英雄的英国的改良主义底时行作家威尔士 (H. G. Wells)，在那近著 *The King Who Was a King——The BooK of a Film* 上，关于战争的绝灭，大要着使日内瓦的政治家们也要脸红那样反动底 Demagogie（笼络群众手段），那是滑稽之至的。

这样子，就产生了小市民的影片。①

在小市民家庭剧中，有两种特征底的倾向——

一，是那罗曼主义。

二，是那弄玄妙（Sophistication）。

粗粗一看，则现在的电影，尤其是电影剧，乃是写实主义底的。而且许多人们，都抱着这样的幻想。但其实，除了极少数的第一流作品以外，一切全没有什么现实底的申诉的。

自然，虽说是罗曼主义，但和给十九世纪时有产阶级革命的艺术以特征的那生着火焰之翼的罗曼主义，是不一样的。这是为了平庸，近视，乐天底的小市民们而设的，也是平庸，近视，乐天底的罗曼主义。这于迭克萨的农民，芝加各的公司人员，亚理梭那的牧童，纽藉那的送牛奶人，纽约的速记生，毕兹巴格的野球选手，东京的中学生，横滨的水手，无不相宜。说起来，就是 Ready-made（现成）的罗曼主义。作为那象征底的形相，则有珂林·谟亚（Collin Moore），瑙玛·希拉（Norma Shearer），克莱拉·宝（Clara Bow），从一九二六年起，顺次登场来了。就是那样程度的罗曼主义。

---

①　关于小市民影片的发生，在一九二七年一月所作的拙稿《电影美学以前》里，虽然很简约，却已曾经述过了的。以下数行，请许其拔萃，以便读者的理解。

"（前略）登场人物，是在高大的宫殿里占着王座的富豪。富豪，是良善的。富豪的女儿，是美的。小市民出身的年青的男子，溜出阶级斗争的背后，要高升到富豪的家族里面去，他就简单地只靠了恋爱，走上了一段阶级的梯子。为了他和富豪的女儿，常设馆的可怜的乐队，就奏起结婚进行曲来。

"富豪由此得到恭维。小市民为这飞腾故事所激励，觉得要誓必尽忠于有产阶级。

"但人们，大部分是无产者的人们，这样却还不满足。

"没有破绽的商人，于是来设法。他们便想一切都避开'阶级'这一个观念。

"于是家庭剧发生了。那对于阶级的对立，是彻头彻尾，要掩住看客的眼睛，连两个不同的阶级的存在，也避开不写。将一切问题和倾向，都置之不顾，但竭力将'谨慎的'小市民的生活，仅在他们的生活圈内，描写出来。那'大抵是关于恋爱的柔滑的故事'，或则以母性爱为主题，其中虽一个无产者，一个资本家，也不准登场。只有小市民阶级作为惟一的阶级，在独裁着。（后略）"

每星期薪水（美金）二十五元的大学生出身的公司职员和美尔顿百货公司的娇娃的恋爱故事。珂尼·爱兰特。新福特式的跑车。爵兹乐舞。打猎。

至于这花旗罗曼主义上所必要的此外的布置和氛围气，则读者倘一看 *Vanity Fair* 的广告栏，更所希望的，是往就近的电影馆，一赏鉴任何的亚美利加影片，大约便能自己领悟的罢。

读者必须明白，这小市民底的罗曼主义，是和亚美利加资本主义还在走着上行线的这一个公式底认识，有不可分的关联的。这事实，在一方面，是每年将九十亿元的国帑，撒在有产阶级的怀中，而使发生了叫作所谓"Four Hundreds"的有闲阶级，利子生活者的大群。[①]

而且有闲阶级，利子生活者的大群，则使他本身的消费底文化，娱乐机关，极端地发达起来了。而从那消费底文化的母胎中，就酸酵了为一切文化烂熟期之特色的一种像煞有介事，通人趣味，低徊趣味，讽刺，冷嘲等。这过度地洗炼了的生活感情，他们称之为 Sophistication。卖弄巴黎式的 Chic，以及花旗式地解释了的 hard-boiled 之类的话，都和这相关联，而为人们所欢喜。

卓别林在《巴黎一妇人》（*A Woman of Paris*）里，居然表现了那Sophistication 的模范（Prototype）。刘别谦（Ernst Lubitsch）在《婚姻范围》（*Marriage Circle*）里，表现于一套片子上面了。蒙太·培尔，玛尔·辛克莱儿，泰巴第·达赖尔等许多后继者们，都发挥了电影界的玄妙家腔调。

但是，亚美利加虽在那一切的资本主义底兴隆，但本身之中，却已经包藏着到底消除不尽的内底矛盾，而在苦闷。消费不能相副的

---

① 据一九二四年的调查，则在亚美利加，每年收入在一万元以上的人，总数达二十六万。但这还是除掉了利息，花红之类的企业利得，只是直接个人底收入的计算，所以事实上的数字，大约还要见得若干成的增加的罢。

一面底生产,失了投资市场的大金融资本,荷佛政府的积极底外交,拥抱着五百万失业者的天国亚美利加,现在是正踏在不可掩饰的阶级底对立的顶上了。

这社会情势,将怎样地反映在亚美利加影片之中呢,那是很有兴味的将来的问题。

译者附记

这一篇文章的题目,原是《作为宣传,煽动手段的电影》。所谓"宣传,煽动"者,本是指支配阶级那一面而言,和"造反"并无关系。但这些字面,现在有许多人都不大喜欢,尤其是在支配阶级那方面。那原因,只要看本文第七章《电影与小市民》的前几段,就明白了。

本文又原是《电影和资本主义》中的一部分,但全书尚未完成,这是据发表在《新兴艺术》第一,第二号上的初稿译出来的。作者在篇末有几句声明,现在也译在下面:

"我的,《电影和资本主义》,原要接着本稿,更以社会底逃避的电影,无产阶级方面所作的宣传电影等,作为顺次的问题,臻于完成的。但现在,则仅以对于有产阶级电影的如上的研究,暂且搁笔。

"又,本稿不过是对于每一项目,各能写出独立的研究那样的浩瀚的材料,给了极概括底的一瞥,在这一端,是全篇过于常识底了。请许我声明我自己颇以为憾的事。"

但我偶然读到了这一篇,却觉得于自己很有裨益。上海的日报上,电影的广告每天大概总有两大张,纷纷然竞夸其演员几万人,费用几百万,"非常的风情,浪漫,香艳(或哀艳),肉感,滑稽,恋爱,热情,冒险,勇壮,武侠,神怪……空前巨片",真令人觉得倘不前去一看,怕要死不瞑目似的。现在用这小镜子一照,就知道这些宝贝,十之九都可以归纳在文中所举的某一类,用意如何，目的何在，都明明白白了。但那些影片，本非以中国人为对象而作，所以运入中国的目的，也就和制作时候的用意不同，只如将陈旧枪炮，卖给武人一样，多吸收一些金钱而已。而中国人对于这些的见解，当然也和他们的本国人两样，只看广告中借以吸引看客的句子，便分明可知，于各类影片，大抵都只见其"非常风情，浪漫，香艳（或哀艳），肉感……"了。然而，冥冥中也还有功效在，看见他们"勇壮武侠"的战事巨片，不意中也会觉得主人如此英武，自己只好做奴才；看见他们"非常风情浪漫"的爱情巨片，便觉得太太如此"肉感"，真没有法子办——自惭形秽，虽然嫖白俄妓女以自慰，现在是还可以做到的。非洲土人顶喜欢白人的洋枪，美洲黑人常要强奸白人的妇女，虽遭火刑，也不能吓绝，就因看了他们的实际上的"巨片"的缘故。然而文野不同，中国人是古文明国人，大约只是心折而不至于实做的了。

因为自己看过之后，大略发生了如上的感想，因此也想介绍给一部分的读者，费去许多工夫，译出来了。原文本是很简短的，只因为我于电影一道是门外汉，虽是平常的术语，也须查考，这就比别人烦难得多，即如有几个题目，便是从去年的旧报上翻出来的，查不到的，则只好"硬译"，而且误译之处，也恐怕决不能免。但就大体而言，我相信于读者总可以有一些贡献。

去年，美国的"武侠明星"范朋克（Douglas Fairbanks）因为美金积得太多，到东洋来游历了。上海有几个团体便豫备欢迎。中国本来有"捧戏子"的脾气，加以唐宋以来，偷生的小市民就已崇拜替自己打不平的"剑侠"，于是《七侠五义》，《七剑十八侠》，《荒山怪侠》，《荒林女侠》，……层出不穷；看了电影，就佩服洋《七侠五义》即《三剑客》之类。古洋侠客往矣，只好佩服扮洋侠客的洋戏子，算是"过屠门而大嚼，虽不得肉，亦且快意"，正如捧梅兰芳者，和他所扮的天女，黛玉等辈，决不能说无关一样,原是不足怪的。但有些人们反对了,说他在演《月宫宝盒》(*The Thief of Bagdad*)时摔死蒙古太子,辱没了中国。其实呢,《月宫宝盒》中的英雄,以一偷儿连爬了两段阶级的梯子,终于做了驸马,正是译文第七章细注里所说,要使小市民或无产者"为这飞腾故事所激励,觉得要誓必尽忠于有产阶级"的玩艺,决不是意在辱没中国的东西。况且故事出于《一千一夜》,范朋克并非作家,也不是导演,我们又不是蒙古太子的子孙或奴才,正不必对于他,为美金而演剧的个人,如此之忿忿。但既然无端忿忿了,这也是中国常有的惯例,不足怪的,——在见惯者。后来范朋克到了,终于有团体要欢迎,然而大碰钉子,"范氏代表谓范氏绝对不允赴公共宴会",竟不能得到瞻仰洋侠客的光荣。待到范朋克"到日本后,一切游程,均由日人代为规定,且到东京后,将赴影戏院,与日本民众相见"(见十八年十二月十九日《申报》),我们这里的蒙古王孙乃更不胜其没落之感,上海电影公会有一封宛转抑扬的信,寄给这"大艺术家"。全文是极有可供研究的处所的,但这里限于纸面,只好摘录了一点——

> "曾忆《月宫宝盒》剧中,有一蒙古太子,其表演状态,至为恶劣,足使观者之未知东方历史,未悉东方民族性质者,发生不良之印象,而能成为人类相爱进程上绝大之阻碍。因东方中华民国人民之状态,并不如其所表演之恶劣也。敝会同人,深知电影艺术之能力,转辗为全世界一切民情风俗智识学问之介绍,换言之,亦能引导全世界人彼此之相爱,及世界人类彼此之相憎。敝会同人以爱先生故,以先生为大艺术家故,愿先生为向善之努力,不愿先生如他人之对世界为不真实之介绍,而为盛誉之累也。"

文中说电影对于看客的力量的伟大,是很不错的,但以为蒙古太子就是"中华民国人民",却与反对欢迎者流,同一错误。

尤其错误的是要劝范朋克去引"全世界人彼此之相爱",忘却了他是花旗国里发了财的电影员。因此一念之差,所以竟弄到低声下气,托他去绍介真实的"四千余年历史文化所训练的精神"于世界了——

"敝会同人更敢以经过四千余年历史文化训练之精神,大声以告先生。我中华人民之尊重美德,深用礼仪,初不异于贵国之人民。更以贵国政府常能于世界国际间主持公道,故为我中华人民所敬爱。先生于此次东游小住中,想已见到真实之证据。今日我中华政治之状态,方在革命完成应经历之过程中,有国内之战争,有不安静之纷扰,然中华人民对于外来宾客如先生者,仍能不忘应有之礼节,表示爱人之风度。此种情形,先生当能于耳目交接之间,为真实之明了。虽间有表示不同之言论者,然此种言论,皆为先生代表以及代表引为己助参加发言者不合礼节隔离人情之宣言及表示所造成。……

"希望先生于东游之后,以所得真实之情状,介绍于贵国之同业,进而介绍于世界,使世界之人类与中华所有四万万余之人民为相爱之亲近,勿为相憎之背驰,以形成世界不良之情状,使我中华人民之敬爱先生,一如敬爱美国之政府。"

但所说明的精神,一言以蔽之,是咱们蒙古王孙即使国内如何战争,纷扰,而对于洋大人是极其有礼的。就是这一点。

这正是被压服的古国人民的精神,尤其是在租界上。因为被压服了,所以自视无力,只好托人向世界去宣传,而不免有些谄;但又因为自以为是"经过四千余年历史文化训练"的,还可以托人向世界去宣传,所以仍然有些骄。骄和谄相纠结的,是没落的古国人民的精神的特色。

欧美帝国主义者既然用了废枪,使中国战争,纷扰,又用了旧影片使中国人惊异，胡涂。更旧之后，便又运入内地，以扩大其令人胡涂的教化。我想，如《电影和资本主义》那样的书，现在是万不可少了！

一九三〇，一，十六，L。

原载 1930 年 3 月 1 日《萌芽》月刊第 1 卷第 3 期。
初收 1932 年 10 月上海合众书店版《二心集》。

十七日

日记 晴。下午寄淑卿信并照片三枚，内二枚呈母亲。往内山书店买『詩と詩論』（五及六）二本，『世界美術全集』（十二）一本，共泉八元。

十八日

日记 晴。上午得有麟信。夜友松来。

十九日

日记 星期。微雪。上午得霁野信。

致 李霁野

霁野兄：

十一日信今收到。素园又病，甚念。我近来做事多而进款少，另外弄来的钱，又即刻被各方面纷纷分散，今又正届阴历年关，所以很窘急。但我想，北京寓里，恐怕还有点赢余，今天我当写信告知许羡苏女士,此信到后过一两天,兄可去一问就是。由我想来,大半是筹得出的。

朝华社之不行,我早已写信通知。这是一部分人上了一个人的当,现已将社停止了。我们有三种书交春潮书店出卖,并非全部,也并未议定六五折,北京所传不同,不知何故。据经手和未名社交涉的人说,对于未名社书款,所欠只四五元,不知确否?

我这回总算大上了当,不必说了。

未名社既然如此为难,据我想,还是停止的好。所有一切书籍和版权,可以卖给别人的。否则,因为收旧欠而添新股,添了之后,于旧欠并无必得的把握,无非又添上些新欠,何苦如此呢。这不是永远给分销处做牛马吗?

迅 一月十九日

二十日

日记 晴。上午复霁野信。寄季市信。寄淑卿信,托由家用中借给霁野泉百。

二十一日

日记 小雨。上午得季志仁信。得徐诗荃信。下午得史沫特列信。

二十二日

日记 昙。午后复史沫特列信。小峰送来风鸡一只,鱼圆一碗。夜方仁来,还陆续所借泉百五十,即以百廿元赔朝花社亏空,社事告终。

二十三日

日记 昙。下午陶晶孙来。晚小雨。

二十四日

日记 晴。上午收诗荃所寄《柏林晨报》一卷。下午作杂评一篇讫,一万一千字,投《萌芽》。晚得侍桁信。夜友松来。

"硬译"与"文学的阶级性"

一

听说《新月月刊》团体里的人们在说,现在销路好起来了。这大概是真的,以我似的交际极少的人,也在两个年青朋友的手里见过第二卷第六七号的合本。顺便一翻,是争"言论自由"的文字和小说居多。近尾巴处,则有梁实秋先生的一篇《论鲁迅先生的"硬译"》,以为"近于死译"。而"死译之风也断不可长",就引了我的三段译文,以及在《文艺与批评》的后记里所说:"但因为译者的能力不够,和中国文本来的缺点,译完一看,晦涩,甚而至于难解之处也真多;倘将仂句拆下来呢,又失了原来的语气。在我,是除了还是这样的硬译之外,只有束手这一条路了,所余的惟一的希望,只在读者还肯硬着头皮看下去而已"这些话,细心地在字旁加上圆圈,还在"硬译"两字旁边加上套圈,于是"严正"地下了"批评"道:"我们'硬着头皮看下去'了,但是无所得。'硬译'和'死译'有什么分别呢?"

"新月社"的声明中,虽说并无什么组织,在论文里,也似乎痛恶无产阶级式的"组织","集团"这些话,但其实是有组织的,至少,关于政治的论文,这一本里都互相"照应";关于文艺,则这一篇是登在上面的同一批评家所作的《文学是有阶级性的吗?》的余波。在那一篇里有一段说:"……但是不幸得很,没有一本这类的书能被我看懂。……最使我感得困难的是文字,……简直读起来比天书还难。……现在还没有一个中国人，用中国人所能看得懂的文字，写一篇文章告诉我们无产文学的理论究竟是怎么一回事。"字旁也有圈圈，怕排印麻烦，恕不照画了。总之，梁先生自认是一切中国人的代表，这些书既为自己所不懂，也就是为一切中国人所不懂，应该在中国断绝其生命，于是出示曰"此风断不可长"云。

别的"天书"译著者的意见我不能代表，从我个人来看，则事情是不会这样简单的。第一，梁先生自以为"硬着头皮看下去"了，但究竟硬了没有，是否能够，还是一个问题。以硬自居了，而实则其软如棉，正是"新月社"的一种特色。第二，梁先生虽自来代表一切中国人了，但究竟是否全国中的最优秀者，也是一个问题。这问题从《文学是有阶级性的吗?》这篇文章里，便可以解释。Proletary 这字不必译音，大可译义，是有理可说的。但这位批评家却道："其实翻翻字典，这个字的涵义并不见得体面，据《韦白斯特大字典》，Proletary 的意思就是：A citizen of the lowest class who served the state not with property，but only by having children。……普罗列塔利亚是国家里只会生孩子的阶级！（至少在罗马时代是如此)"其实正无须来争这"体面"，大约略有常识者，总不至于以现在为罗马时代，将现在的无产者都看作罗马人的。这正如将 Chemie 译作"舍密学"，读者必不和埃及的"炼金术"混同，对于"梁"先生所作的文章，也决不会去考查语源，误解为"独木小桥"竟会动笔一样。连"翻翻字典"（《韦白斯特大字典》!）也还是"无所得"，一切中国人未必全是如此的罢。

二

但于我最觉得有兴味的，是上节所引的梁先生的文字里，有两处都用着一个"我们"，颇有些"多数"和"集团"气味了。自然，作者虽然单独执笔，气类则决不只一人，用"我们"来说话，是不错的，也令人看起来较有力量，又不至于一人双肩负责。然而，当"思想不能统一"时，"言论应该自由"时，正如梁先生的批评资本制度一般，也有一种"弊病"。就是，既有"我们"便有我们以外的"他们"，于是新月社的"我们"虽以为我的"死译之风断不可长"了，却另有读了并不"无所得"的读者存在，而我的"硬译"，就还在"他们"之间生存，和"死译"还有一些区别。

我也就是新月社的"他们"之一，因为我的译作和梁先生所需的条件，是全都不一样的。

那一篇《论硬译》的开头论误译胜于死译说："一部书断断不会完全曲译……部分的曲译即使是错误，究竟也还给你一个错误，这个错误也许真是害人无穷的，而你读的时候究竟还落个爽快。"末两句大可以加上夹圈，但我却从来不干这样的勾当。我的译作，本不在博读者的"爽快"，却往往给以不舒服，甚而至于使人气闷，憎恶，愤恨。读了会"落个爽快"的东西，自有新月社的人们的译著在：徐志摩先生的诗，沈从文凌叔华先生的小说，陈西滢（即陈源）先生的闲话，梁实秋先生的批评，潘光旦先生的优生学，还有白璧德先生的人文主义。

所以，梁先生后文说："这样的书，就如同看地图一般，要伸着手指来寻找句法的线索位置"这些话，在我也就觉得是废话，虽说犹如不说了。是的，由我说来，要看"这样的书"就如同看地图一样，要伸着手指来找寻"句法的线索位置"的。看地图虽然没有看《杨妃出浴图》或《岁寒三友图》那么"爽快"，甚而至于还须伸着手指（其实这恐怕梁先生自己如此罢了，看惯地图的人，是只用眼睛就可以的），但地图并不是死图；所以"硬译"即使有同一之劳，照例子也就和"死译"有了些"什么区别"。识得 ABCD 者自以为新学家，仍旧和化学方程式无关，会打算盘的自以为数学家，看起笔算的演草来还是无所得。现在的世间，原不是一为学者，便与一切事都会有缘的。

然而梁先生有实例在，举了我三段的译文，虽然明知道"也许因为没有上下文的缘故，意思不能十分明了"。在《文学是有阶级性的吗？》这篇文章中，也用了类似手段，举出两首译诗来，总评道："也许伟大的无产文学还没有出现,那么我愿意等着,等着,等着。"这些方法,诚然是很"爽快"的,但我可以就在这一本《新月月刊》里的创作——是创作呀!——《搬家》第八页上,举出一段文字来——

"小鸡有耳朵没有?"

"我没看见过小鸡长耳朵的。"

"它怎样听见我叫它呢?"她想到前天四婆告诉她的耳朵是管听东西,眼是管看东西的。

"这个蛋是白鸡黑鸡?"枝儿见四婆没答她,站起来摸着蛋子又问。

"现在看不出来,等孵出小鸡才知道。"

"婉儿姊说小鸡会变大鸡,这些小鸡也会变大鸡么?"

"好好的喂它就会长大了,像这个鸡买来时还没有这样大吧?"

也够了,"文字"是懂得的,也无须伸出手指来寻线索,但我不"等着"了,以为就这一段看,是既不"爽快",而且和不创作是很少区别的。

临末,梁先生还有一个诘问:"中国文和外国文是不同的,……翻译之难即在这个地方。假如两种文中的文法句法词法完全一样,那么翻译还成为一件工作吗?……我们不妨把句法变换一下,以使读者能懂为第一要义,因为'硬着头皮'不是一件愉快的事,并且'硬译'也不见得能保存'原来的精悍的语气'。假如'硬译'而还能保存'原来的精悍的语气',那真是一件奇迹,还能说中国文是有'缺点'吗?"我倒不见得如此之愚,要寻求和中国文相同的外国文,或者希望"两种文中的文法句法词法完全一样"。我但以为文法繁复的国语,较易于翻译外国文,语系相近的,也较易于翻译,而且也是一种工作。荷兰翻德国,俄国翻波兰,能说这和并不工作没有什么区别么?日本语和欧美很"不同",但他们逐渐添加了新句法,比起古文来,更宜于翻译而不失原来的精悍的语气,开初自然是须"找寻句法的线索位置",很给了一些人不"愉快"的,但经找寻和习惯,现在已经同化,成为己有了。中国的文法,比日本的古文还要不完备,然而也曾有些变迁,例如《史》《汉》不同于《书经》,现在的白话文又不同于《史》《汉》;有添造,例如唐译佛经,元译上谕,当时很有些"文法句法词法"是生造的,一经习用,便不必伸出手指,就懂得了。现在又来了"外国文",许多句子,即也须新造,——说得坏点,就是硬造。据我的经验,这样译来,较之化为几句,更能保存原来的精悍的语气,但因为有待于新造,所以原先的中国文是有缺点的。有什么"奇迹",干什么"吗"呢?但有待于"伸出手指","硬着头皮",于有些人自然"不是一件愉快的事"。不过我是本不想将"爽快"或"愉快"来献给那些诸公的,只要还有若干的读者能够有所得,梁实秋先生"们"的苦乐以及无所得,实在"于我如浮云"。

但梁先生又有本不必求助于无产文学理论,而仍然很不了了的地方,例如他说,"鲁迅先生前些年翻译的文学,例如厨川白村的《苦闷的象征》,还不是令人看不懂的东西,但是最近翻译的书似乎改变风格了。"只要有些常识的人就知道:"中国文和外国文是不同的",但同是一种外国文,因为作者各人的做法,而"风格"和"句法的线索位置"也可以很不同。句子可繁可简,名词可常可专,决不会一种外国文,易解的程度就都一式。我的译《苦闷的象征》,也和现在一样,是按板规逐句,甚而至于逐字译的,然而梁实秋先生居然以为还能看懂者,乃是原文原是易解的缘故,也因为梁实秋先生是中国新的批评家了的缘故,也因为其中硬造的句法,是比较地看惯了的缘故。若在三家村里,专读《古文观止》的学者们,看起来又何尝不比"天书"还难呢。

三

但是,这回的"比天书还难"的无产文学理论的译本们,却给了梁先生不小的影响。看不懂了,会有影响,虽然好像滑稽,然而是真的,这位批评家在《文学是有阶级性的吗?》里说:"我现在批评所谓无产文学理论,也只能根据我所能了解的一点材料而已。"这就是说:因此而对于这理论的知识,极不完全了。

但对于这罪过,我们(包含一切"天书"译者在内,故曰"们")也只能负一部分的责任,一部分是要作者自己的胡涂或懒惰来负的。"什么卢那卡尔斯基,蒲力汗诺夫"的书我不知道,若夫"婆格达诺夫之类"的三篇论文和托罗兹基的半部《文学与革命》,则确有英文译本的了。英国没有"鲁迅先生",译文定该非常易解。梁先生对于伟大的无产文学的产生,曾经显示其"等着,等着,等着"的耐心和勇气,这回对于理论,何不也等一下子,寻来看了再说呢。不知其有而不求曰胡涂,知其有而不求曰懒惰,如果单是默坐,这样也许是"爽快"的,然而开起口来,却很容易咽进冷气去了。

例如就是那篇《文学是有阶级性的吗?》的高文,结论是并无阶级性。要抹杀阶级性,我以为最干净的是吴稚晖先生的"什么马克斯牛克斯"以及什么先生的"世界上并没有阶级这东西"的学说。那么,就万喙息响,天下太平。但梁先生却中了一些"什么马克斯"毒了,先承认了现在许多地方是资产制度,在这制度之下则有无产者。不过这"无产者本来并没有阶级的自觉。是几个过于富同情心而又态度褊激的领袖把这个阶级观念传授了给他们",要促起他们的联合,激发他们争斗的欲念。不错,但我以为传授者应该并非由于同情,却因了改造世界的思想。况且"本无其物"的东西,是无从自觉,无从激发的,会自觉,能激发,足见那是原有的东西。原有的东西,就遮掩不久,即如格里莱阿说地体运动,达尔文说生物进化,当初何尝不或者几被宗教家烧死,或者大受保守者攻击呢,然而现在人们对于两说,并不为奇者,就因为地体终于在运动,生物确也在进化的缘故。承认其有要掩饰为无,非有绝技是不行的。

但梁先生自有消除斗争的办法,以为如卢梭所说:"资产是文明的基础","所以攻击资产制度,即是反抗文明","一个无产者假如他是有出息的，只消辛辛苦苦诚诚实实的工作一生，多少必定可以得到相当的资产。这才是正当的生活斗争的手段。"我想，卢梭去今虽已百五十年，但当不至于以为过去未来的文明，都以资产为基础。（但倘说以经济关系为基础，那自然是对的。）希腊印度，都有文明，而繁盛时俱非在资产社会，他大概是知道的；倘不知道，那也是他的错误。至于无产者应该"辛辛苦苦"爬上有产阶级去的"正当"的方法，则是中国有钱的老太爷高兴时候，教导穷工人的古训，在实际上，现今正在"辛辛苦苦诚诚实实"想爬上一级去的"无产者"也还多。然而这是还没有人"把这个阶级观念传授了给他们"的时候。一经传授，他们可就不肯一个一个的来爬了，诚如梁先生所说，"他们是一个阶级了，他们要有组织了，他们是一个集团了，于是他们便不循常轨的一跃而夺取政权财权，一跃而为统治阶级。"但可还有想"辛辛苦苦诚诚实实工作一生，多少必定可以得到相当的资产"的"无产者"呢？自然还有的。然而他要算是"尚未发财的有产者"了。梁先生的忠告，将为无产者所呕吐了，将只好和老太爷去互相赞赏而已了。

那么，此后如何呢？梁先生以为是不足虑的。因为"这种革命的现象不能是永久的，经过自然进化之后，优胜劣败的定律又要证明了，还是聪明才力过人的人占优越的地位，无产者仍是无产者"。但无产阶级大概也知道"反文明的势力早晚要被文明的势力所征服"，所以"要建立所谓'无产阶级文化'，……这里面包括文艺学术"。

自此以后，这才入了文艺批评的本题。

四

梁先生首先以为无产者文学理论的错误，是"在把阶级的束缚加在文学上面"，因为一个资本家和一个劳动者，有不同的地方，但还有相同的地方,"他们的人性(这两字原本有套圈)并没有两样",例如都有喜怒哀乐,都有恋爱(但所"说的是恋爱的本身,不是恋爱的方式"),"文学就是表现这最基本的人性的艺术"。这些话是矛盾而空虚的。既然文明以资产为基础,穷人以竭力爬上去为"有出息",那么,爬上是人生的要谛,富翁乃人类的至尊,文学也只要表现资产阶级就够了,又何必如此"过于富同情心",一并包括"劣败"的无产者?况且"人性"的"本身",又怎样表现的呢?譬如原质或杂质的化学底性质,有化合力,物理学底性质有硬度,要显示这力和度数,是须用两种物质来表现的,倘说要不用物质而显示化合力和硬度的单单"本身",无此妙法;但一用物质,这现象即又因物质而不同。文学不藉人,也无以表示"性",一用人,而且还在阶级社会里,即断不能免掉所属的阶级性,无需加以"束缚",实乃出于必然。自然,"喜怒哀乐,人之情也",然而穷人决无开交易所折本的懊恼,煤油大王那会知道北京捡煤渣老婆子身受的酸辛,饥区的灾民,大约总不去种兰花,像阔人的老太爷一样,贾府上的焦大,也不爱林妹妹的。"汽笛呀!""列宁呀!"固然并不就是无产文学,然而"一切东西呀!""一切人呀!""可喜的事来了,人喜了呀!"也不是表现"人性"的"本身"的文学。倘以表现最普通的人性的文学为至高,则表现最普遍的动物性——营养,呼吸,运动,生殖——的文学,或者除去"运动",表现生物性的文学,必当更在其上。倘说,因为我们是人,所以以表现人性为限,那么,无产者就因为是无产阶级,所以要做无产文学。

其次,梁先生说作者的阶级,和作品无关。托尔斯泰出身贵族,而同情于贫民,然而并不主张阶级斗争;马克斯并非无产阶级中的人物;终身穷苦的约翰孙博士,志行吐属,过于贵族。所以估量文学,当看作品本身,不能连累到作者的阶级和身分。这些例子,也全不足以证明文学的无阶级性的。托尔斯泰正因为出身贵族,旧性荡涤不尽,所以只同情于贫民而不主张阶级斗争。马克斯原先诚非无产阶级中的人物,但也并无文学作品,我们不能悬拟他如果动笔,所表现的一定是不用方式的恋爱本身。至于约翰孙博士终身穷苦,而志行吐属,过于王侯者,我却实在不明白那缘故,因为我不知道英国文学和他的传记。也许,他原想"辛辛苦苦诚诚实实的工作一生,多少必定可以得到相当的资产",然后再爬上贵族阶级去,不料终于"劣败",连相当的资产也积不起来,所以只落得摆空架子,"爽快"了罢。

其次,梁先生说,"好的作品永远是少数人的专利品,大多数永远是蠢的,永远是和文学无缘",但鉴赏力之有无却和阶级无干,因为"鉴赏文学也是天生的一种福气",就是,虽在无产阶级里,也会有这"天生的一种福气"的人。由我推论起来,则只要有这一种"福气"的人,虽穷得不能受教育,至于一字不识,也可以赏鉴《新月月刊》,来作"人性"和文艺"本身"原无阶级性的证据。但梁先生也知道天生这一种福气的无产者一定不多,所以另定一种东西(文艺?)来给他们看,"例如什么通俗的戏剧,电影,侦探小说之类",因为"一般劳工劳农需要娱乐,也许需要少量的艺术的娱乐"的缘故。这样看来,好像文学确因阶级而不同了,但这是因鉴赏力之高低而定的,这种力量的修养和经济无关,乃是上帝之所赐——"福气"。所以文学家要自由创造,既不该为皇室贵族所雇用,也不该受无产阶级所威胁,去做讴功颂德的文章。这是不错的,但在我们所见的无产文学理论中,也并未见过有谁说或一阶级的文学家,不该受皇室贵族的雇用,却该受无产阶级的威胁,去做讴功颂德的文章,不过说,文学有阶级性,在阶级社会中,文学家虽自以为"自由",自以为超了阶级,而无意识底地,也终受本阶级的阶级意识所支配,那些创作,并非别阶级的文化罢了。例如梁先生的这篇文章,原意是在取消文学上的阶级性,张扬真理的。但以资产为文明的祖宗,指穷人为劣败的渣滓,只要一瞥,就知道是资产家的斗争的"武器",——不,"文章"了。无产文学理论家以主张"全人类""超阶级"的文学理论为帮助有产阶级的东西,这里就给了一个极分明的例证。至于成仿吾先生似的"他们一定胜利的,所以我们去指导安慰他们去",说出"去了"之后,便来"打发"自己们以外的"他们"那样的无产文学家,那不消说,是也和梁先生一样地对于无产文学的理论,未免有"以意为之"的错误的。

又其次,梁先生最痛恨的是无产文学理论家以文艺为斗争的武器,就是当作宣传品。他"不反对任何人利用文学来达到另外的目的",但"不能承认宣传式的文字便是文学"。我以为这是自扰之谈。据我所看过的那些理论,都不过说凡文艺必有所宣传,并没有谁主张只要宣传式的文字便是文学。诚然,前年以来,中国确曾有许多诗歌小说,填进口号和标语去,自以为就是无产文学。但那是因为内容和形式,都没有无产气,不用口号和标语,便无从表示其"新兴"的缘故,实际上也并非无产文学。今年,有名的"无产文学底批评家"钱杏邨先生在《拓荒者》上还在引卢那卡尔斯基的话,以为他推重大众能解的文学,足见用口号标语之未可厚非,来给那些"革命文学"辩护。但我觉得那也和梁实秋先生一样,是有意的或无意的曲解。卢那卡尔斯基所谓大众能解的东西,当是指托尔斯泰做了分给农民的小本子那样的文体,工农一看便会了然的语法,歌调,诙谐。只要看台明·培特尼(Demian Bednii)曾因诗歌得到赤旗章,而他的诗中并不用标语和口号,便可明白了。

最后,梁先生要看货色。这不错的,是最切实的办法;但抄两首译诗算是在示众,是不对的。《新月》上就曾有《论翻译之难》,何况所译的文是诗。就我所见的而论,卢那卡尔斯基的《被解放的堂·吉诃德》,法兑耶夫的《溃灭》,格拉特珂夫的《水门汀》,在中国这十一年中,就并无可以和这些相比的作品。这是指"新月社"一流的蒙资产文明的余荫,而且衷心在拥护它的作家而言。于号称无产作家的作品中,我也举不出相当的成绩。但钱杏邨先生也曾辩护,说新兴阶级,于文学的本领当然幼稚而单纯,向他们立刻要求好作品,是

"布尔乔亚"的恶意。这话为农工而说，是极不错的。这样的无理要求，恰如使他们冻饿了好久，倒怪他们为什么没有富翁那么肥胖一样。但中国的作者，现在却实在并无刚刚放下锄斧柄子的人，大多数都是进过学校的智识者，有些还是早已有名的文人，莫非克服了自己的小资产阶级意识之后，就连先前的文学本领也随着消失了么？不会的。俄国的老作家亚历舍·托尔斯泰和威垒赛耶夫，普理希文，至今都还有好作品。中国的有口号而无随同的实证者，我想，那病根并不在"以文艺为阶级斗争的武器"，而在"借阶级斗争为文艺的武器"，在"无产者文学"这旗帜之下，聚集了不少的忽翻筋斗的人，试看去年的新书广告，几乎没有一本不是革命文学，批评家又但将辩护当作"清算"，就是，请文学坐在"阶级斗争"的掩护之下，于是文学自己倒不必着力，因而于文学和斗争两方面都少关系了。

但中国目前的一时现象，当然毫不足作无产文学之新兴的反证的。梁先生也知道，所以他临末让步说，"假如无产阶级革命家一定要把他的宣传文学唤做无产文学，那总算是一种新兴文学，总算是文学国土里的新收获，用不着高呼打倒资产的文学来争夺文学的领域，因为文学的领域太大了，新的东西总有它的位置的。"但这好像"中日亲善，同存共荣"之说，从羽毛未丰的无产者看来，是一种欺骗。愿意这样的"无产文学者"，现在恐怕实在也有的罢，不过这是梁先生所谓"有出息"的要爬上资产阶级去的"无产者"一流，他的作品是穷秀才未中状元时候的牢骚，从开手到爬上以及以后，都决不是无产文学。无产者文学是为了以自己们之力，来解放本阶级并及一切阶级而斗争的一翼，所要的是全般，不是一角的地位。就拿文艺批评界来比方罢，假如在"人性"的"艺术之宫"（这须从成仿吾先生处租来暂用）里，向南面摆两把虎皮交椅，请梁实秋钱杏邨两位先生并排坐下，一个右执"新月"，一个左执"太阳"，那情形可真是"劳资"媲美了。

五

到这里，又可以谈到我的"硬译"去了。

推想起来，这是很应该跟着发生的问题：无产文学既然重在宣传，宣传必须多数能懂，那么，你这些"硬译"而难懂的理论"天书"，究竟为什么而译的呢？不是等于不译么？

我的回答，是：为了我自己，和几个以无产文学批评家自居的人，和一部分不图"爽快"，不怕艰难，多少要明白一些这理论的读者。

从前年以来，对于我个人的攻击是多极了，每一种刊物上，大抵总要看见"鲁迅"的名字，而作者的口吻，则粗粗一看，大抵好像革命文学家。但我看了几篇，竟逐渐觉得废话太多了。解剖刀既不中腠理，子弹所击之处，也不是致命伤。例如我所属的阶级罢，就至今还未判定，忽说小资产阶级，忽说"布尔乔亚"，有时还升为"封建余孽"，而且又等于猩猩（见《创造月刊》上的"东京通信"）；有一回则骂到牙齿的颜色。在这样的社会里，有封建余孽出风头，是十分可能的，但封建余孽就是猩猩，却在任何"唯物史观"上都没有说明，也找不出牙齿色黄，即有害于无产阶级革命的论据。我于是想，可供参考的这样的理论，是太少了，所以大家有些胡涂。对于敌人，解剖，咬嚼，现在是在所不免的，不过有一本解剖学，有一本烹饪法，依法办理，则构造味道，总还可以较为清楚，有味。人往往以神话中的 Prometheus 比革命者，以为窃火给人，虽遭天帝之虐待不悔，其博大坚忍正相同。但我从别国里窃得火来，本意却在煮自己的肉的，以为倘能味道较好，庶几在咬嚼者那一面也得到较多的好处，我也不枉费了身躯：出发点全是个人主义，并且还夹杂着小市民性的奢华，以及慢慢地摸出解剖刀来，反而刺进解剖者的心脏里去的"报复"。梁先生说"他们要报复！"其实岂只"他们"，这样的人在"封建余孽"

中也很有的。然而，我也愿意于社会上有些用处，看客所见的结果仍是火和光。这样，首先开手的就是《文艺政策》，因为其中含有各派的议论。

郑伯奇先生现在是开书铺，印 Hauptmann 和 Gregory 夫人的剧本了，那时他还是革命文学家，便在所编的《文艺生活》上，笑我的翻译这书，是不甘没落，而可惜被别人着了先鞭。翻一本书便会浮起，做革命文学家真太容易了，我并不这样想。有一种小报，则说我的译《艺术论》是"投降"。是的，投降的事，为世上所常有。但其时成仿吾元帅早已爬出日本的温泉，住进巴黎的旅馆了，在这里又向谁去输诚呢。今年，说法又两样了，在《拓荒者》和《现代小说》上，都说是"方向转换"。我看见日本的有些杂志中，曾将这四字加在先前的新感觉派片冈铁兵上，算是一个好名词。其实，这些纷纭之谈，也还是只看名目，连想也不肯想的老病。译一本关于无产文学的书，是不足以证明方向的，倘有曲译，倒反足以为害。我的译书，就也要献给这些速断的无产文学批评家，因为他们是有不贪"爽快"，耐苦来研究这些理论的义务的。

但我自信并无故意的曲译，打着我所不佩服的批评家的伤处了的时候我就一笑，打着我的伤处了的时候我就忍疼，却决不肯有所增减，这也是始终"硬译"的一个原因。自然，世间总会有较好的翻译者，能够译成既不曲，也不"硬"或"死"的文章的，那时我的译本当然就被淘汰，我就只要来填这从"无有"到"较好"的空间罢了。

然而世间纸张还多，每一文社的人数却少，志大力薄，写不完所有的纸张，于是一社中的职司克敌助友，扫荡异类的批评家，看见别人来涂写纸张了，便唧然兴叹，不胜其摇头顿足之苦。上海的《申报》上，至于称社会科学的翻译者为"阿狗阿猫"，其愤愤有如此。在"中国新兴文学的地位，早为读者所共知"的蒋光Z先生，曾往日本东京养病，看见藏原惟人，谈到日本有许多翻译太坏，简直比原文还难读……他就笑了起来，说："……那中国的翻译界更要莫名其妙了,近来中国有许多书籍都是译自日文的,如果日本人将欧洲人那一国的作品带点错误和删改,从日文译到中国去,试问这作品岂不是要变了一半相貌么?……"(见《拓荒者》)也就是深不满于翻译,尤其是重译的表示。不过梁先生还举出书名和坏处,蒋先生却只嫣然一笑,扫荡无余,真是普遍得远了。藏原惟人是从俄文直接译过许多文艺理论和小说的,于我个人就极有裨益。我希望中国也有一两个这样的诚实的俄文翻译者,陆续译出好书来,不仅自骂一声"混蛋"就算尽了革命文学家的责任。

然而现在呢,这些东西,梁实秋先生是不译的,称人为"阿狗阿猫"的伟人也不译,学过俄文的蒋先生原是最为适宜的了,可惜养病之后,只出了一本《一周间》,而日本则早已有了两种的译本。中国曾经大谈达尔文,大谈尼采,到欧战时候,则大骂了他们一通,但达尔文的著作的译本,至今只有一种,尼采的则只有半部,学英德文的学者及文豪都不暇顾及,或不屑顾及,拉倒了。所以暂时之间,恐怕还只好任人笑骂,仍从日文来重译,或者取一本原文,比照了日译本来直译罢。我还想这样做,并且希望更多有这样做的人,来填一填彻底的高谈中的空虚,因为我们不能像蒋先生那样的"好笑起来",也不该如梁先生的"等着,等着,等着"了。

六

我在开头曾有"以硬自居了,而实则其软如棉,正是'新月社'的一种特色"这些话,到这里还应该简短地补充几句,就作为本篇的收场。

《新月》一出世,就主张"严正态度",但于骂人者则骂之,讥人者则讥之。这并不错,正是"即以其人之道,还治其人之身",虽然也是一种"报复",而非为了自己。到二卷六七号合本的广告上,还说"我们都保持'容忍'的态度(除了'不容忍'的态度是我们所不能容忍以外),我们都喜欢稳健的合乎理性的学说"。上两句也不错,"以眼还眼,以牙还牙",和开初仍然一贯。然而从这条大路走下去,一定要遇到"以暴力抗暴力",这和新月社诸君所喜欢的"稳健"也不能相容了。

这一回,新月社的"自由言论"遭了压迫,照老办法,是必须对于压迫者,也加以压迫的,但《新月》上所显现的反应,却是一篇《告压迫言论自由者》,先引对方的党义,次引外国的法律,终引东西史例,以见凡压迫自由者,往往臻于灭亡:是一番替对方设想的警告。

所以,新月社的"严正态度","以眼还眼"法,归根结蒂,是专施之力量相类,或力量较小的人的,倘给有力者打肿了眼,就要破例,只举手掩住自己的脸,叫一声"小心你自己的眼睛!"

原载 1930 年 3 月《萌芽》月刊第 1 卷第 3 期。
初收 1932 年 10 月上海合众书店版《二心集》。

二十五日

日记 昙。上午托柔石往中国银行取水沫书店所付《艺术与批评》版税百六十九元二角。买 *Russia Today and Yesterday* 一本,十二元。付《二月》及《小彼得》纸泉百五十八元。下午史沫特列,蔡咏裳,董时雍来。雨。往内山书店买文学及哲学书共六本,计泉十元四角。

二十六日

日记 星期。昙。午后修甫,友松来。达夫来并赠《达夫代表作》一本。

二十七日

日记 晴。下午友松来,还《二月》及《小彼得》纸泉五十。午后理发。寄神户版画之家泉八元四角并发信购版画五帖。晚往内山书店。夜收《萌芽》第三期稿费泉五十。收本月编辑费三百。

二十八日

　　日记　晴。下午同三弟往街买铝制什器八件，共泉七元，拟赠友松也。

二十九日

　　日记　晴。晨托扫街人寄友松信并什器八件，贺其结婚，又以孩子衣帽各一事属转赠夏康农，贺其生子，午后得复。下午侍桁来。

三十日

　　日记　庚午元旦。晴。午后得羡苏信，二十五日发。下午侍桁来。夏康农，党修甫，张友松来。

三十一日

　　日记　晴。上午同广平携海婴往福民医院种牛痘。午望道来并赠《社会意识学大纲》（二版）一本。下午杜海生，钱奕丞，金友华来。衣萍，曙天来。

二月

一日

日记　晴。下午石民，侍桁来，假侍桁泉廿。复淑卿信。大江书店招餐于新雅茶店，晚与雪峰同往，同席为傅东华，施复亮，汪馥泉，沈端先，冯三昧，陈望道，郭昭熙等。

书籍和财色*

今年在上海所见，专以小孩子为对手的糖担，十有九带了赌博性了，用一个铜元，经一种手续，可有得到一个铜元以上的糖的希望。但专以学生为对手的书店，所给的希望却更其大，更其多——因为那对手是学生的缘故。

书籍用实价，废去"码洋"的陋习，是始于北京的新潮社——北新书局的，后来上海也多仿行，盖那时改革潮流正盛，以为买卖两方面，都是志在改进的人（书店之以介绍文化者自居，至今还时见于广告上），正不必先定虚价，再打折扣，玩些互相欺骗的把戏。然而将麻雀牌送给世界，且以此自豪的人民，对于这样简捷了当，没有意外之利的办法，是终于耐不下去的。于是老病出现了，先是小试其技：送画片。继而打折扣，自九折以至对折，但自然又不是旧法，因为总有一个定期和原因，或者因为学校开学，或者因为本店开张一年半的纪念之类。花色一点的还有赠丝袜，请吃冰淇淋，附送一只锦盒，内藏十件宝贝，价值不资。更加见得切实，然而确是惊人的，是定一年报或买几本书，便有得到"劝学奖金"一百元或"留学经费"二千元

46

的希望。洋场上的"轮盘赌",付给赢家的钱,最多也不过每一元付了三十六元,真不如买书,那"希望"之大,远甚远甚。

我们的古人有言,"书中自有黄金屋",现在渐在实现了。但后一句,"书中自有颜如玉"呢?

日报所附送的画报上,不知为了什么缘故而登载的什么"女校高材生"和什么"女士在树下读书"的照相之类,且作别论,则买书一元,赠送裸体画片的勾当,是应该举为带着"颜如玉"气味的一例的了。在医学上,"妇人科"虽然设有专科,但在文艺上,"女作家"分为一类却未免滥用了体质的差别,令人觉得有些特别的。但最露骨的是张竞生博士所开的"美的书店",曾经对面呆站着两个年青脸白的女店员,给买主可以问她《第三种水》出了没有?"等类,一举两得,有玉有书。可惜"美的书店"竟遭禁止,张博士也改弦易辙,去译《卢骚忏悔录》,此道遂有中衰之叹了。

书籍的销路如果再消沉下去,我想,最好是用女店员卖女作家的作品及照片,仍然抽彩,给买主又有得到"劝学","留学"的款子的希望。

原载 1930 年 2 月 1 日《萌芽》月刊第 1 卷第 2 期。

初收 1932 年 9 月上海北新书局版《三闲集》,列"一九二九年"项下。

二日

日记 星期。晴。上午得凤举信片,一月五日巴黎发。

三日

日记 昙。上午得霁野信。得淑卿信,一月卅日发。晚小雨。夜石民及侍桁来。译《艺术与哲学,伦理》半篇讫,投《艺术讲座》。

艺术与哲学，伦理

[日本]本庄可宗

序 论

一九二七年四月二日，在墨斯科的共产党研究所里，举行了斯宾挪莎的二百五十年纪念讲演会。而且泰勒哈美尔和兑幡林两君，都行了演讲。

说起斯宾挪莎来，是提倡了叫作泛神论(Pan-Theismus)的哲学("神"是自然之说。以一切万物，莫不是神这一种主张，为先前的基督教正统派底的信仰，即一神论的发展，而且也是其反对)的哲学者。那样的人，怎么和现代无产阶级会有关系的呢？至多，不过是神学上的革命理论的哲学，不过是企图了观念之平静的理论学，做出了那样的东西来的斯宾挪莎先生，为了什么的因由，竟在现今以政治底经济底关心，作为动力，而正在抗争的国际底革命底无产者的中枢墨斯科，开了记念讲演会之类的呢？在现下，日本的有一部分的无产者理论家乃至艺术家们之中，怀着这样的诧异者，好像尤其不少似的。因为在那些人，以为"哲学"这东西，是极为非无产者底的空话。不消说，那是从并非为了非无产者之故的他们自己，没有关于哲学的教养，或则没有兴味而来，一句话，为是从他们的无哲学而来的。

然而倘是略略深思的人，则对于那劳动者农民的俄国，事务方多，而竟举行了斯宾挪莎的记念讲演会的事，恐怕谁也不得不大加感叹和崇敬的罢。在我，则单是那苏维埃政府开了这样的记念会，从古典中叫起无产者可以承继的东西来，用新的照明来照出了旧的智慧这一件事,就已经不禁其难以言传的深的爱慕和信赖。——在那神学气味的斯宾挪莎之中,我们所记念的是什么呢?如兑嶓林也曾说过:"我们在斯宾挪莎之中,看见辩证底唯物论的先驱者。而斯宾挪莎的真的后继者,是只有现代的无产阶级而已。"

想起来,"无产阶级文化"这东西,乃是应该接着有产阶级文化,来占历史底位置的较高度的文化。也是较高远的发展。无论何物,掬取无遗,将这镕化于旺盛的阶级意欲的熔炉中,从新铸造起来,则是无产阶级在文化上的任务。为了这事,就应该竭力将虽是一看好像和无产者缘分很浅的哲学或东洋学,也毫不舍弃,从中取出真能滋养无产者的生长的东西,提出有用于那精神底解放的东西来,从新地,正当地,来充实人类的宝库。这应该是无产者在繁忙的阶级斗争中,和当面的任务,(政治底经济底斗争)同时非做完不可的侧面的题目。

固然,倘有在从事于文化工作这一个好的口实之下,回避着当面的实践斗争,游离在书斋里,躲进了那小有产者底的"专门家"底态度里去的人,则不问那口实是什么,即使那工作装着为了无产者,我们也非彻底将这来纠弹不可的。昂格斯也曾痛骂的那"在大学的讲坛上,卖着哲学的俗商们"的厚颜无耻的衔学底口吻,装腔作势的引用,高雅模样的态度,凡这些,即使他怎样称引马克斯之名,怎样谈无产者的理论,我们劳动者农民也应该彻底暴露其小有产者底的,和支配阶级的巧妙的妥协以啖饭的他那"吃饭手段"和生活好尚的本性。况且那害恶又会延及无产者,胎孕了造成单是抽象底地"思索"的劳动者的危险,所以对于这样的好尚,我们就更非攻击不可了。

其实,哲学这东西,在日本之所以不为无产者所理解及相提携如今日者,那罪戾的全部,是在以哲学为买卖的教师们的。是在以哲学为趣味,超然远引的哲学青年们的。是在单单埋头于概念的论理底修整,而离开了和现实的关联的他们之空疏和无力的。

然则无产阶级就非不再仰仗他们哲学商人，而用自己的手，来从新抓取"哲学"不可了。无产者非离开了哲学商人们的传统底的教养，以及哲学史的平庸的理解，而用自己的方法，从新开始来消化哲学不可了。

墨斯科所举行的斯宾挪莎记念会，在国际底无产者，实在是很有意义的。

不消说，如哲学的授课似的东西，还不能登在派德修尔（党学校）的课程上，倒是应该属于派德亚克特美（党研究所）的工作。但因此也毫不否定哲学的反省，因为在派德修尔的课程上，就载着唯物史观，唯物辩证法之类的，所以还须有大体的（即使是必要的最小限度也好）心得。当和更加广泛的有产者的斗争中，在那全面的计画上，意识过程的工作，决不是可以轻视的事。还有，为了对于同志之中，意识上有还未脱尽小有产者底思惟的人，要加以根底底的批判，叫回到确固的马克斯底意识去，则无产者底"观念整顿的工作"（即哲学），也总是必要的。

一　观念的整顿

无产者和哲学

一　因为哲学是"观念整顿的工作"，所以跟着整顿观念的方向之不同，而发生各种的形态，是无须说得的。

二　成为这观念整顿的方向（结晶线）者，是那时代的生活要求的方向，是一切沿着一时代的方向的生活意志的线时而行的东西。就是，所谓或一代的哲学，便是那时代的生活意志的知底表现。

三　而或一时代的生活意志，则是由那时代的支配阶级而表现的。至少，是掌握那时代的血脉的阶级之所代表。因此而所谓或一时代的哲学，（一）是那时代的支配阶级的意志的知底表现，（二）是那社会秩序的反映，（三）是沿着利害的线而结了晶的体系。

四　各种的哲学体系，又各异其企图。因为要求整顿观念的志向，是因各时代的社会事情而不同的——康德的哲学，生于十八世纪的启蒙期底混乱，要求了智识的批判底整理。在这里，问题（要求）不在新求知识，而在现存的知识的批判。但到培根，却在已经集积了的经验的整顿，在知识的建设。在马克斯，则为了社会底变革而定观念的方向，是必要了。就是这样，那时代的知底必要，使哲学作了各种的体系。而所谓那时代的知底必要，则不消说，是被那社会的历史底条件（时代底事情）所规定的。

到这里，请大家知道：在今日，那一种哲学，那一种观念整顿——在被要求，是由今日的历史底社会底事情所决定的。

五　已经说过，哲学是"观念整顿的工作"。然则为观念整顿的必要所驱策，是起于怎样的时候的呢？那是，起于向来的观念体系（意识形态），和在新的条件及事情之下形成起来了的新社会的法则不相谐，于是生了矛盾的时候的。

向来的意识形态（观念整顿），是以向来的生活的诸经验为基础而造成的。所以当社会的生活样式和经验的性质，和向来的那些相同之际，则那意识形态于生活有用，有社会底机能，宜于统率种种的经验。在那时候，观念整顿的必要，也并不发生。只要将经验卷进向来的体系里去，就好了。但一旦有性质不同的新经验，发生于我们的生活中，因了新的要求和缺乏，而我们的社会动摇起来，则向来的意识形态，便早已不能将这些收拾。这早已不成为生活的促进元素，也不能作为指导了。于是旧的观念整顿，就先行纷纷解散（这是旧形态的"批判"），非从新开始观念整顿不可。到这里，我们便只好依了新的经验的性质和新的生活的动向，来开始结晶了。

在今日，是因为发明了叫作机械这一种生产用具，因而发生的新经验，它的社会底意义的发挥，必然底地相偕而来的政治上经济上的变革这些事，向来的一切观念整顿，已非解体不可了，（马克斯的"批判"始于此），而新的观念整顿，正应该构筑起来的时期。我想，所谓资本主义时代者，只将机械的本来的意识（后章解说）发挥了一部分，因为那时代本身其实是前世纪底的手工业时代的残痕和机械时候混合而成的过渡期的时代，所以机械这东西所含的内底志向，毫未曾有所发挥。那运用上的误谬和弊害，因此也就有应该由劳动者之手来施行清算的宿命。而施行新的观念整顿，则非从社会底历史底见地不可的。

六　新的观念整顿，为什么以社会底历史底见地为基点的呢？

这是依了机械这东西所含的性质的。（一）机械者，从那本来的志向说起来，原是因为节省劳力这一种很是人类底的要求而设法造成的东西。（二）其次，因为那是集团底地生产的，所以那所得，也就有应该集团底地来分配的宿命。（手工业是个人底地生产的，所以那所得归于生产了物品的个人的手中，是当然的事。）

手工业期，一张桌子是一个工人所做的，所以那所得，也该是他的东西。但机械，则做一张桌子时，以做桌脚者，做桌面者，做抽屉者等，来分担那工作。由这些的合作，造出一张桌子来。就是，生产的方法，是集团底的，所以那所得的方法，也该是集团底的才是，然而在资本主义经营上，却将所得成了个人（资本家）的东西。于是生产的方法和所得的方法之间，统一就被破坏了。

因为机械这东西，是这样地以集团底（即社会底）生产和所得为其本质的，所以（三）那性质，是应该依全人类（社会）的需要而被运转。机械是必以大量生产为特质的，所以那本来的机能，该是在充足一切人类的物质底要求。（在今日，这却为了机械所有者〔资本家〕的个人的"利益"而运转着，由此发生的弊害，便是现在之所谓"机械文明之弊"了。然而这绝非机械本身之罪，乃是机械的用法上，运用上的误谬之所致的。）

这样地，从那本来的志向来看，机械这东西在那设计的动机上，既然全是人类底人道底，在那性质上，既然全是社会底，则转运机械为生产用具的今日的生活，社会，历史底事情，当那观念整顿之际，就不消说，必然底地应该顺着社会底的方向而整理了。

而且，由现在的机械运用上的误谬而来的弊害，则在一切人们之中，叫起着新的种类的缺乏，因此也叫起了新的意志。这新的缺乏和意志的真正的代表，是无产者，新的缺乏，要求着新的解决。这提出着的应该新解决的课题的担任者，实行者，是无产者。于是先前通行了的社会组织和经济制度的变革，就成为目标。这就成为思惟的中点。一到社会的变革，历史的进行等，成为思惟的中点时，那就必至底地，非发生历史底的看法（由是而发展底辩证底的看法）不可了。

七　思惟的动机（即企图）既在无产者担任的课题无产者的现实底解放（即政治底经济底解放），则那观念整顿，也就必至底地，要发展到唯物论底的世界观。整顿观念，即应该从这里说起，降而把握了历史进化，来理解社会现象的本质。这是理论的动机，当然非有不可的内面底的脉络。还应该将认识论的问题，化成素朴，使之还原，和自然科学相一致。因为努力的动机，委实是在人类的现实底解放，而不在那意识底解决的。

八　现代的观念整顿，所以有社会底，历史底，唯物底这三个特征者，因为是站在阶级底见地的缘故，因为那理论的内底企图，是在无产者解放的缘故，这就在上文说过了。我们为什么非取这样的阶级底见地不可的呢？那就因为只有由无产者解放，而全人类的解放才始能够成功。同志福本虽有不少的误谬，关于这事，却正当地断结了。曰："无产者解放，只以无产者的利益为目标。但，无产者的利益这一件事的特质，是全人类底的。"这只要辩证底地，——就是，从物的发展的法则来一想，是谁也会首肯的。

人并不是一举便能达到最后的，绝对底的，完全的理想境的东西。不，无论走到何时，也没有这样的处所。最后的，绝对底的，"完全的理想境"那样的处所，只在人类的空想里，现实底地，是决不会有的。为什么呢？因为现实这东西，是附有条件，受着规约的。平时之所谓现在,即从先前的条件中所产生,因而它本身就在新的规约之下;从这规约,则又生出其次的现在来。

九 所以,常常和我们对面相值的问题,都带着它本身的条件。换了话来说,就是它自己即具有解决的方法和条件的。

我们一遇当面的弊害和缺陷,对于问题,都应该从"所求的是那一种解决呢"这一个观点来思想。要芟除资本主义社会的缺陷,机械文明的弊害之际,也应该这样子。但是,倘因为世界永远是转变无常,恰如河滩聚砾,倒不如希求完全绝对的净土境界,则并非什么解决。那倒是问题的放弃。或者以为能够造成个人自由的无政府底泰平的世界,但那样的答案,也没有意义。在人心中,空想着最后的完全的社会,以这为解决的目标,而想治理现在当面的缺陷者,因为第一是没有想到现在当面的缺陷性质和来由,第二是忘却了可以解决的条件,所以是不行的。今日的机械文明之罪,决非机械本身之罪,乃是运用上之罪,所以人们倒应该仗着机械,使生活幸福,便利,绚烂起来。又因为从机械本身的本质说起来,也原是以人类性伦理性为本质的,现在倘有了机械文明之弊那样的事,就应该想一想,我们必须在怎样的道路上,来求它的解决。如果向着否定机械,回到原始野蛮的生活状态去,或者寻求一箪食一瓢饮那样的古代生活去之类的方向去求解决,是决不行的。现代人已经决不能回到原始生活和中世底理想去了。然而还有这样的主张(例如东洋主义者),是因为没有想一想今日的弊害,所求是怎样的解决的缘故。我们倒不如进而使机械的志向,愈加发挥,使生活的高度,愈加增进,由此以除掉那弊害。解决的方向和条件,是即含在弊害的特质之中的。

二 思惟的堕落
有产者文化的颓废

一 思惟常常堕落。这是思维这一种作用,离开了和人类生活的全体的关系,只有自己独立起来,思惟的动作,单跟着它本身的价值的时候。只跟着思惟本身的价值而筑成的塔，是德国观念论。

这是因为没有想到思惟的生活底意义，机能，从而发生的误谬，这样的误谬，只要上溯思惟的发生底意义，一想它的本来的面目，就能够纠正的。观念论哲学曾经轻蔑了想到思惟的发生底意义，或想到生活底机能的办法。说，思惟者，是应该用了思惟本身的规约来想的。以为倘不从"为了思想，就不得不这样地想"（这叫作思惟必然）的立场来设想，就不行。而且寻求着"论理底地先行的"概念，临末就碰着了 Sollen 这一个观念。Sollen 者，是说"应该"的命令。（因为这是论理底地先行的。所以现实底〔心理底发生底〕地，却未必一定先行。在思惟〔伦理〕中，后至者是反而先行的。）这谓之普遍妥当，是带着无论何时，何地，何人来想，"为了思想"就不得不这样地想的性质的命令。

不消说，这是和"为了生活"就不得不这样地想这一种见地相对立的。全然是站在"为了思想"就不得不这样地想的见地上。全然是站在思惟本身的必然上。就是，作为思惟的价值！以论理底价值为至上，要纯粹地跟追它。

二　这样地只崇敬思惟底价值，以论理为至上，那不消说，是出于十八世纪合理主义的精神的信仰的。

但将至上的信赖，放在论理底一贯上，连运用着那论理的心理以至社会底根据，也没有想到，那十八世纪底合理主义的误谬。不但此也，这样的知识崇拜，是出于生活蔑视，现实轻视的精神的，并且又回到那地方去。而且这（只跟从"论理"底价值的结果）又成为主观论哲学（德国观念论的认识论，是这样的）了。主观论哲学，其实是个人主义意识底想法，和社会底地思索事物的想法，是站在反对这一面的。

三　只跟追着作为思惟的价值和必然，就不得不取演绎底的想法。

这想法，社会底地，是和保守底势力相结合的。历史底地说起来，则演绎法这种想法，也是一时代的组织制度已经固定，命令由中央发给大众的情形的在思惟上的反映。凡是演绎，一定就是出于一时代的经验固定之后，只要加以整理就好的时代的想法。在这样的时代，是社会底地安定了的。经验只有数量增加起来，却再不发生新的性质的经验。新的性质的经验一出现，在向来的观念体系中，便不能将这消化净尽了，于是思惟就再回到经验这边来，而所谓归纳法这一种方法，遂占胜利。哲学家洛采曾经说过，"虽是归纳法，但倘不豫想演绎法，是不能立的，"然而这样的想法，就已经是演绎底的了。

我们应该不顾这样的方法和态度，回到归纳底的"科学底的"立场和方法去。应该从思惟崇拜的迷梦醒来，成为经验尊重的态度。

倘依思惟崇拜的旧世纪底信条，则"谈玄"（Philosphieren）的事，是觉得最超迈的，"辨名"（Logizeren）的事，是以为最高之道的。但是，这不过是思惟已经堕落，思惟只跟追着思惟本身的价值，而游离了的所谓知底颓废。

四　最要紧的，是想一想知识的本来的性质（知识为生活而存在的这一种知识的生活性）；辨名的事，是在于为了经验整理（科学底立场）和生活的促进；于是进而理解的那知识的社会底历史底性质，常将观念体系加以改废。

曾有以为在斯世中，人生不可解而自杀了的青年。他错在那里呢？他要用"想"，来解释"生"的意义或价值。这已经是根本底的错误了。为什么呢，因为由"想"所运用者，并不是生，其实只是"所想的生"的缘故。况且在想者，便是生。生并不由思惟而浮起的。倒是靠了生，思惟这才被视浮起。——将"生"这东西，具体底现实底地来运用，想及它的幸福和便利的时候，这总可以说，我们是站在科学底生活底看法上，正当地运转着思惟了。将思惟和生活的形态，历史底社会底地来观察，看定他的本相，常常分解它的因数，常常从结构起来，这是正当的思惟之道。

三　艺术与哲学的关系

艺术并不是创造于哲学的指导之下的东西。

然而,恰是一切意识形态,莫不如此一般,倘在艺术上,有要求或种观念的整顿的时候,那么,问题就势必至于不得不上溯关于艺术的哲学底思索了。就如日本的左翼的艺术理论,有了材料本位的主张时,一部分却以为艺术的本质,不在材料而在形式。一到这里,问题便冲破了单单的文艺批评那样的工作的领域了。

于是艺术理论就非将艺术这东西,内容和形式这东西的观念的整顿,即行开手不可了。在现在,就应该来看透关于艺术上所被要求的内容和那必至底的形态,也就是来充任对于创作的作为补助底参考的机能。

（未完）

原载 1930 年 4 月 10 日上海神州国光社版《文艺讲座》
第 1 册。

初未收集。

四日

日记　雨。上午王佐才来,有达夫介绍信。下午寄友松信。往内山书店买书四种,共泉六元六角。得季志仁信并译稿一篇及所赠之 *Le Miroir du Livre d'Art* 一本,一月五日巴黎发。成君赠酒一坛。

五日

日记　昙。午后侍桁来,托其寄石民信并季志仁稿。得友松复信并还稿二篇。从商务印书馆寄到英文书二本，共泉十二元六角。下午得金溟若信，即复。得小峰信并书籍杂志等。

六日

日记 晴。上午同广平携海婴往福民医院诊视牛痘，计出三粒，极佳。下午修甫，友松来。晚出街买倍溶器二个，一元五角。

七日

日记 昙。下午陶晶孙来。侍桁来。小雨。晚石民来并交季志仁稿费十。

八日

日记 昙。午后寄陈望道信并《文艺研究》例言草稿八条。下午寄马珏及淑卿《美术史潮论》各一本。往内山书店，托其店员寄陶晶孙信并答文艺之大众化问题小文一纸。下午友松来。晚王佐才来。

《文艺研究》例言

一、《文艺研究》专载关于研究文学，艺术的文字，不论译著，并且延及文艺作品及作者的绍介和批评。

二、《文艺研究》意在供已治文艺的读者的阅览，所以文字的内容力求其较为充实，寿命力求其较为久长，凡泛论空谈及启蒙之文，倘是陈言，俱不选入。

三、《文艺研究》但亦非专载今人作品，凡前人旧作，倘于文艺史上有重大关系，划一时代者，仍在绍介之列。

四、《文艺研究》的倾向,在究明文艺与社会之关系,所以凡社会科学上的论文,倘其中有若干部分涉及文艺者,有时亦仍在绍介之列。

五、《文艺研究》甚愿于中国新出之关于文艺及社会科学书籍,有简明的绍介和批评,以便利读者。但同人见识有限,力不从心,倘蒙专家惠寄相助,极所欣幸。

六、《文艺研究》又甚愿文与艺相钩连,因此微志,所以在此亦试加插图,并且在可能范围内,多载塑绘及雕刻之作。

七、《文艺研究》于每年二月,五月,八月,十一月十五日各印行一本;每四本为一卷。每本约二百余页,十万至十二万字。倘多得应当流布的文章,即随时增页。

八、《文艺研究》上所载诸文,此后均不再印造单行本子,所以此种杂志即为荟萃单篇要论之丛书,可以常资参考。

原载 1930 年 2 月 15 日《文艺研究》季刊第 1 卷第 1 期(衍期出版)。

初未收集。

文艺的大众化

文艺本应该并非只有少数的优秀者才能够鉴赏,而是只有少数的先天的低能者所不能鉴赏的东西。

倘若说,作品愈高,知音愈少。那么,推论起来,谁也不懂的东西,就是世界上的绝作了。

但读者也应该有相当的程度。首先是识字,其次是有普通的大体的知识,而思想和情感,也须大抵达到相当的水平线。否则,和文艺即不能发生关系。若文艺设法俯就,就很容易流为迎合大众,媚悦大众。迎合和媚悦，是不会于大众有益的。——什么谓之"有益"，非在本问题范围之内，这里且不论。

所以在现下的教育不平等的社会里，仍当有种种难易不同的文艺，以应各种程度的读者之需。不过应该多有为大众设想的作家，竭力来作浅显易解的作品，使大家能懂，爱看，以挤掉一些陈腐的劳什子。但那文字的程度，恐怕也只能到唱本那样。

因为现在是使大众能鉴赏文艺的时代的准备，所以我想，只能如此。

倘若此刻就要全部大众化，只是空谈。大多数人不识字；目下通行的白话文，也非大家能懂的文章；言语又不统一，若用方言，许多字是写不出的，即使用别字代出，也只为一处地方人所懂，阅读的范围反而收小了。

总之，多作或一程度的大众化的文艺，也固然是现今的急务。若是大规模的设施，就必须政治之力的帮助，一条腿是走不成路的，许多动听的话，不过文人的聊以自慰罢了。

原载 1930 年 3 月 1 日《大众文艺》第 2 卷第 3 期。
初收拟编书稿《集外集拾遗》。

《溃灭》第二部一至三章
译者附记

关于这一本小说，本刊第二本上所译载的藏原惟人的说明，已经颇为清楚了。但当我译完这第二部的上半时，还想写几句在翻译的进行中随时发生的感想。

这几章是很紧要的，可以宝贵的文字，是用生命的一部分，或全部换来的东西，非身经战斗的战士，不能写出。

譬如，首先是小资产阶级的知识者——美谛克——的解剖；他要革新，然而怀旧；他在战斗，但想安宁；他无法可想，然而反对无法中之法，然而仍然同食无法中之法所得的果子——朝鲜人的猪肉——为什么呢，因为他饿着！他对于巴克拉诺夫的未受教育的好处的见解，我以为是正确的，但这种复杂的意思，非身受了旧式的坏教育便不会知道的经验，巴克拉诺夫也当然无从领悟。如此等等，他们于是不能互相了解，一同前行。读者倘于读本书时，觉得美谛克大可同情，大可宽恕，便是自己也具有他的缺点，于自己的这缺点不自觉，则对于当来的革命，也不会真正地了解的。

其次，是关于袭击团受白军——日本军及科尔却克军——的迫压，攻击，渐濒危境时候的描写。这时候，队员对于队长，显些反抗，或冷淡模样了，这是解体的前征。但当革命进行时，这种情形是要有的，因为倘若一切都四平八稳，势如破竹，便无所谓革命，无所谓战斗。大众先都成了革命人，于是振臂一呼，万众响应，不折一兵，不费一矢，而成革命天下，那是和古人的宣扬礼教，使兆民全化为正人君子，于是自然而然地变了"中华文物之邦"的一样是乌托邦思想。革命有血，有污秽，但有婴孩。这"溃灭"正是新生之前的一滴血，是实际战斗者献给现代人们的大教训。虽然有冷淡，有动摇，甚至于因为依赖，因为本能，而大家还是向目的前进，即使前途终于是"死亡"，但这"死"究竟已经失了个人底的意义，和大众相融合了。所以只要有新生的婴孩，"溃灭"便是"新生"的一部分。中国的革命文学家和批评家常在要求描写美满的革命，完全的革命人，意见固然是高超完善之极了，但他们也因此终于是乌托邦主义者。

又其次，是他们当危急之际，毒死了弗洛罗夫，作者将这写成了很动人的一幕。欧洲的有一些"文明人"，以为蛮族的杀害婴孩和老人，是因为残忍蛮野，没有人心之故，但现在的实地考察的人类学者已经证明其误了：他们的杀害，是因为食物所逼，强敌所逼，出于万不得已,两相比较,与其委给虎狼,委之敌手,倒不如自己杀了去之较为妥当的缘故。所以这杀害里,仍有"爱"存。本书的这一段,就将这情形描写得非常显豁(虽然也含自有自利的自己觉得"轻松"一点的分子在内)。西洋教士,常说中国人的"溺女""溺婴",是由于残忍,也可以由此推知其谬,其实,他们是因为万不得已:穷。前年我在一个学校里讲演《老而不死论》,所发挥的也是这意思,但一个青年革命文学家将这胡乱记出,上加一段嘲笑的冒头,投给日报登载出来的时候,却将我的讲演全然变了模样了。

对于本期译文的我的随时的感想,大致如此,但说得太简略,辞不达意之处还很多,只愿于读者有一点帮助,就好。倘要十分了解,恐怕就非实际的革命者不可,至少,是懂些革命的意义,于社会有广大的了解,更至少,则非研究唯物的文学史和文艺理论不可了。

一九三〇年二月八日,L。

原载 1930 年 4 月 1 日《萌芽》月刊第 1 卷第 4 期。
初未收集。

九日

日记 星期。晴。无事。夜濯足。

十日

日记 晴。午后收沉钟社所寄赠之《北游》及《逸如》各一本。下午董绍明来并赠《世界月刊》五本,且持来 Agnes Smedley 所赠 *Eine Frau allein* 一本,所摄照相四枚。晚王佐才来。邀侍桁,雪峰,柔石往中有天夜饭。

十一日

日记 晴。上午得孙用信。午后托柔石往邮局以海婴照片一枚寄孙斐君,以《萌芽》及《语丝》一包寄季市。收版画之家所寄「版画」第三四三八辑各一帖,又特辑一帖,共泉八元四角。

致 许寿裳

季市兄:

午后寄上《萌芽》及《语丝》共一包,现在一想,《语丝》似乎弄错了。不知是否?

其中恐怕每期只一本,且有和先前重出的罢。重出者请弃去,毋须寄还。缺者请将期数便中示知,当补寄。

迅　启上　二月十一夜

十二日

日记　晴。上午同广平携海婴往福民医院诊察。下午得董绍〔明〕信并赠所译《土敏土》一本。寄季市信。寄版画之家山口久吉信并信笺一包。以《萌芽》及《语丝》寄诗荃。晚得诗荃信。

十三日

日记　晴。午后钦文来。下午侍桁来。晚邀柔石往快活林吃面,又赴法教堂。

十四日

日记　晴。午后复孙用信。复董绍明信。寄淑卿信。下午真吾来别,赴合浦。钦文来。

致 孙 用

孙用先生：

来信谨悉。

先生所译捷克文学作品，在《奔流》上是可以用的，但北新多方拖延出版，第五本付印多日，至今未印成，第六本则尚未来托编辑，所以续出与否，殊不可定。《萌芽》较急进，尚未暇登载较古之作品。先生之稿如不嫌积压，可待《奔流》决定时再说，或另觅相宜之杂志也。

《昇香集》北新本愿承印，出版迟者，盖去年以来，书业经济，颇不活动之故。印成后向例取板权税几成我不知道，但仍须作者常常作信索取，因上海商业老脾气，不催便不付也。

迅　启上　二月十四日

十五日

日记　晴。上午得霁野信。午后往内山书店买『昆虫記』（分册十）一本，六角。收诗荃所寄 *Der Nackte Mensch in der Kunst* 一本，八马克。晚从中有天呼酒肴一席请成先生，同坐共十人。

车勒芮绥夫斯基的文学观*

［俄国］G. V. 蒲力汗诺夫

第一章　文学及艺术的意义

据 Chernyshevski 的意见，则人类的智底进化，是有用于作为历史底运动的最深的弹簧的。凡文学，是诸国民的智底生活的表现。因此之故，Chernyshevski是恐怕会将文明史上的重要的职务，都归之于文学的罢。而其实并不如此。Chernyshevski将文明史上的重要的职务，并不拿到文学，却拿到科学去了。他论科学道，——"静静地，缓缓地创造着，它创造一切。由此创造出来的知识，躺在人类的一切概念，接着是一切行动的根柢里，对于那一切欲求，给以方向，对于那一切才能，则给以力量。"①文学却不然。在历史底过程上的那职务，也未尝不为重要，然而往往是第二义底的。

"例如，——Chernyshevski说，——在古代世界中，我们不知道曾有一个时代，那历史底运动曾经行于文学的重大底影响之下的。希腊人虽然偏爱诗歌，然而他们的生活的历程，并不由于文学底影响，却由于宗教底，种族底和军事底欲求，从来这以外还由于政治底和经济底问题而被规定。文学也和艺术一样，是较好的装饰。但仅仅是装饰而已，并非他们的生活的基本底弹簧和原动力。罗马的生活，是由军事底和政治底斗争，以及法理底诸关系的决定而发达的。在罗马人，文学不过是政治底行动的高尚的休息。在伊大利的辉煌的时代，生了Dante，Ariosto和Tasso的时代，生活的基本底原则也不是文学，倒是政党的斗争和经济底诸关系，——就是并非由于Dante的影响，倒是这些的利益，决定了他这时代以及他以后的他的故国的运命的。在英吉利，在以生了基督教世界的最伟大的诗人，虽并合别的全欧的文学，也怕不能企及的许多第一流作家为荣的英吉利，国民的运命也未尝系属于文学，那是由宗教底，政治底和经济底诸关系，议会的讨论和新闻的论争而决定的，——这就是，对于这国度的历史底发达，文学往往从有第二义底影响。在几乎一切的历

---

① 他的著作——《Lessing，那时代，那生活和事业》，全集，第三卷，第五八五页。（以下各注中"同书""全集"均指《Lessing，那时代，那生活和事业》。不另注）

史底国民,文学的地位就几乎常常是如此。"①

　　足为他所叙述的一般底情况的例外者,Chernyshevski 只知道极少的几件事。在这极少的例外之间,占着极重要的一个位置者,是十八世纪后半和十九世纪初头的德意志文学。——"从 Lessing 活动之始到 Schiller 之死的五十年间,欧洲最伟大的国民的一个发达,从波罗的海到地中海,从莱因到奥得的诸国的未来,由文学运动而被决定了。别的一切社会底势力和事件的参与,比起文学的影响来,只好说是很微细。对于和那时德意志国民的运命相宜的作用,什么事物也没有给以帮助,却相反,生活所系的几乎一切的别的关系和条件,倒使国民的发达有妨。只有文学,则和无数的妨害相斗争,而使它前进。"②

　　在 Chernyshevski 以为和这一样,例外底地重要的,是 Gogol 时代的俄罗斯文学的职务。到 Gogol 为止的这文学,是还在可以称为那发展的预备时代的时期的,——换了话说,就是他以前的各时代中,那意义之所在,较之给那时代以特征的文学底现象的无条件底价值,倒在准备了其次的时代。要显明他的这思想,只要示出他怎样地理解了我们的文学的 Pushkin 时代和 Gogol 时代的关系,就很够了。他看 Pushkin 和 Belinski 在活动的晚年时所看的完全一样。他将他的诗评价得极高。然而他大抵是将这当作形式的诗来处理的。完成了的形式的创造,是出给我国文学的 Pushkin 时代的历史底课题。这课题一解决,则在我们的文学中,那主要的工作不复是先前那样的形式,而是内容的事为其特征的新时期就开始了。这时期,是和 Gogol 之名相连结的。这时期,我国的文学便成了必当有此的东西,即国民底自己意识的表现了。在 Gogol 的影响之下,以及我国中所谓自然派的发生之时,这也向着这同一方向而发达。Cherny-

────────────

　　①　同书,五八六页。
　　②　同书,五八六至五八七页。

66

shevski 将在我国文学上的这新方向，评价得极高。在那《俄罗斯文学的 Gogol 时代》中，他分辩道，——"我们为免于以旧者为牺牲，而赞美新者那样的误解起见，顺便说明于此，俄罗斯文学的现时代，虽有那难于抱拥的价值，但首先，是只因为它足为我们的文学的将来的发达的准备之用，才有那本质底的意义的。我们相信我们的良好的将来，虽是关于我们的 Gogol，也至于可以毫无疑惑地说，——在我国，将如他的胜于先辈一样，有胜于他的作家出现的罢。问题之所在，只在那时日是否立刻到来。倘若我们的世代，负着能迎这良好的将来的运命，就幸甚了。"①

  Chernyshevski 是一面断言着文学应该是社会底自己意识的表现，一面讲述了由德国输入我国，从 Nadezhdin 和 Belinski 的时代以来，就在我国的文艺批评上，演了很大的职务的思想的。但在他，这即刻获得了一切"启蒙"期所特有的理性底性质。言其实，则于社会，或于产生了它的社会之所与的层的自己意识的表现，并无用处的文学，是没有的。虽在所谓为艺术的艺术的理论，统驭不移，艺术家一看好像不顾和社会底利害略有关系的一切事物的时代，文学也还在表现着支配那社会的阶级的趣味，见解和欲求。其中，上述的理论掌握着主权的那事实，其所证明者，不过是支配阶级，或者至少是艺术家，以对于伟大的社会底诸问题的无关心，来主宰那作为对象的一部分罢了。而这样的无关心，则无非是社会底（或是阶级底，或是集团底）心情，即意识的一个变种。在这意义上，则在 Pushkin 时代，或者虽在 Karamzin 时代，我们的文学也曾表现着我们的社会意识，乃是无疑的事实了。但据 Chernyshevski，却从 Gogol 的时代起，这才开始表现。据他所说，则惟从这时代起，我们的艺术家们才停止了那作品的专事形式，而给那内容以意义。我以为这是不对的。因为譬如 Pushkin 对于那 *Eugeni Oniegin* 的内容，（我们）不能

---

① 全集，第二卷，一七二页。

设想其为冷淡。但在一面是 *Eugeni Oniegin*，别一面是《巡按使》和《死魂灵》之间，对于所表现的现象的艺术家的态度上，是有很大的差异的。Pushkin 并不反对以那世俗底空虚，狭隘，利己主义等，来责备那主角。然而在他的 *Oniegin* 中，却连那见于 Gogol 的作品里的，虽然并非作者故意，但由他表现出来了的对于社会生活的那根本底否定的暗示也没有。惟这否定旧社会秩序的要素，在 Chernyshevski，是称为社会底自己意识的始原的。如果他期待将来，就如我们现之所见似的，有恰如 Gogol 之胜于那些前辈一样，胜于 Gogol 的作家的出现，则这在他，就和以为我们的伟大的技术家们将和时光（的进行）一同，在对于旧社会及家庭制度的否定底态度的意识性上，远出于《死魂灵》的作者之上的真确相等，文学批评的最主要的义务，据他的意见，是在将这意识性，普及于艺术家之间。这意识性在俄罗斯的艺术家们之间愈普及，则我们的文学，据 Chernyshevski 的意见，就为了在那时过渡底的时代所非尽不可的那职务，也愈加成熟了。

到后来，Pisarev 便将意在破坏美学的企图，归之于 Chernyshevski。但他是错的。Chernyshevski 距这样的企图有多么远，在一八五四年关于以 Oldvinski 的俄译印行的 Ariostoteles 的《诗学》的他的论文（《祖国通信》，一八五四年，第九号）的下数行，就显示着了。"说美学——是死了的科学！我们并不说，比这更有生气的科学，是没有了。但关于这些科学，我们想一想才好。不，我们还对于仅有很少的活的兴味的科学，加以称扬，说美学是无益的科学！我们来问一问，作为这回答罢，——我们还记得 Goethe，Lessing 和 Schiller 么，还是自从我们知道了 Thackeray 以来，他们便失掉了被我们所记忆的权利呢？我们可承认前世纪后半的德意志诗歌的价值呢？"[①]

Chernyshevski 是将我们是否承认十八世纪后半的德意志诗歌

_____

① 全集，第一卷，二八至二九页。

这一个冷隽的质问，给与美学的否定者们，借此使他们记起曾有文学尽了伟大的社会底职务的时代这事来的。那时代的德意志文学，对于美学底问题，决未尝冷淡。却相反，在那时代，从事于此者倒很多，也正因为从事于此者多，所以能够尽了所降的伟大的职务。据Chernyshevski 的意见，这时代的德意志文学的最优胜的活动者，不可忘掉是 Lessing，——"一切最优秀的此后的德意志作家们，虽是Schiller，虽是 Goethe 自己，在那活动的佳胜的时代，也是他的弟子。"①而 Lessing，则大抵是文学和艺术的理论家，他所从事的领域，最多是美学的领域的。

Chernyshevski 说——如果诗歌，文学，艺术，是非常重要的对象，则文学理论的一般底诸问题，也应该有巨大的兴味。"一言以蔽之，——他加添说，——和美学反对的全论争，由我们看来，那根本是在关于美学是什么，最多的是关于一切理论底科学是什么这一事的误解，错误的概念的。"②

Chernyshevski 问读者道，——"诸君的意见，以为 Pushkin 和Gogol 谁高呢？"这质问的解决，据他的意见，是悬在关于艺术的本质和意义的概念的。而这些概念，在 Aristoteles 和 Platon 的著作中，就已经得了正当的形相。这就是 Chernyshevski 所以觉得必须将这些思想家的美学说，绍介给读者们的原因。不消说，作为哲学底观念论的决定底反对者的我们的著者，对于 Platon 的哲学全部，是不能同感的。然而这事并没有妨碍他怀了热烈的同感，去接近这伟大的希腊的观念论者之所观察艺术的那观点。

Chernyshevski 说，——"他对于科学和艺术，也和对于别的一切一样，是不从学者底或艺术家底观点，而从社会底及道德底观点来看的。人类（如并合 Aristoteles 在内的许多伟大的哲学者所想那

---

① 全集，第三卷，五八九页。
② 全集，第一卷，二八页。

样）并非为了要成艺术家或学者而生存，倒是科学和艺术应该尽力于为人类的幸福。"①

这观点，据我们的著者之所说，则就使 Platon 对于在那时代，在因为无所为，而恍忽于有些淫荡的绘画和雕刻，酩酊于有些淫荡的诗歌的人们，几乎没有例外地，当作美的，高尚的娱乐，但也竟是用为娱乐了的那艺术，不得不怀否定底的见解了。艺术的问题，在 Platon，就只解决为娱乐以外，一无所有的事实。而 Platon 在那里面看见了空虚的娱乐的时候，他并没有去非难他。那证据，是 Chernyshevski 引用着"最真诚的诗人之一"，不消说是对于艺术，不作敌对的态度的 Schiller。据 Schiller 的意见，则 Kant 称艺术为游戏（das Spiel），是全然不对的，因为惟在游戏之际，人才是完全的人。

Chernyshevski 看出了反对艺术的 Platon 的论证，极为粗暴。然而他在其中看见许多真实的东西。"要证明 Platon 的严峻的揭发，——他写着——有许多对于现代的艺术，也还属确当，并非困难的事。"②对于严峻的 Platon 的揭发他那热烈的同感，由这事说明得极为明白，在这里大约已无赘说的必要了。

Platon 之起而反对艺术者，以其在人类为无用的缘故。我们的著者之不辞否定无用于人类的艺术，也不下于 Platon。据他的意见，以为艺术不应该是有用的东西，应该为它本身而存在的那种思想，是"等于'为富的富'，'为科学的科学'之类的古怪的思想。人类的一切事业，要不成为空虚的无用的工作，就应该效力于人类的利益。就是，富为了供人类的使用，科学为了做人类的南针，所以存在，艺术也应该并非为了无实的满足，而效力于什么本质底利益的。"③

然则，由艺术送给人类的利益，是什么呢？

———————————

① 同书，一三页。
② 同书，三二页。
③ 同书，三二页。

通常说，美的愉乐使人心和善，使人类的魂灵崇高。Cherny-shevski 以为这思想是对的。但他不愿意引伸这些艺术的认真的意义。人一出美术馆或剧场，至少，在他所受的美底印象尚未消失的短时期中，觉得自己是善良的人，他于这事自然是同意的。但他注意于饱人比起饿人来，较为为良善的事。所以从这方面看来，则在艺术的影响和人类的肉体底要求的满足之及于人类的影响之间，并无什么差异存在。"艺术之作为艺术的（即从那作品的或种内容独立了的）有益的影响——Chernyshevski 说，——几乎全在于艺术是——愉快的东西这一事之中。这样的有益的性质，是属于"高兴"所从出的那一切别的愉快的工作，关系，对象的。健康的人，较之有些快快不满的病人，往往更不利己主义，更加良善。好的住所，比起湿的，暗的，冷的来，较为导人们于良善。平静的人（即并非在不愉快的状态的人），比起愤怒的人来，也较为良善，等等。"① 用心一想，则由作为满足的源泉之一的艺术所致的利益，虽然是无疑的，然而较之生活的别的适宜的关系和条件来，却极为微细。而艺术的伟大的意义，则并不在这里面。那是在艺术将许多知识，传播于在或种意义上对艺术怀着兴趣的人们的大众里，将科学所准备了的概念，告诉他们之中的。然而 Chernyshevski 一面讲说着这事，一面却将诗放在念头上——他称这为艺术中的最真挚的东西，——为什么呢，据他之所记，则因为在这意义上做得很少，所以仅有极少的文学者，能以将知识传播于自己的读者之间为目的，是无可疑的。但因为他们在教养上，比他们的读者的多数为高，所以读者能够从他们的作品知道许多事。Chernyshevski 确信着虽是最通俗的作品，也能很开拓那读者所获的知识的范围。诗使读者大众"开心"，一面将利益送给那智底发达。这就是诗在这思想家的眼里，所以获得认真的意义的原因。这就是虽在和 Platon 相反，于此并无顾虑的时候，也

① 同书，三三页。

还有着这意义的原因。

这样，Chernyshevski 并未将美学破坏。却相反，他为了将由科学所准备的概念的传播这事之所要约的艺术的伟大的意义，显示于艺术家们起见，倒依据着美学。换了别的话来说，就是——我们的著者并不破坏美学，不过将那理论，根本底地重行检讨罢了。从他那里听过对于艺术的 Platon 的见解之后，我们便不难懂得他当解决 Pushkin 和 Gogol 谁为高张的问题的时候，为什么觉得有引用"在美学底判决这事上的伟大的教师们"——Platon 和 Aristoteles——的必要和有用的原因。而下文的几行，也就毫不使我们诧异——"倘若艺术的本质，诚如现今所说，在于理想化，倘若那目的——在于美者的有味的，昂扬的感觉，则在俄罗斯文学里，更没有比得上 *Poltava*，*Boris Godunov*，《青铜的骑士》，《石象之客》以及这些无限的芳烈的诗的著者（Pushkin——译者）的诗人。但倘若向艺术要求另外的东西，则那时候……"——Chernyshevski 以被旧的美学底概念所拘絷的读者之名，用了下文那样的疑问，将自己的句子截断了，——"然而除此以外，什么地方还会有艺术的本质和意义呢？"Chernyshevski 的意见，以为这在什么地方，我们是知道的。我们也能够自己来补足这截断了的句子，——倘若艺术的本质，不只给与美者的有味的，昂扬的感觉之中，则《巡按使》和《死魂灵》即高于《石象之客》和 *Poltava*，Gogol 高于 Pushkin，而以对于生活的那态度的意识性，凌驾 Gogol 者，即更高于 Gogol。"[1]

关于这里所述的见解，Skabichevski 后来写在《最近俄罗斯文学史》上道——

"艺术和科学的这同视，将作为哲学底和政论底探求的图解的从属底职务，对于艺术的增给，这是此后招了极多的结果的运命底的误谬。首先第一，这是使批评从作为艺术作品的评价者这一种最

---

[1] 同书，二〇页。

本质底的职务——在 Belinski 时代，批评曾以那辉煌的成功，所成就了的那职务，离开了。……然而加以科学和艺术的同视，艺术的对于科学的从属底职务的理论，为幼稚未熟的头脑所摄取，则顺着斜面，必然地要走到恰如我们在以 Pisarev 为先锋的 *Russkoe Slovo* 的政论家之间所见那样的，艺术的完全的否去。"①

Skabichevski 将"科学和艺术的同视的理论"，归之于 Chernyshevski，于是带着诧异，这样地问道，——"倘使当作如此，则所谓创造底想象(Fantasie)，是做怎样职务的呢?"②诚然，"倘使当作如此"，则创造底想象将失其去路，这事是应该同意的。Chernyshevski 却决没有将艺术来和科学"同视"。作为通达 Hegel 的美学的人的他，也和 Belinski 一样，对于学者借论理底论证之助，著述其思想，和这相对，艺术家则将它具象化于形象之中，就是以"创造底想象"为依据的事，是知道得很清楚的。如果 Skabichevski 再熟悉一些 Belinski 和 Chernyshevski 所从中摄取了那美学底见解的哲学底典据，大概就不至于犯到这样的错误了。

取例来看罢。小说《将何为?》那大半是很好地宣传着论文《在哲学上的人学底原理》所说的同一的思想的。但在这小说里，这思想被具象化于形象之中，而在论文上，则那证明，却借了论理底论证之助。故 Chernyshevski 之作小说也，他不得不向往那创造底想象，是明明白白的。我们知道，许多人们以为 Chernyshevski 在那小说中，很少显现着创造底的力。然而这是，虽然在这里并无关系，顺便说一说罢，别的许多读者所极其轻率地决断下来了的问题，——Chernyshevski 自己宣言着，在本身并无一点艺术底才能。而人们却太轻易地相信了。其实，他的小说也实在并不伟大罢，但却有或种的艺术底价值。其中有诙谐和观察力。最后，还为至今读得大有兴

---

① 同书，六五至六六页。
② 同书，六五页。

味的赤诚所贯注。关于这小说，要如现在的"先驱底的"读者也未免多是那样似的，来侮蔑底地耸肩，则必需有将基础放在普及于我国的根本底地错误的美学说上的许多的偏见。但是，重复地说罢，这是别的问题。无可疑的，是 Chernyshevski 在那小说，是诉之于自己的创造力，在那论文，则诉之于自己的理论。要在我们之前，曝露 Skabichevski 犯了怎样地素朴的错误，这就很够了。

但再来举例罢。Tolstoi 在那《Ivan Ilitch 之死》或《主仆》那样的作品里，叙述着直到他关于"人生的意义"的思索之中的那见解，是毫无疑窦的。然而叙述着这些的见解，他——正如 Chernyshevski 在那小说上之所为一样——就凭了那创造底想象的，并没有依据着或种什么理论底论证。那么，如何？谁说 Tolstoi 在这些作品里，没有十分展开了那创造底力呢？谁拒绝将这些加在最好的艺术作品里面去呢？Skabichevski 先生是在连同视的影子也没有之处，看见了同视了。

Skabichevski 以为 Chernyshevski 的妄作的错误，使批评离开了 Belinski 时代所曾从事的那职务的意见，也因其极端的含胡，全然不能首肯。Belinski 实在是"艺术作品的评价者"。然而 Chernyshevski 的美学说——作为它本身——也决没有排除这样的评价。倘说，支持着那见解的批评家们，因为将那重要的注意集中于这些作品的观念上，遂容易忘掉它们所检讨的关于作品的艺术底价值的问题，那是不错的。又例如到了 Pisarev，Chernyshevski 的美学说渐带上了漫画底相貌，那也不错的。但这些事，可由当时的社会底条件来说明，对于这，Chernyshevski 不消说是全然不负什么责任。他的美学说，在它本身，是并没有排除对于艺术作品的美学底价值的兴味的。要显示 Skabichevski 怎样粗拙地下了批评，即此也就足够了罢。

成为 Chernyshevski 的美学说的重要的特征之一的，是以为单由于"美"，不足以尽艺术的内容的这种思想。他将这思想，在那学位论文《艺术和现实的美学底关系》里详细地展开，又在那《俄罗斯文学的 Gogol 时代的概要》上，反复了好几次。

"在一切人类的行为中，——他在那上面说，——是参加着人类的本性的一切欲求的，——虽然关涉于此者，大抵是其中之一。所以艺术也并非由于向往于美的抽象底的欲求（美的观念），而成于活的人类的一切力和能力的全体底行为。但因为在人类的生活上，例如真实，爱，以及日常生活的改良等等的要求，较之向往于美的东西的欲求更为强大，所以艺术不但往往能作这些要求（不仅是美这东西的观念）的表现，到或一程度而已，那作品（即人类生活的作品——这事是忘记不得的），则几乎常是被创造于真实（理论底和实践底），爱，日常生活的优越底影响之下，所以向往于美的欲求，不过遵了人类行动的自然底法则，作为对于人类本性的这些事以及别的强大的要求的效劳者而出现罢了。价值显著的一切艺术的创作，就常是这样地被制造。从现实生活抽象了的欲求，是无力的，所以倘若便使向往于美的欲求，抽象底地（即断绝了和人类本性的别的欲求的关联）来行动，则虽仅在艺术底意义上，恐怕也将不能造出什么显著的东西了。历史不知道只由美的观念而造成的作品，——假使这样的作品，现今存在，过去也曾存在，则这是并不惹同时代的什么注目，作为拙劣的东西，——虽在艺术底意义上也作为拙劣的东西，而被历史所忘却了。"①

Chernyshevski 的这思想，即使有些抽象底的那一种缺点；但也是对的。历史实在不知道仅因美的观念而被表现的艺术底作品。因了这事，——顺便说在这里，——而我们的文学的 Pushkin 时代，借了只向往于完全的形式的诗歌的努力而被赋给了性格的那思想，就也遭着反驳了。但问题并不在这里。科学底美学的任务，是并不被确证艺术不仅表现美的"观念"，也表现人类的别的欲求（向往真实，爱，等等的）这事实所限定的。那任务，大抵是在揭发人类的这

---

① 全集，第二卷，二一三至二一八页。

些欲求,怎样地在那美的概念之中;发见自己的表现;以及这些怎样地在社会发达的过程之中,一面自行变化,同时也使美的"观念",变化起来。例如,中世纪所特有的美的观念,——例如被具象化为圣母像的那个,——大家也都知道,是被置在支配着当时社会上尽了巨大的职务的教士们的那诸理想的影响之下的。在文艺复兴时代,则被具象化在这同一像中的美的"观念",就获得全然不同的性质。为什么呢,即因为在那时候,是表现着理想全然不同的新的社会层的欲求。这事,现在是谁都知道的。Chernyshevski 在那学位论文里,将美定义为"生活"的时候,也将这事实放在念头上了无疑。他写道,——"我们在那里面,看见据我们的概念,应该如此的生活的那样的存在,是美的。"[①] 但是,倘若这并不错,——而这也全不错,——则问题将成为怎样呢? 艺术在一方面,将我们的美的观念来具象化,在别一面,——不但这样,还如 Chernyshevski 所确言的那样,大抵是——将我们的向往真实,善良,自己的日常生活的改良,等等的欲求,来加以表现么? 不,反而往往发生相反的事。关于美的我们的概念,它本身就被这些欲求所贯注,它本身就表现着这些。所以将在现实上成着有机底的全一的东西,分解为各个的要素的必要,是没有的。然而 Chernyshevski 却因了一切"启蒙者"所特有的判断性的余泽,往往将这有机底的全一,分解为那各个的构成要素。[②] 因为如此,他就犯着理论底谬误。这他的理论底谬误,实有将偏颇底形相,赋给他的批评的危险,而实在也常常赋给了。倘若

---

① 全集,第十卷,第二部,八九页。

② 《艺术和现实的美学底关系》第十七题,说,——"生活的再现——这是成着那本质的艺术的一般底性格底特征。艺术的作品也往往有别的意义——那是生活的说明。那关于生活的现象,往往有判决的意义。"(全集,第十卷,第二部,第一篇,一六四页。)但全问题,是并不在这判决怎样地被表现,这说明以怎样的形相来给与,——以艺术底形象的模样,还是以抽象底命题的模样呢? 之中的,或一抽象底命题,即使是怎样地真实,也无涉于艺术的领域,在我国的文献里,则 Belinski 已将这事出色地说明了。

艺术作品,是和美的观念并列,——因而和它是独立地,——也表现一定的道德底,或实践底欲求的东西,则批评家便有不以在应当检讨的作品中,获得那艺术底表现到什么程度的问题为问题,而将那主要的注意,集中于这些欲求的权利了。批评这样地举动的时候,那便必然底地带起道德底性质来。这样的罪,在我国,则 D. L Pisarev 是很犯了的。不,不单是他。运命的冷嘲,是 Skabichevski 自己也将和这一样的罪,很犯了好几次。然而,这是大概见于以判断性的支配为特征的"启蒙"期的批评的。为批评的辩解起见,应该说一说的,是在这样的时期,判断性不独在批评家而已,也且为艺术家所固有,就是。[①]

关于艺术作品的 Chernyshevski 的批评中,往往有过多的判断性,这是不能掩饰的。我们读他对于 Platon 责难艺术的赏赞的时候,我们就在自己之前,看见向着成为一切别的"启蒙"期的特长的那对艺术的态度,当然将有同感的一时代的"启蒙者"。[②] 其实,关于 Platon 同时代的希腊艺术的 Chernyshevski 的批评,是不一定正当的。诚然,第四世纪的希腊艺术,已经不复表现着给 Polikritos 和 Phidias 以灵感的那男性底市民底理想,但总之,当 Chernyshevski 说那时的艺术家除了有些悦人的画和诗和雕刻以外,毫不给人什么东西的时候,他是太过分了。

当 Chernyshevski 反驳 Schiller 所采取,艺术是游戏这一种 Kant 的思想时,我们也不能和他同意。在 Chernyshevski,"游戏"的概念,是被空虚的娱乐的概念所掩蔽了。但这全不然。在实际上,游戏只

---

① David 讲他自己道——"je n'aime ni je ne sens le merveilleux; je ne puis marche à l'aise qu'avec le secours d'un fait réel"(Delecluze, L. David, son école et son temps. Paris 1895, P. 338. 论文集《二十年间》第一四五页及以下参照。)在 David 即属于此的十八世纪的法兰西的"启蒙者",这是极其性格底的。

② 关于艺术的判断,Socrates 的弟子 Platon 曾经表示了作为典型底"启蒙者"的自己,是几乎已无证明的必要了。

在特定的条件之下，才成为空虚的娱乐。"作游戏"者不独人类，动物也"作游戏"的。Spenser 就已经正当地说过，例如猛兽的游戏，乃由模拟的狩猎和模拟的争斗而形成，这意思就是说，在动物，游戏的内容，是由借此维持它们的生存的那行动而被决定的。在孩子那里，我们也看见一样的事。据同一的 Spenser 的正确的记述，则孩子的游戏，不外是种种成人的行动的演剧底的扮演。这事情，在幼小的野蛮人的游戏上，更能分明知道。用一句话来说，则恰如 Wundt 在那《伦理学》里，出色地表现着似的，游戏是劳动的儿子。① 正因为那是劳动的儿子，所以就往往远不是空虚在游戏。其成为如此者，只在没有一切劳动而生活，因此虽在那"行为"上也是无为的社会阶级或社会层里而已。不，虽是当此之际，游戏也还是间接底的"劳动的儿子"一般的东西，因为只在一定的生产关系的现存之下，委身于无为的阶级或层，在社会上才能存在的。

倘使——如 Chernyshevski 之所说——艺术的本质底特征，在于生活的再现，那就只得无条件底地承认，艺术不但在人类，虽在动物，这和再现生活的游戏也是亲属。在游戏或艺术上的生活的再现，是有很大的社会学底意义的。人类将自己的生活，再现于艺术作品中，借此而为了自己的社会生活，来教育自己，使自己和这相适应。各种的社会阶级，有不同的要求，而且过着不同的生活。所以他们的审美底趣味，也不相同。委身于无为的阶级，在那艺术作品里，表现其生活的空虚。他们的艺术，实在不过是空虚的娱乐。然而并非因为这和游戏完全一样，是生活的再现，所以是空虚的娱乐，只因为所再现的是空虚的生活，这才如此的。问题并不在"游戏"中，却在游戏的内容是怎样的东西中。由对于作为"劳动的儿子"的

---

① 在论文集《我的批判者的批判》三八〇至三九九页上的我们的论文《再论原始民族的艺术》参照。（中译收在《艺术论》中，《科学的艺术论丛书》之一，光华书局印行。——译者。）

游戏的见解，给了补足的对于作为游戏的艺术的见解，其于艺术的本质和历史，投给了极明亮的光。这才允许从唯物论底观点来审视。我们知道，当那文学底活动之始，Chernyshevski 曾经做了应用 Feuerbach 的唯物论哲学于美学的，以它本身而言，是成功底的尝试。对于这他的尝试，我们已经做了特别的论文了。① 所以在这里，我们有谁会这样说罢，这尝试，就它本身而言，虽说是极其成功了，但在那上面，正如在 Chernyshevski 的历史底见解上完全一样，反映着 Feuerbach 哲学的基本底缺点——即其历史底，或者说得更严峻，则是辩证法底方面的不足。而且只因为他所采取的哲学的这方面，是不充足的，所以 Chernyshevski 竟全不注意到游戏的概念，在艺术的唯物论底解释上是怎样地重要了。

但是，在 Chernyshevski 的美学之中，——也和在他的历史见解上一样——我们却看见对于对象的全然正确的理解的端绪。例如，试看他将由于种种不同的社会阶级的生活条件的那美的概念的依据，怎样出色地说明着就是。我们将他的论文之中，和这里有关系的，确是出色的处所，全都引在这里罢。——

"好的生活，应该如此的生活，在单纯的民众，是由饱食，足睡，住好小屋所成立的。但和这一同，在农夫，则'生活'这一个概念，往往被包含于工作的概念之中，——没有工作，就不能生活，那是无聊的罢。作为满足的生活的结果，在还不至于力的疲劳的大工作时候，年青的农夫或农村的姑娘，便将现出新鲜的脸色和颊上是红晕来，——惟这个，乃是据单纯的民众的解释的，美的第一条件。为了多作工，因而也有壮健的体格，只要给以满足的食物，农村的姑娘身段就很好，——这也是农村的美人的必要的条件。上流的'风一般轻飘飘的美人'，在农夫，是决定底地'不像样子'的，给他们以不愉快的印象，因为他们是惯于将'瘦削'当作生病，或是'伤心的运命'

① 论文集《二十年间》中的论文《Chernyshevski 美学说》参照。

的结果的。然而工作也不许肥胖，倘若农村的姑娘肥胖着，那便是疾病的一种，是'病弱'的体格的标记，民众是将很肥胖看作缺点的。在农村的美人，不得有小的手和小的脚，因为她多作工，——关于这些的美的属性，在我国的歌谣中，连那影子也没有。一言以蔽之，则在民谣中的美人的描写上，无一不是并非日日的笑谈，而是和适宜的工作时的满足的生活相因而至的结果的那出色的健康，以及有机体中的力的均衡的表现。上流的美人，和这全然两样了。她的祖先们，已经几世代间，不用手去工作而生活，作为没有工作的生活状态的结果，血的流动就极端地少，每一世代，手脚的筋肉弱起来，骨细起来，作为这一切的必然的结果，小的手和小的脚就非出现不可了，凡这些——在社会的上层阶级·惟这个，才是像生活样子的生活，不作肉体底劳动的生活的征候，倘若上流的妇女而有大的手和脚，那么，不是她有不好的身体，便是她并不出于旧的，名门的征候了。因了和这一样的理由，上流的美人还应该有小小的耳朵。偏头痛呢，如大家也知道，是有趣的病痛——而这也并非没有原因的，为了无为，血液留在中央的诸机关里，流到脑里去，虽使没有这个，神经系统也因为有机体的全体底衰弱，已经在焦躁，这些一切的不可避底结果——是永续底头痛和各种神经底疾病，但既然是我们所中意的生活状态的结果，则虽是病痛，也竟至于会愿意，会羡慕，所以也没有法子。诚然，健康之于人，是永久不失其价值的，因为没有健康而生活于满足和奢华，也是不好的事。但是，病弱，不健康，虚弱，衰弱，一想到是奢华的无为的生活形态的结果，在他们也立刻有了美的价值了。苍白，衰弱，病弱，在上流人，是还有别的意义的，——如果农夫需要休息和安静，则并无物质底必要和肉体底疲劳，却因为无为和物质底忧虑的缺如而常常觉得无聊的教养社会的人们，就在寻求'强烈感觉，欲望的激动'，由它将色彩和多样性和魅力，来给与没有它便单调而无色的上流生活。然而为了强烈的感觉和火一般的欲望，人就消耗了，——倘若这些便是'生活（经历——译者）得多了'的证明,那么,怎能不被美人的衰弱,苍白所蛊惑呢?"①

关于美的人们的概念,即被表现于艺术作品中。种种社会阶级的关于美的概念,如我们之所见,极有种种,往往还至于正相反对的,在所与的时代,支配社会的那阶级,也支配文学和艺术。将自己的见解和概念,拿到那里面来。而一切所与的阶级,自有它的历史,——这发达起来,达于繁荣和支配,于是遂向没落。而那文学底见解和那美底概念,也和这一同变化。所以在历史上,我们遇见人类的种种不同的美底概念,——支配过一个时代的见解和概念,在别的时代,就成古旧的东西。Chernyshevski 辨识了人类的美底概念,在那最后的阶段上,被他们的经济生活所决定。这是证明他的见解的巨大的透彻性的。为了使自己的美学说立于坚固的唯物论底基础之上,他有详细地研究他所辨识的美学和经济的因果关系,以及至少,则亘人类的历史底发达的主要的阶段,以追求这关系的必要。由这事,他便可以在美学史上做到最大的变革了罢。但是,第一,他在那研究上所依据的方法,对于这样的理论底企图,所完成者还不圆满;第二,是他作为"启蒙者",比起理论本身来,倒是对于和日常生活底实践有直接底关系的几个结论,更有兴味。所以他虽在关于美学领域的意识和存在之关系的问题上,投了极透彻的视线,而立刻从这理论底问题转过脸去,急于将理性底的实践底的忠告,给与自己的读者了,他说——

"有生气的新鲜的颜色

少年时候的标记是可爱的,

然而苍白的颜色,哀伤的标记

是更可爱的。

"但是,如果以苍白为对于病底的美的陶醉,或是趣味的人工底的颓废的征候,则一切真有教养的人们,应该觉得所谓真实的生活

① 全集,第十卷,第二部,第一篇,八九至九〇页。

云者,是脑和心的生活。这在颜面的表情中,在眼中印定得最为明白。所以民谣中提得如此之少的颜面的表情,在支配着有教养的人们之间的美的概念里,就获得巨大的意义。而且人之见得是美,往往只因为他有美的表情底的眼睛!"①

这也对的。但在这对的记述里,问题之所在,与其说是种种阶级的经济状态和这在怎样的联系之中,倒在在"有教养的人们,"这应该是怎样的东西了。关于应该的顾虑,在 Chernyshevski 的论文中,较之何故常有全然不同的事存在的呢这一个理论底兴味,更为超过。而在这唯物论者的学位论文中,例如关于艺术历史的实在是唯物论底的记述,较之在绝对底观念论者 Hegel 的《美学》上尤为稀少的这一种初看极奇的事实,就由此正被说明了。②

但我们回到关于 Aristoteles 的《诗学》的论文去罢,——这见得好像是关于《艺术和现实的美学底关系》的补足。据 Chernyshevski 的意见,则 Aristoteles 在他课于艺术的要求的昂扬之度,不及 Platon。关于音乐的他的概念,也不如 Platon 之为启发底的,——而且恰如我们先前讲到 Chernyshevski 和 Hegel 的辩证法的关系时,顺便说明过的一样,——常有琐末主义的缺点。Aristoteles 用人类对于模仿的欲求,来说明艺术的趣味时,我们的著者并不和他同意。然而关于哲学和诗歌的关系的 Aristoteles 的见解却很中他的意了。他说,——"将人类的生活,从一般底观点表示出来,并非将那偶然的,无意味的琐事,而是将生活上的本质底的,以及性格底的东西,体现出来的诗歌,是恰如 Aristoteles 所设想,有着极多的哲学底价值的。据他的意见,则在这意义上,这(诗歌)较之无论重要的,不重

---

① 同书,九〇页。

② 看一看关于《和兰绘画史》的 Hegel 的叙述罢,现代的唯物论者辩证法论者,大约是谁都几乎无条件底地同意的。(Aesthetik, b, 1-er Band, S. 217,218, B, Ⅱ . S. 217－223)。同样的记述,在他的《美学》里,也散见不少。

要的,本质底的,性格底的,以及毫无内面底意义的偶然的事实,都非毫不选择,记述出来不可的历史,要高得远甚。历史应该将并无互相共通的东西的各种事实,没有什么内面底的联系地,编年式地来叙述,和这相对,诗歌却将一切表现于那内面底联系中,在这意义上,也较历史要高得远甚。"①

如大家也都知道,Aristoteles 的这见解,也因了一样的理由,也很合了 Lessing 的意的,——这(见解)将对于这两个启蒙者所如此崇奉的"生活的说明",或者——用了更完全的正确表现起来,则——将宣告对于它的"判决"的要求,给了课于诗歌的理论底可能。自然,其实,Aristoteles 的见解,恰如 Hegel 放在那《美学》里我们屡见于 Belinski 的涉及这问题的判断之中一样,能在纯理论的意义上,加以说明的。然而 Chernyshevski 却和 Lessing 一同,照着"启蒙者"所崇奉的实践底方向来解释了。②

作为大抵顾虑着实践底结论,因此不很关心于这结论的理论底基础的全面底检讨的"启蒙者"的 Chernyshevski,是不能说他常将历史底正当,给了他所批判的美学说的。

Chernyshevski 和 Lessing 一同,由本身而言,是因了分明的原因,全然不爱"拟古典派的理论家"的,——这事情,关于 Lessing,则 F. Mehring 在那有名的著作 *Lessings Legend* 之中说明得很清楚,——但若加以检讨,在这里,就恐怕要将我们引得太远的罢。他对于这些理论家们,课着他们其实并无罪咎,而且倘若将注意略向领着他的美学底问题的历史底方面,便容易确信其无罪的那样的罪戾。下面便是那分明的例子。在 Platon 和 Aristoteles,称艺术为模

---

① 全集,第一卷,三六至三七页。

② 想起关于历史的 Chernyshevski 的下文似的说明来,大约也不为无益的罢,——"然而关于历史的 Aristoteles 的意见,有说明的必要——那是只适用于他的时代之所知道的历史的种类的——那其实并非历史,而是编年。"(全集,第一卷,三七页。)

仿底的东西。关于这事,Chernyshevski 以为必须提明,这些哲学者们之所谓"模仿",和拟古典派之从中视为艺术的本质的那"自然的模仿",仅有极少的共通之处。"Platon,尤其是一切 Batteux,Boileau,Horatius 的教师的 Aristoteles——他说——讲说模仿的理论时,是将艺术的本质,放在我们大家惯于补足其语句的自然的模仿之中的么? 在实际上,Platon 和 Aristoteles 是都以为艺术,尤其是诗歌的真实的内容,决不在自然之中,而在人类的生活之中的。将他们之后,只有 Lessing 说及,而他们的一切追随者们所不能理解的东西,设想为艺术的主要内容的伟大的名誉,是属于他们的。在 Aristoteles 的《诗学》中,关于自然,一句也没有说,——他说及人们,说及他们的行为,说及人们的事件,以为这些是诗歌所模仿的对象。补足道,——自然只在纤弱的,虚伪的描写诗以及和这相联系的教说诗——被 Aristoteles 逐出诗歌了的种类——极其全盛的时候,才会被采入于诗学中。自然的模仿,和真实的诗人无缘,真实的诗人的主要的对象,——是人类等。'自然'只在风景诗里,才被推为第一的诗料,'自然的模仿'这句话,从画家的唇间才始听到。"①

　　Chernyshevski 还从 Plinius 的言语,说明着这些话是发于怎样的状况之下的,——Sippos 曾问画家 Euponpus,应该模仿伟大的艺术家中的谁的时候,这人回答说,不是艺术家,而应该模仿自然云。我们的著者从这些话,正确地下着结论道,可作艺术家的模范者,乃是活的现实一般,而非狭义的自然。然而问题是在"自然的模仿"这句话,"拟古典派的理论家"们也解作这样意义之处的。引用Chernyshevski 所算入忘了人间的作家之中的 Boileau,来作那证明罢。在那 *Art Poétique* 的第三歌之中,Boileau 对于作者们给着如次的忠告,——

　　　　Que la nature bonne soit votre étude unique,

---

① 　全集,第一卷,三八至三九页。

Auteurs, qui prétendez aux honneurs du comique.

Qui conque voit bien l'homme, et, d'un esprit profiond,

De tant de coeurs cachés a pénétré le fond;

Qui sait bien ce que c'est qu'un prodigue, un avare,

Un honnête homme, un fat, un jaloux, un bizarre.

Sur une scène heureuse il peut les étaler,

Et les faire à nos yeux vivre agir et parler,

Presentez en partout les images nalves;

Que chacun y soit peint des couleurs les plus vives

La nature, féconde en bizarres portraits,

Dans chaque âme est marquée a de différents traits,

Un geste la découvre, un rien la fait paraître

Mais tout esprit n'a pas des yeux pour les connaître.

在这里，是最分明地，Boileau 正用了"自然"这句话，指着人类。在下面的断片中，其分明也不下于此，——

Aux dépens du bon sens gardez de plaisanter.

Jamais de la nature il ne faut s'ecarter.

Contemplez de quel air un père dans Térence

Vient d'un fils amoureux gourmander l'imprudence;

De quel air cet amant écoute ses lecons.

Et court chez sa maîtresse publier ses chansonss.

Ce n'est pas un portrait, une image semablable,

Cest un amant, un pére véritable.

当 Boileau 说无论如何，不应脱离自然时，他的话里就分明含着人类的本性，应该竭力正确地来描写的意思。Boileau 取 Térence 为例子。据他的意见，Térence 是作为将人类——父，子，爱人等等的本性，巧妙地再现了的艺术家，有模仿的价值的。其实，十七世纪是不能将自然的表现，放上人类生活的表现之上的。那对于这最后者太有了兴味。而且将几乎一切的注意,都集中于此,连这世纪的风景画,也将自然挤成背景了。在法兰西,风景画家之从人类而向自然,仅在十九世纪二十年代的末叶。然而这转换的意思,也并非因为艺术家对于自然,开始较人类更有兴味的缘故,乃是先前仅有很少的兴味的人类的精神生活的别方面,现在开始惹了他们的兴味了。[①] 但是,重复地说罢,在作为"启蒙者"的 Chernyshevski,这历史底详细也并无特别的意义。在他,则在他眼前有着巨大的实践底意义者,就是,"将艺术称为现实的再现(希腊语的 mimêsis,用那时代的言语,来代换了不很能够达意的"模仿"这字)这面,较之以艺术为将现实所无的完全的美的我们的理想,实现于那作品之中,要更为正确"[②]的结论,是重要的。Chernyshevski 一面使这自己的思想发展开去,一面确言着以为因了将人类生活的再现,作为那最高的原理,而艺术将成为现实的粗杂卑俗的照相,一切的理想化都将非拒斥不可的思想之无益。Chernyshevski 是承认理想化的。然而他于这概念,给了自己的定义。被表现的对象和性格之由所谓粉饰而成的理想化,和虚饰,夸张,虚伪相等,——"唯一的必要的理想化,应该成于从诗底作品上,于光景的圆满所不必要的详细——无论那是怎样的详细——的祛除。"而这不消说,是无条件底地正当的。

对于和 Aristoteles 的《诗学》相关联的,由 Chernyshevski 之所叙述,在那学位论文中反复多次的别的美学底见解,——作为我们在别处已经检讨了的——我们不再涉及,就止于还有一件事罢。Chernyshevski 写着,他发见了 Aristoteles 将悲剧作者置于 Homeros 之上,Homeros 的诗在艺术底形式的意义上,逊于 Sophocles 和 Eu-

---

① 为法兰西的风景画而作的论文集 *Histoire du paysage en France*,Paris 1906 上的诸论文参照。看其中的 L. Rosenthal 的讲义 *La paysage au temps du romantisme* 和 Charles Saunier 的论文 *Jean-Francois Millet* 罢。并 Fromentin 的 *Les maitres d'antrefois. Belgique-Hollande* 8-e édit. Paris 1896 二七一页及以下参照。

② 全集,第一卷,三九页。

ripides 的悲剧者甚多。我们的著者和希腊哲学者的这见解，是完全同意的，而且觉得有从自己这面加上一条批注的必要。——他以为，Sophocles 和 Euripides 的悲剧，不但由那形式，就是由那内容，较之 Homeros 的诗，也是艺术底到不能比较的。他并且问道，我们没有照着 Aristoteles 的例子，也弃了虚伪的偏爱，来看 Shakespeare 的时候么？他说，Lessing 曾将这伟大的英吉利的剧作者，高举于曾经存在世间的一切诗人之上，是当然的。但到现在，已没有起而反对法兰西拟古典作家的过于热心的模仿的必要，我们又有了 Lessing，Goethe，Schiller，Byron 之时，便可以容许对于 Shakespeare 的批评底态度了。"Goethe 不也以为有改作 *Hamlet* 的必要么？而且 Schiller 也改作了 Racine 的 *Phaedra* 和 Shakespeare 的 *Macbeth* 一样，虽然如此，他大约决不显示着趣味的粗杂的罢。我们对于远的过去，并无偏爱，——然而我们之承认近的过去，比起远的来是较高的诗歌的发展的过去，为什么这样地踌躇的呢？莫非以为诗歌的发展，和教养及生活的发展是不相并行的么？[①]

　　正如例如对于 Goethe，Tolstoi 或 Hegel，Spinoza，可以加以批评，也应该加以批评一样，对于 Shakespeare，也可以，而且应该加以这个，是不消说得的。然而能否将 Lessing，Schiller 或 Byron，置于 Shakespeare 之上，那是另外的问题。我们在这里，没有检讨这事的可能。但总之，我们可以说，以剧作家而论，则 Shakespeare 远胜于 Chernyshevski 所指名的作家。自然，公平是一切文学底判断所必要的，然而这也并不加给我们义务，来承认诗歌的成功，常和生活及教养的成功相并行的思想。不，往往是决不这样的。作为艺术家的 Corneille 和 Racine，较之 Voltaire，要高到不可比拟。然而十八世纪的法兰西的教养和法兰西生活，是远胜于那前世纪的教养和生活的。或者——若取对于作为法兰西的拟古典派的决定底的反对者

------

① 同书，四三页。

Chernyshevski 所容易首肯的例子，——则在那 Shakespeare 时代的英吉利的演剧，较之在十八世纪，不是分明要高到不可比拟么？然而英吉利的教养和生活，却在互相区别着这两个时代的过渡期中，已经前进得极远了。一切国度的"启蒙者"容易以为教育（"教养"）的成果，和国民的智底及社会底生活的别的一切方面的成功，常成正比例。但那是并不如此。在实际上，人类的历史底运动，一方面的成功，不但往往并不豫定别的一切方面的比例底成功而已，还屡屡体现一种过程，是规定着那若干方面的未发达或者甚至于颓废。例如，因了西欧的经济生活的大发展，决定了社会的富的生产者阶级和那摄取者阶级之间的相互关系，遂引到十九世纪后半的资产阶级的精神底颓废，和表现着这阶级的道德底观念和社会底欲求的一切艺术和科学的没落去了。在十八世纪末的法兰西，资产阶级还在作为充满着智底和道德底精力的阶级而行动，然而这情势，于他们在这时代所创作的诗歌，比起先前社会生活不很发展时候的来，却是后退的事，也不相妨碍。诗歌是大抵难于和判断性同栖的，然而判断性则非常屡屡作为教养的必然底结果及忠实的表示者而出现。但于作为典型底"启蒙者"的 Chernyshevski，这种思想，是完全没有缘分的。

第二章　培林斯基，车勒芮绥夫斯基及毕萨列夫

我们在别处说过，——如果以 Belinski 为我们的"启蒙者"的始祖，那么，Chernyshevski 便是那最伟大的代表者。[①] 倘要明白这事，首先第一，应该知道我们在怎样的意义上，以 Belinski 为我们的"启蒙者"的始祖。

在那有名的"和现实相和解"的时代，他的目的，是在理解那作

---

① 《二十年间》，第三版，二六○页。

为历史底发展的一定历程的那个（现实）的。他那时怀着一种意见，以为不被"现实"的发展历程所弄得正当的，即和它相睽隔的理想，乃是不值什么注意以及兴味的主观底游移。他的"和现实相和解"的意思，不过是对于这样理想的侮蔑罢了。到后来，他已将关于Borodino之役的自己的论文，斥为不配于有名誉的作家的东西的时候，他却还是忠实于 Hegel 哲学的精神的人，所不称意的，并非这论文中的根本底命题，而是在于那结论。"乘 Grinka 的书《Borodino之战的概况》的机会，我在那论文里，所竭力使之发展的那观念，——他说，——在那根本上，是不错的。"然而他现在知道十分利用这些正确的根本，是未曾成功了。"也有使不下于前者的作为神圣的历史底权利的否定——倘无此，则人类便将成为停滞了的臭腐的沼泽——的观念，发展起来的必要的。"Hegel 是只要他还忠实于自己的辩证法，就完全地承认着"否定的历史底权利"的。这只要一看他用了那样的肯定，来讲 Socrates 似的否定者的关于历史哲学的讲义，就知道。但在 Hegel，——也只要他对于自己，还没有背叛辩证法底方法，——所写的"现实"的否定，是它本身的辩证法底发展，即它所固有的内底矛盾的发展的合法则底产物。然而要给在俄国的"否定的观念"立定基础，却不得不将构成所与的俄国的"现实"的社会关系的历史底发展，怎样地由了它本身的内底理论，和时光一同，引向那同一的"现实"的否定，即多少和前卫底个人的理想有些相应的，新的"现实"的那交代去的事，分明指示出来。那时我们的社会生活的可怕的未发达，没有给 Belinski 以解决这极重要的理论底课题的可能。然而他在那一切道德底倾向上，总不能生活于和"现实"的平和之中，而他和它的平和，也不过是一时底休战，他就只得用他的，已经全不是辩证法底的方法，给那"否定的观念"以基础了，——他将它从关于人类的个性的抽象底概念，抽了出来，以为有将这个性，"从非理性底的现实，贱民，以及野蛮时代的传统的可厌的锁链"，加以解放的必要。但只要他探求那支点于这抽象底概念之中，他便从辩证家转化为"启蒙者"了。

凡启蒙者，——如在我们所知的任何"启蒙"期里，我们都可以看见那样，——于那同时代的诸关系的批判，通常是总从一种抽象底原则出发的。

在社会底政治底方面，Belinski 的思想的这新方向，——他在个人的抽象底概念上的支点之探求，——在空想底社会主义和文学底方面，——是将他引到他刚在宣言为人类的高贵的辩护士的 Schiller 的复位去了。但总之，他并未枉然经过了 Hegel 的学派，——在他那里，对于"打了红脸的戏子一般，挥着纸剑，骑着竹马的冗长的理想主义"的嫌恶，是永久地遗留着的。假若在那青年期，在那热中于 Schiller 的第一期，Belinski 便以为他的《群盗》所感动，那么，——现在他就随随便便地，用了侮蔑来对那些想使 Karl Moore 穿上吉嘎斯的外套，Lear 和 Childe Harold 披起大法厅的制服，描写出来的作家们了。一八四四年之初，他已经——在论文《一八四三年的俄罗斯文学》中，欢喜地下文那样地写着，——今也"无论伟大的才能，微小的才能，凡庸的人，无才的人，——大家都在努力想要表现那并非架空捏造的现实的人物。因为现实的人物，是并非生活于太空之中和只有灵魂居住的云雾之上，而是在这地上，社会里面的，所以我们这时代的作家们，就必然地和人物一同，也表现了社会。社会也是或种现实底的东西，非由脑中所想象，所以成为它的本质者，就不独衣裳和头发，而也是道德，习惯，概念，关系等等了。"①到晚年，那智底发展，进向西欧哲学思想的发展了的那方向的 Belinski，则从 Hegel 移向了 Feuerbach 去。这在他的论文《关于一八四六年的俄罗斯文学的见解》里，特为显著，他在这里述说着 Feuerbach 哲学的根本底命题。而且在那论文里，他在和那新的哲学底确信完全一致之中，这样说，——"倘我们问，为现代俄罗斯文学的特征者，是什么呢？

① Belinski 全集，墨斯科，一八八〇年，第七卷，六三页。

那么,我们将回答道,——与生活,现实的更加接近,向成熟及壮年期的更加接近。"①在他临死之前所写的次年的文学的概观里,他以下文那样的话,规定着我们的文学的状态和它的任务,——"我们的文学,是意识底思想的果实。它作为新品而出现,由模仿而开端。然而它并未停滞于此,它永是努力于进向独立性及国民性,努力于从修辞底的东西成为自然底的东西。为显著而不断的成功所迎迓的这些的努力,即形成着我们的文学史的意义和精神。而且我们将并不疑惑地说,——这努力,在俄国的无论怎样的作家,都没有达到在 Gogol 那样的成功的。这事,只借了除去一切理想的向艺术的现实的完全一致,才能够成就。要如此,则所必要的,是在将全注意向着大众,向着群集,而且所表现的并不是常诱诗人于理想化,于此放下别人的印象去的,出于一般底规则的快心的例外,而是普通的人。这是 Gogol 之所做了的伟大的贡献。他由此将对于艺术本身的见解,全然变换了。在一切俄国诗人的作品上,虽然多少有些勉强,却总可以适用那作为'加了装饰的自然'的诗歌的旧定义,然而对于 Gogol 的作品,是不能如此的。对于他,相宜的是作为在一切真实上的现实之再现的艺术的别样的定义。在这里,问题是在型范(Type)中,而理想,则被解释为并非作为装饰(因此也是虚伪),而是作为跟着他所要由作品以使之发展的思想,作者使他所创造了型范互相对立的那关系了。"②

对于 Belinski 在这几行中所说的一切,Chernyshevski 是无条件地赞成的,而且 Belinski 的思想,也横在对于俄国文学的一般底任务和它在发展的各时代的状况的他的见解的根柢里。《俄罗斯文学的 Gogol 时代的概观》的著者,是具有自以为 Belinski 的事业的继承者的完全的权利的。Turgeniev 以及别的有教养的"四十年代的人

① 同书,九一〇页。
② Belinski 全集,同前,二四四至二四五页。

们"，断言了 Chernyshevski 及其同意见者的教说，有违于 Belinski 的批评的遗言的时候，他们是忘却了"发怒的 Visarion（Belinski 的名——译者）"自己在生活的晚年时，所说就常常据着这教说的精神了。然而，这他们的意见，也不是完全谬误。他们以为 Chernyshevski 及其同意见者，在从 Belinski 的"启蒙底"观念，即刻引出一个结论，觉得虽是理论底正当，但恐怕未必合于至死还抱着后来 Pisareu 所称为"Hegel 主义之壳"的许多见解的那 Belinski 的精神，在这种意思上，却不错的。

在我们引用过的他的俄国文学一年的概观的拔萃中，Belinski 所说的那"现实"，是什么呢？那概念，和他所"和解"了的那"现实"的概念，是一致的么？

怀了满足，指点出我国的杂志近来论及现实的日见其多，Belinski 说道——"现实的概念，全然成为新的东西了。"①将这他的记载，引用在那《Gogol 时代的概观》第七章里的 Chernyshevski，——是认这为完全确当的。他说——现实的概念"得了定义，加入科学之中，是始于极近时，即由我们的同时代者，说明了只在具体底的现实之中，可见真实这一个先验哲学的暗晦的暗示的时候的。"②而且他还以为有详细地来叙述对于现实的这新的，单纯的，然而极有结果的见解的必要。

"曾经，——他说，——有一个时代，将空想的梦，放得比营生的事尤其高，以为空想的力，没有涯际。但现代的思想家们注意较深地检讨了这问题，以先前的意见，为决定底地禁不起批评的东西，到了那全然对蹠的结果了。我们的空想的力，是很受限制，而且它的创造品，较之代表现实的东西，也很菲薄，很微弱。最炽烈的想象，也被那关于距地球和太阳几百万哩，光和电流的极度的速率的

---

① 同书，三三页。
② Chernyshevski 全集，第二卷，二〇五页。

表象所压倒。Raphaelo 的最理想底的像,已知道是活人的肖像了。神话和国民底迷信的最奇怪的创造品,在不类那些围绕我们的动物之点,也分明远不及博物学者所发见的怪物。由历史及现代生活的深加注意的观察,证明了虽是不属于有名的恶人和善行的英雄的活人们,也在做那比诗人之所想象者更可怕的犯罪,更昂扬的伟业了。空想已经不得不降伏于现实之前了,不,不仅此也,——那虚伪的创造品,不得不认为只是现实的现象的单单的 Copy 而已了。"①

　　这和在他的学位论文中之所说,是全然同一的。他还明示了现实的现象,极为多样。在那里面,有许多和人类的要求相合适的东西,有许多和它相矛盾的东西。

　　在先前,轻视着现实的时候,人以为照了空想底的幻想,将它改造是极为容易的。到后来,发见了那可并不如此。人类是很弱的。他的所有的力,全系于为了自己的目的,来利用现实生活的知识和自然的法则的能力。借了照着这些法则和自己本身的本性而行动的事,人类乃能够逐渐改变现实,使它适应于欲求。这之外,他是什么事也不能成就的。然而,人类的全部的欲求,并不悉合于自然的法则。有一些,是作为破坏它的东西而显现的。而在人类,其实,却毫无实现这样的欲求的必要,——那不过引到不满和烦闷里去罢了。凡一般底地,则于自然的法则,部分底地,则于人类的本性,有所矛盾的一切,皆于人类是毒害,而且也苦痛的。所以道德底的健康的人们,不怀和上述的诸法则相矛盾的欲求。尊重这样的欲求者,只有服从空虚的空想的人们罢了。"坚固的悦乐,惟由现实,才能给与人类。惟在那根柢上有着现实的愿望,才有诚实的意义。成功惟在由现实所唤起的希望之中,惟在借了它所代表的力和环境之助,而被遂行的事业之中,这才能够期待。"②

---

① 同书,二六五页。
② 当有所据的书名,但原译本失注。——重译者。

这样的，是新的"现实"的概念。当 Chernyshevski 说这是由现代的思想家从先验哲学的暗晦的暗示所造出的时候，他是将 Feuerbach 放在脑里的。他并且完全正当地祖述着关于现实的 Feuerbach 的概念。Feuerbach 说，感性或现实，和真理是同一的，换了话来说，就是，对象在那真实的意义上，则惟独由感觉才能够给与。推理哲学，是以为将基础仅放在感觉底经验上的对象的表象，和对象的真实的本性不相应，所以它不得不借纯粹思索，即不将基础放在感觉底经验上的思索之助，来行检讨的。对于这观念论底见解，Feuerbach 是决定底地判逆了。他曾确言，关于依据我们的感觉底经验的对象的表象，和那对象的本性完全相应。不幸的是我们的空想，往往将这表象歪曲，因此它便和我们的感觉底经验发生矛盾。哲学即应该从我们的表象中，除去使那些至于歪曲的空想底要素。那应该使那些和感觉底经验相一致。那应该将人类拉转，回到在希腊曾为主宰，而未被空想所歪曲的现实底对象的直觉来。只要人类趣向这样的直觉，那便是回到自己本身去，为什么呢，因为服从虚构的人们，自己便是空想底的东西，不能成为现实底的存在的。据 Feuerbach 之所说，则人类的本质是感性，也就是现实，而非虚构和抽象。哲学及科学的任务，大体上在于现实的复位。但是，倘其如此，便自然而然地由此出现一个结论，就是，作为科学的一部门的美学任务，也在于现实的复位，以及和人类底表象的空想底要素相斗争之中了。Chernyshevski 的美学底见解，是建立在从 Feuerbach 的哲学而出的这结论上面的，它构成着他那学位论文的主要的思想。而且当 Belinski 在他去世的前年的文学底概观中，称"现实"的概念为新的概念的时候，也无疑地在脑里浮着这同一的结论的。

和 Belinski 一样，对于 Chernyshevski，也应该给以完全正当的评价，——由他们从 Feuerbach 哲学所引了出来的结论，是全然正确的。但他对于"先验哲学的暗晦的暗示"，是取了怎样的态度呢？

在 Hegel，只认"理性底"的东西，为"现实底的东西"，在 Feuerbach 则惟有"现实底"的东西,是"理性底"的。一看之下,这两个思想家好像说着同一的事,而那时,为什么在 Feuerbach 发见了它,以为是全然明的那 Hegel 思想之中,Chernyshevski 却只看见了暗晦的暗示呢,这令人觉得诧异。然而,事实是下文那样的。

　　Hegel 的"理性",就只是客观底发展的合法则性。将这合法则性,Hegel 是隔了观念论底三棱镜来看的。这三棱镜,将现象的真实的相互关系,歪曲得极强,——借了 Marx 的表现来说,便是使它倒立。但是,虽在这一切的主观底欲求的理性的规范中,Hegel 却看见了这些欲求和社会的客观底发展的合法则底历程之间的一致。而且当 Belinski 以"理性底的现实"之名,从"抽象底理想"回转身去时,本能底地感到了的他(Hegel)的哲学的伟大的力,就正在这里面。Feuerbach 向着研究者,要求那对于已从空想底虚构解放出来的感性,用十分注意的态度的时候,他不过将 Hegel 的本质底地是正确的,而极为深远的思想,译成了唯物论的言语罢了。到后来,这由 Feuerbach 译成唯物论的言语的 Hegel 的深远的思想,再经 Marx 正当加工时,这便横在唯物史观的根柢里。但在 Feuerbach 及其直接底的后继者——并含 Belinski 和 Chernyshevski 的——,则 Hegel 的这思想的译向唯物论的言语,却极其简单。这思想,在他们那里,就还是不完成地剩下了。于是在这不完成的形态上,它——虽然是那唯物论底本质,却成了对于现实的观念论底态度的源泉。这是由于 Feuerbach 所提给研究者的要求,含着如下的两层性质而起的,——第一,向他们命令了对于现实的十分注意的态度。然而第二,则以这同一的十分注意的态度之名,劝他们执拗地和空想底虚构作精力底的斗争。现在试来设想,研究者在时候和处所之所与的条件之下,将那主要的注意,集中于和空想底虚构的斗争上来一看就是,那么,在诸君之前,显现出来的怕不是那意在发见现象的唯物论底根源的理论家,而倒是凭自己的主观底理性之名,和陈旧偏见相斗争的"启蒙者"。于此所必要的时候和处所的条件,在俄国,当 Belinski

不能给那否定的观念放下基础，而只得凭抽象底的个性的权利之名来作和现实的斗争，算是满足的时代，而且尤其是，——当Chernyshevski的世界观建筑起来了的时代，是已经存在于面前的。所以在Belinski，则到那文章底活动的晚年，在Chernyshevski，则从那开初起首，他们的政论底，以及文学底见解，皆为"启蒙者"所固有的观念论所贯彻。在这意义上，Belinski在前文引用了的文学概念里，称自己的"现实的概念"为新的时候，他是完全正确的。和Belinski写在关于Borodino之役的论文中时，他所理解的现实相比较，这实在是较新。在先前，这句言语，在他是俄国现存的社会关系的总和的意思，于是他就以他不能曝露它所固有的内面底矛盾这一个简单的理由，将屈伏于那面前的事，认为义务了。现在是，在Belinski，也如在他之后的Chernyshevski一样，现实的概念，已经和存在者的全体的概念不相一致，——我们从Chernyshevski，存在者已可以常向虚伪的方向，而是和现实并不合致的空想的产物了。所以对于现实的注意，在他们，——只要他们是"启蒙者"，——乃是对于人们从空想底虚构解放，服从自己的本性时，这才得以存在，且也不得不存在的东西的注意。假使虽然如此，而Belinski和Chernyshevski对于艺术文学还荐举了存在者的正确的表现，那么，这是因为他们确信着艺术文学将人和人之间的相互关系，愈是正确地表现出来，人们便愈是迅速地看见这些诸关系的变态性，因此也愈能够迅速地照着他们自己的本性的要求，更正确地说，则是照着"启蒙者"的主观底理性的指示，来匡正它，所以这样来做的。因此之故，在Chernyshevski的见解上，还有在Belinski的见解上，以为成为文学批评的第一的任务者，乃是将艺术文学所表现的人们的相互关系中的变态底的东西，向他们的说明，正是毫不足怪的事。我们在别的处所，已经一面指明在那文学底活动的晚年时的Belinski的见解的特色，一面力加主张，说他在那本质上之成为"启蒙者"，只在弃掉那一生中总在牵惹他的辩证法的见地的时候了。我们曾在那里指示，Belinski是怎样成功底地每每给人以对于文学现象的辩证法底说明。① 我们现在想起这来罢，——不要使我们所讲的关于 Belinski 的事，仅得一面的解释。再说一回，——在 Belinski，辩证法底倾向是极强的——比在 Feuerbach 自己还要强，而且虽在他那活动的晚年，也未必常作为"启蒙者"来下判断。但当他移行到"启蒙者"的见地上去的时候，他是用了他所特有的才能，——说了后来我们的六十年代的批评，即大抵由 Chernyshevski 和 Dobroliubov 所忠实地发表了的见解的。这便是我们之所以称他为我们的"启蒙者"的始祖的缘故。

Belinski 是将关于现实的自己的"新的"概念，加以特征，使之发展，作为"启蒙者"而讲说了的。Chernyshevski 只要更向这方向前进，就好了。为表明 Chernyshevski 怎样忠实地支持着这方向，他对于自己的伟大的前辈的"启蒙者"底遗言，是怎样地忠实起见，且来引用些从关于俄国诗人所译的 Schiller 的著作的他那新刊绍介底札记上所摘取的，对于 Schiller 的他的见解罢（《现代人》，一八五七年，第一号）。

他在那上面说，——"他的诗，是永久不死的罢，——那并非 Southey 和 Hebbel 之徒。事实只有心脏的干枯，而夸耀自己的虚伪积极性，事实只有无聊的阴谋的知识，而夸耀那生活的知识的人们，说及 Schiller 时，往往好像他是理想家，空想家一样，往往且敢于微露其意，说他是感伤更多于才能。这些一切，对于在我国的被视为和 Schiller 同其倾向的别的诗人们，也许是正当的。但于 Schiller，却不能适用。他将自己的诗的性质，在《论人类的美育的信札》里自行说明，其中且述了关于诗歌一般的本质底意义的自己的概念。这文章，是写于一七九五年，即不但德意志的政治底独立或随从（的解决系于此），便是德意志民族的内底日常生活的诸问题的解决，也系于此的普法战争的时代的。Schiller 想在那里面证明那解决社会底诸

———————————

① 可看论文集《二十年间》中我们的论文《Belinski 的文学观》的结末。

问题的路——是美的行动。据他的意见,则倘要将社会诸关系改得较好,人类的道德底苏生是必要的,——这些建设,只在人类的心脏成为高尚的时候,才能够完成。这样的苏生的手段,必须是美底行动。它对于智底生活,应该给以高尚的,坚固的心情。精神底高尚的粗暴的诸原理,由谨严的科学来祖述的时候,使人们惊奇。艺术不穿诗底衣裳而出现的时候,则将人们所不欲估其价值的概念,在不知不识中,嘘入于人们。诗者,借其理想,而致较好的现实,——借了将高尚的情热,嘘入于青年,而将他准备于高尚的实践底行动。

"这样的,是 Schiller 的诗。这决非感伤,也不是梦幻底空想的游戏,——惟这诗的激情,是对于人类因此而高尚,而强力的一切的火焰一般的同感。"①

诗歌,应该是人类的道德底苏生的手段。诗底衣裳,为将倘若没有诗底衣裳而为人们所见,便不能估其价值的概念,嘘入人类中去起见,是必要的。这是 Chernyshevski 的根本的思想。他从这思想的观点,评价了 Schiller。在他,Schiller 是作为借艺术作品之助,而努力于人类的道德底教养的人,足以尊重的。在这里引用了的断片中,最为显著的,是——"诗者,借其理想,而致较好的现实"的话。在这里,是用了特别的明畅,表现着新的,"启蒙者"所特有的现实的概念的。较好的现实,由理想而被创造。这见解,和理想只在表现现实的发展的客观底倾向之际,有影响于现实的见解,是成着正相反的对蹠的。诗歌将高尚的情热,嘘入于青年,由此准备为高尚的行动。第三者所加的批评,于这一事,左祖诗歌,于是在我国,便往往被称为政论底批评了。

六十年代的批评,例如 Dobroliubov 的批评,常常移行到政论去,是周知的事实。所以我们讲着 Chernyshevski,与其举这思想的证据,倒不如揭出那实例来。一八五八年,*Athene* 第三号的批评栏

---

① 全集,第三卷,五页。

上，Chernyshevski 的论文——《关于在"Rendezvous"的俄罗斯人，Turgenev 先生的小说 *Asya* 的感想》发表了。这论文，是成着政论批评的最明显的典型之一的。关于 Chernyshevski 所称为"恐怕是唯一的又好又新的小说"这 Turgenev 的小说本身，在论文中，是极其稀少，几乎什么也没有讲。作者只将注意向着小说的主角和 Asya 的告白恋爱的场面，和这场面相关联，而委身于"感想"了。不消说，读者是记得 Turgenev 的主人公，当决定底的瞬间，成为胆怯而引退了的罢。这情形，便是将 Chernyshevski 引到那"感想"去的。他以为不决和胆怯，不独是这主人公，也成着我们的较好的文学底作家的主人公的大部分的特质底性质。他记起了 Rudin，Belitov，Nekrassov 的 Sasha 的启发者，而且在那一切之中，看见和这一样的性质。关于这事，他并不责备作者，因为他们是不过将现实上到处可以遇见的人物，加以描写的。男性，为俄罗斯的人们中之所无，所以文学作品的人物，也没有这。而俄罗斯的人们之中，所以不含男性者，乃是因为他们没有参加社会的事业的习惯的缘故。"我们一进集会去，我们便在自己的周围，看见身穿正式的，以及略式的常礼服或燕尾服的人们。这些人们，身长五呎半或六呎，有时还在这以上，他们在颊上，鼻下，颚上，留着毫毛，或者是剃掉了的。我们想象为在自己之前，见着男人了。这只是完全的迷妄，错觉。从没有独自参加市民底的事业的习惯，没有市民的感情的处所，男孩子长成起来，中年，到后来，则老年的男性的存在，是可以成就的，但不成为男人，或者至少是不成为禀着高尚的性格的男人。"[①]仁慈的，有教养的人们，比起平人来，也令人觉得更有高尚的男性的缺点，为什么呢，因为仁慈的，有教养的人，是爱讲关于体面的事的。他用了热心和雄辩开谈，然而问题只在还没有从言语移到行动之间罢了。"当行动未成为问题，所必要的只是用了谈天和空想，来填满闲空的时间，闲空的头，

---

① 全集，第一卷，九七至九八页。

闲空的心脏之间,主人公是极其斗争底的。然而一到非将自己的感情,坦白地,正确地表现出来不可,——主人公的大部分便已经动摇,已经开始觉得舌头不灵了。只有极少的勇敢者,好容易聚集了自己的一切力量,用了没有把握的话,表现出关于他们的思想,给以暧昧的概念的东西来。但是,谁去钉住他们的愿望,这样地说着试试罢,——你期望这样这样罢,我们很高兴,请开始行动罢,我们是要支持你的,——这事的最勇敢的主人公们的大部分,就气绝了,别的人们,则对于你们将他们放在为难的地位上的事,开始很粗暴地责备你们,他们没有从你们期待着这样的提议,他们完全混乱,什么也不能想了,为什么呢,因为第一,是不能这么立刻就做的,况且他们是正直的人,不但正直,是温和的人,所以,能够不将不愉快招给你们,并且来管那些大抵是谈着消闲的一切事的麻烦么,最好的方法——是什么事也不开手,因为一切事情,都带着不便和麻烦,现在也不会有好事情,况且上面已经说过,因为他们对于这个,是毫未等候,也未尝期待的,等等。"①

可以说,这肖像是由名家之笔所描写的。然而描写了这个的名家,并非批评家,而是政论家。而且关于 Turgenev 的故事的我们的著者此后的感想,也正是属于政论家的。由 Turgenev 所表现的这局面,逼得他想起一切都没有例外地系于周围的环境,我们从中看见人们的罪恶的一切,在实际上,乃是要求除去那唤起这一切的环境之助的他们的不幸的事来。"必要的并非个个人们的刑罚,而是全身分的生活条件的变更。"小说 Asya 的主人公不但并非呆子,且是在生活上经验得很多,观察得很多的非常聪明的人。倘若虽然如此,而他还是愚蠢地行动,则在这里,互相控制着的两样事情,是有罪的,——"他不惯于理解任何伟大而活泼的事。因为他的生活是太狭小,太没有生气,他所习惯的一切关系和工作,也太狭小,没有

---

① 同书,九〇至九一页。

生气的。第二——他是胆怯,他从必须广大的决断和高尚的冒险的一切,无力地引退,这也因为生活使他惯于褪色的琐事了。"①要改变人类的性格,必须变更在它的影响之下而性格被其创成的那条件。在十八世纪法兰西的启蒙者,以及接着是十九世纪的空想底社会主义者们的教说之中,那样地占着重要的位置的这正确的思想,论理底地引到下面的问题上去,——将决定人类性格的较好的环境,促起变化的原因,是怎样的东西,且在那里可以得到呢? Marx 用了社会的经济底发展的指摘,将这问题解决,并且由此将完全的变革,送给社会科学了。和一切空想底社会主义者一样,平常不很将这当作问题的 Chernyshevski,在论文《在 Rendezvous 的俄罗斯人》中,却和这问题很相接近。其实,倘若我们的"仁慈的""有教养的"人们的大多数,和这 Turgenev 的小说的主人公相像,恰如两滴的水一样,则将他们招到这样的行动里来,是没有益处,没有意思的,——但倘若于此怀了兴味,则非将他们的性格的构成之所系的诸条件,向较好的方向,加以变化不可。Chernyshevski 是自己感到这一点的。但他不愿意决定底承认除此以外,更无他道。"但是——他说——我们现在并不是说,他们不适于理解自己的地位;是不适于有深谋而又出色地行动的,——惟借了别的概念和习惯来教育了的他们的孩子们,孙子们,将能够作为正直的,高尚的市民而行动的罢……不,我们还愿意以为他们有这能力,懂得作用于他们的周围,他们的上面的东西的。"②

　　这是怎么一回事呢? 为什么 Chernyshevski 的理论底正当之度,不愿意承认在他是无可疑的那结论呢? 这也系于环境,——就是,系于将特征给与我国废止农奴制度的前几年的那"环境"的结合的。

---

① 同书,九七页。
② 同书,一〇〇至一〇一页。

Chernyshevski 在 *Asya* 的主人公里,看见了我们的贵族的有教养的部分的典型底代表。于贵族有利益的任何身分底偏见,他是没有的,而且也不会有。"我们没有是他的亲戚的光荣,——他微露着自己的非贵族底出身,论 *Asya* 的主人公说。——在我们的家庭之间,竟至于还怀着嫌恶。为什么呢,因为他的家庭,轻蔑了和我们相近的一切了。"①然而他自白着为贵族的利益计,怀着若干文化底偏爱。在他,——写着道,"空虚的梦想,但在我们,还是难以拒绝的梦想,"——Turgenev 所描写的贵族,是见得好像对于我们的社会曾经有所尽力,好像他是我们的教化的代表者似的。所以 Chernyshevski 竟还希望"我们的主人公和他的兄弟"的幸福,想将好的忠告,给与他们。在他们的历史底地位里,决定底的变化正在准备起来,他们此后的运命之如何,全系于他们的意志。"你们懂得时代的要求与否,会利用现在你们所处的地位与否,——Chernyshevski 向'这些值得尊敬的人们'说,——惟在这里面,是含着你们将永久地幸福或不幸的问题的。"②时代的要求,据他的意见,是在对于农民的让步。Chernyshevski 用了福音书的话,勉励着这些"可尊敬"的绅士诸君道,——"你同告你的对头还在路上,就赶紧与他和息。恐怕他把你送给审判官,审判官交付衙役,你就下在监里了。我实在告诉你,若有一文钱没有还清,你断不能从那里出来。"(《马太传》,第五章,二五,二六。)③

关于所与的社会阶级或社会层的才能,对于一定的实践底行动的理论底结论,在或一程度为止,往往有借经验的方法,加以查考的必要;而那结果,则仅在一定的,颇广的限界内,可以 a priori 地推想为确实罢了,这是不待解说,也就明白的。例如,虽是贵族的最有教

---

① 同书,一〇〇页。
② 同书,一〇〇页。
③ 同书,一〇一页。

养的部分,也未必肯将自己的利益,来供农民的牺牲,这是可以用了完全的确实,来豫言的罢。这样的豫言,全不必有实践底证据的必要。然而一到要决定有教养的贵族,能够从自己的利益之中,让步给农民到怎样程度的时候,那便谁也不能用了完全的确实来豫料,——他们在这方面,不会超出某一限度了。在或种特定的环境里,往往有自己的利益的较为正当的理想显现,比它略为前进,这事是可以设想的。实验家——在我们这里,则是 Chernyshevski,不但可以尝试,使他们领悟贵族自己的利益,就正在要求对于被解放了的农民作或种的让步,而且也应该尝试的。所以在他的论文里,见得是矛盾——将对于决断和智虑的无能,承认并且说明为环境的必然的产物,而又向那些人们作有思虑的,决定底的行动的要求——者,在实际上,其中却并不含有任何的矛盾。这样的不真的矛盾,连从站在唯物史观的确固的地盘上的人们的政治底实践上,也能够寻出来的。不过在这里,有加以极其本质底的批注的必要。当唯物论者用了一定的慎重,将自己的理论底结论,应用于实践时,他总之,能够保证在他的这些结论之中,有着最不可移的确实性的或种的要素。因为,当他说"一切系于环境"的时候,他是知道着当从怎样的方面,来期待那使人们的意志,变化到他所希望的方向去的新环境的。他很知道,这到底应该期待于"经济"的方面,他的社会底经济底分析愈正确,则关于未来的社会的发展的他那豫言也愈确实。确信着"意见支配世界"的观念论者,却和这不同。如果以"意见"为社会底运动的最深的原因,则为社会后来的发展之所系的那环境,即大概跟着人类的意识活动,而及于这活动的实践底影响的可能,便受把握那由论理底思索和哲学及科学所发见的新的真理的多多少少的才能所控制了。然而才能本身,又系于环境。于是承认了人类的性格,当然还有见解,都系于环境这唯物论底真理的观念论者,就陷在迷圈里了,——意见系于环境,环境系于意见。"启蒙者"的思想,在理论上,无论那里都不能从这迷圈脱走。在实践上,则无论他们在怎样的环境之下生活和行动,这矛盾却往往由对于一切思想的人们的热心的申诉而被解决了。我们现在在这里之所说,也许见得是不必要,因而也就无聊,倒退一般。但其实,这倒退,于我们是必要的。它帮我们理解六十年代的政论底批判的性质。(未完)

第一章原载1930年2月15日《文艺研究》季刊第1卷第1期;第二章未另发表,据手稿编入。

初未收集。

十六日

日记　星期。晴。上午得季市信。午后同柔石,雪峰出街饮加菲。

十七日

日记　晴。上午得淑卿信,十四日发。下午收《柏林晨报》三卷,诗荃所寄。收东方杂志社稿费卅。夜邀侍桁,柔石及三弟往奥迪安戏园观电影。

十八日

日记　晴。午杨律师来并交北新书局版税泉二千。下午高峻峰来。中华艺术大学学生来邀讲演。秦涤清来,不见。

十九日

日记　昙。上午得钦文信。北新书局转来柳无忌及朱企霞信各一。

柳无忌来信按语

鲁迅谨按——

  我的《中国小说史略》，是先因为要教书糊口，这才陆续编成的，当时限于经济，所以搜集的书籍，都不是好本子，有的改了字面，有的缺了序跋。《玉娇梨》所见的也是翻本，作者，著作年代，都无从查考。那时我想，倘能够得到一本明刻原本，那么，从板式，印章，序文等，或者能够推知著作年代和作者的真姓名罢，然而这希望至今没有达到。

  这三年来不再教书，关于小说史的材料也就不去留心了。因此并没有什么新材料。但现在研究小说史者已经很多，并且又开辟了各种新方面，所以现在便将柳无忌先生的信，借《语丝》公开，希望得有关于《玉娇梨》的资料的读者，惠给有益的文字。这，大约是《语丝》也很愿意发表的。

一九三〇年，二月十九日。

    原载 1930 年 1 月 20 日《语丝》周刊第 5 卷第 45 期（衍期出版）。

    初未收集。

二十日

  日记 晴。午后复朱企霞信。寄季志仁信。托柔石交小峰信并稿件等。下午往内山书店买『映画芸術史』一本，二元。得有麟信。晚达夫来，赠以越酒二瓶。夜得钦文信。

二十一日

  日记 晴。午后寄诗荃信并汇泉一百马克。往艺术大学讲演半小时。

二十二日

日记 昙。上午得矛尘信,下午复。

张资平氏的"小说学"

张资平氏据说是"最进步"的"无产阶级作家",你们还在"萌芽",还在"拓荒",他却已在收获了。这就是进步,拔步飞跑,望尘莫及。然而你如果追踪而往呢,就看见他跑进"乐群书店"中。

张资平氏先前是三角恋爱小说作家,并且看见女的性欲,比男人还要熬不住,她来找男人,贱人呀贱人,该吃苦。这自然不是无产阶级小说。但作者一转方向,则一人得道,鸡犬飞升,何况神仙的遗蜕呢,《张资平全集》还应该看的。这是收获呀,你明白了没有?

还有收获哩。《申报》报告,今年的大夏学生,敬请"为青年所崇拜的张资平先生"去教"小说学"了。中国老例,英文先生是一定会教外国史的,国文先生是一定会教伦理学的,何况小说先生,当然满肚子小说学。要不然,他做得出来吗? 我们能保得定荷马没有"史诗作法",沙士比亚没有"戏剧学概论"吗?

呜呼,听讲的门徒是有福了,从此会知道如何三角,如何恋爱,你想女人吗,不料女人的性欲冲动比你还要强,自己跑来了。朋友,等着罢。但最可怜的是不在上海,只好遥遥"崇拜",难以身列门墙的青年,竟不能恭听这伟大的"小说学"。现在我将《张资平全集》和"小说学"的精华,提炼在下面,遥献这些崇拜家,算是"望梅止渴"云。

那就是——△

二月二十二日。

原载 1930 年 4 月 1 日《萌芽》月刊第 1 卷第 4 期。署名
黄棘。

初收 1932 年 10 月上海合众书店版《二心集》。

致 章廷谦

矛尘兄：

廿日信廿二收到，我这才知道你久在绍兴，我因为忙于打杂，也
久不写信。海婴，我毫不佩服其鼻梁之高，只希望他肯多睡一点，
就好。他初生时，因母乳不够，是很瘦的，到将要两月，用母乳一次，
牛乳加米汤一次，间隔喂之（两回之间，距三小时，夜间则只吃母
乳），这才胖起来。米之于小孩，确似很好的，但粥汤似比米糊好，因
其少有渣滓也。

疑古玄同，据我看来，和他的令兄一样性质，好空谈而不做实
事，是一个极能取巧的人，他的骂詈，也是空谈，恐怕连他自己也不
相信他自己的话，世间竟有倾耳而听者，因其是昏虫之故也。至于
鼻公，乃是必然的事，他不在厦门兴风，便在北平作浪，天生一副小
娘脾气，磨了粉也不会改的。疑古亦此类，所以较可以情投意合。

疑古和半农，还在北平逢人便即宣传，说我在上海发了疯，这和
林玉堂大约也有些关系。我在这里，已经收到几封学生给我的慰问
信了。但其主要原因，则恐怕是有几个北大学生，想要求我去教书
的缘故。

语丝派的人，先前确曾和黑暗战斗，但他们自己一有地位，本身
又便变成黑暗了，一声不响，专用小玩意，来抖抖的把守饭碗。绍原
于上月寄我两张《大公报》副刊，其中是一篇《美国批评家薛尔曼评

传》，说他后来思想转变，与友为敌，终于掉在海里淹死了。这也是现今北平式的小玩意，的确只改了一个 P 字。

贱胎们一定有贱脾气，不打是不满足的。今年我在《萌芽》上发表了一篇《我和〈语丝〉的始终》，便是赠与他们的还留情面的一棍该杂志大约杭州未必有买，今摘出附上，此外，大约有几个人还须特别打几棍，才好。这两年来，水战火战，日战夜战，敌手都消灭了，实在无聊，所以想再来闹他一下，顺便打几下无端咬我的家伙，倘若闹不死，明年再来用功罢。

今年是无暇"游春"了，我所经手的事太多，又得帮看孩子，没有法。小峰久不见，但版税是付的，《奔流》拖延着。

迅　上　二月廿二日

斐君兄均此致候。斐君和小燕们姊弟，也十二分加大号的致意，自然川岛先生尤其不用说了，大家都好呀！　广平敬候

二十三日

日记　星期。雨，上午晴。夜蓬子来。黄幼〔雄〕母故，赙二元。雨。

二十四日

日记　昙。午后乃超来。波多野种一来，不见。敬隐渔来，不见。晚得乐天文艺研究社信。得白莽信并稿。夜雨。

二十五日

日记　晴。午后寄白莽信。同柔石往北新书局为广平买书寄常应麟。买纸。夜出街买点心。雨。夜半大雷雨。

《新俄画选》小引

　　大约三十年前，丹麦批评家乔治·勃兰兑斯（Georg Brandes）游帝制俄国，作《印象记》，惊为"黑土"。果然，他的观察证实了。从这"黑土"中，陆续长育了文化的奇花和乔木，使西欧人士震惊，首先为文学和音乐，稍后是舞蹈，还有绘画。

　　但在十九世纪末，俄国的绘画是还在西欧美术的影响之下的，一味追随，很少独创，然而握美术界的霸权，是为学院派（Academismus）。至九十年代，"移动展览会派"出现了，对于学院派的古典主义，力加掊击，斥摹仿，崇独立，终至收美术于自己的掌中，以鼓吹其见解和理想。然而排外则易倾于慕古，慕古必不免于退婴，所以后来，艺术遂见衰落，而祖述法国色彩画家绥珊的一派（Cezannist）兴。同时，西南欧的立体派和未来派，也传入而且盛行于俄国。

　　十月革命时，是左派（立体派及未来派）全盛的时代，因为在破坏旧制——革命这一点上，和社会革命者是相同的，但问所向的目的，这两派却并无答案。尤其致命的是虽属新奇，而为民众所不解，所以当破坏之后，渐入建设，要求有益于劳农大众的平民易解的美术时，这两派就不得不被排斥了。其时所需要的是写实一流，于是右派遂起而占了暂时的胜利。但保守之徒，新力是究竟没有的，所以不多久，就又以自己的作品证明了自己的破灭。

　　这时候，是对于美术和社会底建设相结合的要求，左右两派，同归失败，但左翼中实已先就起了分崩，离合之后，别生一派曰"产业派"，以产业主义和机械文明之名，否定纯粹美术，制作目的，专在工艺上的功利。更经和别派的斗争，反对者的离去，终成了以泰武林（Tatlin）和罗直兼珂（Rodschenko）为中心的"构成派"（Konstructivismus）。他们的主张不在 Komposition 而在 Konstruktion，不在描写而在组织，不在创造而在建设。罗直兼珂说，"美术家的任务，非色和形的抽象底认识,而在解决具体底事物的构成上的任何的课题。"这就是说,构成主义上并无永久不变的法则,依着其时的环境而将各个新课题,从新加以解决,便是它的本领。既是现代人,便当以现代的产业底事业为光荣,所以产业上的创造,便是近代天才者的表现。汽船,铁桥,工厂,飞机,各有其美,既严肃,亦堂皇。于是构成派画家遂往往不描物形,但作几何学底图案,比立体派更进一层了。如本集所收 Krinsky 的三幅中的前两幅,便可作显明的标准。

Gastev 是主张善用时间,别树一帜的,本集只收了一幅。

又因为革命所需要,有宣传,教化,装饰和普及,所以在这时代,版画——木刻,石版,插画,装画,蚀铜版——就非常发达了。左翼作家之不甘离开纯粹美术者,颇遁入版画中,如玛修丁(有《十二个》中的插画四幅,在《未名丛刊》中),央南珂夫(本集有他所作的《小说家萨弥亚丁像》)是。构成派作家更因和产业结合的目的,大行活动,如罗直兼珂和力锡兹基所装饰的现代诗人的诗集,也有典型的艺术底版画之称,但我没有见过一种。

木版作家,以法孚尔斯基(本集有《墨斯科》)为第一,古泼略诺夫(本集有《熨衣的妇女》),保里诺夫(本集有《培林斯基像》),玛修丁,是都受他的影响的。克鲁格里珂跋女士本是蚀铜版画(Etching)名家,这里所收的两幅是影画,《奔流》曾经介绍的一幅(《梭罗古勃像》),是雕镂画,都非她的擅长之作。

新俄的美术,虽然现在已给世界上以甚大的影响,但在中国,记述却还很聊聊。这区区十二页,又真是实不符名,毫不能尽绍介的重任,所取的又多是版画,大幅杰构,反成遗珠,这是我们所十分抱憾的。

但是,多取版画,也另有一些原因:中国制版之术,至今未精,与其变相,不如且缓,一也;当革命时,版画之用最广,虽极匆忙,顷刻能办,二也。《艺苑朝华》在初创时,即已注意此点,所以自一集至四集,悉取黑白线图,但竟为艺苑所弃,甚难继续,今复送第五集出世,恐怕已是晌午之际了，但仍愿若干读者们，由此还能够得到多少神益。

本文中的叙述及五幅图，是摘自昇曙梦的《新俄美术大观》的，其余八幅，则从 R. Fueloep-Miller 的 *The Mind and Face of Bolshevism* 所载者复制，合并声明于此。

一九三〇年二月二十五夜，鲁迅

最初印入 1930 年 5 月朝花社版"艺苑朝华"之五《新俄画选》。

初未收集。

二十六日

日记 昙。上午寄钦文信并纸样。午后收诗荃所寄德文书七本，约价二十九元五角，又杂志两本。夜编《艺苑朝华》第五辑稿毕。

二十七日

日记 昙。上午得丛芜信。午后寄诗荃信。补寄金鸡公司邮费三元四角。下午往内山书店买『世界美术全集』一本，『祭祀及礼と法律』一本，共泉五元八角。得翟永坤信。夜雨。

二十八日

日记 晴。上午同广平携海婴往福民医院诊察。收编辑费三百。收诗荃所寄《柏林晨报》一卷。午后同蕴如及广平往齿科医院诊治，付以泉十。夜雷雨。

三月

一日

日记 晴。上午得马珏信。得淑卿信,二月廿五日发。

习惯与改革*

体质和精神都已硬化了的人民,对于极小的一点改革,也无不加以阻挠,表面上好像恐怕于自己不便,其实是恐怕于自己不利,但所设的口实,却往往见得极其公正而且堂皇。

今年的禁用阴历,原也是琐碎的,无关大体的事,但商家当然叫苦连天了。不特此也,连上海的无业游民,公司雇员,竟也常常慨然长叹,或者说这很不便于农家的耕种,或者说这很不便于海船的候潮。他们居然因此念起久不相干的乡下的农夫,海上的舟子来。这真像煞有些博爱。

一到阴历的十二月二十三,爆竹就到处毕毕剥剥。我问一家的店伙:"今年仍可以过旧历年,明年一准过新历年么?"那回答是:"明年又是明年,要明年再看了。"他并不信明年非过阳历年不可。但日历上,却诚然删掉了阴历,只存节气。然而一面在报章上,则出现了《一百二十年阴阳合历》的广告。好,他们连曾孙玄孙时代的阴历,也已经给准备妥当了,一百二十年!

梁实秋先生们虽然很讨厌多数,但多数的力量是伟大,要紧的,有志于改革者倘不深知民众的心,设法利导,改进,则无论怎样的高文宏议,浪漫古典,都和他们无干,仅止于几个人在书房中互相叹

112

赏,得些自己满足。假如竟有"好人政府",出令改革乎,不多久,就早被他们拉回旧道上去了。

真实的革命者,自有独到的见解,例如乌略诺夫先生,他是将"风俗"和"习惯",都包括在"文化"之内的,并且以为改革这些,很为困难。我想,但倘不将这些改革,则这革命即等于无成,如沙上建塔,顷刻倒坏。中国最初的排满革命,所以易得响应者,因为口号是"光复旧物",就是"复古",易于取得保守的人民同意的缘故。但到后来,竟没有历史上定例的开国之初的盛世,只枉然失了一条辫子,就很为大家所不满了。

以后较新的改革,就著著失败,改革一两,反动十斤,例如上述的一年日历上不准注阴历,却来了阴阳合历一百二十年。

这种合历,欢迎的人们一定是很多的,因为这是风俗和习惯所拥护,所以也有风俗和习惯的后援。别的事也如此,倘不深入民众的大层中,于他们的风俗习惯,加以研究,解剖,分别好坏,立存废的标准,而于存于废,都慎选施行的方法,则无论怎样的改革,都将为习惯的岩石所压碎,或者只在表面上浮游一些时。

现在已不是在书斋中,捧书本高谈宗教,法律,文艺,美术……等等的时候了,即使要谈论这些,也必须先知道习惯和风俗,而且有正视这些的黑暗面的勇猛和毅力。因为倘不看清,就无从改革。仅大叫未来的光明,其实是欺骗怠慢的自己和怠慢的听众的。

原载 1930 年 3 月 1 日《萌芽》月刊第 1 卷第 3 期。

初收 1932 年 10 月上海合众书店版《二心集》。

非革命的急进革命论者[*]

倘说,凡大队的革命军,必须一切战士的意识,都十分正确,分明,这才是真的革命军,否则不值一哂。这言论,初看固然是很正当,彻底似的,然而这是不可能的难题,是空洞的高谈,是毒害革命的甜药。

譬如在帝国主义的主宰之下,必不容训练大众个个有了"人类之爱",然后笑嘻嘻地拱手变为"大同世界"一样,在革命者们所反抗的势力之下,也决不容用言论或行动,使大多数人统得到正确的意识。所以每一革命部队的突起,战士大抵不过是反抗现状这一种意思,大略相同,终极目的是极为歧异的。或者为社会,或者为小集团,或者为一个爱人,或者为自己,或者简直为了自杀。然而革命军仍然能够前行。因为在进军的途中,对于敌人,个人主义者所发的子弹,和集团主义者所发的子弹是一样地能够制其死命;任何战士死伤之际,便要减少些军中的战斗力,也两者相等的。但自然,因为终极目的的不同,在行进时,也时时有人退伍,有人落荒,有人颓唐,有人叛变,然而只要无碍于进行,则愈到后来,这队伍也就愈成为纯粹,精锐的队伍了。

我先前为叶永蓁君的《小小十年》作序,以为已经为社会尽了些力量,便是这意思。书中的主角,究竟上过前线,当过哨兵(虽然连放枪的方法也未曾被教),比起单是抱膝哀歌,握笔愤叹的文豪们来,实在也切实得远了。倘若要现在的战士都是意识正确,而且坚于钢铁之战士,不但是乌托邦的空想,也是出于情理之外的苛求。

但后来在《申报》上,却看见了更严厉,更彻底的批评,因为书中的主角的从军,动机是为了自己,所以深加不满。《申报》是最求和平,最不鼓动革命的报纸,初看仿佛是很不相称似的,我在这里要指出貌似彻底的革命者,而其实是极不革命或有害革命的个人主义的论客来,使那批评的灵魂和报纸的躯壳正相适合。

其一是颓废者,因为自己没有一定的理想和无力,便流落而求刹那的享乐;一定的享乐,又使他发生厌倦,则时时寻求新刺戟,而这刺戟又须利害,这才感到畅快。革命便也是那颓废者的新刺戟之一，正如饕餮者餍足了肥甘，味厌了，胃弱了，便要吃胡椒和辣椒之类，使额上出一点小汗，才能送下半碗饭去一般。他于革命文艺，就要彻底的，完全的革命文艺，一有时代的缺陷的反映，就使他皱眉，以为不值一哂。和事实离开是不妨的，只要一个爽快。法国的波特莱尔，谁都知道是颓废的诗人，然而他欢迎革命，待到革命要妨害他的颓废生活的时候，他才憎恶革命了。所以革命前夜的纸张上的革命家，而且是极彻底，极激烈的革命家，临革命时，便能够撕掉他先前的假面，——不自觉的假面。这种史例，是也应该献给一碰小钉子，一有小地位（或小款子），便东窜东京，西走巴黎的成仿吾那样"革命文学家"的。

其一，我还定不出他的名目。要之，是毫无定见，因而觉得世上没有一件对，自己没有一件不对，归根结蒂，还是现状最好的人们。他现为批评家而说话的时候，就随便捞到一种东西以驳诘相反的东西。要驳互助说时用争存说，驳争存说时用互助说；反对和平论时用阶级争斗说，反对斗争时就主张人类之爱。论敌是唯心论者呢，他的立场是唯物论，待到和唯物论者相辩难，他却又化为唯心论者了。要之，是用英尺来量俄里，又用法尺来量密达，而发见无一相合的人。因为别的一切，无一相合，于是永远觉得自己是"允执厥中"，永远得到自己满足。从这些人们的批评的指示，则只要不完全，有缺陷，就不行。但现在的人，的事，那里会有十分完全，并无缺陷的呢，为万全计，就只好毫不动弹。然而这毫不动弹，却也就是一个大错。总之，做人之道，是非常之烦难了，至于做革命家，那当然更不必说。

《申报》的批评家对于《小小十年》虽然要求彻底的革命的主角，但于社会科学的翻译，是加以刻毒的冷嘲的，所以那灵魂是后一流，而略带一些颓废者的对于人生的无聊，想吃些辣椒来开开胃的气味。

原载 1930 年 3 月 1 日《萌芽》月刊第 1 卷第 3 期。

初收 1932 年 10 月上海合众书店版《二心集》。

二日

日记　星期。晴。上午携海婴往福民医院诊。收淑卿所寄家用帐簿一本。内山书店送来『千夜一夜』（2）一本，二元五角。午后修甫，友松来。往艺术大学参加左翼作家连盟成立会。夜蓬子来。雨。

对于左翼作家联盟的意见

三月二日在左翼作家联盟成立大会讲

有许多事情，有人在先已经讲得很详细了，我不必再说。我以为在现在，"左翼"作家是很容易成为"右翼"作家的。为什么呢？第一，倘若不和实际的社会斗争接触，单关在玻璃窗内做文章，研究问题，那是无论怎样的激烈，"左"，都是容易办到的；然而一碰到实际，便即刻要撞碎了。关在房子里，最容易高谈彻底的主义，然而也最容易"右倾"。西洋的叫做"Salon 的社会主义者"，便是指这而言。"Salon"是客厅的意思，坐在客厅里谈谈社会主义，高雅得很，漂亮得很，然而并不想到实行的。这种社会主义者，毫不足靠。并且在现在，不带点广义的社会主义的思想的作家或艺术家，就是说工农大众应该做奴隶，应该被虐杀，被剥削的这样的作家或艺术家，是差不多没有了，除非墨索里尼，但墨索里尼并没有写过文艺作品。（当然，这样的作家，也还不能说完全没有，例如中国的新月派诸文学家，以及所说的墨索里尼所宠爱的邓南遮便是。）

第二，倘不明白革命的实际情形，也容易变成"右翼"。革命是痛苦，其中也必然混有污秽和血，决不是如诗人所想像的那般有趣，那般完美；革命尤其是现实的事，需要各种卑贱的，麻烦的工作，决不如诗人所想像的那般浪漫；革命当然有破坏，然而更需要建设，破坏是痛快的，但建设却是麻烦的事。所以对于革命抱着浪漫谛克的幻想的人，一和革命接近，一到革命进行，便容易失望。听说俄国的诗人叶遂宁，当初也非常欢迎十月革命，当时他叫道，"万岁，天上和地上的革命！"又说"我是一个布尔塞维克了！"然而一到革命后，实际上的情形，完全不是他所想像的那么一回事，终于失望，颓废。叶遂宁后来是自杀了的，听说这失望是他的自杀的原因之一。又如毕力涅克和爱伦堡，也都是例子。在我们辛亥革命时也有同样的例，那时有许多文人，例如属于"南社"的人们，开初大抵是很革命的，但他们抱着一种幻想，以为只要将满洲人赶出去，便一切都恢复了"汉官威仪"，人们都穿大袖的衣服，峨冠博带，大步地在街上走。谁知赶走满清皇帝以后，民国成立，情形却全不同，所以他们便失望，以后有些人甚至成为新的运动的反动者。但是，我们如果不明白革命的实际情形，也容易和他们一样的。

还有，以为诗人或文学家高于一切人，他底工作比一切工作都高贵，也是不正确的观念。举例说，从前海涅以为诗人最高贵，而上帝最公平，诗人在死后，便到上帝那里去，围着上帝坐着，上帝请他吃糖果。在现在，上帝请吃糖果的事，是当然无人相信的了，但以为诗人或文学家，现在为劳动大众革命，将来革命成功，劳动阶级一定从丰报酬，特别优待，请他坐特等车，吃特等饭，或者劳动者捧着牛油面包来献他，说："我们的诗人，请用吧！"这也是不正确的；因为实际上决不会有这种事，恐怕那时比现在还要苦，不但没有牛油面包，连黑面包都没有也说不定，俄国革命后一二年的情形便是例子。如果不明白这情形，也容易变成"右翼"。事实上，劳动者大众，只要不是梁实秋所说"有出息"者，也决不会特别看重知识阶级者的，如我所译的《溃灭》中的美谛克（知识阶级出身），反而常被矿工等所嘲笑。不待说，知识阶级有知识阶级的事要做，不应特别看轻，然而劳动阶级决无特别例外地优待诗人或文学家的义务。

现在，我说一说我们今后应注意的几点。

第一，对于旧社会和旧势力的斗争，必须坚决，持久不断，而且注重实力。旧社会的根柢原是非常坚固的，新运动非有更大的力不能动摇它什么。并且旧社会还有它使新势力妥协的好办法，但它自己是决不妥协的。在中国也有过许多新的运动了，却每次都是新的敌不过旧的，那原因大抵是在新的一面没有坚决的广大的目的，要求很小，容易满足。譬如白话文运动，当初旧社会是死力抵抗的，但不久便容许白话文底存在，给它一点可怜地位，在报纸的角头等地方可以看见用白话写的文章了，这是因为在旧社会看来，新的东西并没有什么，并不可怕，所以就让它存在，而新的一面也就满足，以为白话文已得到存在权了。又如一二年来的无产文学运动，也差不多一样，旧社会也容许无产文学，因为无产文学并不厉害，反而他们也来弄无产文学，拿去做装饰，仿佛在客厅里放着许多古董磁器以外，放一个工人用的粗碗，也很别致；而无产文学者呢，他已经在文坛上有个小地位，稿子已经卖得出去了，不必再斗争，批评家也唱着凯旋歌："无产文学胜利！"但除了个人的胜利，即以无产文学而论，究竟胜利了多少？况且无产文学，是无产阶级解放斗争底一翼，它跟着无产阶级的社会的势力的成长而成长，在无产阶级的社会地位很低的时候，无产文学的文坛地位反而很高，这只是证明无产文学者离开了无产阶级，回到旧社会去罢了。

第二，我以为战线应该扩大。在前年和去年，文学上的战争是有的，但那范围实在太小，一切旧文学旧思想都不为新派的人所注意，反而弄成了在一角里新文学者和新文学者的斗争，旧派的人倒能够闲舒地在旁边观战。

第三，我们应当造出大群的新的战士。因为现在人手实在太少了，譬如我们有好几种杂志，单行本的书也出版得不少，但做文章的总同是这几个人，所以内容就不能不单薄。一个人做事不专，这样弄一点，那样弄一点，既要翻译，又要做小说，还要做批评，并且也要做诗，这怎么弄得好呢？这都因为人太少的缘故，如果人多了，则翻译的可以专翻译，创作的可以专创作，批评的专批评；对敌人应战，也军势雄厚，容易克服。关于这点，我可带便地说一件事。前年创造社和太阳社向我进攻的时候，那力量实在单薄，到后来连我都觉得有点无聊，没有意思反攻了，因为我后来看出了敌军在演"空城计"。那时候我的敌军是专事于吹擂，不务于招兵练将的，攻击我的文章当然很多，然而一看就知道都是化名，骂来骂去都是同样的几句话。我那时就等待有一个能操马克斯主义批评的枪法的人来狙击我的，然而他终于没有出现。在我倒是一向就注意新的青年战士底养成的，曾经弄过好几个文学团体，不过效果也很小。但我们今后却必须注意这点。

我们急于要造出大群的新的战士，但同时，在文学战线上的人还要"韧"。所谓韧，就是不要像前清做八股文的"敲门砖"似的办法。前清的八股文，原是"进学"做官的工具，只要能做"起承转合"，借以进了"秀才举人"，便可丢掉八股文，一生中再也用不到它了，所以叫做"敲门砖"，犹之用一块砖敲门，门一敲进，砖就可抛弃了，不必再将它带在身边。这种办法，直到现在，也还有许多人在使用，我们常常看见有些人出了一二本诗集或小说集以后，他们便永远不见了，到那里去了呢？是因为出了一本或二本书，有了一点小名或大名，得到了教授或别的什么位置，功成名遂，不必再写诗写小说了，所以永远不见了。这样，所以在中国无论文学或科学都没有东西，然而在我们是要有东西的，因为这于我们有用。（卢那卡尔斯基是甚至主张保存俄国的农民美术，因为可以造出来卖给外国人，在经济上有帮助。我以为如果我们文学或科学上有东西拿得出去给别人，则甚至于脱离帝国主义的压迫的政治运动上也有帮助。）但要在文化上有成绩，则非韧不可。

最后，我以为联合战线是以有共同目的为必要条件的。我记得好像曾听到过这样一句话："反动派且已经有联合战线了，而我们还没有团结起来！"其实他们也并未有有意的联合战线，只因为他们的目的相同，所以行动就一致，在我们看来就好像联合战线。而我们战线不能统一，就证明我们的目的不能一致，或者只为了小团体，或者还其实只为了个人，如果目的都在工农大众，那当然战线也就统一了。

原载 1930 年 4 月 1 日《萌芽》月刊第 1 卷第 4 期。
初收 1932 年 10 月上海合众书店版《二心集》。

三日

日记 昙。上午得钦文信。同王蕴如及广平往牙科医院诊察。午后往内山书店杂志部买『新興芸術』五，六合本一本，一元一角。下午达夫来。雨。

四日

日记 昙。上午携海婴往福民医院诊察。下午侍桁赠青岛牛舌干两枚。雨。

五日

日记 雨。午后往齿科医院作翻译。往内山书店买书三种，共泉六元四角。

六日

日记 昙。晚往万云楼，系光华书局邀饭，同席十二人。得紫佩信。

七日

日记 昙。上午得矛尘信。下午雨。复紫佩信。复丛芜信。收《艺术讲座》稿费廿。得诗荃信。

八日

　　日记　晴。上午得杨律师信。收季志仁所寄 *Sylvain Sauvage* 一本,五十五法郎。午后往齿科医院作翻译。以杂志寄紫佩,季市。往内山书店。夜收诗荃所寄德文书四本,共二十二马克。

九日

　　日记　星期。晴。上午携海婴往福民医院诊察。午前任子卿来。午后往中华艺术大学演讲一小时。

十日

　　日记　[星期]　晴。上午携海婴往福民医院诊察。得季志仁信并 *Notre Ami Louis Jou* 一本,价四百法郎。夜石民来。

十一日

　　日记　雨。上午复季志仁信。复诗荃信。寄李春圃信。下午往齿科医院作翻译。往内山书店买书两本,共泉四元六角。夜得任子卿信。

十二日

　　日记　昙。上午得俞芳信,代母亲写。得李霁野信,午后复。夜雨。

致 李霁野

霁野兄:

　　三月五日信已到。春潮的文艺丛书,现在看来是"空城计",他

121

们并无资本，在无形中作罢了。

你的译稿，我很难绍介。现在这里出版物的编辑，要求用我的名义的很多，但他们是为营业起见，不愿我有实权，因为他们从我先前的历史看来，我是应该"被损害的"，所以对于我的交涉，比对于别人凶得多。

靖华的通信处希见示，因为我要托他买书。

迅　上　三月十二日

十三日

日记　晴。上午得廖立峨信。午后侍桁同赵广湘君来。下午往大夏大学乐天文艺社演讲。夜得徐声涛信并稿。

十四日

日记　晴。上午得徐白信。得朱企霞信。收诗荃所寄 *Die Kunst und die Gesellschaft* 一本，价四十马克。午后寄母亲信。泰东书局招饮于万云楼，晚与柔石，雪峰，侍桁同往，同席十一人。

十五日

日记　晴。午后以《萌芽》三本寄矛尘。往内山书店买『柳濑正梦画集』一本，二元四角。下午康农，修甫，友松来。晚望道来。因有绍酒越鸡，遂邀广湘，侍桁，雪峰，柔石夜饭。夜建行来。得叶永蓁信。

十六日

日记　星期。晴。午前季市来。午后叶永蓁，段雪笙来。高峻峰来。

十七日

日记 晴。上午得刘衲信。午后议泰东书局托办杂志事,定名曰《世界文化》。下午往内山书店买『詩学概論』一本,『生物学講座』第一辑六本一函,共泉六元四角。收诗荃所寄《柏林晨报》一卷。

十八日

日记 晴。夜得李洛信。得淑卿信,四日大名发。

十九日

日记 晴。午后落一牙。往中国公学分院讲演。离寓。收《萌芽》稿费卅。

二十日

日记 晴。上午得许楚生信并中学募捐启,午后复之。魏金枝自杭来,夜同往兴亚夜餐,同坐又有柔石,雪峰及其夫人,归途有形似学生者三人追踪甚久。夜浴。

二十一日

日记 晴。下午侍桁来。晚三弟来。夜广平来。

致 章廷谦

矛尘兄:

四日信早到。《萌芽》三本,已于前几日寄上。所谓"六个文学团体之五"者,原想更做几篇,但至今未做,而况发表乎哉。

自由运动大同盟,确有这个东西,也列有我的名字,原是在下面的,不知怎地,印成传单时,却升为第二名了(第一是达夫)。近来且往学校的文艺团体演说几回,关于文学的。我本不知"运动"的人,所以凡所讲演,多与该同盟格格不入,然而有些人已以为大出风头,有些人则以为十分可恶,谣诼谤骂,又复纷纭起来。半生以来,所负的全是挨骂的命运,一切听之而已,即使反将残剩的自由失去,也天下之常事也。

其实是,在杭州自己沉没,倘有平安饭吃,为自己计,也并不算坏事情。我常常当冲,至今没有打倒,也可以说是每一战斗,在表面上大抵是胜利的。然而,老兄,老实说罢,我实在很吃力,笔和舌,没有停时,想休息一下也做不到,恐怕要算是很苦的了。

达夫本有北上之说,但现在看来,怕未必。一者他正在医痔疮,二者北局又有变化,大约薪水未必稳妥,他总不肯去喝风的。所以,大约不去总有十层之八九。自由同盟上的一个名字,也许可以算是原因之三罢。

半农玄同之拜帅,不知尚有几何时?有枪的也和有笔的一样,你打我,我打你,交通大约又阻碍了。兄至今勾留杭州,也未始不是幸事。

　　　　　　　迅　上　　三月廿一夜
斐君兄均此致候。

二十二日

日记　晴。午复刘一僧信。复矛尘信。晚广平来。三弟来。

二十三日

日记　星期。晴。午前广平来。杨律师交来北新书局版税千。午后柔石及三弟来,同往近处看屋,不得。下午广平来,未见。晚柔石来,同往老靶子路看屋,不佳。夜侍桁来。雪峰来。

二十四日

日记 晴。午前王蕴如及广平携海婴来，同往东亚食堂午餐。午后同王蕴如往上海齿科医院作翻译。下牙肿痛，因请高桥医生将所余之牙全行拔去，计共五枚，豫付泉五十。晚三弟来。得丛芜信。夜柔石，雪峰来。

二十五日

日记 晴。午广平来。得母亲信，十八日发。午后赴齿科医院。邵明之来，未遇。晚三弟来。柔石，侍桁来。夜浴。

二十六日

日记 晴。午广平来。得霁野信。收本月编辑费三百。下午往齿科医院疗治。在内山书店买小说两本，『生物学講座』第二期一函，共泉六元五角。晚三弟来。收诗荃所寄《柏林晨报》一卷，《左曲》二本。夜柔石，侍桁，雪峰来。雨。

二十七日

日记 雨。海婴满六阅月，午广平携之来，同往福井写真馆照相，照讫至东亚食堂午餐。下午得矛尘信。得史沫特列信并稿。往上海齿科医院治疗。往儿岛洋行问空屋，不得。

致 章廷谦

矛尘兄：

廿五日来信，今天收到。梯子之论，是极确的，对于此一节，我也曾熟虑，倘使后起诸公，真能由此爬得较高，则我之被踏，又何足惜。中国之可作梯子者，其实除我之外，也无几了。所以我十年以来，帮未名社，帮狂飙社，帮朝花社，而无不或失败，或受欺，但愿有英俊出于中国之心，终于未死，所以此次又应青年之请，除自由同盟外，又加入左翼作家连盟，于会场中，一览了荟萃于上海的革命作家，然而以我看来，皆茄花色，于是不佞势又不得不有作梯子之险，但还怕他们尚未必能爬梯子也。哀哉！

果然，有几种报章，又对我大施攻击，自然是人身攻击，和前两年"革命文学家"攻击我之方法并同，不过这回是"罪孽深重，祸延"孩子，计海婴生后只半岁，而南北报章，加以嘲骂者已有六七次了。如此敌人，不足介意，所以我仍要从事译作，再做一年。我并不笑你的"懦怯和没出息"，想望休息之心，我亦时时有之，不过一近旋涡，自然愈卷愈紧，或者且能卷入中心，握笔十年，所得的是疲劳与可笑的胜利与无进步，而又下台不得，殊可慨也。

蔡先生确是一个很念旧知的人，倘其北行，兄自不妨同去，但世事万变，他此刻大约又未必去了罢，至于北京，刺戟也未必多于杭州，据我所见，则昔之称为战士者，今已蓄意险仄，或则气息奄奄，甚至举止言语，皆非常庸鄙可笑，与为伍则难堪，与战斗则不得，归根结蒂，令人如陷泥坑中。但北方风景，是伟大的，倘不至于日见其荒凉，实较适于居住。

徐夫人出典，我不知道，手头又无书可查。以意度之，也许是男子而女名者。不知人名之中，可有徐负（负＝妇），倘有，则大概便是此人了。

乔峰将上海情形告知北京，不知何意，他对我亦未言及此事。但常常慨叹保持饭碗之难，并言八道弯事情之多，一有事情，便呼令北去，动止两难，至于失眠云云。今有此举，岂有什么决心乎。要之北京（尤其是八道弯）上海，情形大不相同，皇帝气之积习，终必至于不能和洋场居民相安，因为目击流离，渐失长治久安之念，一有压迫，很容易视所谓"平安"者如敝屣也。

例如卖文生活，上海情形即大不同，流浪之徒，每较安居者为好。这也是去年"革命文学"所以兴盛的原因。我因偶作梯子，现已不能住在寓里（但信寄寓中，此时仍可收到），而译稿每千字十元，却已有人豫约去了，但后来之兴衰，则自然仍当视实力和压迫之度矣。

　　　　　　　　迅　启上　三月二十七夜书于或一屋顶房中。
斐君兄及小燕弟均此致候不另。

二十八日

日记　晴。上午广平来。得母亲信，二十一日发，即复。答矛尘信。午后侍桁，柔石来，假柔石泉卅。下午同柔石赴北四川路一带看屋，不得。复史沫特列女士信。晚三弟及广平来。柔石，雪峰来。

二十九日

日记　雨。上午林惠元，白薇来，未见。午后往齿科医院，除去齿槽骨少许。柔石及三弟来，同往蓬路看屋，不得。下午收『世界美術全集』(5)一本，二元四角。晚广平来。浴。

三十日

日记　星期。昙。上午往齿科医院治疗。白薇及林惠元来。午后侍桁，雪峰，柔石来。广平来。得李春朴信。晚三弟及王蕴如携烨儿来。

三十一日

日记　昙。上午广平携海婴来。午后往医院治齿。下午同柔石往海宁路看屋。在内山书店买『フィリップ全集』(3)一本，杂书二本，共泉三元七角。

四月

一日

日记 晴。上午广平来。晚同柔石,侍桁往东亚食堂晚餐。夜回寓。得紫佩信。得石民信。

我们要批评家 *

看大概的情形(我们这里得不到确凿的统计),从去年以来,挂着"革命的"的招牌的创作小说的读者已经减少,出版界的趋势,已在转向社会科学了。这不能不说是好现象。最初,青年的读者迷于广告式批评的符咒,以为读了"革命的"创作,便有出路,自己和社会,都可以得救,于是随手拈来,大口吞下,不料许多许多是并不是滋养品,是新袋子里的酸酒,红纸包里的烂肉,那结果,是吃得胸口痒痒的,好像要呕吐。

得了这一种苦楚的教训之后,转而去求医于根本的,切实的社会科学,自然,是一个正当的前进。

然而,大部分是因为市场的需要,社会科学的译著又蜂起云涌了,较为可看的和很要不得的都杂陈在书摊上,开始寻求正确的知识的读者们已经在惶惑。然而新的批评家不开口,类似批评家之流便趁势一笔抹杀:"阿狗阿猫"。

到这里,我们所需要的,就只得还是几个坚实的,明白的,真懂得社会科学及其文艺理论的批评家。

批评家的发生,在中国已经好久了。每一个文学团体中,大抵总有一套文学的人物。至少,是一个诗人,一个小说家,还有一个尽职于宣传本团体的光荣和功绩的批评家。这些团体,都说是志在改革,向旧的堡垒取攻势的,然而还在中途,就在旧的堡垒之下纷纷自己扭打起来,扭得大家乏力了,这才放开了手,因为不过是"扭"而已矣,所以大创是没有的,仅仅喘着气。一面喘着气,一面各自以为胜利,唱着凯歌。旧堡垒上简直无须守兵,只要袖手俯首,看这些新的敌人自己所唱的喜剧就够。他无声,但他胜利了。

这两年中,虽然没有极出色的创作,然而据我所见,印成本子的,如李守章的《跋涉的人们》,台静农的《地之子》,叶永蓁的《小小十年》前半部,柔石的《二月》及《旧时代之死》,魏金枝的《七封信的自传》,刘一梦的《失业以后》,总还是优秀之作。可惜我们的有名的批评家,梁实秋先生还在和陈西滢相呼应,这里可以不提;成仿吾先生是怀念了创造社过去的光荣之后,摇身一变而成为"石厚生",接着又流星似的消失了;钱杏邨先生近来又只在《拓荒者》上,搀着藏原惟人,一段又一段的,在和茅盾扭结。每一个文学团体以外的作品,在这样忙碌或萧闲的战场,便都被"打发"或默杀了。

这回的读书界的趋向社会科学,是一个好的,正当的转机,不惟有益于别方面,即对于文艺,也可催促它向正确,前进的路。但在出品的杂乱和旁观者的冷笑中,是极容易凋谢的,所以现在所首先需要的,也还是——

几个坚实的,明白的,真懂得社会科学及其文艺理论的批评家。

原载 1930 年 4 月 1 日《萌芽》月刊第 1 卷第 4 期。
初收 1932 年 10 月上海合众书店版《二心集》。

二日

日记 晴。午后复石民信。复朱企霞信。寄诗荃信。晚望道来。

三日

日记 昙。上午托三弟从商务印书馆买来《新郑古器图录》一部二本,泉五元六角。午后雨。下午高峻峰来。晚得黎锦明信。得乐芬信,即复。

四日

日记 昙。下午映霞来。晚寄陈望道信。石民来。

五日

日记 晴。上午得段雪生信。下午寄紫佩信,附三四月家用二百元,托转交。夜圣陶,沈馀及其夫人来。

六日

日记 星期。晴。晚侍桁邀往东亚食堂晚膳,同席为雪峰及其夫人,柔石,广平。夜寄宿邬山生寓,为斋藤,福家,安藤作字。

七日

日记 微雨。上午广平来。午后往齿科医院治疗。理发。在内山书店买书三本,共泉六元。下午得汤振扬信。得盐谷温诸君纪念信片。晚三弟来。

八日

日记 雨。上午广平来。午后寄黎[锦]明信并还小说稿。下午看定住居,顶费五百,先付以二百。夜柔石,侍桁来。广平来。雪峰来。

九日

日记 昙,风。午前广平来。得汤振扬信。午后季市来。三弟来。雪峰,蓬子来。寄淑卿信。寄小峰[信]。夜三弟来。侍桁,柔石来。雨。

十日

日记 昙,风。午前广平携海婴来。下夜大雷雨彻夜。浴。

十一日

日记 昙。午前广平来。得母亲信,三日发。下午雪峰来并交为神州国光社编译《现代文艺丛书》合同一纸。柔石来。晚得小峰信并志仁,林林稿费共卅二元。以海婴照片一枚寄母亲。三弟来,少顷广平来,遂同往东亚食堂晚膳,又少顷蕴如导明之来,即邀之同饭。夜侍桁来。

十二日

日记 晴。上午广平来。得母亲信,六日发,附李秉中函,晚复。三弟来。收诗荃所寄《柏林晨报》两卷。夜柔石来。雪峰来。得方善竟信并《新声》四张,另有《希望》数张,属转寄孙用,即为代发。

《文艺政策》后记

这一部书,是用日本外村史郎和藏原惟人所辑译的本子为底本,从前年(一九二八年)五月间开手翻译,陆续登在月刊《奔流》上面的。在那第一本的《编校后记》上,曾经写着下文那样的一些话——

"俄国的关于文艺的争执,曾有《苏俄的文艺论战》介绍过,这里的《苏俄的文艺政策》,实在可以看作那一部书的续编。如果看过前一书,则看起这篇来便更为明了。序文上虽说立场有三派的不同,然而约减起来,也不过两派。即对于阶级文艺,一派偏重文艺,如瓦浪斯基等,一派偏重阶级,是"那巴斯图"的人们,布哈林们自然也主张支持无产阶级作家的,但又以为最要紧的是要有创作。发言的人们之中,好几个是委员,如瓦浪斯基,布哈林,雅各武莱夫,托罗兹基,卢那卡尔斯基等;也有'锻冶厂'一派,如普列式内夫;最多的是"那巴斯图"的人们,如瓦进,烈烈威支,阿卫巴赫,罗陀夫,培赛勉斯基等,译载在《苏俄的文艺论战》里的一篇《文学与艺术》后面,都有署名在那里。

"'那巴斯图'派的攻击,几乎集中于一个瓦浪斯基——《赤色新地》的编辑者。对于他所作的《作为生活认识的艺术》,烈烈威支曾有一篇《作为生活组织的艺术》,引用布哈林的定义,以艺术为'感情的普遍化'的方法,并指摘瓦浪斯基的艺术论,乃是超阶级底的。这意思在评议会的论争上也可见。但到后来,藏原惟人在《现代俄罗斯的批评文学》中说,他们两人之间的立场似乎有些接近了,瓦浪斯基承认了艺术的阶级性之重要,烈烈威支的攻击也较先前稍为和缓了。现在是托罗兹基,拉迪克都已放逐,瓦浪斯基大约也退职,状况也许又很不同了罢。

"从这记录中,可以看见在劳动阶级文学的大本营的俄国的文学的理论和实际,于现在的中国,恐怕是不为无益的;其中有几个空字,是原译本如此,因无别国译本,不敢妄补,倘有备有原书,通函见教或指正其错误的,必当随时补正。"

但直到现在,首尾三年,终于未曾得到一封这样的信札,所以其中的缺憾,还是和先前一模一样。反之,对于译者本身的笑骂却颇不少的，至今未绝。我曾在《"硬译"与"文学的阶级性"》中提到一点大略，登在《萌芽》第三本上，现在就摘抄几段在下面——

"从前年以来，对于我个人的攻击是多极了，每一种刊物上，大抵总要看见'鲁迅'的名字，而作者的口吻，则粗粗一看，大抵好像革命文学家。但我看了几篇，竟逐渐觉得废话太多了，解剖刀既不中腠理，子弹所击之处，也不是致命伤。……于是我想，可供参考的这样的理论，是太少了，所以大家有些胡涂。对于敌人，解剖，咀嚼，现在是在所不免的，不过有一本解剖学，有一本烹饪法，依法办理。则构造味道，总还可以较为清楚，有味。人往往以神话中的 Prometheus 比革命者，以为窃火给人，虽遭天帝之虐待不悔，其博大坚忍正相同。但我从别国里窃得火来，本意却在煮自己的肉的，以为倘能味道较好，庶几在咀嚼者那一面也得到较多的好处，我也较不枉费了身躯：出发点全是个人主义。并且还夹杂着小市民性的奢华，以及慢慢地摸出解剖刀来，反而刺进解剖者的心脏里去的'报复'。……然而，我也愿意于社会上有些用处，看客所见的结果仍是火和光。这样，首先开手的就是《文艺政策》，因为其中含有各派的议论。

"郑伯奇先生……便在所编的《文艺生活》上，笑我的翻译这书，是不甘没落，而可惜被别人著了先鞭。翻一本书便会浮起，做革命文学家真太容易了，我并不这样想。有一种小报，则说我的译《艺术论》是'投降'。是的，投降的事，为世上所常有，但其时成仿吾元帅早已爬出日本的温泉，住进巴黎的旅馆，在这里又向谁输诚呢。今年，谥法又两样了……说是'方向转换'。我看见日本的有些杂志中，曾将这四字加在先前的新感觉派片冈铁兵上，算是一个好名词。其实，这些纷纭之谈，也还是只看名目，连想也不肯一想的老病。译一本关于无产阶级文学的书，是不足以证明方向的，倘有曲译，倒反足以为害。我的译书,就也要献给这些速断的无产文学批评家,因为他们是有不贪'爽快',耐苦来研究这种理论的义务的。

"但我自信并无故意的曲译,打着我所不佩服的批评家的伤处了的时候我就一笑,打着我自己的伤处了的时候我就忍疼,却决不有所增减,这也是始终'硬译'的一个原因。自然,世间总会有较好的翻译者,能够译成既不曲,也不'硬'或'死'的文章的,那时我的译本当然就被淘汰,我就只要来填这从'无有'到'较好'的空间罢了。"

因为至今还没有更新的译本出现,所以我仍然整理旧稿,印成书籍模样,想延续他多少时候的生存。但较之初稿,自信是更少缺点了。第一,雪峰当编定时,曾给我对比原译,订正了几个错误;第二,他又将所译冈泽秀虎的《以理论为中心的俄国无产阶级文学发达史》附在卷末,并将有些字面改从我的译例,使总览之后,于这《文艺政策》的来源去脉,更得分明。这两点,至少是值得特行声叙的。

一九三〇年四月十二之夜,鲁迅记于沪北小阁。

未另发表。

初收 1930 年 6 月上海水沫书店版"科学的艺术论丛书"之十三《文艺政策》。

《文艺政策》序言

作为本书的主要部分者,是一九二四年五月九日在俄国共产党中央委员会内所开的关于对文艺的党的政策的讨论会的速记录的翻译。关于文艺政策,在党的内部也有种种意见的不同,于是共产党中央委员会便以当时的中央委员会出版部长 Ia. 雅各武莱夫为议长,开了讨论会,使在这里,自由地讨论这问题。

只要一读这速记录，便谁都明白，在这讨论会里，各同志之间有着颇深的意见的对立，而这又并不见有什么根本底的解决，剩下来了。我们于此，发见无产阶级文学本身以及对于这事的党的政策，凡有三种不同的立场——

一，由瓦浪斯基及托罗兹基所代表的立场；

二，瓦进及其他"那·巴斯图"一派的立场；

三，布哈林，卢那卡尔斯基等的立场。

就是，站在第一的立场的人们，是否定独立的无产阶级文学，乃至无产阶级文化的成立的。其理由，是以为无产阶级独裁的时期，是从资本主义进向共产主义的过渡底时代，而这又正是激烈的阶级斗争的时代，所以无产阶级在这短促的时期之内，不能创造出独立的文化来。站在第二，第三的立场上的人们，则正相反，主张无产阶级的独裁期，是涉及颇长的时期的，所以在这期间中，能有站在这阶级斗争的地盘上的无产阶级的文学——文化的成立。

但虽然同认了无产阶级文学的成立的必然与其必要，而在第二的立场和第三的立场上的人们之间，在对付的政策上，意见却又不同。瓦进及其他"那·巴斯图"派的人们的意见，以为在文艺领域内，是必须有党的直接的指导和干涉的；和这相对，布哈林，卢那卡尔斯基等则主张由党这一方面的人工的干涉，首先就于无产阶级文学有害。

这种争论，此后也反复了许多时，终于在一九二五年七月一日所发表的俄国共产党中央委员会的决议《关于文艺领域上的党的政策》里，党的政策就决定了。

我们将这和速记录一同阅读，便可以明白俄国共产党的文艺政策，是正在向着怎样的方向进行。而且对于我国的无产阶级文艺运动的阵营内，正在兴起的以政治和文艺这一个问题为中心的论争的解决，也相信可以给与或一种的启发。

本书的翻译之中，从《关于对文艺的党的政策》的开头起，至布哈林止,和卢那卡尔斯基的演说,以及添在卷末的两个决议,是我的翻译,此外是都出于外村史郎的译笔的,还将这事附白于此。

一九二七年十月　藏原惟人

未另发表。

初收 1930 年 6 月上海水沫书店版"科学的艺术论丛书"之十三《文艺政策》。

致 李秉中

秉中兄:

顷得由北平转到惠函,俱悉。《观光纪游》早收到,忘未裁答,歉甚歉甚。

《含秀居丛书》中国似未曾有人介绍,亦不知刊行几种,现在尚在刊行与否。其《草木春秋》及《禅真后史》,中国尚有而版甚劣,此丛书中者殆必根据旧印,想当较佳。至于《鼓掌绝尘》,则从来未闻其名,恐此土早已佚失,明人此类小说,佚存于日本者闻颇不少也。

我仍碌碌,但身体尚健,差堪告慰耳。此后如惠书,寄"上海闸北、宝山路、商务印书馆编译所、周乔峰收转",较妥。

迅　启上　四月十二夜

令夫人均此致候不另。

致 方善境

善竟先生:

蒙赐函及《新声》四期,顷已收到,谢谢! 先生所作木刻,我以为是大可以发表的,至于木性未熟,则只要刻得多了,便可了然。中国刻工,亦能刻图,其器具及手法,似亦大可研究,以供参考。至于西洋木刻,其器具及刻法,似和中国大不相同,刀有多种,如凿,刻时则卧腕也。

孙用先生未曾见过,不知其详。通信处是"杭州邮局卜成中先生转",我疑心两者即是一人,就在邮局办事的。《希望》顷已寄去。

PK 先生亦未见过,据朋友说,他名徐耘阡,信寄"上海四马路开明书店转",大约便能收到。

La Scienco Proleta 是日本文的杂志,仅在题目之下,有这样一行横文,那两个译者,都是并不懂得世界语的。

先生前回见寄的几个木刻,因未有相当的地方(《奔流》停滞,《朝华》停刊),所以至今未曾发表。近日始将芥川龙之介那一个,送到《文艺研究》去了,俟印成后,当寄奉也。

迅　启上　四月十二夜。

十三日

日记　星期。雨。上午广平来。午后复李秉中信。复方善竟信。

十四日

日记　小雨。上午广平来。得紫佩信。寄曹靖华信。午后往齿科医院治疗。寄季志仁稿费二十六元并发信。晚三弟来。

十五日

日记　昙。午后广平来。夜侍桁来。雪峰来。

十六日

日记　晴。上午广平携海婴来。午后得冰莹信。下午得小峰信并《美术史潮论》版税三百十五元。侍桁来,同往市啜咖啡,又往内山书店杂志部阅杂志。夜柔石,三弟来。得诗荃信,三月二十七日发。

十七日

日记 晴。上午以《萌芽》分寄诗荃,矛尘,季市。下午达夫,映霞来。晚与三弟及广平往东亚食堂饭。复小峰信。夜浴。小雨。

"好政府主义"

梁实秋先生这回在《新月》的"零星"上,也赞成"不满于现状"了,但他以为"现在有智识的人(尤其是夙来有'前驱者''权威''先进'的徽号的人),他们的责任不仅仅是冷讥热嘲地发表一点'不满于现状'的杂感而已,他们应该更进一步的诚诚恳恳地去求一个积极医治'现状'的药方"。

为什么呢?因为有病就须下药,"三民主义是一副药,——梁先生说,——共产主义也是一副药,国家主义也是一副药,无政府主义也是一副药,好政府主义也是一副药",现在你"把所有的药方都褒贬得一文不值,都挖苦得不留余地,……这可是什么心理呢?"

这种心理,实在是应该责难的。但在实际上,我却还未曾见过这样的杂感,譬如说,同一作者,而以为三民主义者是违背了英美的自由,共产主义者又收受了俄国的卢布,国家主义太狭,无政府主义又太空……。所以梁先生的"零星",是将他所见的杂感的罪状夸大了。

其实是,指摘一种主义的理由的缺点,或因此而生的弊病,虽是并非某一主义者,原也无所不可的。有如被压榨得痛了,就要叫喊,原不必在想出更好的主义之前，就定要咬住牙关。但自然，能有更好的主张，便更成一个样子。

不过我以为梁先生所谦逊地放在末尾的"好政府主义"，却还得更谦逊地放在例外的，因为自三民主义以至无政府主义，无论它性质的寒温如何，所开的究竟还是药名，如石膏，肉桂之类，——至于服后的利弊，那是另一个问题。独有"好政府主义"这"一副药"，他在药方上所开的却不是药名，而是"好药料"三个大字，以及一些唠唠叨叨的名医架子的"主张"。不错，谁也不能说医病应该用坏药料，但这张药方，是不必医生才配摇头，谁也会将他"褒贬得一文不值"（"褒"是"称赞"之意，用在这里，不但"不通"，也证明了不识"褒"字，但这是梁先生的原文，所以姑仍其旧）的。

倘这医生羞恼成怒，喝道"你嘲笑我的好药料主义，就开出你的药方来！"那就更是大可笑的"现状"之一，即使并不根据什么主义，也会生出杂感来的。杂感之无穷无尽，正因为这样的"现状"太多的缘故。

一九三〇，四，十七。

原载 1930 年 5 月 1 日《萌芽》月刊第 1 卷第 5 期。

初收 1932 年 10 月上海合众书店版《二心集》。

十八日

日记 晴。上午广平来。得张友松信。午后复冰莹信。柔石来。付新屋顶费三百。晚雪峰来。内山君邀往新半斋夜饭，同席十人。

十九日

日记 昙。上午广平来。下午雨。李小峰之妹希同与赵景深结婚，因往贺，留晚饭，同席七人。夜回寓。

"丧家的""资本家的乏走狗"

　　梁实秋先生为了《拓荒者》上称他为"资本家的走狗",就做了一篇自云"我不生气"的文章。先据《拓荒者》第二期第六七二页上的定义,"觉得我自己便有点像是无产阶级里的一个"之后,再下"走狗"的定义,为"大凡做走狗的都是想讨主子的欢心因而得到一点恩惠",于是又因而发生疑问道——

　　"《拓荒者》说我是资本家的走狗,是那一个资本家,还是所有的资本家?我还不知道我的主子是谁,我若知道,我一定要带着几分杂志去到主子面前表功,或者还许得到几个金镑或卢布的赏赉呢。……我只知道不断的劳动下去,便可以赚到钱来维持生计,至于如何可以做走狗,如何可以到资本家的帐房去领金镑,如何可以到××党去领卢布,这一套本领,我可怎么能知道呢?……"

　　这正是"资本家的走狗"的活写真。凡走狗,虽或为一个资本家所豢养,其实是属于所有的资本家的,所以它遇见所有的阔人都驯良,遇见所有的穷人都狂吠。不知道谁是它的主子,正是它遇见所有阔人都驯良的原因,也就是属于所有的资本家的证据。即使无人豢养,饿的精瘦,变成野狗了,但还是遇见所有的阔人都驯良,遇见所有的穷人都狂吠的,不过这时它就愈不明白谁是主子了。

　　梁先生既然自叙他怎样辛苦,好像"无产阶级"(即梁先生先前之所谓"劣败者"),又不知道"主子是谁",那是属于后一类的了,为确当计,还得添几个字,称为"丧家的""资本家的走狗"。

　　然而这名目还有些缺点。梁先生究竟是有智识的教授,所以和平常的不同。他终于不讲"文学是有阶级性的吗?"了,在《答鲁迅先生》那一篇里,很巧妙地插进电杆上写"武装保护苏联",敲碎报馆玻

140

璃那些句子去,在上文所引的一段里又写出"到××党去领卢布"字样来,那故意暗藏的两个×,是令人立刻可以悟出的"共产"这两字,指示着凡主张"文学有阶级性",得罪了梁先生的人,都是在做"拥护苏联",或"去领卢布"的勾当,和段祺瑞的卫兵枪杀学生,《晨报》却道学生为了几个卢布送命,自由大同盟上有我的名字,《革命日报》的通信上便说为"金光灿烂的卢布所买收",都是同一手段。在梁先生,也许以为给主子嗅出匪类("学匪"),也就是一种"批评",然而这职业,比起"刽子手"来,也就更加下贱了。

我还记得,"国共合作"时代,通信和演说,称赞苏联,是极时髦的,现在可不同了,报章所载,则电杆上写字和"××党",捕房正在捉得非常起劲,那么,为将自己的论敌指为"拥护苏联"或"××党",自然也就髦得合时,或者还许会得到主子的"一点恩惠"了。但倘说梁先生意在要得"恩惠"或"金镑",是冤枉的,决没有这回事,不过想借此助一臂之力,以济其"文艺批评"之穷罢了。所以从"文艺批评"方面看来,就还得在"走狗"之上,加上一个形容字:"乏"。

一九三〇,四,一九。

原载 1930 年 5 月 1 日《萌芽》月刊第 1 卷第 5 期。

初收 1932 年 10 月上海合众书店版《二心集》。

二十日

日记 星期。晴。上午得杨律师信。

致 郁达夫

达夫先生:

Gorki 全集内容,价目,出版所,今钞呈,此十六本已需约六十元矣，此后不知尚有多少本。

将此集翻入中国，也是一件事情，最好是一年中先出十本。此十本中，我知道已有两种（四及五）有人在译，如先生及我各肯认翻两本，在我想必有书坊乐于承印也。

迅　启上　四月二十日

密斯王均此致候。

二十一日

日记　晴。午后往齿科医院试模，付泉五十。往内山书店。得任子卿信。寄达夫信。寄诗荃信。下午得小峰信，即复，并交纸版三种。

二十二日

日记　雨。上午寄小峰信。收《萌芽》稿费十五元。

二十三日

日记　晴。上午同王蕴如及广平，海婴往齿科医院。携海婴往理发店剪发。下午收《鼓掌绝尘》一本，李秉中寄赠。得紫佩信。

二十四日

日记　昙。上午得小峰信并书五本，即转赠侍桁，柔石，雪峰，蓬子，广平。午后得苏流痕信，即复。下午晴。往上海齿科医院试模。往内山书店买书三种，共泉十一元。晚复友松信。寄望道信并稿。

二十五日

日记　昙。上午得叶锄非信。夜阅《文艺研究》第一期原稿讫。

二十六日

日记 晴。午后寄望道信并稿。往上海齿科医院补齿讫。往内山书店取『世界美術全集』(13)一本,一元八角。杨律师来并交北新书局所付版税千五百。下午中美图书公司送来 *Ten Polish Folk Tales* 壹册,付直三元。晚望道来。得胡弦信并稿,即转雪峰。

二十七日

日记 星期。昙。上午得水沫书店信。得石民信并诗。由商务印书馆从德国购来 *Die Schaffenden* 第二至第四年全份各四帖,每帖十枚,又第五年份二帖共二十枚,下午托三弟往取,计值四百三十二元二角;每枚皆有作者署名,间有著色。夜雨。失眠。

致 胡 弦

胡弦先生:

来信并稿收到。稿已转交。

前次蒙寄之《赈灾委员》,确曾收到看过,但未用。至于寄还之法,当初悉托北新,后来因其每有不寄者,于是皆由我自寄,挂号与否,却无一定。现在寓中已无积压之稿,则先生所投小说,必已寄出,但由北新抑由自己,是否挂号,则已经毫不记得了。所以实已无从清查,办事纷纭,以致先生终于未曾收到此项稿件,实是抱歉之至。倘见察恕,不胜感荷。专此布复,即颂

刻安。

鲁迅 四月廿七。

二十八日

日记 昙。上午携海婴往福民医院诊。得母亲信,二十日发。

143

得李秉中信。午后中美图书公司送来 Gropper：56 *Drawings of Soviet Russia* 一本，价六元。下午往齿科医院。往内山书店。

二十九日

日记 昙。上午得上海邮务管理局信，言寄矛尘之《萌芽》第三本，业被驻杭州局检查员扣留。下午收四月分编辑费三百。得诗荃信并照相两枚，十日发。寄紫佩信并五月至七月份家用共三百，托其转交。夜小雨。

三十日

日记 昙。上午同广平携海婴往福民医院诊。午后同三弟往齿科医院。往内山书店。三弟赠野山茶三包。收诗荃所寄在德国搜得之木刻画十一幅，其直百六十三马克，约合中币百二十元；又书籍九种九本，约直六十八元。

五月

一日

日记 昙。上午得紫佩信，上月二十四日发。携海婴往福民医院诊，广平同去。下午季市来。晚雨。

二日

日记 晴。上午同广平携海婴往福民医院诊。午后得母亲信，四月廿六日发。下午同广平去看屋。往内山书店买『昆虫记』（五）一本，二元五角。往齿科医院。晚得学昭所寄赠 *Buch der Lieder* 一本。得季志仁所购寄 *Les Artistes du Livre* (10 et 11) 两本，直十三元也。夜侍桁交来代买之 *The* 19 一本，直七元。

三日

日记 昙。上午得内山柬，即复。午小雨。午后寄母亲信。复李秉中信。下午往齿科医院。往内山书店。晚收诗荃所寄书籍一包五本，计直十三元六角。夜托望道转交复胡弦信。收《文艺研究》第一期译文豫支版税三十。

致 李秉中

秉中兄：

前蒙寄《鼓掌绝尘》，早收到；后又得四月十八日惠书，具悉。天南遯叟系清末"新党"，颇和日人往来，亦曾游日，但所纪载，以文酒伎乐之事为多，较之《观光纪游》之留意大事，相去远矣。　兄之关于《鼓掌绝尘》一文，因与信相连，读后仍纳信封中，友人之代为清理废纸者，不遑细察，竟与他种信札，同遭毁弃，以致无从奉璧，实不胜歉仄，尚希谅察为幸。

兄所问《大公报》副刊编辑人，和歌入门之书籍及较好之日本史三事，我皆不知。至于国内文艺杂志，则实尚无较可观览者。近来颇流行无产文学，出版物不立此为旗帜，世间便以为落伍，而作者殊寥寥。销行颇多者，为《拓荒者》，《现代小说》，《大众文艺》，《萌芽》等，但禁止殆将不远。《语丝》闻亦将以作者星散停刊云。我于《仿徨》之后，未作小说，近常从事于翻译，间有短评，涉及时事，而信口雌黄，颇招悔尤，倘不再自检束，不久或将不能更居上海矣。

我于前年起，曾编《奔流》，已出十五本，现已停顿半年，似书店不愿更印也，不知何意。

结婚之事，难言之矣，此中利弊，忆数年前于函中亦曾为兄道及。爱与结婚，确亦天下大事，由此而定，但爱与结婚，则又有他种大事，由此开端，此种大事，则为结婚之前，所未尝想到或遇见者，然此亦人生所必经（倘要结婚），无可如何者也。未婚之前，说亦不解，既解之后，——无可如何。

国内颇纷纭多事，简直无从说起，生人箝口结舌，尚虞祸及，读明末稗史，情形庶几近之。

迅　启上　五月三日

令夫人均此致候不另。

四日

日记　星期。晴。夜金枝来。

五日

日记　晴。午后得霁野信。下午往齿科医院。往内山书店。

《进化和退化》小引

这是译者从十年来所译的将近百篇的文字中,选出不很专门,大家可看之作,集在一处,希望流传较广的本子。一,以见最近的进化学说的情形,二,以见中国人将来的运命。

进化学说之于中国,输入是颇早的,远在严复的译述赫胥黎《天演论》。但终于也不过留下一个空泛的名词,欧洲大战时代,又大为论客所误解,到了现在,连名目也奄奄一息了。其间学说几经迁流,兑佛黎斯的突变说兴而又衰,兰麻克的环境说废而复振,我们生息于自然中,而于此等自然大法的研究,大抵未尝加意。此书首尾的各两篇,即由新兰麻克主义立论,可以窥见大概,略弥缺憾的。

但最要紧的是末两篇。沙漠之逐渐南徙,营养之已难支持,都是中国人极重要,极切身的问题,倘不解决,所得的将是一个灭亡的结局。可以解中国古史难以探索的原因,可以破中国人最能耐苦的谬说,还不过是副次的收获罢了。林木伐尽,水泽湮枯,将来的一滴水,将和血液等价,倘这事能为现在和将来的青年所记忆,那么,这书所得的酬报,也就非常之大了。

然而自然科学的范围,所说就到这里为止,那给与的解答,也只是治水和造林。这是一看好像极简单,容易的事,其实却并不如此的。我可以引史沫得列女士在《中国乡村生活断片》中的两段话作证——

“她(使女)说,明天她要到南苑去运动狱吏释放她的亲属。这人,同六十个别的乡人,男女都有,在三月以前被捕和收监,因为当别的生活资料都没有了以后,他们曾经砍过树枝或剥过树皮。他们这样做,并非出于捣乱,只因为他们可以卖掉木头来买粮食。

"……南苑的人民，没有收成，没有粮食，没有工做，就让有这两亩田又有什么用处？……一遇到些少的扰乱，就把整千的人投到灾民的队伍里去。……南苑在那时(军阀混战时)除了树木之外什么都没有了，当乡民一对着树木动手的时候，警察就把他们捉住并且监禁起来。"(《萌芽》月刊五期一七七页。)

所以这样的树木保护法，结果是增加剥树皮，掘草根的人民，反而促进沙漠的出现。但这书以自然科学为范围，所以没有顾及了。接着这自然科学所论的事实之后，更进一步地来加以解决的，则有社会科学在。

一九三〇年五月五日。

最初印入 1930 年 7 月上海光华书局版《进化与退化》。
初收 1932 年 10 月上海合众书店版《二心集》。

六日

日记 晴。午后得季志仁信。高峻峰来。下午史沫特列，乐芬，绍明来。

七日

日记 晴。上午复季志仁信。午后往齿科医院。往内山书店买书二册，共泉十四元四角。晚同雪峰往爵禄饭店，回至北冰洋吃冰其林。

八日

日记 昙。上午同广平携海婴往福民医院诊。午后得诗荃信并《文学世界》三份，四月十八日发。雨。夜失眠。作《艺术论》序言讫。

《艺术论》译本序

一

　　蒲力汗诺夫（George Valentinovitch Plekhanov）以一八五七年，生于坦木皤夫省的一个贵族的家里。自他出世以至成年之间，在俄国革命运动史上，正是智识阶级所提倡的民众主义自兴盛以至凋落的时候。他们当初的意见，以为俄国的民众，即大多数的农民，是已经领会了社会主义，在精神上，成着不自觉的社会主义者的，所以民众主义者的使命，只在"到民间去"，向他们说明那境遇，善导他们对于地主和官吏的嫌憎，则农民便将自行蹶起，实现自由的自治制，即无政府主义底社会的组织。

　　但农民却几乎并不倾听民众主义者的鼓动，倒是对于这些进步的贵族的子弟，怀抱着不满。皇帝亚历山大二世的政府，则于他们临以严峻的刑罚，终使其中的一部分，将眼光从农民离开，来效法西欧先进国，为有产者所享有的一切权利而争斗了。于是从"土地与自由党"分裂为"民意党"，从事于政治底斗争，但那手段，却非一般底社会运动，而是单独和政府相斗争，尽全力于恐怖手段——暗杀。

　　青年的蒲力汗诺夫，也大概在这样的社会思潮之下，开始他革命底活动的。但当分裂时，尚复固守农民社会主义的根本底见解，反对恐怖主义，反对获得政治底公民底自由，别组"均田党"，惟属望于农民的叛乱。然而他已怀独见，以为智识阶级独斗政府，革命殊难于成功，农民固多社会主义底倾向，而劳动者亦殊重要。他在那《革命运动上的俄罗斯工人》中说，工人者，是偶然来到都会，现于工厂的农民。要输社会主义入农村中，这农民工人便是最适宜的媒介者。因为农民相信他们工人的话，是在智识阶级之上的。

事实也并不很远于他的豫料。一八八一年恐怖主义者竭全力所实行的亚历山大二世的暗杀，民众未尝蹶起，公民也不得自由，结果是有力的指导者或死或囚，"民意党"殆濒于消灭。连不属此党而倾向工人的社会主义的蒲力汗诺夫等，也终被政府所压迫，不得不逃亡国外了。

他在这时候，遂和西欧的劳动运动相亲，遂开始研究马克斯的著作。

马克斯之名，俄国是早经知道的；《资本论》第一卷，也比别国早有译本；许多"民意党"的人们，还和他个人底地相知，通信。然而他们所竭尽尊敬的马克斯的思想，在他们却仅是纯粹的"理论"，以为和俄国的现实不相合，和俄人并无关系的东西，因为在俄国没有资本主义，俄国的社会主义，将不发生于工厂而出于农村的缘故。但蒲力汗诺夫是当回忆在彼得堡的劳动运动之际，就发生了关于农村的疑惑的，由原书而精通马克斯主义文献，又增加了这疑惑。他于是搜集当时所有的统计底材料，用真正的马克斯主义底方法，来研究它，终至确信了资本主义实在君临着俄国。一八八四年，他发表叫作《我们的对立》的书，就是指摘民众主义的错误，证明马克斯主义的正当的名作。他在这书里，即指示着作为大众的农民，现今已不能作社会主义的支柱。在俄国，那时都会工业正在发达，资本主义制度已在形成了。必然底地随此而起者，是资本主义之敌，就是绝灭资本主义的无产者。所以在俄国也如在西欧一样，无产者是对于政治底改造的最有意味的阶级。从那境遇上说，对于坚执而有组织的革命，已比别的阶级有更大的才能，而且作为将来的俄国革命的射击兵，也是最为适当的阶级。

自此以来，蒲力汗诺夫不但本身成了伟大的思想家，并且也作了俄国的马克斯主义者的先驱和觉醒了的劳动者的教师和指导者了。

二

但蒲力汗诺夫对于无产阶级的殊勋,最多是在所发表的理论的文字,他本身的政治底意见,却不免常有动摇的。

一八八九年,社会主义者开第一次国际会议于巴黎,蒲力汗诺夫在会上说,"俄国的革命运动,只有靠着劳动者的运动才能胜利,此外并无解决之道"的时候,是连欧洲有名的许多社会主义者们,也完全反对这话的;但不久,他的业绩显现出来了。文字方面,则有《历史上的一元底观察的发展》(或简称《史底一元论》),出版于一八九五年,从哲学底领域方面,和民众主义者战斗,以拥护唯物论,而马克斯主义的全时代,也就受教于此,借此理解战斗底唯物论的根基。后来的学者,自然也尝加以指摘的批评,但什维诺夫却说,"倒不如将这大可注目的书籍,向新时代的人们来说明,来讲解,实为更好的工作"云。次年,在事实方面,则因他的弟子们和民众主义者斗争的结果,终使纺纱厂的劳动者三万人的大同盟罢工,勃发于彼得堡,给俄国的历史划了新时期,俄国无产阶级的革命底价值,始为大家所认识,那时开在伦敦的社会主义者的第四次国际会议,也对此大加惊叹,欢迎了。

然而蒲力汗诺夫究竟是理论家。十九世纪末,列宁才开始活动,也比他年青,而两个人之间,就自然而然地行了未尝商量的分业。他所擅长的是理论方面,对于敌人,便担当了哲学底论战。列宁却从最先的著作以来,即专心于社会政治底问题,党和劳动阶级的组织的。他们这时的以辅车相依的形态,所编辑发行的报章,是 Iskra(《火花》),撰者们中,虽然颇有不纯的分子,但在当时,却尽了重大的职务,使劳动者和革命者的或一层因此而奋起,使民众主义派智识者发生了动摇。

尤其重要的是那文字底和实际的活动。当时(一九〇〇年至一九〇一年），革命家是都惯于藏身在自己的小圈子中，不明白全国底展望的，他们不悟到靠着全国底展望，才能有所达成，也没有准确的计算，也不想到须用多大的势力，才能得怎样的成果。在这样的时代，要试行中央集权底党，统一全无产阶级的全俄底政治组织的观念，是新异而且难行的。《火花》却不独在论说上申明这观念，还组织了"火花"的团体，有当时铮铮的革命家一百人至一百五十人的"火花"派，加在这团体中，以实行蒲力汗诺夫在报章上用文字底形式所展开的计划。

但到一九〇三年，俄国的马克斯主义者分裂为布尔塞维克（多数派）和门塞维克（少数派）了，列宁是前者的指导者，蒲力汗诺夫则是后者。从此两人即时离时合，如一九〇四年日俄战争时的希望俄皇战败，一九〇七至一九〇九年的党的受难时代，他皆和列宁同心。尤其是后一时，布尔塞维克的势力的大部分，已经不得不逃亡国外，到处是堕落，到处有奸细，大家互相注目，互相害怕，互相猜疑了。在文学上，则淫荡文学盛行，《赛宁》即在这时出现。这情绪且侵入一切革命底圈子中。党员四散，化为个个小团体，门塞维克的取消派，已经给布尔塞维克唱起挽歌来了。这时大声叱咤，说取消派主义应该击破，以支持布尔塞维克的，却是身为门塞维克的权威的蒲力汗诺夫，且在各种报章上，国会中，加以勇敢的援助。于是门塞维克的别派，便嘲笑"他垂老而成了地下室的歌人"了。

企图革命的复兴，从新组织的报章，是一九一〇年开始印行的 Zvezda（《星》），蒲力汗诺夫和列宁，都从国外投稿，所以是两派合作的机关报，势不能十分明示政治上的方针。但当这报章和政治运动关系加紧之际，就渐渐失去提携的性质，蒲力汗诺夫的一派终于完全匿迹，报章尽成为布尔塞维克的战斗底机关了。一九一二年两派又合办日报 Pravda（《真理》），而当事件展开时，蒲力汗诺夫派又于极短时期中悉被排除，和在 Zvezda 那时走了同一的运道。

殆欧洲大战起，蒲力汗诺夫遂以德意志帝国主义为欧洲文明和劳动阶级的最危险的仇敌,和第二国际的指导者们一样,站在爱国的见地上,为了和最可憎恶的德国战斗,竟不惜和本国的资产阶级和政府相提携,相妥协了。一九一七年二月革命后,他回到本国,组织了一个社会主义底爱国者的团体,曰"协同"。然而在俄国的无产阶级之父蒲力汗诺夫的革命底感觉,这时已经没有了打动俄国劳动者的力量,布勒斯特的媾和后,他几乎全为劳农俄国所忘却,终在一九一八年五月三十日,孤独地死于那时正被德军所占领的芬兰了。相传他临终的谵语中,曾有疑问云:"劳动者阶级可觉察着我的活动呢?"

三

他死后,*Inprekol*(第八年第五十四号)上有一篇《G. V. 蒲力汗诺夫和无产阶级运动》,简括地评论了他一生的功过——

"……其实,蒲力汗诺夫是应该怀这样的疑问的。为什么呢?因为年少的劳动者阶级,对他所知道的,是作为爱国社会主义者,作为门塞维克党员,作为帝国主义的追随者,作为主张革命底劳动者和在俄国的资产阶级的指导者密柳珂夫互相妥协的人。因为劳动者阶级的路和蒲力汗诺夫的路,是决然地离开的了。

然而,我们毫不迟疑,将蒲力汗诺夫算进俄国劳动者阶级的,不,国际劳动者阶级的最大的恩师们里面去。

怎么可以这样说呢?当决定底的阶级战的时候,蒲力汗诺夫不是在防线的那面的么?是的,确是如此。然而他在这些决定战的很以前的活动,他的理论上的诸劳作,在蒲力汗诺夫的遗产中,是成着贵重的东西的。

惟为了正确的阶级底世界观而战的斗争,在阶级战的诸形态中,是最为重要的之一。蒲力汗诺夫由那理论上的诸劳作,亘几世代,养成了许多劳动者革命家们。他又借此在俄国劳动者阶级的政治底自主上,尽了出色的职务。

蒲力汗诺夫的伟大的功绩,首先,是对于民意党,即在前世纪的七十年代,相信着俄国的发达,是走着一种特别的,就是,非资本主义底的路的那些智识阶级的一伙的他的斗争。那七十年代以后的数十年中,在俄国的资本主义的堂堂的发展情形,是怎样地显示了民意党人中的见解之误,而蒲力汗诺夫的见解之对呵。

一八八四年由蒲力汗诺夫所编成的‘以劳动解放为目的’的团体(劳动者解放团)的纲领,正是在俄国的劳动者党的最初的宣言,而且也是对于一八七八年至七九年劳动者之动摇的直接的解答。

他说着——

‘惟有竭力迅速地形成一个劳动者党,在解决现今在俄国的经济底的,以及政治底的一切的矛盾上,是惟一的手段。’

一八八九年,蒲力汗诺夫在开在巴黎的国际社会主义党大会上,说道——

‘在俄国的革命底运动,只有靠着革命底劳动者运动,才能得到胜利。我们此外并无解决之道,且也不会有的。’

这,蒲力汗诺夫的有名的话,决不是偶然的。蒲力汗诺夫以那伟大的天才,拥护这在市民底民众主义的革命中的无产阶级的主权,至数十年之久,而同时也发表了自由主义底有产者在和帝制的斗争中,竟懦怯地成为奸细,化为游移之至的东西的思想了。

蒲力汗诺夫和列宁一同,是《火花》的创办指导者。关于为了创立在俄国的政党底组织体而战的斗争,《火花》所尽的伟大的组织上的任务,是广大地为人们所知道的。

从一九○三年至一九一七年的蒲力汗诺夫,生了几回大动摇，倒是总和革命底的马克思主义违反，并且走向门塞维克去了。惹起他违反革命底的马克思主义的诸问题，大抵是什么呢？

首先，是对于农民层的革命底的可能力的过少评价。蒲力汗诺夫在对于民意党人的有害方面的斗争中，竟看不见农民层的种种革命底的努力了。

其次，是国家的问题。他没有理解市民底民众主义的本质。就是他没有理解无论如何，有粉碎资产阶级的国家机关的必要。

最后，是他没有理解那作为资本主义的最后阶段的帝国主义的问题，以及帝国主义战争的性质的问题。

要而言之，——蒲力汗诺夫是于列宁的强处，有着弱处的。他不能成为'在帝国主义和无产阶级革命时代的马克思主义者'。所以他之为马克思主义者，也就全体到了收场。蒲力汗诺夫于是一步一步，如罗若·卢森堡之所说，成为一个'可尊敬的化石'了。

在俄国的马克思主义建设者蒲力汗诺夫，决不仅是马克思和恩格斯的经济学，历史学，以及哲学的单单的媒介者。他涉及这些全领域，贡献了出色的独自的劳作。使俄国的劳动者和智识阶级，确实明白马克思主义是人类思索的全史的最高的科学底完成，蒲力汗诺夫是与有力量的。惟蒲力汗诺夫的种种理论上的研究，在他的观念形态的遗产里，无疑地是最为贵重的东西。列宁曾经正当地常劝青年们去研究蒲力汗诺夫的书。——'倘不研究这个（蒲力汗诺夫的关于哲学的叙述），就谁也决不会是意识底的，真实的共产主义者的。因为这是在国际底的一切马克思主义文献中，最为杰出之作的缘故。'——列宁说。"

四

蒲力汗诺夫也给马克斯主义艺术理论放下了基础。他的艺术论虽然还未能俨然成一个体系，但所遗留的含有方法和成果的著作，却不只作为后人研究的对象，也不愧称为建立马克斯主义艺术理论，社会学底美学的古典底文献的了。

这里的三篇信札体的论文，便是他的这类著作的只鳞片甲。

第一篇《论艺术》首先提出"艺术是什么"的问题，补正了托尔斯泰的定义，将艺术的特质，断定为感情和思想的具体底形象底表现。于是进而申明艺术也是社会现象，所以观察之际，也必用唯物史观的立场，并于和这违异的唯心史观（St. Simon，Comte，Hegel）加以批评，而绍介又和这些相对的关于生物的美底趣味的达尔文的唯物论底见解。他在这里假设了反对者的主张由生物学来探美感的起源的提议，就引用达尔文本身的话，说明"美的概念，……在种种的人类种族中，很有种种，连在同一人种的各国民里，也会不同"。这意思，就是说，"在文明人，这样的感觉，是和各种复杂的观念以及思想的连锁结合着"。也就是说，"文明人的美的感觉，……分明是就为各种社会底原因所限定"了。

于是就须"从生物学到社会学去"，须从达尔文的领域的那将人类作为"物种"的研究，到这物种的历史底运命的研究去。倘只就艺术而言，则是人类的美底感情的存在的可能性（种的概念），是被那为它移向现实的条件（历史底概念）所提高的。这条件，自然便是该社会的生产力的发展阶段。但蒲力汗诺夫在这里，却将这作为重要的艺术生产的问题，解明了生产力和生产关系的矛盾以及阶级间的矛盾，以怎样的形式，作用于艺术上；而站在该生产关系上的社会的艺术，又怎样地取了各别的形态，和别社会的艺术显出不同。就用了达尔文的"对立的根源的作用"这句话，博引例子，以说明社会底条件之关于与美底感情的形式；并及社会的生产技术和韵律，谐调，均整法则之相关；且又批评了近代法兰西艺术论的发展（Staël, Guizot, Taine）。

生产技术和生活方法，最密接地反映于艺术现象上者，是在原始民族的时候。蒲力汗诺夫就想由解明这样的原始民族的艺术，来担当马克斯主义艺术论中的难题。第二篇《原始民族的艺术》先据人类学者，旅行家等实见之谈，从薄墟曼，韦陀，印地安以及别的民族引了他们的生活，狩猎，农耕，分配财货这些事为例子，以证原始狩猎民族实为共产主义的结合，且以见毕海尔所说之不足凭。第三篇《再论原始民族的艺术》则批判主张游戏本能，先于劳动的人们之误，且用丰富的实证和严正的论理，以究明有用对象的生产（劳动），先于艺术生产这一个唯物史观的根本底命题。详言之，即蒲力汗诺夫之所究明，是社会人之看事物和现象，最初是从功利底观点的，到后来才移到审美底观点去。在一切人类所以为美的东西，就是于他有用——于为了生存而和自然以及别的社会人生的斗争上有着意义的东西。功用由理性而被认识，但美则凭直感底能力而被认识。享乐着美的时候，虽然几乎并不想到功用，但可由科学底分析而被发见。所以美底享乐的特殊性，即在那直接性，然而美底愉乐的根柢里，倘不伏着功用，那事物也就不见得美了。并非人为美而存在，乃是美为人而存在的。——这结论，便是蒲力汗诺夫将唯心史观者所深恶痛绝的社会，种族，阶级的功利主义底见解，引入艺术里去了。

看第三篇的收梢，则蒲力汗诺夫豫备继此讨论的，是人种学上的旧式的分类，是否合于实际。但竟没有作，这里也只好就此算作完结了。

五.

这书所据的本子，是日本外村史郎的译本。在先已有林柏修先生的翻译,本也可以不必再译了,但因为丛书的目录早经决定,只得仍来做这一番很近徒劳的工夫。当翻译之际,也常常参考林译的书,采用了些比日译更好的名词,有时句法也大约受些影响,而且前车可鉴,使我屡免于误译,这是应当十分感谢的。

序言的四节中,除第三节全出于翻译外,其余是杂采什维诺夫的《露西亚社会民主劳动党史》,山内封介的《露西亚革命运动史》和《普罗列塔利亚艺术教程》余录中的《蒲力汗诺夫和艺术》而就的。临时急就,错误必所不免,只能算一个粗略的导言。至于最紧要的关于艺术全般,在此却未曾涉及者,因为在先已有瓦勒夫松的《蒲力汗诺夫与艺术问题》,附印在《苏俄的文艺论战》(《未名丛刊》之一)之后,不久又将有列什涅夫《文艺批评论》和雅各武莱夫的《蒲力汗诺夫论》(皆是本丛书之一)出版,或则简明,或则浩博,决非译者所能企及其万一,所以不如不说,希望读者自去研究他们的文章。

最末这一篇,是译自藏原惟人所译的《阶级社会的艺术》,曾在《春潮月刊》上登载过的。其中有蒲力汗诺夫自叙对于文艺的见解,可作本书第一篇的互证,便也附在卷尾了。

但自省译文,这回也还是"硬译",能力只此,仍须读者伸指来寻线索,如读地图:这实在是非常抱歉的。

一九三〇年五月八日之夜,鲁迅校毕记于上海闸北寓庐。

原载 1930 年 6 月 1 日《新地》月刊(即《萌芽》月刊)第 1 卷第 6 期。

初收 1932 年 10 月上海合众书店版《二心集》。

九日

日记 昙,上午晴,暖。午后寄高峻峰信。下午往内山书店。收大江书店四月分结算版税一百四十五元八角三分七厘。

十日

日记 晴。上午寄诗荃信并书款三百马克。午后得有麟信并枣一包。下午将书籍迁至新寓。晚往内山书店。夜风。

十一日

日记 星期。晴。上午复有麟信。午后石民来。段雪笙,林骥材,苟克嘉来。下午往内山书店取『生物学講座』第三辑一部六本,三元四角。

十二日

日记 昙。午后移什器。得未名社所寄《未名》月刊终刊号两本,《拜轮时代之英文学》译本一本。晚雨。夜同广平携海婴迁入北四川路楼寓。

十三日

日记 晴。上午同广平携海婴往福民医院诊。买厨用什器。午后雪峰来。下午得谢冰莹信并稿。收冰莹所寄周君小说稿。收诗荃所寄德译小说两本。汇付季志仁书款一千法郎,合中币百二十一元。

十四日

日记 晴。晚三弟来。夜往内山书店买书两本,共泉四元二角。

十五日

日记 晴。下午柔石,侍桁来。

十六日

日记 晴。上午得靖华信并原文《被解放的堂克诃德》一本,四月十二日发,下午复讫。往内山书店。收诗荃所寄 *Die stille Don* 一本,即交贺菲。

鲁迅自传

我于一八八一年生于浙江省绍兴府城里的一家姓周的家里。父亲是读书的;母亲姓鲁,乡下人,她以自修得到能够看书的学力。听人说,在我幼小时候,家里还有四五十亩水田,并不很愁生计。但到我十三岁时,我家忽而遭了一场很大的变故,几乎什么也没有了;我寄住在一个亲戚家里,有时还被称为乞食者。我于是决心回家,而我底父亲又生了重病,约有三年多,死去了。我渐至于连极少的学费也无法可想;我底母亲便给我筹办了一点旅费,教我去寻无需学费的学校去,因为我总不肯学做幕友或商人,——这是我乡衰落了的读书人家子弟所常走的两条路。

其时我是十八岁,便旅行到南京,考入水师学堂了,分在机关科。大约过了半年,我又走出,改进矿路学堂去学开矿,毕业之后,即被派往日本去留学。但待到在东京的豫备学校毕业,我已经决意要学医了。原因之一是因为我确知道了新的医学对于日本维新有很大的助力。我于是进了仙台(Sendai)医学专门学校,学了两年。这时正值俄日战争,我偶然在电影上看见一个中国人因做侦探而将被斩,因此又觉得在中国医好几个人也无用,还应该有较为广大的运动……先提倡新文艺。我便弃了学籍,再到东京,和几个朋友立了些小计划,但都陆续失败了。我又想往德国去,也失败了。终于,因为我底母亲和几个别的人很希望我有经济上的帮助,我便回到中国来;这时我是二十九岁。

我一回国,就在浙江杭州的两级师范学堂做化学和生理学教员,第二年就走出,到绍兴中学堂去做教务长,第三年又走出,没有地方可去,想在一个书店去做编译员,到底被拒绝了。但革命也就发生,绍兴光复后,我做了师范学校的校长。革命政府在南京成立,教育部长招我去做部员,移入北京;后来又兼做北京大学,师范大学,女子师范大学的国文系讲师。到一九二六年,有几个学者到段祺瑞政府去告密,说我不好,要捕拿我,我便因了朋友林语堂的帮助逃到厦门,去做厦门大学教授,十二月走出,到广东,做了中山大学教授,四月辞职,九月出广东,一直住在上海。

我在留学时候,只在杂志上登过几篇不好的文章。初做小说是一九一八年,因为一个朋友钱玄同的劝告,做来登在《新青年》上的。这时才用"鲁迅"的笔名(Pen-name);也常用别的名字做一点短论。现在汇印成书的有两本短篇小说集:《呐喊》,《彷徨》。一本论文,一本回忆记,一本散文诗,四本短评。别的,除翻译不计外,印成的又有一本《中国小说史略》,和一本编定的《唐宋传奇集》。

一九三〇年五月十六日

未另发表。据手稿编入。
初未收集。

十七日

日记　昙。上午木工送来书箱十二口,共泉六十四元。下午内山书店送来『芸術学研究』(2)一本,三元二角。晚三弟来。夜柔石,广湘来。雪峰及侍桁来,同出街饮啤酒。

十八日

日记　星期。晴。午后得母亲信,十二日发。下午修电灯,工料泉六元半。

十九日

日记 晴。下午出街为海婴买蚊帐一具,一元五角。往内山书店买书两本,『生物学講座』(四)一期七本,共泉十九元二角。晚三弟来。得紫佩信。得诗荃所寄照相。寓中前房客赤谷赠作冰酪器械一具。内山赠海苔一罐。夜雪峰来。

二十日

日记 雨。无事。

二十一日

日记 雨。下午浴。晚收诗荃所寄《海兑培克新闻》一卷。

二十二日

日记 昙。上午内山书店送来『千夜一夜』(4)一本。得杨律师信。夜同乐芬谈,托其搜集绘画。

二十三日

日记 昙。午后往内山书店买自然科学及文学书五种,泉十元七角。

二十四日

日记 晴。上午得矛尘信,下午复。寄诗荃信。

致 章廷谦

矛尘兄:

在很以前,当我收到你问我关于"徐夫人"的信的时候,便发了一封回信，其中也略述我的近状。今天收到你廿二的来信，则这一封信好像你并未收到似的。又前曾寄《萌芽》第四期，后得邮局通知，云已被当局扣留。我的寄给你这杂志，可以在孔夫子木主之前起誓，本来毫无"煽动"之意，不过给你看看上海有这么一种刊物而已。现在当局既然如此小心，劳其扣下，所以我此后就不再寄了。

杭州和北京比起来，以气候与人情而论，是京好。但那边的学界，不知如何。兄如在杭有饭碗，我是不主张变动的，而况又较丰也哉。譬如倘较多十分之六，则即使失了饭碗，也比在北京可以多玩十分之六年也。但有一个紧要条件，总应该积存一点。

《骆驼草》已见过，丁武当系丙文无疑，但那一篇短评，实在晦涩不过。以全体而论，也没有《语丝》开始时候那么活泼。

捉人之说，曾经有之，避者确不只达夫一人。但此事似亦不过有些人所想望，而未曾实行。所以现状是各种报上的用笔的攻击，而对于不佞独多，搜集起来，已可以成一小本。但一方面，则实于不佞无伤，北新正以"画影图形"的广告，在卖《鲁迅论》，十年以来，不佞无论如何，总于人们有益，岂不悲哉。

这几年来又颇懂得了不少的"世故"，人事无穷，真是学不完也。伏园在巴黎唱歌，想必用法国话，我是——恕我直言——连伏园用绍兴话唱歌，也不信其学得好者也。

　　　　　　　　　　　　迅　上　五月廿四日

斐君小燕诸兄均此致候不另　　景宋附问好

二十五日

日记　星期。昙。午后寄诗荃信。往街买画匡三面，二元二角。买『新興芸術』（二之七及八）一本，一元二角。下午喷台列宾油以杀蟹虫。夜雨。

二十六日

日记　昙。午得紫佩信。午后往齿科医院为冯姑母作翻译。晚三弟来。

二十七日

日记　晴。午后柔石来。收编辑费三百,本月份。

二十八日

日记　晴。午后寄诗荃信。下午柔石,雪峰来。三弟来。收诗荃所寄《海兑培克新闻》一卷,杂志三本,书目一本。

二十九日

日记　晴。上午季市来。午后往左联会。夜同广平携海婴访三弟。

三十日

日记　晴。午后柔石来。晚往内山书店取『千夜一夜』(五),『世界美術全集』(一五)各一本,又文学杂书二本,共泉十一元。

三十一日

日记　昙。午后寄诗荃信。钦文来,赠以《新俄画选》一本。下午往内山书店,以浙绸一端赠内山夫人。买『沙上の足跡』一本,戏曲两种,共泉七元。晚钦文来。夜三弟来。柔石,雪峰,广湘来。收学昭所赠像照一枚。

六月

一日

日记　星期,亦旧历端午。昙,热。下午季市来,赠以《新俄画选》一本。

二日

日记　晴。晚三弟来。得和森信,秦皇岛发。夜往内山书店买书二本,四元四角。柔石来,未见。雪峰来,收水沫书店版税支票一张,十二日期也,计百八十元零。

三日

日记　昙。午后柔石来。晚往内山书店买『法理学』一本,一元八角。夜雨。

四日

日记　雨。上午得王方仁信,香港发。下午往内山书店买『ジャズ文学叢書』四本,十二元。得靖华所寄《台尼画集》一本。晚得诗荃信,五月十三日发。夜内山及其夫人与松藻小姐来。

五日

日记　晴。午后同柔石往公啡喝加啡。买稿纸四百枚,一元四角。晚三弟来,未见。夜许叔和来。雨。

六日

日记　晴。午前往杨律师寓取北新书局版税泉千五百。下午

165

托王蕴如从五洲药房买含药鱼肝油一打,泉二十八元。往内山书店买『洒落の精神分析』一本,三元。晚三弟来。收小峰信并版税支票一纸,千百八十元,廿五日期。

七日

　　日记　晴。午后雪峰,柔石来。捐互济会泉百。下午雨。买米五十磅。

八日

　　日记　星期。晴。无事。

九日

　　日记　晴。下午得季野信。夜得靖华信并画信片一枚,译诗一首,五月十日发。

致 李霁野

霁野兄:

　　六月三日的信,于九日收到。

　　Panferov 的《贫民组合》,就是那十个链环的 *Brusski*,《贫民组合》是德文译本所改。后来我收到一个不相识的人的信,说他已在翻译,叫我不要译,我答应了,所以没有译。但他译不译也难说。

　　《溃灭》我有英德日三种译本,英译本我疑是从德译本重译的,虽然书上并未说明。德文本也叫《十九个》,连包纸上的画都一样。

　　Babel 的自传,《现代作家自传》中有的,但 Panferov 没有。

　　　　　　　　　　　　　　　　　　　迅　上　六月九夜

十日

日记 晴。午后侍桁,柔石来。托柔石往德华银行汇寄诗荃买书款三百马克,合中币二百六十元。下午三弟来。晚复霁野信。夜陈延炘来。译《被解放的 Don Quixote》第一幕讫。

被解放的堂·吉诃德

〔苏联〕 卢那卡尔斯基

人　物

国公

公夫人

伯爵谟尔契阿

拔皤的柏波,国公的侍医

堂那·米拉贝拉

堂那·马理亚·斯台拉 ｝国公的侄女

拉·曼加的堂·吉诃德,巡行的骑士

山嘉·班沙,他的侍从

堂·巴勒泰什

特力戈·派支 ｝革命领导者

微尔米伦

兵官

第一兵士

第二兵士

第三兵士

第四兵士

国公的秘书

祭司

肥胖的黑人

金发的侍者

黑发的侍者

狱卒

使者

跛司珂

巨人亚非利坚(无言脚色),拿火把的,拿旗的,吹喇叭的,敲锣鼓的,公府的淑女及绅士们等。

  地方:西班牙

  时候:十七世纪末

第 一 场

  (青的天空。左是松林,浓阴落在短草和林路上。右是坡。背景是照着强烈的太阳的,燃烧似的,红褐色的风景。)

  (休憩之际。四个拿钺斧的兵士管着三个犯人。稍远之处坐着一个兵官。犯人:堂·巴勒泰什,萨拉曼加的学生,二十六岁,瘦削,饥饿,穿着黑的半破的衣服。长的,垂到肩头的头发。苍白的,有精力的,美丽的脸,大眼睛,高前额。锻冶匠特力戈·派支,一个钝重的,阴郁的,零落的汉子,斜睨的眼光,蓬松的眉毛,袒露的胸脯。强盗亚斯忒罗·微尔米伦——是一个浮浪者,服装古怪,红红的脸。)

兵官　真热得可怕。这时候,西班牙是——简直——就是地狱。

第一兵士　我们没有东西喝了,中尉。

兵官　这可糟透了……要是跑开马,我自然用不着一个钟头就能到下面的酒店,可是和这些乱党一同走着呀……(少停)。我想起来了:我骑了马先走一步罢,这会出什么乱子呢?即使是怎样的大

168

匪徒,三个捆了起来的东西,也逃不掉你们似的武装的出色的兵士的。

第一兵士　请放心罢,中尉。

兵官　（站起)那么,一忽儿再见罢,朋友。我在路上的酒店里等你们。你们还可以在这里休息一下。说到喝一杯酒,和漂亮的姑娘谈谈心,我倒还能够忍耐的。

第一兵士　忍耐是伟大的道德呵,中尉。

　　　　（兵官从左手下。）

第一兵士　（对着别人)我们呢? 我们,我们还是在这里吸风么?

第二兵士　世界上最倒霉的是护兵了。如果他看管一个犯人,他就是过像这犯人一样的生活。犯人至少还可以用他在受应得的罚,来宽宽心。然而护兵是……

第三兵士　我真在生气,总想敲这些乱党里的谁的脑瓜子。

第四兵士　还是平静些罢……这些乱党总也逃不脱绞架的。

第三兵士　我也就为了这,这才熬着的。

第一兵士　喂,听那,流氓,你,红皮的丑脸儿,你也还是那强盗微尔米伦罢? 你也还是那,在圣军赫曼大特赶走了袭取侯爵亚拉库安的城堡的你们的匪党的时候,逃跑了的罢? 中尉对我说过了。

微尔米伦　中尉老爷是一个贤人和识得星象的人。中尉老爷知道得比我自己还多呀。我所知道的关于我自己的事,据我的意思,不过是一个马贩子。我叫鲁特·培拉·谟罗。可是人家还要绞死我。这有什么法子呢。我也不是误审的第一个牺牲了。

第三兵士　但愿也不是末一个。即使你不是微尔米伦罢。也一定是一个坏蛋,天意为什么将你送上绞架去,你是用不着多想的。法官会错,上帝的意思却不会。没有他,人头上不会脱下一根头发来的。

　　　　（兵士脱去兜鍪,划了十字。微尔米伦也一样。）

微尔米伦　可是我再得对你们说一遍。老总,我实在是一个公道的,老实的商人。

第一兵士　诚实的商人……哈,哈,哈,……(他大笑起来)。如果说你真是一个强盗,我恐怕还会相信你的老实,然而是一个老实的商人……哈,哈,哈,……(四个兵士都大笑。)

微尔米伦　你们相信,一切商人都该上绞架的么?

第一兵士　请圣母饶恕我,我的意见倒是差不多!

第二兵士　最坏的是,总得有谁来做买卖。

第四兵士　说得不错。即使将一切商人全部绞掉,别人可又来开手了。人们换了,习惯却没有改。现在人们又在讲起暴动,讲起阴谋了,但我明白这些家伙:他们要推倒上头,只为了自己可以来统治。但人民却决不因此好一点。总有谁来剪羊的毛。他们讨厌牧狗了,以为和狼在一起,倒也许好起来!

第一兵士　人民是真受苦呵。他们简直像病人,在床上一会是用左边躺,一会又用右边躺,虽然明知道两边都还是痛。人民是受苦呵,所以就到处沸腾起来了。

第二兵士　有着他那分不开的朋友堂·谟尔契阿的现在的公爷,也实在太贪心,太浪费。他的胡闹,天上也直接听到了。

第一兵士　谁好些呢?他的父亲是假圣人,总是围绕着教士们,禁食和苦行。这一个却相反,是昏君和酒徒。但人民在现在,却还和先前一样坏。我们兵士倒还是现在好一点。只要弟兄们适意,现在的公爷是很高兴的。

第三兵士　那是我们和诸市同盟的军队开仗之后,进到伐略陀林市的时候了,兵士去请问全军的驻扎和发饷。但公爷却道,兵士们自己去想法就是了。哪,我们就照样办。自然就只是居民吃苦。女人们和姑娘终于骇怕,对我们一点反抗也没有了。男人们呢,老的和少的,对我们不再敢回一句嘴。弟兄们是无法无天的逞心纵意。我们要怎样,我们就怎么干。我们在那里就乱七八遭的像野兽一般过了两日两夜。第三天来了开拔的命令,可是谁也没有动。六十个兵士在市场上当众绞杀之后,我们这才走动了。

微尔米伦　如果你硬派是我的那微尔米伦是强盗,那么,你们的公爷就是……

第三兵士　(打断他)说出来,说出来,贱胎!莫非你还不明白么,有权力的统治者,就什么都可以干,而且也能够和道德,法律,宗教都很一致的。他不抢劫,他单是战争;他不杀人,他单是正法;他不偷,他征发;他不说谎,他显示外交底手腕;他不掠夺,他只是收税……就是这样子,因为各种权力,都是上帝给与的。

第四兵士　亚门。

堂·巴勒泰什　一点不错。但是各种权力都是上帝所给,这是谁说的呢?

第三兵士　谁么?是神圣的教会说的,倘你要知道。

堂·巴勒泰什　这是因为神圣的教会和权力所有者朋比起来,任意使用着权力和财富的缘故呵。我们为什么不可以假定,他是在撒谎的呢?

第一兵士　讲这样的话,你就要受火刑。

堂·巴勒泰什　我倒总是上绞刑去的。但为什么我不应该作哲学底思索的呢?

第一兵士　你是什么人呀?

堂·巴勒泰什　我是萨拉曼的巴勒泰什,哲学和神圣学的大学生。

第一兵士　为什么将你拉到公爷那里的呀?

堂·巴勒泰什　我是一个煽动家。我凭上帝和正义之名,在乡间到处教说了暴动。

第二兵士　你的教说分明就是谎话,要不然,仁爱的上帝不会将你交给你的敌人的。你自称神学者,滚到地狱里去罢!……来回答我一个问题:上帝是全能的不是?

堂·巴勒泰什　(站起又复跪倒,第四兵士也一样。)那么?

第四兵士　如果他是全能的,那么,显现在地上的一切,就都是他的

171

意志。公爷的有着权力,也正是上帝的意志了。

堂·巴勒泰什　这倒有趣。我们就来谈谈罢。这回是要你回答我了,兵士先生,在这世界上,究竟可有犯罪没有?

第四兵士　如果我说"有"呢?

堂·巴勒泰什　那就成为这样,犯罪也像在世界上的一切一样,因了上帝的意志才有。依上帝的意志做事的人,就不能看作犯人。所以在世界上,就并没有所谓犯罪。

第四兵士　如果我认为"没有"呢?

堂·巴勒泰什　如果没有所谓犯罪,那就成为公爷和刑吏和兵士总在罚办良民了,然而罚办良民是一种犯罪,所以这是有的。

第四兵士　好滑……

堂·巴勒泰什　还有一个问题:在这世上的一切,都是好的么?

第四兵士　我疑心着这点。

堂·巴勒泰什　那么,全能的上帝,莫非愿意这世上不好么?

第四兵士　老实说,上帝也往往全不怎么好的。

堂·巴勒泰什　骇人的招供呵。因此会遭火刑的哩,兵士先生。如果上帝自己就并不好,世间便是地狱了。一切生活,于是也就简直是笑柄了。

第四兵士　好像就是这样呵,去上绞的大学生先生。

堂·巴勒泰什　并不这样。即使要做一个异端,也有别的道儿的。如果上帝是恶的,那么,善的理想,从什么地方侵进我们的心里来的呢?对于以为世界将永久陷在邪恶里的思想,怎么会觉得害怕呢?而且如果有人对他说:你虽然不知道,但其实一切是善的,因为有伟大而且温和的父,在天上看护着这世界,为什么谁都要高兴得心脏发抖呢?(他全然神往,跳了起来。)爱是怎么进到人类的灵魂里去的?阿,诸位,人总不能比上帝还善些,我告诉你们,兵士们,还有你,朋友特力戈,还有你,浮浪者,还有你们,树林,天空,太阳,还有你,峻嶒的山脉:上帝是至善的! 上帝是至善的!

特力戈　你静静罢，巴勒泰什，并且闭起嘴来。

第四兵士　我的没有脑袋的哲学家先生，如果上帝是至善的，又那里来的恶呢？

堂·巴勒泰什　我已经对你说过了，我的戴着盔儿的哲学家先生！我从异端里挑一条别的道。我们且来试试，将你们的第一个假定当作疑问罢。

第四兵士　那就实在是？

堂·巴勒泰什　我们且算是至善者并非全能罢。那就一切全都明白了。（严肃的稍歇。）他至善，因为他从黑暗里慢慢地在造起秩序和幸福的建筑物。他从混沌中创造温热，光辉，生命，精神，以及存在物中的最崇高的东西：爱。然而我们是他那火焰的火花，我们是他的帮手，爱的骑士。所以我在到处的大道和小路上，以同胞之名，教说了对于压制者的暴动。我做得对的。我做得很少，然而我所该做的事，我都做了。我欢迎你，绞架！我不怕死，我只怕成一个对于光辉的叛徒，成一个爱的无用而不忠的臣仆。（稍歇。）

第一兵士　蝉在叫哩……

微尔米伦　这寂静。好像怪物或是什么正在呼吸似的。……

第二兵士　看哪，看哪！（大家站起，向坡上眺望。）两个骑马的走上坡来了。一个是这么瘦，他就像从《默示录》里出来的瘟神一样。

微尔米伦　那别一个，那胖子，骑着驴子哩。我就是挂在绞架上，也还要发笑的。

第一兵士　哪，他们终于也走上了。

第二兵士　那古怪的骑士在拴他的马哩。

第三兵士　胖子在擦汗哩。

第一兵士　他们走向这里来了。

第二兵士　我们可以放他们到这里来么？

第一兵士　为什么不？我是爱新鲜的，多么古怪打扮的人儿呵。

（堂·吉诃德和山嘉出现。）

堂·吉诃德 （严肃地鞠躬）列位，我在这沉默而炎热的荒野上，有
相见的光荣的，是谁呢？

第一兵士 先生，我们是兵士，带这三个小子上城，放到牢里去的。
公爷一定叫他们上绞架的罢。

堂·吉诃德 （坐在地面上，脱下他那理发店的钵子一般模样的兜
鍪来。）这是很有意思的。也许，这三位寿命未尽而硬给送命的被
囚的好汉，肯对我讲一讲他们一生的历史罢。我呢，就是有名的
拉·曼加的堂·吉诃德，可怜相的骑士。那人是我的也是全世界
都知道的侍从，山嘉·班沙。

堂·巴勒泰什 被压迫的人们的保护者，伟大的堂·吉诃德，我是
早已闻名的了。

堂·吉诃德 我是在尽我的力量，惩恶而劝善的。

山嘉:我们是可笑的小子，我们是出色的家伙哩。

堂·吉诃德 住口，山嘉，住口，我的朋友。我觉得，我们在这里要
听到异样的物事了。

山嘉:我已经准备了，尖起耳朵，像我的那驴子一样。

堂·吉诃德 那么，敢问已经听到过我们的事的先生，为什么运命
对于你们，竟这样地残酷呢？因为什么，你们竟触了你们的统治
者之怒呢？还是他不得当么？

堂·巴勒泰什 我在圣母面前起誓，他是完全得当的。我将我们这
国度的景况从根本上仔细想了之后，我就到了这确信了，一切我
们的苦恼的主因，是国公本身，还有他的府员，他的执政，贵族，法
官，等等……举国在他们的压制之下，在他们的不法的榨取和浪
费之下呻吟。我的意见是，可敬的骑士，在人民，正如在古时候一
样，由自己来统治自己的时候，是早已来到的了。我和先前的德
拉思蒲勒的勃鲁泰斯一样，也是共和主义者。所以，因为我教说
了这样的以及相像的思想，人民之敌现在就想绞死我。事情是顺

手的。战斗是战斗，我已经对他们宣战了。

堂·吉诃德　（深思地捻着胡须，眼光注在远处。）你的思想是勇壮的。不过我不赞成。上峰是神圣的。所谓坏的统治者的话，至多，不过想从字面上来立论罢了。无政府比最坏的专制还要坏。人类的被创造，并不是为了自由。一切事情，首先都应该先来改造人类的天性，否则这个和那个就会闹起来的。然而，我所说的一切，都是错的也说不定。谁有正直，其中就有怀疑。人都可以辩解各自的见解。正直的人，对于自己常常是正当的，然而博爱的人，却对于人类和造化都正当。但正直的博爱的两个人，可惜是竟会互相憎恶：这一个的真理，在别一个可以成为讨厌的虚伪。要怎么办才能够将对于别人的信仰的宽容，和对于自己的信仰的热烈的承认，联合起来呢？但这一个也和那一个一样，是高尚的，必要的。人怎么才能够不伤那说着别一种真理的战士，而成为战胜的勇者呢？这可不容易。理性是弱的，它担不起责任。心的力是昏昧的……我们是可怜的生物，然而我们不以其余的一切为意，就要行直接的善。（稍歇。）兵士们，我请求你们，放掉这三位好人罢！

第一兵士　先生，你没有胡涂罢！他们是托付给我们的呵。如果我们不交出他们去，到我们头上来的是什么呀，人就要将我们自己绞死的。

堂·吉诃德　哦，哦……（沉思。）总之，好意底地，你们是不能放掉他们的了？那么，我就袭击你们，用战斗从你们手里夺下犯人来，将堂·吉诃德的新的英雄底行为告诉公爷去。我也改变了不上公府的决心，马上要去出面的；关于这件事，我就个人底地和公爷直接交涉就是。

第一兵士　我们这许多人，可总不会输给一个的。

堂·吉诃德　我是巡行的骑士堂·吉诃德呵，连巨大的大队，只要听见我的名声，也就只好逃走了。对公爷说去，袭击了你们的，是堂·吉诃德,那他就全都明白了。

第四兵士　我的好人,骑士,我看你简直是发疯的。

山嘉　唉唉,如果事情单是这样子呢!

堂·吉诃德　那么,我要上马了。无论如何,这三个可怜的煽动者总得释放。列位,我忠告你们,还是不交手的好;我并不想加害你们。(他引山嘉到旁边去,和他低声说话。)我和兵士们交手的时候,你就去割断犯人们的绳子,待到最后的一个走进树林里不见了,你就吹一声哨子通知我。

山嘉　遵命遵命,先生,但是……我们要吃打的呢。

堂·吉诃德　住口,山嘉,新的英雄底行为呵!

山嘉　好的,如果我们因此赚了些青斑,但是,当心肋骨罢!

堂·吉诃德　教你去尽你自己的本分!

山嘉　但是,我的肋骨不要紧么? 唉唉,唉唉,山嘉,你也还是老坐在你无花果树下的上算了。

堂·吉诃德　那么,你该做的事,都懂了罢!

　　　　　(他从右手退场。)

堂·巴勒泰什　(向特力戈)朋友,你不相信这呆子也许能够救出我们么?

特力戈　很微的希望。

堂·巴勒泰什　以为王公的宝座就挂在丑角把戏上面哩!但是,如果我今晚上能够走到躲在洞里的我们的朋友那里去,那么,明天到处的村子里就警钟狂吼,全凯司谛利亚都包在火里面了。

特力戈　明天是乌鸦来啄出我们的眼珠子了。

堂·吉诃德　(全副甲胄,骑在他的马匹罗息难台上,从新出现。)列位,可怜相的骑士拉·曼加的堂·吉诃德,用了平和和友爱的话,对你们申说。以善的最高的精粹之名,我命令你们,放掉这几个人。我对你们起誓,在天神和地祇之前,保证他们。靠着慈悲,从死里得救,他们总会更加觉悟,更加良善的罢。我的良心对我说,我的请求是对的。此外的事,只好凭更高的力的意志。我请求你们,我的战友,好意底地放了他们,并且不要逼得我用了我的长枪的力量,来扶助这教说之声的威力罢。如果你们还不愿意听我的忠告,那么,天使就在这一边,并且帮助我,要不流你们的血,而战胜你们了。

第一兵士　我们是不能放掉他们的,我们自己的皮,第一要紧呀。但对你,说废话的人儿,却并不怕哩。

堂·吉诃德　那么,战斗!你们防御罢。

第二兵士　揍你!(兵士们立刻将他摔在地面上,并且用他那钺斧的柄子,毫不宽容地打扑他。这之间,山嘉解了犯人们的缚,他们逃进林中去了。微尔米伦是跑下斜坡去。)

第三兵士　(向堂·吉诃德)我打断你全身的骨头,晦气鬼,那包在做把戏的盔甲里面的!

第四兵士　不要这么凶,不要这么凶,够了!我们用不着立刻打死这发疯的家伙的。我相信,他已经没有气儿了。(山嘉吹口哨子。)

堂·吉诃德　山嘉,山嘉,来帮一帮!

第三兵士　阿呀,他活着哩,但是,不管他罢。这回我们去揍那跟丁罢。

山嘉　(后退着)慢慢的,慢慢的,你们要怎样?!你们是基督教徒呵!还是去看看你们的犯人罢,我看他们是跑掉了哩。

第一兵士　永不超生的!上帝的圣母呀!他把犯人放走了!(用钺柄拚命地打山嘉。山嘉倒在地面上。)

第三兵士　他还送给他们自己的驴儿哩。

山嘉　(忽然跳起)谁将驴儿送给他们了?

第二兵士　那自然,是浮浪人骑着你驴儿走掉了呀。他正在这下面的林子边。现在你已经追不上了。

山嘉　阿,他拿了我的驴子去了,我的阿灰,我的朋友,我的兄弟!

上帝罚坠他！这是人该做所谓善行，这是人该做英雄底行为！圣母呀！没有我的阿灰，我怎么办呢！（他孩子似的大声啼哭起来。）

第一兵士　你们呆看什么？我们得去捉那跑掉的小子们去了。

第四兵士　不行了。现在他们已经捉不到了。我们倒不如拿住那骑士和他的小使三寸丁。公爷也许就将他们绞死，饶放了我们的。

第三兵士　这是真的。

堂·吉诃德　（慢慢地站起）我还自己站着么？……我站着呢……山嘉！

山嘉　老爷，我是打坏了。我的驴子是给他们拿走了。人们还要拉我们到那不见得会摩摩我们的头皮的公爷那里去了。

堂·吉诃德　犯人们自由了么？

山嘉　是的，他们逃跑了，还带了我们的驴子去。阿，永不超生的杀胚！

堂·吉诃德　山嘉，山嘉！给我拥抱你一下！

山嘉　你为什么这样高兴呀，骑士老爷？

堂·吉诃德　胜利了呵！山嘉。胜利了呵！

（幕）

原载 1931 年 11 月 20 日《北斗》月刊第 1 卷第 3 期。署隋洛文译。

初未收集。

十一日

日记　小雨。下午复靖华信。寄诗荃信。收英伦金鸡公司所寄 Plato's *Phaedo* 一本，为五百本中之第六十四本，合中币二十四元。

十二日

日记　昙。晚三弟来。王蕴如携晔儿来。雨。得荔臣画二幅，以其一赠内山。取得水沫书店支票之百八十一元三角。

十三日

日记　昙。上午得靖华信并 С. Чехонин 及 А. Каплун 画集，又《罗曼杂志》一张，五月二十日发。下午内山夫人赠花布两匹给海婴。映霞，达夫来。夜往内山书店买『蔵書票の話』一本，十元。

十四日

日记　昙。下午晴。无事。

十五日

日记　星期。小雨。下午三弟来。晚内山完造招饮于觉林，同席室伏高信，太田宇之助，藤井元一，高久肇，山县初男，郑伯奇，郁达夫，共九人。

十六日

日记　晴。午后与广平携海婴同去理发。往内山书店买『现代美学思潮』一本，六元。作《浮士德与城》后记讫。

《浮士德与城》后记

　　这一篇剧本，是从英国 L. A. Magnus 和 K. Walter 所译的 *Three*

Plays of A. V. Lunacharski 中译出的。原书前面,有译者们合撰的导言,与本书所载尾濑敬止的小传,互有详略之处,著眼之点,也颇不同。现在摘录一部分在这里,以供读者的参考——

"Anatoli Vasilievich Lunacharski"以一八七六年生于 Poltava 省,他的父亲是一个地主,Lunacharski 族本是半贵族的大地主系统,曾经出过很多的智识者。他在 Kiew 受中学教育,然后到 Zurich 大学去。在那里和许多俄国侨民以及 Avenarius 和 Axelrod 相遇,决定了未来的状态。从这时候起,他的光阴多费于瑞士,法兰西,意大利,有时则在俄罗斯。

他原先便是一个布尔塞维克,那就是说,他是属于俄罗斯社会民主党的马克斯派的。这派在第二次及第三次会议占了多数,布尔塞维克这字遂变为政治上的名词,与原来的简单字义不同了。他是第一种马克斯派报章 *Krylia*(翼)的撰述人;是一个属于特别一团的布尔塞维克,这团在本世纪初,建设了马克斯派的杂志 *Vperëd*(前进),并且为此奔走,他同事中有 Pokrovski,Bogdánov 及 Gorki 等,设讲演及学校课程,一般地说,是从事于革命的宣传工作的。他是莫斯科社会民主党结社的社员,被流放到 Vologda,又由此逃往意大利。在瑞士,他是 *lskra*(火花)的一向的编辑,直到一九〇六年被门维克所封禁。一九一七年革命后,他终于回了俄罗斯。

这一点事实即以表明 Lunacharski 的灵感的创生,他极通晓法兰西和意大利;他爱博学的中世纪底本乡;许多他的梦想便安放在中世纪上。同时他的观点是绝对属于革命底俄国的。在思想中的极端现代主义也一样显著地不同,连系着半中世纪的城市,构成了"现代"莫斯科的影子。中世纪主义与乌托邦在十九世纪后的媒介物上相遇——极像在《无何有乡的消息》里——中世纪的郡自治战争便在苏维埃俄罗斯名词里出现了。

社会改进的浓厚的信仰,使 Lunacharski 的作品著色,又在或一程度上,使他和他的伟大的革命底同时代人不同。Blok,是无匹的,可爱的抒情诗人,对于一个佳人,就是俄罗斯或新信条,怀着 Sidney 式的热诚,有一切美,然而纤弱,恰如 Shelley 和他的伟大;Esènin,对于不大分明的理想,更粗鲁而热情地叫喊,这理想,在俄国的人们,是能够看见,并且觉得其存在和有生活的力量的;Demian Bedny 是通俗的讽刺家;或者别一派,大家知道的 LEF(艺术的左翼战线),这法兰西的 Esprit Noveau(新精神),在作新颖的大胆的诗,这诗学的未来派和立体派;凡这些,由或一意义说,是较纯粹的诗人,不甚切于实际的。Lunacharski 常常梦想建设,将人类建设得更好,虽然往往还是"复故"(relapsing)。所以从或一意义说,他的艺术是平凡的,不及同时代人的高翔之超迈,因为他要建设,并不浮进经验主义者里面去;至于 Blok 和 Bely,是经验主义者一流,高超,而无所信仰的。

　　Lunacharski 的文学底发展大约可从一九〇〇年算起。他最先的印本是哲学底讲谈。他是著作极多的作家。他的三十六种书,可成十五巨册。早先的一本为《研求》,是从马克斯主义者的观点出发的关于哲学的随笔集。讲到艺术和诗,包括 Maeterlinck 和 Korolenko 的评赞,在这些著作里,已经预示出他那极成熟的诗学来。《实证美学的基础》《革命底侧影》和《文学底侧影》都可归于这一类。在这一群的短文中,包含对于智识阶级的攻击;争论,偶然也有别样的文字,如《资本主义下的文化》《假面中的理想》《科学、艺术及宗教》《宗教》《宗教史导言》等。他往往对于宗教感到兴趣,置身于俄国现在的反宗教运动中。……

　　Lunacharski 又是音乐和戏剧的大威权,在他的戏剧里,尤其是在诗剧,人感到里面鸣着未曾写出的伤痕。……

　　十二岁时候,他就写了《诱惑》,是一种未曾成熟的作品,讲一青年修道士有更大的理想,非教堂所能满足,魔鬼诱以情欲(Lust),但那修道士和情欲去结婚时,则讲说社会主义。第二种剧本为《王的理发师》,是一篇淫猥的专制主义的挫败的故事,在监狱里写下来的。其次为《浮士德与城》,是俄国革命程序的预想,终在一九一六年改定，初稿则成于一九〇八年。后作喜剧，总名《三个旅行者和它》。《麦奇》是一九一八年作（它的精华存在一九〇五年所写的论文《实证主义与艺术》中），一九一九年就出了《贤人华西理》及《伊凡在天堂》。于是他试写历史剧 *Oliver Cromwell* 和 *Thomas Campanella*；然后又回到喜剧去，一九二一年成《宰相和铜匠》及《被解放的堂·吉诃德》。后一种是一九一六年开手的。《熊的婚仪》则出现于一九二二年。（开时摘译。）

就在这同一的英译本上，有作者的小序，更详细地说明着他之所以写这本《浮士德与城》的缘故和时期——

"无论那一个读者倘他知道 Goethe 的伟大的 *Faust*，就不会不知道我的《浮士德与城》，是被 *Faust* 的第二部的场面所启发出来的。在那里 Goethe 的英雄寻到了一座'自由的城'。这天才的产儿和它的创造者之间的相互关系，那问题的解决，在戏剧的形式上，一方面，是一个天才和他那种开明专制的倾向，别一方面，则是德莫克拉西的——这观念影响了我而引起我的工作。在一九〇六年，我结构了这题材。一九〇八年，在 Abruzzi Introdacque 地方的宜人的乡村中，费一个月光阴，我将剧本写完了。我搁置了很长久。至一九一六年，在特别幽美的环境中，Geneva 湖的 St. Leger 这乡村里，我又作一次最后的修改；那重要的修改即在竭力的剪裁（Cut）。"（柔石摘译）

这剧本，英译者以为是"俄国革命程序的预想"，是的确的。但也是作者的世界革命的程序的预想。浮士德死后，戏剧也收场了。然而在《实证美学的基础》里，我们可以发见作者所预期于此后的一部分的情形——

"……新的阶级或种族，大抵是发达于对于以前的支配者的反抗之中的。而且憎恶他们的文化，是成了习惯。所以文化发达的事实底的步调，大概断断续续。在种种处所，在种种时代，人类开手建设起来。而一达到可能的程度，便倾于衰颓。

这并非因为遇到了客观的不可能，乃是主观底的可能性受了害。

"然而，最为后来的世代，却和精神的发达，即丰富的联想，评价原理的设定，历史底意义及感情的生长一同，愈加学着客观底地来享乐一切的艺术的。于是吸雅片者的呓语似的华丽而奇怪的印度人的伽蓝，压人地沉重地施了烦腻的色彩的埃及人的庙宇，希腊人的雅致，戈谛克的法悦，文艺复兴期的暴风雨似的享乐性，在他，都成为能理解，有价值的东西。为什么呢，因为是新的人类的这完人，于人类底的东西，什么都是无所关心的。将或种联想压倒，将别的联想加强，完人在自己的心理的深处，唤起印度人和埃及人的情绪来。能够并无信仰，而感动于孩子们的祷告，并不渴血，而欣然移情于亚契莱斯的破坏底的愤怒，能够沉潜于浮士德的无底的深的思想中，而以微笑凝眺着欢娱底的笑剧和滑稽的喜歌剧。"（鲁迅译《艺术论》，一六五至一六六页）

因为新的阶级及其文化，并非突然从天而降，大抵是发达于对于旧支配者及其文化的反抗中，亦即发达于和旧者的对立中，所以新文化仍然有所承传，于旧文化也仍然有所择取。这可说明卢那卡尔斯基当革命之初，仍要保存农民固有的美术；怕军人的泥靴踏烂了皇宫的地毯；在这里也使开辟新城而倾于专制的——但后来是悔悟了的——天才浮士德死于新人们的歌颂中的原因。这在英译者们的眼里，我想就被看成叫作"复故"的东西了。

所以他之主张择存文化底遗产，是因为"我们继承着人的过去，也爱人类的未来"的缘故；他之以为创业的雄主，胜于世纪末的颓唐人，是因为古人所创的事业中，即含有后来的新兴阶级皆可以择取的遗产，而颓唐人则自置于人间之上，自放于人间之外，于当时及后世都无益处的缘故。但自然也有破坏，这是为了未来的新的建设。新的建设的理想，是一切言动的南针，倘没有这而言破坏，便如未来派,不过是破坏的同路人,而言保存,则全然是旧社会的维持者。

Lunacharski 的文字,在中国,翻译要算比较地多的了。《艺术论》(并包括《实证美学的基础》,大江书店版)之外,有《艺术之社会的基础》(雪峰译,水沫书店版),有《文艺与批评》(鲁迅译,同店版),有《霍善斯坦因论》(译者同上,光华书局版)等,其中所说,可作含在这《浮士德与城》里的思想的印证之处,是随时可以得到的。

编者,一九三○年六月,上海。

最初印入 1930 年 9 月上海神州国光社版《浮士德与城》。

初未收集。

《浮士德与城》作者小传

［日本］尾濑敬止

卢那卡尔斯基(Anatoli Vasilievich Lunacharski)的出身,不很知道。有人说,他是波兰人的父亲和俄国人的母亲。别一人说,他是一八七八年生于基雅夫(Kiev)的,家境很穷,所以曾将俄语教授外国人,及教初步算学以糊口。更据别一人之所说,则他于一八七六年生在波勒泰瓦(Poltava)的近旁,家是大地主,因此要上学校,也并不为难。总之,他并非布尔塞维克中所常见的犹太人,却似乎是事实。

在他所著的《关于革命》中,可得少年时代的仿佛。他说,"我从孩子时候起,便是宗教和专制政治的热心的反对论者了。……七岁时,曾将圣像抛在地面上。这只为要宣传神的无力。"然而母亲是加特力教信者,至于想将自己的孩子做成牧师,所以她曾慈和地夹着诙谐,述说了"神的尊贵"云。

卢那卡尔斯基曾入基雅夫中学,并且毕了业,但因为被新思想所影响，便失了升学的自由。于是跑到外国，一进楚力锡（Zürich）的大学，就知道在瑞士，有许多本国的亡命客在那里。他从此即出入于和蒲力汗诺夫（Plekhanov）及札思力支（Zaslich）都有关系的"劳动解放社"了。这团体规模虽小，但几乎可以说，是那时的俄国革命党员的王国。和这相往来，虽然不能推测对于他之为人，有若干的影响，然而给了一个动机，却恐怕是的确的。他后来又赴巴黎，有时研究马克斯主义，有时研究艺术，终于回到俄国去了。但又以鼓吹学生运动被捕，逐出莫斯科。且曾在伏罗格达（Vologda）这地方，身尝流谪之苦。后得许可，又到了外国。他这样亡命了三回，到三月革命，这才恢复自由，复回祖国，一直到现在。

我不想在这里多翻开卢那卡尔斯基的年谱来。但即此有限的传记底事实，也已经多么分明地反映在他作品上面呵。如欲信神而能成敌，如从此永远留遗着苦苦的冷笑，又如这一步一步引向革命家的心理去，就都是的。现在为要窥见这些，翻开他的《戏曲集》——（顺便说在这里，这集子中，几乎收罗着除了卢那卡尔斯基的处女作《诱惑》以外的戏曲的全部，是一九二三年由国立出版局印行的）——来一看，那就须先举载在卷头的《王的理发师》了。这于一九〇六年一月在狱中起稿，是他第一次排成活字的戏曲。虽是用十七世纪封建时代的一个王叫作克柳惠尔来做主角的七幕诗剧，但要之，是描写专制政治的崩坏的。其次，是一九一〇年所作，而六年后大加修改的《浮士德与城》，在这里，已可以辨认革命的曙光之在闪烁了。说到革命，也还有取十七世纪所发生的英国政界为题材的《克林威尔》的史剧。但倘若太为这样的作品所眩耀，要恢复此后的疲劳，那便是梦幻剧《麦奇》了。这是忙于剧烈的事务，接连十一天的时候，在每夜里写下来的，作者自己说："劳作一完，我就觉得自己是很安息了的人了，恰如住过一处功效显著的温泉一样。"在和这一样的状态之下开手的，是《贤人华西理沙》这诗剧。还有《天堂的伊凡》，是也可以称为宗教剧的，主角的伊凡，虽然上了天堂，却总是不能满足,终于压迫了基督和马理亚,使他们自己来忏悔一通。此外较新之作,则为《解放了的堂·吉诃德》,《德国宰相和铜匠》,《熊的婚仪》,《放火犯人》等;但尚未完成的作品中,有《妥玛·康派内拉》(*Thoma Campanella*)在,是忘记不得的。这就是所谓三部曲(Trilogie),第一部《国民》起稿于一九二〇之始,第二部《公爵》脱稿于是年之终,而第三部《太阳》则还只写了最初的一幕,如果从此放下,那就怕只成为历史上的东西了。作者在这里,是想描写一种心理底,道德底,并且哲学底的东西的统一的,但不果。然而仅将先前的第一部和第二部合并起来,就已经将近中本百页,再加上第三部的全部,也颇是一部大作了。总之,这是他的代表之作,是无疑的,莫非作者真想即以这一篇问世么?

作为文学者的他,具备着各种优胜的要素,清楚的头脑,强壮的精力,诗人的热情,迅速的悟性,天赋的才笔,该博的知识——凡这些,是都为卢那卡尔斯基所有的。他的文学底经历,可以看作开始于今世纪的初头,因为那第一篇论文,是作于一九〇〇年,登在马克斯主义的机关志《绥惠尔尼·克理育尔》上面的。接着又发表些文明批评以及关于文艺,哲学,美术,演剧等问题的随笔,同时也写了诗剧和其他的创作。成为文坛的人,是由于献给戈理基(Maxim Gorki)的二作《住别墅的人们》和《野蛮人》的评论,这才为世间所认识。批评那发生于康德崇拜者和神秘主义者之间的理想主义(Idealism)的《笨人的平和论》,以及抉剔那库普林(Kuprin)的长篇小说《决斗》(以日俄战争为题材的)中所写俄国将校的心理的《名誉论》,尤为有名。这些之外,论哲学与生活之关系的和新人物的评传,也有未可轻视之作,都收在《生活的反响》这一部著作中。

但在这里,有应当注意的事,是他的思想,每系于取现代为中心的中世纪以至辽远的未来的。而那思索的线索,所以常采于中世纪者,就因为他太通晓了意太利和法兰西的缘故。

这只要看一个批评家评他的近作《欧洲文学史》道，"A. V. 卢那卡尔斯基是仗着自己的智识和自己的特异的天禀，可以授以欧罗巴文学史的典型底而且组织底的讲座的惟一的人，"也就可以知道。然而，他决不是在做过去的梦，不消说，两脚是确实地踏在现在的地上的。对于生活，则想使它营生于科学底论据之下，借了有着确实的地盘的所谓"豫后"，从新兴旺起来。还有一件，是以为它应该弥满着从围绕它的现实之中所生的新的感激。若问什么是艺术家的使命，则他在所著的《实证美学的基础》中，这样地说道——"量力以装饰国民的生活，描写那由幸福与完成而辉煌的未来的情形和现代的一切可憎的奸恶，使人心统一于悲剧底感情中——这是艺术家的使命。"

要之，卢那卡尔斯基是以时代的先驱者自任的；但他并非现今文坛上最为左倾的一派"烈夫"（左翼战线之意）。在他，没有飞跃，然而有深度，有秩序，有组织。并且要在自重和坚忍和牺牲之下，竭力从速地达到人类的较好的未来。

作为戏曲家的卢那卡尔斯基的活动，不妨说，大约始于一九〇六年。那时候，他在杂志《阿勃拉若跋尼》上，做起关于剧坛未来的文章来了。又在别一种杂志《惠尔希努易》上，发表着《剧场再论》这长篇的评论。另一方面，好像他又非常认真地，讲过剧场构成史之流的讲义。他站在讲台上时，学生是都记住一说"打"，便做那动作，一说"被打"，也做那动作的。因为他以为——这虽然仅是言语的连续，但也必需戏剧底动作的连续的缘故。

三月革命告终，十月革命成功了。苏维埃的委员们，于是著手于改革。而他们得到责难，说是"闷死了俄国的创造力，有破坏，而无创造"了。在这样的责难和唾骂中，开了"赤色莫斯科演员"的集会。彼得堡的代表者也来赴会，不俟言了；有泰罗夫（Taylov），有友琴（Iudin），但兼珂（Nemirovich Danchenko）在，还有未来派的诗人凯门斯基（Vasili Kamenski）也在。

卢那卡尔斯基首先对于革命以前的艺术，加以批评道，"现在的艺术，是平凡，丑恶，有产者底的。这样的艺术，只能供吃饱了午膳或晚膳以后，按摩神经之用。他们有产者，常仗了自己的接触和庇护，以收买艺术。因为怕从艺术所产生的革命，所以发明出'为艺术的艺术'这一种补救之策来。"此后他就申言，有产者艺术，应该让无产者艺术。而无产者艺术云者，他说，则是述说"未曾听到过的伟大的言语"的东西。

卢那卡尔斯基开手来实行这言语了。他征服了国立剧场，而不许私人的剧场。有时候，连看客也曾加以限制。于是进而选定底本，将旧本大半废弃了。然而也并非全用新底本，大抵是有一种作品于此，则先试用于试演场，只将可以加进现代的演出目录里去的，在舞台上扮演。也有人深怕这样的态度，会招出只是欢迎宣传品的结果来。但是，现在一想——这好像是一种政策，在那时候，他之所谓"警察底态度"，也是在所必要了的罢。其实，后来的俄国的剧场，也自由得多了。

卢那卡尔斯基是确信着自己的。他承认现在的剧坛，已经有一段进步。然而他也明白新人物之内，许多是生着"左倾底疹子"。这是因为有些人，太奔向形式改革而闲却了内容的缘故。但是，再说一遍罢——他决不是做着过去的梦的。

他说过，有产者艺术，是应当由无产者艺术来替代的。然而，首先所当寻问的，是他之所谓有产者艺术家，是什么人，那些作品，又是怎样的东西呢？

据卢那卡尔斯基之所说，则默退林克（Maeterlinck）是"文化上的佝偻底哲学者"，他"在我们之前，将自己的尸架运走了"。裴伦（Byron），伊孛生（Ibsen），斯忒林培黎（Strindberg），是"有产者底智识阶级"；而且从惠尔哈连（Verhaeren），兑美勒（Dehmel）起，直到戈理基（Maxim Gorki）为止，也称为"跨进无产阶级的热情的诗人"。

但倘向他问有产者作家的典型底的人，那大约是即刻指出安特来夫（L. Andreev）和梭罗古勃（Sologub）来的。因为"安特来夫者，对资本唱着胜利的颂歌"，而尤其是他乃"武力主义和哲学底写实主义的最坚确的反对者"。

对于他所作的《饥饿王》，还这样地说道——

"惟好普德曼（Hauptmann）描写在《织工》里的那一类饥饿底骚扰——是安特来夫懂得的限度。我再三说，在这戏曲中，和许多缺陷（例如作者喜欢很可怕地表现死，而竟以小歌剧式的死收场，便是）一同，也并非没有非凡的价值。然而那死的一般底表现法又何其薄弱呵。这里是饥饿者的头颅。被富翁的大炮打得粉碎。这是一切。有趣地经营了的结构，就全然不能浮动来。用了这样薄弱的结构，是不能接近革命的。这革命，不过是在市民——大约将来并无希望的市民的艺术家的头里，可以反映出来的东西罢了。"

卢那卡尔斯基寻求着无产者艺术。然而单是描写了他们的生活环境的东西，是不行的。必须是更其内面底，悲剧底，而且未来底的，才好。而这样的艺术，则一定是象征底（Symbolic）的东西。因为，他说，"杰出的悲剧的许多，和杰出的许多的悲剧，都是俨然的象征底的作品。"但这里再说几句话，使"象征底"这字的通俗底解释，不至于错误。

何谓象征主义，迄今也已经议论了许多次了。普通是将它看作和写实主义相对立的东西。这是因为那结构，从自然主义看来，是不规则底，幻想底的缘故。然而，从艺术的立脚点来一看，卢那卡尔斯基说，却是在最高限度上的规则底，急进底的。他将那象征主义艺术和无产者的接近，溯之于过去，这样说——

> 为贵族所压迫，渐至于分担国民底的不幸的犹太民族，创造了《新旧约书》《达尔谟特故事》，和奴隶卖买的伟大的象征底出产。所谓神国的大而动摇不绝地打动其心的古代的无产者，正如犹太人的相信本国人的运命一样，也坚信着对于全世界的

苦人的使命，并且实行了未尝前闻的象征底的赎罪。一到加特力教士时代，从那黑暗而深刻的象征主义中，亚克毗那妥夫（Angustinov Akbinatov），丹敦（Danton）辈就出现了。于是作为广义上的非常哲学底而又象征底的诗的黄金时代，再说一回，显现了一切人类的世界底认识时代。最后的"非常哲学底而又象征底的诗的黄金时代"云者——那不消说，是指革命俄罗斯的现实的。

（从《艺术战线》〔一九二六年版〕节译。）

最初印入 1930 年 9 月上海神州国光社版《浮士德与城》。未署名。

初未收集。

十七日

日记　晴。上午以《新俄画选》一本寄马珏。下午内山书店送来『生物学講座』（五）一函并观剧券五枚。雪峰，柔石来。晚浴。

十八日

日记　晴。上午收诗荃所寄《海兑培克新闻》两卷。午后柔石来。收《浮士德与城》编辑费及后记稿费九十。下午往春阳馆照插画一枚。

十九日

日记　雨。无事。

二十日

日记　雨。上午内山书店送来『世界美術全集』一本，第二十八。晚三弟来。得诗荃信,五月卅一日发。收未名社所寄《罪与罚》(上)两本。夜侍桁来。

二十一日

日记 雨。上午高桥澈志君来,赠以英译《阿Q正传》一本。午后得李秉中信片。下午买茶六斤,八元;买米五十磅,五元七角。收王阿花所还泉八十,王蕴如交来。

二十二日

日记 星期。晴。午后寄诗荃信。寄靖华信。取《浮士德与城》插画之照片,即赠内山,雪峰,柔石及吴君各一枚。下午三弟来。蕴如携烨儿,瑾男来。侍桁来。

二十三日

日记 晴。下午以小说四种六本寄诗荃。以《文艺讲座》一本寄秉中。晚得紫佩信。夜往内山书店。收叶永蓁信。

二十四日

日记 晴,热。午后柔石来,交朝花社卖书所得泉十。访高桥医生。制镜框四枚,共泉三元二角。夜雪峰来。

二十五日

日记 昙。下午寄母亲信。复紫佩信。得李志云信。夜雨。

二十六日

日记 晴,大热。晚侍桁来。骤雨一陈。

二十七日

日记 晴。午后内山夫人来。下午三弟来。陈延炘君来并赠茗二合。

二十八日

日记 晴,下午雨一陈即霁。往内山书店还书帐。得靖华所寄 V. F. Komissarzhevskaia 纪念册一本,托尔斯泰像一枚,画片一张。

二十九日

日记 星期。晴。下午出街买纹竹二盆,分赠陈君及内山。在内山书店买书两本,共泉五元六角。买滋养糖及蚊烟,牙刷等,共六元七角。晚三弟等来。侍桁来。夜大雨一陈。

三十日

日记 晴。下午买麦门冬一盆,六角。收编辑费三百,本月分。夜王蕴如来。收有麟信。收诗荃所寄《德国近时版画家》一本,*Für Alle* 一本,二十四元;又剪纸画二枚,二十元。

七月

一日

日记　晴,热。无事。

二日

日记　雨。下午内山书店送来『千夜一夜』(6)一本。夜大风。

三日

日记　昙,风,午后晴。往内山书店付书泉百八十五元,即日金百圆。

四日

日记　晴,风。上午同广平携海婴往福民医院诊。下午平复及金枝来。得君智信并稿。晚收李小峰信。夜以荔枝一磅赠内山。

五日

日记　晴。上午同广平携海婴往福民医院诊。下午买米五十磅。晚得张锡类信。得丛芜信。夜往内山书店买『自然科学と弁証法』(下)一本,三元;又往雪宫吃刨冰,广平及海婴同去。

六日

日记　星期。晴。上午同广平携海婴往福民医院诊。午后复小峰信。复有麟信。寄杨律师信。下午观时代美术社展览会,捐泉一元。夜得杨律师信。访三弟。

七日

日记 晴。上午付北新书局《呐喊》印花五千枚。午后复杨律师信。往内山书店买『インテリゲンチヤ』一本,三元。

八日

日记 晴。上午同广平携海婴往福民医院诊。午以书籍及杂志等寄紫佩,季市及丛芜等四人。下午浴。晚平甫来。

九日

日记 晴。上午同广平携海婴往平井博士寓诊。夜访三弟。

十日

日记 晴。上午同广平携海婴往平井博士寓诊。下午往内山书店。晚三弟及蕴如携烨儿来,赠以玻璃杯四只。得紫佩信。收诗荃所寄德国版画四枚。是日大热。

十一日

日记 晴,大热。上午同广平携海婴往平井博士寓诊。晚收商务印书馆代购之德文书两本,共泉四元五角。收诗荃所寄日报两卷。

十二日

日记 晴。下午寄季市信。寄紫佩信附致母亲函,并八月至十月份家用泉三百,托其转送。晚往内山书店。夜雪峰及其夫人来。高桥澈志君及其夫人来,并赠海婴玩具二事。

十三日

日记 星期。昙。上午同广平携海婴往平井博士寓诊。下午高桥君来。季市及诗英来,并赠复制卅年前照相一枚,为明之,公侠,季市及我四人,时在东京。晚复张锡类信。浴。

开给许世瑛的书单

计有功　宋人　《唐诗纪事》四部丛刊本　又有单行本

辛文房　元人　《唐才子传》今有木活字单行本

严可均　　　《全上古……隋文》今有石印本,其中零碎不全之文甚
　　　多,可不看。

丁福保　　　《全上古……隋诗》排印本

吴荣光　　　《历代名人年谱》可知名人一生中的社会大事,因其书为
　　　表格之式也。可惜的是作者所认为历史上的大事者,未必真是"大
　　　事"。最好是参考日本三省堂出版之《模范最新世界年表》。

胡应麟　明人　《少室山房笔丛》广雅书局本　亦有石印本

《四库全书简明目录》其实是现有的较好的书籍之批评,但须注意其批评
　　　是"钦定"的。

《世说新语》　刘义庆　晋人清谈之状

《唐摭言》　五代王定保　《雅雨堂丛书》中有　唐文人取科名之状态

《抱朴子外篇》　葛洪　有单行本　内论及晋末社会状态

《论衡》　王充　内可见汉末之风俗迷信等

《今世说》　王晫　明末清初之名士习气

　　　　未另发表。据手稿编入。原无标题。
　　　　初未收集。

十四日
　　日记　昙,风。晚三弟来。得钦文信。夜雨。

十五日

日记　雨。上午达夫来。往平井博士寓问方。下午晴。往内山书店。收诗荃所寄 Käthe Kollwitz 画集五种，George Grosz 画集一种，约共泉三十四元，又《文学世界》三份。夜高桥君来。

致 许寿裳

季市兄：

南京夫子庙前，大约即今之成贤街，旧有江南官书局印书发售。官书局今必已改名，但不知尚有书可买否？乞一查。如有，希索取书目两份见寄为荷。仍由乔峰转。此颂

曼福！

　　　　　　　　　　　　令飞　顿首　七月十五日

十六日

日记　晴。上午寄季市信。同广平携海婴往平井博士寓诊。下午雷雨即霁。得靖华信，六月六日发。夜雨。

十七日

日记　晴。午后往内山书店买『詩と詩論』第七，第八期各一本，共八元。得时代美术社信。复靖华信。

十八日

日记　昙。上午同广平携海婴往平井博士寓诊。晚往内山书店买千九百二十九年度『世界芸術写真年鑑』一本，价六元。

《洞窟》译者附记

　　俄国十月革命后饥荒情形的描写,中国所译的已有好几篇了。但描写寒冷之苦的小说,却尚不多见。萨弥亚丁(Evgenü Samiatin)是革命前就已出名的作家,这一篇巧妙地写出人民因饥寒而复归于原始生活的状态。为了几块柴,上流的智识者至于人格分裂,实行偷窃,然而这还是暂时的事,终于将毒药当作宝贝,以自杀为惟一的出路。——但在生活于温带地方的读者,恐怕所受的感印是没有怎么深切的。一九三〇年七月十八日,译讫记。

　　原载 1931 年 1 月 10 日《东方杂志》第 28 卷第 1 号。
　　初未收集。

十九日

　　日记　晴。上午内山书店送来『生物学講座』第六辑一函七本,值四元。下午收诗荃所寄 *Eulenspiegel* 六本。淑卿来,晚邀之往中西食堂晚饭,并邀乔峰,蕴如,晔儿,广平及海婴。将陶璇卿图案稿一枚托淑卿携至杭州交钦文陈列。夜浴。

二十日

　　日记　星期。昙。上午同广平携海婴往平井博士寓诊。午后晴。

二十一日

　　日记　晴,大热。下午内山书店送来『世界美术全集』(十五)一本,三元。三弟来。收诗荃所寄 Carl Meffert 刻 *Deine Schwester* 五枚,共七十五马克。晚寄自来火公司信。夜热不能睡。

《你的姊妹之图》卷头诗

［德国］梅斐尔德

这女人是你的姊妹，
她有一个私生的孩子
而且没有工作，以后
来摆布的有我们的社会：
秩序。

未另发表。据手稿编入。
初未收集。

二十二日

日记 晴。上午往仁济堂买药。买米五十磅，六元。午后大雨一阵。下午得 R. M. Rilke：*Briefe an einen jungen Dichter* 一本，学昭所寄。赠三弟痱子药水一小瓶。夜映霞及达夫来。

二十三日

日记 晴，大热。午后内山书店送来『欧洲文艺思潮史』一本，四元四角。夜三弟来并交淑卿信，即托其汇泉一百。

二十四日

日记 晴，热。上午复淑卿信。同广平携海婴往平井博士寓诊。午在仁济药房买药中钱夹被窃,计失去五十余元。晚浴。

二十五日
日记　晴,大热。无事。

二十六日
日记　晴,热。上午往仁济药房买药。下午三弟来。得诗荃信二封,一六月十二日发,一七月四日发。得王楷信并稿,即由雪峰托水沫书店将稿寄回。

二十七日
日记　星期。晴,风。上午广湘来。下午复诗荃信。夜雨。

二十八日
日记　晴,风。上午往仁济堂买药。午后访三弟。访蒋径三,未见。下午内山书店送来『支那古明器泥象图说』一函两本,价三十六元。

二十九日
日记　昙,风。上午同广平携海婴往店剪发。夜雨。浴。

三十日
日记　昙而时晴时雨。上午往仁济堂买药。下午得杨律师信。得季市所寄江南官书局书目两分。收抱经堂书目一张。晚寄诗荃信。往内山书店,得靖华所寄书三本,附笺一信封三。夜雨。

三十一日
日记　昙,风。午后钦文来,并赠《一坛酒》两本。

《呐喊》正误

叶	行	误	正
伍	九	叫喊的	叫喊于
捌	四	但乎	似乎
二一	九	镇口的	镇口的
二八	一〇	目此	自此
三二	四	」小栓	「小栓
三三	一二	一贬眼	一眨眼
四三	一二	瘦毙	痩毙
六八	三	惊察	警察
七五	四	放变	改变
七七	三	柏树	柏树
九二	一	一瘤	一瘸
九六	一二	盼望	盼望
九八	一	盼望	盼望
一一五	一二	你怎	「你怎
一一七	三	茂才	茂才
又	九	茂才	茂才
一二九	八	要墙	要拉
一三二	九	开！	吓！
一三九	六	烟管	烟管
一五八	四	警醒的	警醒点
一六二	七	酒醉了	酒醉

一六七	二	姑	尼姑
一六九	七	<u>茂才公</u>	茂才公
一七一	一	他敢	也敢
一七五	九	跳而	逃而
一八二	三	不圆！	不圆，

未另发表。据手稿编入。

初未收集。

八月

一日

日记 昙,风。上午往仁济堂买药。下午收诗荃所寄书二本,报一卷。得紫佩信。得世界语学会信。内山书店送来书四本,值十二元。夜得方善竟信,由大江书店转来。

二日

日记 晴,风。下午复世界语学会信。复方善竟信。往内山书店买『歴史ラ捻ヂル』一本,二元五角。得谢冰莹信。得陈延炘信并所还泉。夜访三弟,赠以啤酒一瓶。

致 方善境

善竟先生:

六月廿一日来信收到。

芥川龙之介像,亦系锌板,但因制版不精,所以好像石印了。盖同是锌版,亦大有优劣,其优劣由于照相师及浸蚀师之技术,浸蚀太久则过瘦,太暂则过肥,而书店往往不察优劣,但求价廉,殊可叹也。

木刻诚为现今切要之技术,但亦只能印数百张,倘须多印,仍要制成锌版。左联中现无此种人材。江小鹣之作,看之令人生丑感。《艺苑朝华》制板时,选择颇费苦心,但较之原画,仍远不及,现已出第五本,不知先生已见过否?我们每印千五百本,而售去只五百本,售去之款,又收不回来,第六本大约未必能出了。

学习木刻,在中国简直无法可想。但西洋则有专授木刻术之学校。小学生也作木刻,为手工之一种也。

此地杂志停滞之故,原因复杂。举其要端,则有权者先于邮局中没收(不明禁),一面又恐吓出版者。书局虽往往自云传播文化,其实是表面之词。一遇小危险,又难获利,便推托迁延起来,或则停刊了。《萌芽》第六期改名《新地》,已出版,此后恐将停刊。但又有一种月刊在付印,文艺性质较多,名《热风》。

左联对于世界语,尚未曾提及,来信之意,当转致。

《文艺研究》拟寄奉,但开示地址,系邮箱,不知书籍亦可投入否? 希示。或见告可以寄书籍之地址。

迅　启上　八月二日

三日

日记　星期。晴。上午往仁济堂买药。下午平甫来。晚浴。

四日

日记　晴。下午三弟来。得母亲信,七月二十八日发。得诗荃信附木刻习作四枚,七月十七日发,又《海兑培克日报》等一卷。

五日

日记　晴。上午得靖华信,七月八日发。夜寄母亲信。寄诗荃信。

六日

日记　晴。上午往仁济堂买药。买米五十磅,五元九角;啤酒一打,二元九角。收诗荃所寄书两包五本,合泉十六元四角,又《左向》一本,《文学世界》三份。午后往夏期文艺讲习会讲演一小时。

晚内山邀往漫谈会,在功德林照相并晚餐,共十八人。夜钦文及淑卿来,未见。

七日

    日记   昙,下午晴。访三弟。访蒋径三。得杨律师信。钦文来。

八日

    日记   晴。午后以书籍杂志等寄诗荃,季市,素园,丛芜,静农,霁野等。晚映霞及达夫来。往内山书店。

九日

    日记   晴。夜成先生,王蕴如,三弟及煜儿来。

十日

    日记   星期。晴,热。下午蕴如来并赠杨梅烧酒一瓶,虾干,豆豉各一包。浴。

十一日

    日记   晴,热。无事。

十二日

    日记   晴,风,大热。无事。

十三日

    日记   雨,午霁。无事。

十四日

    日记   晴,大热。下午得霁野信。夜往内山书店买「ソヴェート

ロシア文学理論』一本，三元二角。服胃散一撮。夜半服 Help
八粒。

十五日

    日记 晴，大热。下午三弟来。得淑卿信附俞沛华信，九日烟
台发。

十六日

    日记 昙，热，下午雨一陈而晴。浴。晚有雾。

十七日

    日记 星期。晴，下午昙。三弟来。夜小雨。

十八日

    日记 雾。午后内山书店送来『生物学講座』(7)一部六本，值四
元。下午得母亲信，十三日发。收诗荃所寄书一包十二种，计直卅四
元二角。晚同广平邀成慧珍，王蕴如及三弟，煜儿往东亚食堂晚饭。

十九日

    日记 晴。上午寄母亲信。下午乐芬交来 Deni 画集一本，直五
卢布。夜侍桁来。寄靖华信。买玩具三种。

二十日

    日记 晴。上午内山太太来并赠食品四种，功德林漫谈会时照
相一枚。下午三弟来。收诗荃所寄《海兑培克新闻》两卷。

二十一日

    日记 昙，下午雨。无事。

二十二日

　　日记　晴。下午买米五十磅,五元九角。往内山书店买『プロレタリア芸術教程』(4)一本,二元。晚三弟来,托其定 *Die Schaffenden* 第六年分。

二十三日

　　日记　晴。下午内山书店送来『世界美術全集』(卅四)一本,直三元。下午得母亲信。晚在寓煮一鸡,招三弟饮啤酒。

二十四日

　　日记　星期。晴,热。下午理发。往内山书店买『芸術学研究』(4)一本,乄元。菅原英(胡儿)赠『新興演劇』(5)一本。晚浴。

二十五日

　　日记　晴,风。上午寄杨律师信。寄陈延耿书籍四本。下午得朱宅信。夜蒋径三来。

二十六日

　　日记　晴。上午达夫来。下午托三弟在商务印书馆豫定百衲本《二十四史》一部,付泉二百七十。夜乐君及蔡女士来。

二十七日

　　日记　昙。晚蒋径三招饮于古益轩,同席十一人。

二十八日

　　日记　昙,下午大雷雨。无事。

二十九日

日记　昙。下午内山书店送来『千夜一夜』（九）一本。晚三弟来。

三十日

日记　昙。上午往仁济堂为海婴买药。下午广湘来假泉五十。晚译《十月》讫，计九万六千余字。夜寄丛芜信。往内山书店买『新洋画研究』（2）一本，四元；又托其寄达夫以《戈理基文录》一本。

《十月》译者后记

作者的名姓，如果写全，是 Aleksandr Stepanovitch Yakovlev。第一字是名；第二字是父名，义云"斯台班的儿子"；第三字才是姓。自传上不记所写的年月，但这最先载在理定所编的《文学底俄罗斯》（Vladimir Lidin：*Literaturnaya Russiya*）第一卷上，于一九二四年出版，那么，至迟是这一年所写的了。一九二八年在墨斯科印行的《作家传》（*Pisateli*）中，雅各武莱夫的自传也还是这一篇，但增添了著作目录：从一九二三至二八年，已出版的计二十五种。

俄国在战时共产主义时代，因为物质的缺乏和生活的艰难，在文艺也是受难的时代。待到一九二一年施行了新经济政策，文艺界遂又活泼起来。这时成绩最著的，是瓦浪斯基在杂志《赤色新地》所拥护，而托罗兹基首先给以一个指明特色的名目的"同路人"。

"'同路人'们的出现的表面上的日子，也可以将'绥拉比翁的弟兄'于一九二一年二月一日同在'列宁格勒的艺术之家'里的第一回会议，算进里面去。（中略。）在本质上，这团体在直接底的意义上是并没有表示任何的流派和倾向的。结合着'弟兄'们者,是关于自由的艺术的思想,无论是怎样的东西,凡有计划,他们都是反对者。倘要说他们也有了纲领,那么,那就在一切纲领的否定。将这表现得最为清楚的,是淑雪兼珂(M. Zoshchenko):'从党员的见地来看,我是没有主义的人。那就好,叫我自己来讲自己,则——我既不是共产主义者,也不是社会革命党员,又不是帝政主义者。我只是俄罗斯人。而且——政治底地,是不道德的人。在大体的规模上,布尔塞维克于我最相近。我也赞成和布尔塞维克们来施行布尔塞维主义。(中略)我爱那农民的俄罗斯。'

"一切'弟兄'的纲领,那本质就是这样的东西。他们用或种形式,表现对于革命的无政府底的,乃至巴尔底山(袭击队)底的要素(Moment)的同情,以及对于革命的组织底计划底建设底的要素的那否定底的态度。"(P. S. Kogan:《伟大的十年的文学》第四章。)

《十月》的作者雅各武莱夫,便是这"绥拉比翁的弟兄"们中的一个。

但是,如这团体的名称所显示,虽然取霍夫曼(Th. A. Hoffmann)的小说之名,而其取义,却并非以绥拉比翁为师,乃在恰如他的那些弟兄们一般,各自有其不同的态度。所以各人在那"没有纲领"这一个纲领之下,内容形式,又各不同。例如先已不同,现在愈加不同了的伊凡诺夫(Vsevolod lvanov)和毕力涅克(Boris Pilniak),先前就都是这团体中的一分子。

至于雅各武莱夫,则艺术的基调,全在博爱与良心,而且很是宗教底的,有时竟至于佩服教会。他以农民为人类正义与良心的最高的保持者,惟他们才将全世界连结于友爱的精神。将这见解具体化了的,是短篇小说《农夫》,其中描写着"人类的良心"的胜利。我曾将这译载在去年的《大众文艺》上,但正只为这一个题目和作者的国籍,连广告也被上海的报馆所拒绝,作者的高洁的空想,至少在中国的有些处所是分明碰壁了。

《十月》是一九二三年之作,算是他的代表作品,并且表示了较有进步的观念形态的。但其中的人物,没有一个是铁底意志的革命家;亚庚临时加入,大半因为好玩,而结果却在后半大大的展开了他母亲在旧房子里的无可挽救的哀惨,这些处所,要令人记起安特来夫(L. Andreev)的《老屋》来。较为平静而勇敢的倒是那些无名的水兵和兵士们,但他们又什九由于先前的训练。

然而,那用了加入白军和终于彷徨着的青年(伊凡及华西理)的主观,来述十月革命的巷战情形之处,是显示着电影式的结构和描写法的清新的,虽然临末的几句光明之辞,并不足以掩盖通篇的阴郁的绝望底的氛围气。然而革命之时,情形复杂,作者本身所属的阶级和思想感情,固然使他不能写出更进于此的东西,而或时或处的革命,大约也不能说绝无这样的情景。本书所写,大抵是墨斯科的普列思那街的人们。要知道在别样的环境里的别样的思想感情,我以为自然别有法兑耶夫(A. Fadeev)的《溃灭》在。

他的现在的生活,我不知道。日本的黑田乙吉曾经和他会面,写了一点"印象",可以略略窥见他之为人:

"最初,我和他是在'赫尔岑之家'里会见的,但既在许多人们之中,雅各武莱夫又不是会出锋头的性质的人,所以没有多说话。第二回会面是在理定的家里。从此以后,我便喜欢他了。

"他在自叙传上写着:父亲是染色工,父家的亲属都是农奴,母家的亲属是伏尔迦的船伙,父和祖父母,是不能看书,也不能写字的。会面了一看,诚然,他给人以生于大俄罗斯的'黑土'中的印象,'素朴'这字,即可就此嵌在他那里的,但又不流于粗豪,平静镇定,是一个连大声也不发的典型底的'以农奴为祖先的现代俄罗斯的新的知识者'。

"一看那以墨斯科的十月革命为题材的小说《十月》，大约就不妨说，他的一切作品，是叙述着他所生长的伏尔迦河下流地方的生活，尤其是那社会底，以及经济底的特色的。

"听说雅各武莱夫每天早上五点钟光景便起床，清洁了身体，静静地诵过经文之后，这才动手来创作。睡早觉，是向来几乎算了一种俄国的知识阶级，尤其是文学者的资格的，然而他却是非常改变了的人。记得在理定的家里，他也没有喝一点酒。"（《新兴文学》第五号 1928。）

他的父亲的职业，我所译的《自传》据日本尾濑敬止的《文艺战线》所载重译，是"油漆匠"，这里却道是"染色工"。原文用罗马字拼起音来，是"Ochez—Mal'Yar"，我不知道谁算译的正确。

这书的底本，是日本井田孝平的原译，前年，东京南宋书院出版，为《世界社会主义文学丛书》的第四篇。达夫先生去年编《大众文艺》，征集稿件，便译了几章，登在那上面，后来他中止编辑，我也就中止翻译了。直到今年夏末，这才在一间玻璃门的房子里，将它译完。其时曹靖华君寄给我一本原文，是《罗曼杂志》（Roman Gazeta）之一，但我没有比照的学力，只将日译本上所无的每章标题添上，分章之处，也照原本改正，眉目总算较为清楚了。

还有一点赘语：

第一，这一本小说并非普罗列泰利亚底的作品。在苏联先前并未禁止，现在也还在通行，所以我们的大学教授拾了侨俄的唾余，说那边在用马克斯学说掂斤估两，多也不是，少也不是，是夸张的，其实倒是他们要将这作为口实，自己来掂斤估两。有些"象牙塔"里的文学家于这些话偏会听到，弄得脸色发白，再来遥发宣言，也实在冤枉得很的。

第二，俄国还有一个雅各武莱夫，作《蒲力汗诺夫论》的，是列宁格勒国立艺术大学的助教，马克斯主义文学的理论家，姓氏虽同，却并非这《十月》的作者。此外，姓雅各武莱夫的，自然还很多。

但是，一切"同路人"，也并非同走了若干路程之后，就从此永远全数在半空中翱翔的，在社会主义底建设的中途，一定要发生离合变化，珂干在《伟大的十年的文学》中说：

> "所谓'同路人'们的文学，和这（无产者文学），是成就了另一条路了。他们是从文学向生活去的，从那有自立底的价值的技术出发。他们首先第一，将革命看作艺术作品的题材。他们明明白白，宣言自己是一切倾向性的敌人，并且想定了与这倾向之如何，并无关系的作家们的自由的共和国。其实，这些'纯粹'的文学主义们，是终于也不能不拉进在一切战线上，沸腾着的斗争里面去了的，于是就参加了斗争。到了最初的十年之将终，从革命底实生活进向文学的无产者作家，与从文学进向革命底实生活的'同路人'们，两相合流，在十年之终，而有形成苏维埃作家联盟，使一切团体，都可以一同加入的雄大的企图，来作纪念，这是毫不足异的。"

关于"同路人"文学的过去，以及现在全般的状况，我想，这就说得很简括而明白了。

一九三〇年八月三十日，译者。

未另发表。

初收 1933 年 2 月上海神州国光社版《十月》。

《十月》作者自传

我于一八八六年十一月二十三日,生在赛拉妥夫(Saratov)县的伏力斯克(Volsk)。父亲是油漆匠。父家的我的一切亲属,是种地的,伯爵渥尔罗夫·大辟陀夫(Orlov Davidov)的先前的农奴,母家的那些,则是伏尔迦(Volga)河畔的船伙。我的长辈的亲戚,没有一个识得文字的。所有亲戚之中,只有我的母亲和外祖父,能读教会用的斯拉夫语的书。然而他们也不会写字。将进小学校去的时候,我已经自己在教父亲看书,写字了。

当我幼小时候,所看见的,是教士,灯,严紧的断食,香,皮面子很厚很厚的书——这书,我的母亲常在几乎要哭了出来的看着。十岁时候,自己练习看书,几年之中,看的全是些故事,圣贤的传记,以及写着强盗,魔女和林妖的本子——这些是我的爱读的书。

想做神圣的隐士。在十二年①,我便遁进沛尔密(Permi)的林中去。也走了几千威尔斯忒②(一直到喀山县),然而苦于饥饿和跋涉,回来了。但这时,我也空想着去做强盗。

又是书——古典底的,旅行。还有修学时代(在市立学校里)。

从十五年起,是独立生活。一年之间,在略山·乌拉尔(Riazani Ural)铁路的电报局,后来是在伏力斯克的邮政局里做局员。这时候,读了都介涅夫(Turgeniev)的《父与子》和《牛蒡只是生长》……于是生活都遭顿挫了。因为遇到了信仰完全失掉那样的大破绽。来了异常苦恼的时代:"那里才有意义呢?"然而一九〇五年③闹了起来。"这里有意义和使命。"入了 S. R.④。急进派。六年间——是发

---

① 一九一二年,下做此例。
② 俄里名。1Verst 约中国三百五十丈。
③ 这年有日、俄战争后的革命。
④ 社会革命党。

疯的锁索①。

然而奇怪：这几年学得很多。去做实务学校的听讲生，于是进了彼得堡大学的历史博言科，倾心听着什令斯基(Zelinski)，罗式斯基(Losski)，文该罗夫（Vengerov），彼得罗夫（Petrov），萨摩丁(Zamotin)，安特略诺夫(Andrianov)等人的崇高而人道主义底的讲义，后来就袋子里藏着手枪，我们聚集起来，空想着革命之后的乐土，向涅夫斯基(Nevski)的关口，那工人们所在之处去了。而这也并非只是空想。

时候到了：西伯利亚去。在托皤里斯克(Tobolsk)县一年。密林。寂静。孤独。思索。不将革命来当我的宗教了。

又到彼得堡，进大学。但往事都如影子，痕迹也不剩了。

我怕被捕。向高加索去了，然而在那边的格罗士努易(Groznui)，已经等着追蹑者。僻县的牢狱，死罪犯，夜夜听到的契契尼亚人的哀歌。人们从许多情节上，在摘发我的罪。我怕了，他们知道着这些事么，那么此后就只有绞架了。幸呢还是不幸呢，他们并不知道。

过了半年，被用囚人列车送到罗士妥夫·那·顿（Rostov-na-Don)去，在巡警的监视之下者五年。

主显节——是晴朗，烈寒，明晃晃——这天，将我放出街上了，但我的衣袋里，只有一个波勒丁涅克②，虽然得了释放，在狱里却已经受了损伤的。我不知道高兴好呢，还是哭好。然而几乎素不相识的人，帮了我了。

于是用功，外县的报纸《乌得罗·有迦》(*Utro Ioga*)的同人。

一九一四年八月，自往战线——为卫生队员。徒步而随军队之后者一年。一九一五年三月（在什拉尔陀伏附近）的早晨，看见莺儿

---

① 大约是指下狱或监视。

② 钱币名，约值五角。

在树上高声歌唱——大约就在那时,俄罗斯兵约二万,几乎被(初次使用的)德国的毒瓦斯所毒死了。

于是战争便如一种主题一样,带着悲痛,坐在我的灵魂中。

此后,是墨斯科。《乌得罗·露西》(*Utro Rossi*)①。写了很多。也给日报和小杂志做短篇小说。但在这些作品上,都不加以任何的意义。

一九一七年的三月②。于是十月③。从一九一八至一九年间的冬天,日夜不离毛皮靴,皮外套,阔边帽地过活。因为肚饿,手脚都肿了起来。两个和我最亲近的人死掉了。到来了可怕的孤独。

绝望的数年。那里去呢?做什么呢?不是发狂,就是死掉,或者将自己拿在手里,听凭一切都来绝缘。文学救了我,创作起来了。现在是很认真。一到夏(每夏),就跋涉于俄罗斯,加以凝视。在看被抛弃了的俄罗斯,在看被抬起来的俄罗斯。

而且,——似乎——俄罗斯,人,人性,是成着我的新宗教。

亚历山大·雅各武莱夫

未另发表。

初收 1933 年 2 月上海神州国光社版《十月》。

----

① 日报名,这里是犹言在这报馆里做事。

② 俄国第一回大革命之月。

③ 第二回大革命之月,即本书所描写的。

十 月

［苏联］A·雅各武莱夫

墨斯科闹了起来

当母亲叫起华西理来的时候，周围还是昏暗的。她弯了腰俯在睡着的儿子的上面，摇他的肩，一面亢奋得气促，用尖锐的声音叫道：

"快起来罢！在开枪哩！"

华西理吃了惊，起来了，坐在床上。

"说什么？"

"我说，在开枪呀；布尔塞维克在开枪呵……"

母亲身穿温暖的短袄，用灰色的头巾包着头发，站在床前。在那手里，有一只到市场去时，一定带去的空篮子。

"你就像羊儿见了新门似的发呆，没有懂么？凡涅昨晚上没有回家来，不知道可能没事。唉，你，上帝呵！"

母亲的脸上忽然打皱，痉挛着，似乎即刻就要哭了。但是熬着，又尖利地唠叨起来：

"讨厌的人们呀，还叫作革命家哩！赶出了皇帝，这回是自己同志们动手打架，大家敲脑袋了。这样的家伙，统统用鞭子来抽一通才好。今天是面包也没有给。看罢，我什么也没有带回来。"

她说着，便提起空篮来塞在儿子的面前。

华西理骤然清楚了。

"在开枪？那么，开手了罢？"他慌忙问。

"开手了没有呢，那是你更知道些呀。是你的一伙在闹的……"她回答着，粗暴地除下头巾来，摔在屋角的绿色的衣箱上。

“原～～～来！”华西理拖长了语音，便即穿起衣服来，将外套披在肩膀上。

“你那里去呀，胡涂虫？”母亲愁起来了。“一个是连夜不回来，你又想爬出去了？真是好儿子……你那里去？”

但华西理并不回答，就是那样——也不洗脸，也不掠掠头发，头里模模胡胡，——漂然走到外面去了。

天上锁着烟一般的云，是阴晦的日子，门旁站着靴匠罗皮黎。他是“耶司排司”这诨名的主子，和华西理家并排住着的。邻近人家的旁边，聚着人山，街上是群众挤得黑压压地。

“哪，华西理·那札力支，布尔塞维克起事了呀，——耶司排司在板脸上浮着微笑，来招呼华西理说，——听那，不在砰砰礘礘么？”

华西理耸着耳朵听。他听得仿佛就在近边射击似的，也在远处隐约地响。

“那是什么呀，放的是枪罢？”他问。

耶司排司点头给他看。

“枪呀，半夜里砰砰礘礘放起来的。所以流血成河，积尸如山呵，了不得了，华西理·那札力支。”

长身曲背，唇须的两端快到肩头，穿着过膝的上衣的耶司排司的模样，简直像一个加了两条腿的不等样的吓鸦草人。和他一说话，无论谁——熟人也好，生人也好——一定要发笑：耶司排司是滑稽的人。自己也笑，也使别人笑，但现在却不是发笑的乱子了。

“喂，华西理·那札力支！这究竟是怎么一回事呢？不是兄弟交锋么？唉，蝇子咬的……”

华西理正在倾听着枪声，没有回答。

射击并无间断，掩在朝雾中的市街，充满了骇人的声音。

劈拍……拍……呼呼……——在望得见的远处的人家后面发响。

“墨斯科阿妈闹起来了！本是蜂儿嗡嗡，野兽嗥叫一般的，现在却动了雷了,简直好像伊里亚①在德威尔斯克大街②动弹起来似的了。"耶司排司从横街的远处的屋顶上,望着墨斯科的天空,发出低声,用了深沉的调子说。"我们在这里,不要紧;要不然,现在就是夹在交叉火线中间哩。"

在街上,——在桥那里,而不是步道上,——华西理的熟人——隆支·里沙夫跑过了。这人原先是贫农,是铁匠,是坏脾气的粗暴的蠢才。

"你们为什么呆站着的? 那边发枪呀。我打下士们去,"他且跑且喊,鸟的翅子似的挥着两手,转过横街角,消失在默默地站着的群众那面了。

"这小子!"耶司排司愤然,絮叨地说:"'打下士去'…… 狗嘴……你明白什么缘故么? 这时候,连聪明人也胡涂,这小子的前途,可是漆黑哩。"

华西理立刻悟到,连里沙夫那样酗酒的呆子,也去领枪械,可见前几天闹嚷嚷的街头演说,布尔塞维克的宣传一定将反响给了民众了。

"那么,我们也动手罢,"他心里想,不觉挺直了身子,笑着转向铁匠那面,说道:

"哪,库慈玛·华西理支,同去罢!"

"那里去?"耶司排司吃了一惊。

"那边去,和布尔塞维克打仗去,"华西理说,指着市街那边。

靴匠愕然地看着华西理的脸。

"说什么? …… 同我? …… 后来再去 …… 连你 …… 还是不去罢。"

"为什么呢?"华西理问道。

---

① 伊里亚·罗谟美兹,古代史诗中的大勇士。
② 墨斯科的冲要处所。

"事情重大了呀。打去也是，被打也是，但紧要的是……"耶司排司没有说完，便住了口，顺下眼睛去，用不安的指尖摸着胡须。

"紧要的是什么？"

"紧要的，是真的真理呀……没有人知道。你们的演说我也听过了……谁都说是有真理，其实呢，谁也没有的。真理究竟在那里？我还没有懂得真的真理，那能去打活的人呢？这些处所你可想过了没有？"

靴匠凝视着华西理的眼。

"去打即使是好的……但一不小心，也许会成了反抗真理的哩，对不对？"

"唉，你还在讲古老话。流氓爬出洞来了，何尝是真理呀！抛下你这样的真理罢！"华西理不耐地挥一挥手，赶快离开门边，回到家里去了。

华西理决计要和波雪维克战斗，原是一直先前的事了。波雪维主义是搅乱世间的东西，应该和它战斗。况且另外还有真理。那怎么行呢……。

过了五分钟，带着皮手套，衣服整然的他，就从大门跑出，跟着也跑出了他的母亲。

"要回来的呀，一定！回来呀！"她大声叫道。

然而华西理并不回答，也不回头，粗暴地拉开耳门，又关上了。

"去么？"还站在门旁的耶司排司问。

"自然去，"华西理冷冷地回答着，向动物园那边，从横街跑向听到枪声的市街去了。

布尔乔亚已经亚门了！

普列思那这街道上，已经塞满了人们。直到街角，步道，车路上，都是群集；电车不通了，马车和摩托车也消声匿迹，街上是好像大典日子一般的肃静。而从市街的中央,从库特林广场的那边,则没有间断地听到隐隐约约的枪声。

紧张着的群众,发小声互相私语,用了仿佛还未从恶梦全醒似的恍忽的没有理解力的眼色,眺望着远处。

穿着黑色防寒靴和灰色防寒外套的一个老女人,向着半隐在晓雾里面的教堂的钟楼那边,划着十字,大声说,给人们听到:

"主呵,不要转过脸去,赐给慈悲罢……主呵,请息你的愤怒罢……"

华西理简直像被赶一般,奔向市的中央去。

他飞跑,要从速参加战斗——将疯狂的计划杀人的那些东西,打成齑粉。他因为飞跑,身子发抖了,但步法还很稳,大摆着两手,橐橐地响着靴后跟,挺起胸脯,进向前面。异样地担心,恐怕来不及,这担心,就赶得他着忙。

在动物园的后面,这才看见了负伤者。还很年青的蔷薇色面庞的看护妇,将头上缚着绷带的一个工人,载在马车上,运往医学校那边去。那绷带身上渗着血,绷带上面是乱发蓬松的头的样子,恰如戴着红白带子做成的首饰的派普亚斯土人的头。工人的脸是灰色的,嘴唇因为难堪的苦痛,歪斜着。

到库特林广场来一看,往市中央去的全是青年工人或青年,从那边来的是服装颇像样的男女。有抱孩子的,有背包裹的。他们的脸都苍白色,仿佛被逐一般,慌慌张张地走,躲在街角上休息一下,便又跑向市街的尽头那一面去了。一个头戴羊皮帽,身穿缀着大黑扣子的外套的中年的胖女人,跨开细步在车路上跑,不断地划着十字。

"阿唷,爸爸,主子耶稣……阿唷,亲生爹妈!……"她用可怜的颓唐的声音,呻吟着村妇似的口调。

这女人的两颊在发抖,从帽边下,挤出着半白的发根的短毛。剪短了胡子的一个高大的男人,背着大的白包裹,和他并排是脸色

铁青的年青女子,两手抱着哭喊的孩子,跑来了。在街角上,群集中的一个发问道:

"怎样?那边怎样?"

"在抢呀,驱逐出屋呀,我们就被赶出来的。什么都要弄得精光的。"他并不停脚,快口地回答说。

群集中间,孩子们在哭。那可怜的无靠的哭声,令人愈加觉得在豫告那袭来的雷雨之可怕。华西理的喉咙忽然发咸,眼睛也作痒。他捏着拳头,大踏步进向市的中央去。快去呵,快去呵!

起了枪声,那接近和尖锐,使他惊骇。是在尼启德大广场和亚尔巴德附近,射击起来了。已经很近,大概就在那些人家的后面罢。

华西理想一径走往骑马练习所①那面去,但在尼启德门那里,有一队上了刺刀的兵士塞着路,不准通行。

"不要走近去。不要过去,那边去罢……"一个生着稀疏的黄胡子的短小的兵,用了命令式的口调大声说。这兵是显着顽固的不够聪明的脸相的。

兵的旁边聚着群众,也像普列思那街的人们一样,是惶惶然,倾听枪声,一声不响,无法可想,呆头呆脑的人们。

华西理站住了。向那里走呢?还是绕过去呢?……他一面想着,忽然去倾听兵们的话了。

"布尔乔亚已经亚门了②。统统收拾掉。"一个兵将步枪从这肩换到那肩,自负地说。"智识阶级一向随意霸占,什么也不肯给我们。现在,我们来将那些小子……"

兵士怒骂着。

"那么,你们要怎样呢?"帽檐低到垂眉,手里拿杖的白须老

---

① 在克莱谟林附近。

② Bourgeois 在现在的意义为"有产者"。Amen 本是希伯来语的赞叹词,意云"的确"或"真的",基督教徒用于祈祷收场时,故在这里作"完结"解。

人问。

"我们？我们要都给工人……我们现在有力量。"

"你们也许有力量，然而暴力是灭掉智慧的呵，愚人从来是向贤人举手的，这一定。"老人含着怒气说。

群众里起了笑声。老人用黄的手杖敲着车路，还在说下去：

"你们还是用脚后跟想事情的青年人，即使你是布尔塞维克罢……上帝造了仿照自己的模样的人，但布尔塞维克的你们，却是照了犹大①的模样来造的，是的……"

兵士愤然转过脸去，老人向群众叫了起来：

"都是卖国贼，没有议论的余地的。是用了德国的钱在做事呀。德国人用了金的子弹在射击，金的子弹是决不会打不中的。'黄金比热铁，更易化人心'这老话头，是不错的。现在呢，是德国的钱走进了墨斯科阿妈这里，在灭亡俄国的精神了。一看现状，不就明白？……"

红胡子的兵又走近老人去，似乎想说什么话，但中涂在邻近的横街里起了枪声，这就像信号似的，立刻向四面的街道行了一齐射击。这瞬间，市街仿佛是发狂了。令人觉得当下便会有怪物从什么角落里跳了出来，也许在眼前杀掉人类。

不知道是谁，粗野地短促地喊了一声：

"唉！"

心惊胆战的群众，便沿着房子的墙壁走散，躲在曲角里，凹角后，大门边，遍身在发抖。兵们将身体紧贴着墙，神经底地横捏了步枪，在防卫自己，并且准备射击敌人。被群众的恐怖心所驱遣的华西理，也钻进一家小店的地窖去，那里面已经填满了人们……

然而枪声突然开始，又突然停止了。从各处的角落里，又爬出吓得还在慌慌张张的人们来。于是那短小的兵便到街中央去，放开

---

① 耶稣的门徒，出卖耶稣者。

喉咙大叫道：

"喂,走,都退开! 快走! 要开枪了!"

他将枪靠在肩上向空中射击了。接着又放了两三响。

群众又沿着墙壁散走,四顾着,掩藏着,跑走了。

华西理心里郁勃起来。他看见那放枪的兵连脚趾尖都在发抖,单靠着叫喊和开枪,来卖弄他的胆子。他想,给这样的小子吃一枪,倒也许是很好玩的。

但他知道了从这里不能走到市中央去,华西理便顺着列树路,绕将过去了。

在街头相遇

过了早晨已经不少时光了,周围还昏暗,天空遮满着沉重的灰色的云,冷了起来。在列树路的叶子凋落了的晚秋的菩提树下,和思德拉斯忒广场上,满是人。群众是或在这边聚成一堆,或在那边坐在长椅上,倾听着市街中央所起的枪声,推测它是出于那里的,并且发议论。思德拉斯忒广场中,密集着兵士,将德威尔斯克街的通路阻塞,这街可通到总督衙门去,现在是布尔塞维克支队的本营。

满载着武装兵士的几辆摩托车,从哈陀因加那方面驶过来了,但远远望去,那摩托车就好像插着奇花异草的大花瓶,火焰似的旗子在车上飞扬,旗的周围林立着上了刺刀的枪枝,灰色衣的兵士,黑色衣的工人,都从两肩交叉地挂着机关枪的弹药带。

摩托车后面,跟着一队兵士和红军,队伍各式各样,或是密集着或是散列着走。红军的多数,是穿着不干净的劳动服的青年,系了新的军用皮带,带上挂一只装着子弹的麻袋。这些人们都背不惯枪,亢奋着,而时时从这肩换到那肩,每一换,就回头向后面看。

华西理杂入那站在两旁步道上的群众里,皱着眉,旁观他们。

他们排成了黑色和灰色的长串前行,然而好像屈从着谁的意志似的,既不沉着,也没有自信。一到特密德里·萨陀文斯基教堂附近的角上,便站住,大约有五十人模样,聚作一团。那将大黑帽一直拉到耳边,步枪在头上摇摆,灰色的麻袋挂在前面的他们的样子,实在颇滑稽,而且战斗的意志也未必坚决,所以举动就很迟疑了。

他们望着布尔塞维克聚集之处,并且听到枪声的总督衙门那边,似乎在等候着什么事。

"为什么站住了? 快去!"一个兵向他们吆喝着,走了过去。"怕了么? 在这里干吗呀?"

工人们吃了一惊,又怯怯地跟着兵们走动起来,但紧靠着旁边,顺着人家的墙壁,很客气地分开了填塞步道的群众,向前进行。

华西理是用了轻蔑的眼睛在看他们的,但骤然浑身发抖。这是因为在红军里,看见了邻居的机织女工的儿子亚庚——仅仅十六岁的跟跟跄跄的小孩子在里面。

亚庚身穿口袋快破了的发红的外套,脚登破烂的长靴,戴着圆锥形的灰色帽子,显着呆头呆脑的态度,向那边去。肩上是枪,带上是挂着弹药袋。华西理疑心自己的眼睛了,错愕了一下。

"亚庚,你那里去?"他厉声问。

亚庚立刻回头,在群众中寻觅叫他的声音的主子,因为看见了华西理,便高兴地摇摇头。

"那边去! ——他一手遥指着德威尔斯克街的大路。——我们都去。早上去了一百来个,现在是剩下的去了。你为什么不拿枪呀?"

他说着,不等回答,便跑上前,赶他的同伴去了。华西理沉默着,目送着亚庚。亚庚小心地分开了群众,从步道上进行,不多久,那跟跄的粗鲁的影子,便消失在黑压压的人堆里面了。

华西理这一惊非同小可。

"这真奇怪不? 亚庚? ……成了布尔塞维克了? ……拿着枪?"他一面想到自己,疑惑起来。"那么,我也得向这小子开枪么?"

华西理像是从头到脚浇了冷水一般发起抖来,用了想要看懂什么似的眼光,看着群众。是亚庚的好朋友,又是保护人的自己,现在却应该用枪口相向,这总是一个矛盾,说不过去的。于是华西理很兴奋,将支持不住的身子,靠在墙壁上。

亚庚,是易受运动的活泼的孩子。半月以前,他还是一个社会革命党员,每有集会,还是为党舌战了的,然而现在却挂着弹药袋,肩着枪,帮着布尔塞维克,要驱逐社会革命党员了。华西理苦思焦虑,想追上亚庚,拉他回来。但是怎么拉回来呢?到底是拉不回来的。

华西理全身感到恶寒,将身子紧靠了墙壁。

他原是用了新的眼睛,在看那些赴战的兵士和工人们的,但现在精细地来鉴别那一群人的底子,却多是向来一同做事的人们。

"都是胡涂虫!都是混帐东西!"华西理于是切齿骂了起来。

他仍如早上所感一样,以为这些人们很可恶,然而和这同时,也觉得自己的决心有些动摇了。

"和那些人们对刀?相杀?这究竟算是为什么呢?"

远远地听到歌声,于是从修道院(在思德拉斯忒广场的)后面,有武装的工人大约一百名的一团出现。他们整然成列,高唱着"一齐开步,同志们"的歌,前面扬着红旗前进。那旗手,是高大的,漆黑的胡子蓬松的工人,身穿磨损了的革制立领服。跟着他是每列八人前进,都背步枪,枪柄在头上参差摆动。

站在广场四角上的兵士和红军,看见这一队工人,便喊起"呜拉"来欢迎:

"呜拉～～～,同志们!呜拉～～～!……"

他们摇帽子,高擎了枪枝,勇敢地将这挥动……战斗底鼓噪弥漫了广场。站在步道上的群众,怕得向旁边闪避,工人和兵士便并列着从街道前进,以向战场。于是又起了歌声:

一齐开步,同志们……

华西理脸色青白，靠在擦靴人的小屋旁的壁上。这歌和那呐喊，堂堂的队伍，枪声，他的心情颠倒了，觉得好像有一种东西，虽然不明白是什么，但是罩在头上了。

"那就是布尔塞维克么？真是的？"

不然不然，并不是什么布尔塞维克。那些都是随便，懒惰，顶爱赌博和酒的工人们。急于捣乱，所以跑去的……那一流，是摘读《珂贝克》①的俄罗斯的无产者。

然而，这没有智识的无产者，却前去决定俄罗斯的命运……呸，这真真气死人了！……

但怎样才能拉住这无产者呢？开枪么？总得杀么？……

连那小孩子亚庚，竟也一同前进……

华西理几乎要大叫起来。

工人们有时胆怯，有时胆壮，有时唱歌，继续着前进。华西理觉得仿佛在雾里彷徨着，在看他们。

骇愕而无法遣闷的他，站在群集里许多时，于是走过列树路，颓然坐在修道院壁下的板椅上。他的头发热，两手颤得心烦，觉得很疲乏，颞颥一阵一阵地作痛。

突然在他顶上，修道院塔的大时钟敲打起来了。那音响，恰如徘徊在浓雾的秋夜的天空里，交鸣着的候鸟的声音，又凄凉，又哀惨。华西理一听这，便从新感到了近于绝望的深愁。

"那么，以后怎么办呢？"他自己问自己。

这时从对面的屋后面，劈劈拍拍发出枪声来……

华西理化了石似的凝视着地面，交叉两腕，无法可想，坐在椅子上。他所明白的，只有一件事，就是，向着曾经庇护同志，而现在却要破坏故乡都会的不懂事的亚庚开枪，是不能够的。

战斗更加猛烈了……为什么而战的？总是说，为真理而战的

---

① *Kopeika*，工人所看的便宜的低级报纸。

罢。但谁知道那真理呢？

将近正午，从郊外的什么地方开始了炮击，那声音在墨斯科全市上，好像雷鸣一般。受惊的鸦群发着锐叫，从修道院的屋顶霍然飞起，空中是鸽子团团地飞翔。市街动摇了，载着兵士和武装工人的摩托车，疾驰得更起劲，红军几乎是开着快步前行。但群集却沉静下去，人数逐渐减少了。

华西理再到了思德拉斯忒广场，然而很疲乏，成了现在是无论市中的骚乱到怎样，也不再管的心情了。

他站了一会，看着来来往往的群众，于是并无定向，就在列树路上走。他连自己也觉得悔恨……多年准备着政争，也曾等候，也曾焦急，也曾热中，然而一到决定胜负的时机来到眼前的时候，却将这失掉了。

昨天和哥哥伊凡谈论之际，他说，凡有帮助布尔塞维克的扰乱的人们，只是狂热者和小偷和呆子这三种类，所以即使打杀，也不要紧的。

"我连眼也不眨，打杀他们，"伊凡坦然说。

"我也不饶放的，"华西理也赞成了他哥哥的话，于是说道。

但现在想起这话来，羞得胸脯发冷，心脏一下子收缩了。

群众还聚在列树路上发议论。华西理走到德卢勃那广场，从这里转弯，经过横街，到了正在交战的亚呵德尼·略特①。他现在不过被莫明其妙的好奇心所驱使罢了。

从列树路渐渐接近市的中央去，街道也愈显得幽静，怕人。身穿破衣服的孩子的群，跑过十字路，贴在角角落落里。一看，门边和屋角多站着拿枪的兵士，注视着街道这边。这一天，是阴晦的灰色的天气，低垂的云，在空中徐行。

在亚呵德尼·略特，枪声接连不断。战斗的叫喊，侵袭街道的

---

① 墨斯科有名的市场，克莱谟林宫附近的四通八达之处。

恐慌情景,从凸角到凸角,从横街到横街,翩然跳过去的人们的姿态,都将活气灌进了华西理的心中。

他不知不觉的昂奋起来,又像早上一样,想闯进枪声在响的地方去了。

周围的物象——无论人家,街道,且至于连天空——上,都映着异样的影子。这是平日熟识的街,但却不像那街了。并排的人家,车路和步道,店铺,本是华西理幼年时代以来的旧相识,然而仿佛已经完全两样。街道是寂静的,却是吓人的静。在那厚的墙壁的后面,挂着帷幔的窗户的深处,丧魂失魄的人们在发抖,想免于突然的死亡。在森严的街道上,也笼着魔人的恶梦一般的,难以言语形容的一种情景。好像一切店铺,一切人家,都迫于死亡和杀戮,便变了模样似的。

华西理从墙壁的这凸角跳到那凸角,弯着身子,循着壁沿,走到了亚呵德尼·略特的一隅,在此趁着好机会,横过大路,躲在木造的小杂货店后面了。

战斗就在这附近。

万国旅馆附近的战斗

小杂货店后面,躲着卖晚报的破衣服孩子,浮浪人,从学校的归途中,挟着书本逃进这里来的中学生等。每一射击,他们便伏在地面上,或躲进箱后面,或将身子嵌在两店之间的狭缝中,然而枪声一歇,就如小鼠一样,又惴惴地伸出头来,因为想看骇人的情形,眼光灼灼地去望市街的大路了。

从德威尔斯克和亚呵德尼·略特的转角的高大的红墙房子里,有人开了枪。这房子的楼上是病院,下面是干货店,从玻璃窗间,可以望见闪闪的金属制的柜台,和轧碎咖啡的器械,但陈列窗的大玻璃,已被枪弹打通,电光形地开着裂。楼上的病院的各窗中,则闪烁着兵士和工人，时而从窗沿弯出身子来，担心地俯瞰着大路。

"阿呀，对面有士官候补生们来了！"在华西理旁边的孩子，指着墨斯科大学那面，叫了起来。

"在那里？是那些？顺着墙壁来的那些？"

"哪，那边，你看不见？从对面来了呀！"

"但你不要指点。如果他们疑心是信号，就要开枪的。"一个酒喝得满脸青肿了的浮浪人，制止孩子说。

孩子们从小店后面伸出头去，华西理也向士官候补生所从来的那方面凝视。从大学近旁起，沿着摩诃伐耶街，穿灰色外套，横捏步枪的一团，相连续如长蛇。他们将身子靠着壁，蹲得很低，环顾周围，慢慢地前进。数目大概不到二十人，然而后面跟着一团捏枪轻步的大学生。

"阿，就要开手了！——华西理想。——士官候补生很少，大学生多着哩。阿呀阿呀……"

在红房子里，兵士和工人忽然喧扰起来了，这是因为看见了进逼的敌人的缘故。一个戴着蓝帽子的青年的工人，从这屋子的大门直上的窗间，伸出脸来，向士官候补生们走来的那面眺望，将枪从新摆好，使它易于射击。别的人们是隐在厚的墙壁后面，都聚向接近街角的窗边。华西理的心脏跳得很响，两手发冷，自己想道：

"就要开头了！"

拍！——这时不知那里开了一枪。

从窗间，从街上，就一齐应战。

石灰从红房子上打了下来，落在步道上，尘埃在墙壁周围腾起，好像轻烟，窗玻璃发了哀音在叫喊。孩子们惊扰着躲到小店之间和箱后面去，华西理是紧贴在暗的拐角的壁上。有谁跑过市场的大街去了，靴声橐橐地很响亮。

华西理再望外面的时候，红房子的窗间已没有人影子，只有蓝帽的青年工人还在窗口，环顾周围，向一个方向瞄准。

灰色外套的士官候补生们和蓝色的大学生们，猫一般放轻脚步，走近街角来。一队刚走近时，华西理一看，是缀着金色肩章的将校站在前面的，还很年青，身穿精制的长外套，头戴漂亮的军帽。他的左手戴着手套，但捏着枪身的雪白的露出的右手，却在微微发抖。终于这将校弯了头颈，眺望过红屋子，突然现身前进了。蓝帽子的工人便扭着身子，将枪口对定这将校。

"就要打死了！"华西理自己想。

他心脏停了跳动，紧缩起来……简直像化了石一般，眼也不瞬地注视着将校的模样。

拍！——从窗间开了一枪。

将校的头便往后一仰，抛下枪，刚向旁边仿佛走了一步，脚又被长外套的下襟缠住，倒在地上了。

"不错！"有谁在华西理的近旁大声说。

"给打死了，将官统打死了！"躲在箱后面的孩子们也嚷着，还不禁跳上车路去。"打着脑袋了！一定的，是脑袋呀！"

士官候补生骚扰着，更加紧贴着墙壁，不再前行。就在左近的两个人，却跑到将校那边来，抱起他沿着壁运走了。

在红房子的窗口，又有人影出现；射击了将校的那工人，忽然从窗沿站起，向屋里的谁说了几句话，将手一挥，又伏在窗沿上，定起瞄准来。

呼！——在空中什么地方一声响。

华西理愕然回顾，因为这好像就从自己的后面打来一样，孩子们嚷了起来。

"从屋顶上打来的呀！瞧罢，瞧罢，一个人给打死了！……"

华西理去看窗口，只见那蓝帽子工人想要站起，在窗沿上挣扎，枪敲着墙。他的两手已经尽量伸长了。但没有将枪放掉。

工人虽想挣扎起来，但终于无效，像捕捉空气一样，张着大口，到底将捏着枪的那手掌松开。于是枪掉在步道上，他也跌倒，软软的躺在窗沿上了。蓝帽子团着飞到车路上去，头发凌乱，长而卷缩地下垂着。

枪声从各处起来，红房子的正面全体，又被白尘埃的云所掩蔽，听到子弹打在壁上的剥剥声。孩子们像受惊的小鼠一般，窜来窜去，渐渐走远了危险之处。一个倒大脸的白白的中学生跑到步道上，外套的下襟绊了脚，扑通的倒在肮脏的街石上了，连忙爬起，一只手掩着跌破的鼻子，跳进了一条狭小的横街。

华西理向周围四顾。这两个死，使他的心情颠倒了。

"究竟这是怎么一回事呢?"他出了声，自问自答着。

一看那旁边的店的店面，有写着"新鲜鸟兽肉"的招牌，在那隔壁，则有写着"萝卜，胡瓜，葱"的招牌……这原是大店小铺成排的熟识的亚呵德尼·略特呵，但现在却在这地方战争，人类大家在互相杀戮……

雨似的枪弹，剧烈地打着杂货店的墙壁，窗玻璃破碎有声，屋上的亚铅板也被撕破了。

蓦地听到摩托车声，将枪声压倒，射击也渐渐缓慢起来。大约因为射击手对于这大胆胡行的摩托车中人，也无可奈何了。华西理从藏身处望出去，见有大箱子似的灰色的怪物，从戏院广场那面走来。同时听到杂货店后面，有孩子的声音在说：

"是铁甲摩托呀，快躲罢?"

摩托车静静地，镇定地驶近红房子来。

这瞬间，便从车中"沙!"的发了一声响。

红房子的一角就蔽在烟尘中，石片、油灰、窗框子、露台的阑干、合缝的碎块之类，都散落在道路上。射击非常之烈，华西理的两耳里，嗡嗡地响了起来。

接着炮声，是机关枪的声音，冷静地整肃地作响。

拍，拍，拍拍拍拍……

士官候补生和大学生的一队，从摩呵伐耶街跑向转角那边，躺在靠墙的脏地上，对着德威尔斯克街，施行急射击。瞬息之间，亚呵德尼·略特已被他们占领，布尔塞维克逃走了。射击渐渐沉静下去，分明地听得在转角处，喊着兽吼一般的声音：

"占领门外的空地去罢！"

孩子们从杂货店和箱子后面爬出，又在角落里，造成了杂色的一团。

"喂，那边的你们！走开！不走，就要打死了！"左手捏枪，留着颊须的一个大学生高声说。

孩子们躲避了；然而没有走。被要看骇人的事物的好奇心所驱使，还是停在危险处所，想知道后来是怎样……

铁甲摩托车一走，形势又不稳了。德威尔斯克街方面起了枪声，聚在万国旅馆附近的士官候补生和大学生，便去应战，人家的墙壁又是石灰迸落，尘埃纷飞，玻璃窗瑟瑟地作响。刚觉得红房子的楼上有了人影，就已经在开枪。这屋子的凡有玻璃，无不破碎飞散，全座房屋恰如从漆黑的嘴里，喷出火来的瞎眼的怪物一般。

一个士官候补生想从狙击逃脱，绊倒在车路上，好像中弹的雀子，团团回旋，又用手脚爬走，然而跌倒了。从德威尔斯克街和红房子里，仿佛竞技似的都给他一个猛射，那候补生便抛了枪，默默地爬向街的一角去，但终于伸直身子，仆下地，成为灰色的一堆，躺在车路上。射击成为乱射，友仇的所在，分不清楚了。

这时候，从大学那边向着大戏院方面，驰来了一辆满载着武装大学生和将校的运货摩托车，刚近亚呵德尼·略特，大学生们便给那红房子和德威尔斯克街下了弹雨。兵士和工人因此只好退到德威尔斯克街的上边去，躲在门边和房子的凸角的背后。

过了不多久，摩托车开回来了，恰如胜利者一般，静静地在街中央经过。刚到街的转角，忽然从德威尔斯克街起了猛射，摩托车后身的木壳上，便迸出汽油来，白绳似的流在地上，车就正在十字街头停止了。大学生和士官候补生怕射击，狼狈起来，伏在摩托车的底

面,将身子紧贴着横板,或者跳下地来,靠轮子做掩护,但敌手的枪弹,无所不到,横板受着弹,那木片飞进得很远。有人叫喊起来:

"唉唉……救命呀!"

刚看见一个孩子般的年青的将校跳到车路上,就趔趄几步,破布包似的团着倒在轮边了。从摩托车里已经没有人在射击,破碎的车身空站在十字路上,车轮附近是横七竖八躺着枪杀的人……只有微微地呻吟之声,还可以听到:

"阿唷……阿……阿唷……!"

从德威尔斯克街还继续放着枪,负伤者就这样地被委弃得很久。少顷之后,戴白帽,穿革制立领服,袖缀红十字章的一个年青的女人,从十字街庙的后面走出来了。她也不看德威尔斯克那面,也不要求停枪,简直像是没有听到枪声似的,然而两面的射击,却自然突然停止,士官候补生、大学生、兵士、工人,都从箱子后面惴惴地伸出头来。华西理也以异常紧张的心情,看着这女子的举动。她走近摩托车,弯下身子去,略摇一摇躺在车轮附近的人,便握手回头,望着,不作声了。这瞬间,是周围寂然,归于死一般的幽静。只有从亚尔巴德和卢比安加传来的枪声,使这阒然无声的空街的空气振动。那年青的女人两足动着裙裾,走到摩托车车边,略一弯腰,便直了起来,叫道:

"看护兵,有负伤的在这里!"

于是两个看护兵开快步走近摩托车去,拉起负伤的人来。好像要给谁看的一般,拉得很高。那是身穿骑兵的长外套的将校,涂磁油的长统靴上,装着刺马的拍车。军帽不知道滚到那里去了,皱缩的黑发,成束的垂在额上,枪弹大约是打掉牙齿,钻进肚里去了,还在呻吟。

看护兵将那将校移放在车旁的担架上,但当从摩托车拉起负伤者来的时候,长外套的下缘被血浆粘得湿漉漉地,受着日光,异样的闪烁,贴在长统靴子上的情景,却映入了华西理的眼中。

运去了这将校之后，是一个一个地来搬战死者。不知从那里又走出别的看护兵来，仿佛搬运夫的搬沉重货物一般，将死尸背着运走。他们互相搀扶，也不怎样忙迫，就像做平常事情模样。尤其是一个矮小而弯脚的看护兵，他不背死尸，单是帮人将这背在背上，帮了之后，便略略退后，悠悠然用围身布擦着血污的两手。

其次是运一个外套上缀着闪闪的肩章的大学生的尸骸，背在背上的死人的身躯，伸得很长，挂下的两脚，吓人地在摆动。

看客的一团，都屏息凝视着看护兵的举动，只有孩子们在喧嚷，高声数着战死者的数目，仿佛因为见了珍奇的光景，很为高兴似的。

"呵，这是第十个了！这回的，是将官呀！瞧罢，满鼻子都是血，打着了鼻子的罢！"

华西理吓得胆寒；好像化了石，痴立在杂货店旁。他这样接近地看了可怕的死的情形，还是第一次。

年青的他们，坐着摩托车前来，临死之前，还在欢笑，敏观，决计置死生于度外而战斗，但此刻，却像装着燕麦袋子之类似的，被看护兵背去了，不自然地拖下的两脚，吓人地摆着，头在别人的脊梁上，囊囊地叩着。

摩托车已被破坏，横板打得稀烂，步枪和被谁的脚踏过的军帽，到处散乱着，汽油流出之处，成了好像带黑的水溜。

最后的死尸搬去了。

革制立领服的女人四顾附近，仿佛在搜寻是否还有死人似的，于是也就跟着看护兵走掉了。

在万国旅馆附近的士官候补生和大学生们，便又喧嚣起来，好像在捉迷藏一般，很注意地窥看德威尔斯克街的拐角，其中的两个人伏在步道上，响着步枪的机头。华西理看见他们在瞄准。

吧！——几乎同时，两个人都开了枪。

接着这枪声，立刻听到德威尔斯克街那面，有较之人类的叫喊，倒近于野兽的尖吼的音响，同时也开起枪来。

看客的一团慌乱得好像在被射击，都躲到隐蔽地方去，华西理也不自觉地逃走了。

但华西理并没有知道射击了运货摩托车的布尔塞维克的一队之中，就有这早晨使他觉得讨厌的好友亚庚在里面……

在普列思那

这天一整天，亚庚好像做着不安的梦，他不能辨别事件的性质，战斗的理由，以及应该参加与否。单是伏在青年的胸中的想做一做出奇的冒险的一种模胡的渴望，将他推进战斗里去了。况且普列思那的青年们，都已前往。像亚庚那样的活泼的人物，是不会落后的。同志们都去了。那就……

他也去了。

被夜间的枪声所惊骇的工人们，一早就倦眼惺松地聚在工厂的门边，开了临时的会议。副工头隆支·彼得罗微支，是一个认真的严峻的汉子，一句一句地说道：

"重大的时机到了，同志们。如果布尔乔亚得了胜，我们的自由，已经得到的权利，就要统统失掉的。这样的机会，恐怕是不会再有的了。大家拿起武器来。去战斗去，同志们！"

年老的工人们默默地皱了眉，大约是不明白事件的真相。但年青的却坚决地回答道：

"战斗去！扫掉布尔乔亚！杀掉布尔乔亚！"

亚庚是隆支·彼得罗微支的崇拜者，他相信彼得罗微支是真挚的意志坚强的汉子，说话的时候，是说真话的人。但要紧的动机，是因为要打一回仗……于是他就和大家一同唱着《伐尔赛凡加》①，从工厂门口向俱乐部去——向红军去报名。

———————

① Varshavianka，盛行于三十余年前的有名的曲子。

他在工人俱乐部里报了名,但俱乐部已经不是俱乐部,改成红军策动的本部了,大门口就揭示着这意思。

报名的办法是简单的。一个将破旧的大黑帽子戴在脑后的不相识的年青工人,嘴里衔着烟卷,将报名人的姓名记在蓝色的学生用杂记簿子上。

"姓呢?"当亚庚仿佛手脚都被捆绑一般,怯怯地,心跳着来到那工人的桌子前面时,他问。

"亚庚·罗卓夫,"亚庚沙声地答。

"从什么工厂来的?"工人问道,眼睛没有离开那簿子。

亚庚给了说明。

"枪的号数呢?"工人于是用了一样的口调问。

"什么?"亚庚不懂他所问的意思,回问道。

但对于这质问,却有一个站在堆在桌子左近的枪枝旁边的兵士,替他答复了。

那兵士说出一串长长的数目字来,将枪交给正在发呆的亚庚的手里。

"到那边的桌子那里去,"他说,用一只手指着屋子的深处。那地方聚集着许多带枪的工人们。亚庚双手紧捏着枪,不好意思地笑着,走向那边去了。他觉得好像变了棉花偶人儿一般,失了手脚的感觉,浮在云雾里似的。他接取了一种纸张,弹药囊,弹药和皮带。一个活泼的兵士便来说明闭锁机,教给拿枪的方法,将枪拿在手里,毕剥毕剥地响着机头,问道:

"懂了么,同志?"

"懂了,"亚庚虽然这样地回答了,但因为张皇失措和新鲜的事情,其实是连一句也没有懂。

工人们在屋角的窗边注视着刚才领到的枪,装好子弹,关上闭锁机,紧束了新的兵士用的皮带,正在约定那选来同去的人们。大的屋子有些寒凉,又烟又湿。充满着便宜烟草的气味。

"阿呀,亚庚也和我们一气,"一个没有胡子的矮小的工人,高兴地说,于是向亚庚问道,"报了名了?"

"报了名了,"亚庚满含着微笑,回答说。

"且慢,且慢,同志,"别一个长方脸的工人,用了轻蔑的调子,向他说道,"你原是社会革命党的一伙呀。现在为什么到这里来的?"

亚庚很惶窘,好像以窃盗的现行犯被人捉住了一样,脸上立刻通红起来。

"真的呀,那你为什么来报名的呢?"先前的工人问。

聚在窗边的人们,都含笑看着亚庚。他于是更加惶窘了。

"不的……我已经和他们……分了手……"他舌根硬得说不清话,但突然奋起了勇气,一下子说道:"恶鬼吃掉他们就是。那些拍布尔乔亚马屁的东西。"

工人们笑了起来。

"不错,同志!布尔塞维克是最对的!"矮小的工人拍着亚庚的肩膀,意气洋洋地摇着头,一面说。

大家都纷纷谈论起来,再没有注意亚庚的人了。

亚庚向周围一看,只见隆支·彼得罗微支坐在窗边,一面检查着弹药包,一面在并不一定向谁,这样说:

"如果在大街上遇见了障碍物,要立刻决定,应该站在障碍物的那一边。站在正对面和这一边,是不行的。我们并不是打布尔乔亚呵。只要抗着枪,打杀了士官候补生和大学生,就是了。"

"还有社会革命党哩,"有谁用了轻蔑的口调说。

"当然,"隆支·彼得罗微支赞成说,"饶放了应该打杀的东西,是不对的。"

"真的。瞧罢,谁胜。"

"用不着瞧的:我们胜的。"有谁诧异道。

亚庚不再受人们的注目,高兴了。他将枪靠在墙上,系好皮带,带上挂了弹药囊,但因为太兴奋了,两只手在发抖。

转瞬之间,屋子里塞满了人们。或者大声说话,自己在壮自己的胆;或者并没有什么有趣,也厉声大笑起来;或者跨着好像背后有人推着一般的脚步。大家都已兴奋,是明明白白的,有三个自说是军事教员的兵士,来编成红军小队,以十二人为一排,选任了排长。亚庚被编在隆支·彼得罗微支所带的小队里了;彼得罗微支即刻在这屋子里,整列了自己这队的人们,忍着得意的微笑,说道:

"那么,同志们,要守命令呀!什么事都得上紧。否则……要留心,同志们……走罢!"

大家就闹嚷嚷的走到街上去了。

从俱乐部的大门顺着步道,排着到红军来报名的人们的长串。这是各工厂的工人们,但夹在里面的新的蓝色外套的电车司机的一班,却在放着异彩。大门附近的步道和车路上,聚集着妇女和年老的工人,是来看前赴战场的人们的,他们大家相笑,相谑,嗑西瓜子,快活的态度,好像孩子模样。只有一个瘦削的尖脸的,包着黑的打皱的布直到眼上面,穿着衣襟都已擦破的防寒外套的年青的女人,却站在工人的队伍旁边,高声地在叫喊:

"渥孚陀尼加,回去罢。叫你回去呵。兵什么,当不得的呀。你真是古怪人。听见没有,渥孚陀尼加? 回家去……"

那叫作渥孚陀尼加的工人,是年纪已颇不小,生着带红色的胡子的强壮而魁伟的汉子。他只是用了发恨的脸相睨视着女人,并不离开队伍,低声骂道:

"啐,死尸。杀掉你!"

因为别的工人的老婆没有一个来吆喝丈夫的,这工人分明觉得惭愧了。

"回家去,趁脑袋还没有吃打,"他威吓说。

"不和你一起,我可是不回去的呵。我就是抛掉了孩子,也不离开你——却还要想去当什么兵哩,狗脸! 如果你出了什么事,叫我怎么办呢,抱了小小的孩子到那里去呀? 你想过这些没有?"

"那边去,教你这昏蛋!"渥孚陀尼加骂道。

群众听着这争吵,以为有趣,但倒是给女人同情,带着冷笑地在发议论。

"有着两个孩子,那是不必去做红军的。"

"只让年青的去报名,是当然的事。"

"对了,就要年青的。没有系累的人们,去就是了……"

看见一个高大的板着脸的刚愎的老婆子,抓住了十七八岁的少年的手腕,带到俱乐部那边去。少年的手里拿着枪,带上挂着弹药囊。

"走罢,要立刻将这些都送还,"她愤怒地说。"我给你去寻红军去……。"

羞得满脸通红的少年,垂着头,用尖利的声音轻轻地在说:

"我总是不会在家里的。后来会逃掉的。"

但那老婆子拉着少年的手,嚷道:

"我关你起来。给你看不到太阳光。成了多么胡闹的孩子了呀。"

于是返顾群众,仿佛替自己分辩似的,说了几句话:

"家里有着蠢才,真费手脚呵……"

亚庚吃了一惊。相同的事,他这里恐怕也会发生的。他惴惴地遍看了群众,幸而母亲并不在里面。只有两个熟识的姑娘,看着他,不知道为什么在发笑。亚庚装作没有看见模样,伸直了身子,说道:

"哪,同志们,赶快去呀。"

各小队纷纭混乱,大约五十人集成一团,开始走动了。隆支·彼得罗微支想将队伍整顿一下,但终于做不到,挥着手低声自语道:

"也就成罢……"

亚 庚

他们形成了喧嚣的,高兴的一团,在大街中央走。两旁的步道上满是人,大家都显着沉静的脸相,向他们凝望。亚庚是还恐怕被母亲看见,硬拉他回去的,但待到经过库特林广场,走至萨陀伐耶街的时候,这才放了心,好像有谁加以鼓励一样,意气洋洋地前进了。到处是人山人海。在国内战争的第一日的这天,就有人出来看,是墨斯科所未曾前有的。运货摩托车载着兵士和工人,发出喧嚣的声响,夹在不一律的断断续续的歌声和枪声里,听到"呜拉"的喊声……

普列思那的一团在萨陀伐耶街和别的团体分开,成了独立部队,进向市的中心去。

亚庚将帽子戴在脑后,显出决然的样子,勇敢地走,每逢装着兵士的摩托车经过,便发一声喊,除下打皱的帽子来,拼命地挥动。紧系了皮带,挺着身子,而精神亢奋了的他,仿佛在群众里游泳过去的一般。

群众,街道,"呜拉"的喊声,而且连他自己,都好像无不新鲜,一切正在顺当地变换,亚庚因此便放声唱歌,尽情欢笑,想拿枪向空中来开放了。在思德拉司忒广场遇见了华西里的事,心里是毫没有留下一点印象的,但走远了广场的时候,却想了起来:

"他会去告诉妈妈,说看见了我的。"

他有些担忧了,但即刻又放了胆,将手一摆,想道:

"由它去罢。"

武装了的兵士和工人们,都集合在斯可培莱夫广场的总督衙门里。这地方是革命军的本部。拿枪的兵士和工人的一团,在狭窄的进口的门间互相拥挤,流入那施着华丽的装饰的各个屋子里;在那大厅里和有金光灿烂的栏杆的宽阔的阶沿上,闹嚷嚷地满是黑色和灰色的人们，气味强烈的烟草的烟，蒙蒙然笼罩了一切屋子里的群众的头上。亚庚跑进了先前是公爵，伯爵，威严的将军之类所住的这大府邸，还是第一回。他便睁了单纯的吃惊的眼睛，凝望着高高的洋灰的天花板，嵌在壁上的镜子，大厅的洁白的圆柱，心里暗暗地觉着一种的光荣：

"我们占领了的。"

而且很高兴，得到讲给母亲去听的材料了。

一个身穿羊皮领子的外套，不戴帽子，拖着蓬蓬松松的长头发的高大的汉子，站在椅子上，发出尖利的声音来：

"静一下，静一下，同志们！"

群众喧嚣了一下，便即肃静了的时候，那人便说道：

"凯美尔该斯基横街非掩护不可。同志们，到那地方去。"

工人们动弹起来了。

"到凯美尔该斯基横街去，同志。士官候补生在从亚呵德尼·略特前进。竭力抵御！……"

工人们各自随意编成小组，走出屋子去，一面走，一面毕毕剥剥地响着枪的闭锁机。亚庚在人堆里，寻不见隆支·彼得罗微支这一伙了，便加入素不相识的工人的一组里，一同走向凯美尔该斯基横街的转角那方面去。

德威尔斯克街的尽头的射击，正值很凶猛。

在总督衙门附近的兵士，警告工人道：

"散开，散开，同志们。要小心地走在旁边。一大意，就会送命的。"

于是工人和兵士们便都弯着腰走，一面藏身在墙壁的突角里，一个一个地前进。车路上寂然无声，因为是经过了筑着人山的街道，来到这里的，所以觉得这寂寞，就更加奇怪了。

亚庚的心脏跳得很厉害，胸膛缩了起来。他两手紧捏着装好子弹的枪，连别人的走法也无意识底地模仿着，牵丝傀儡似的跟在人们的后面。

枪声已在附近发响了。时时有什么东西碰在车路的石块上，拍拍地有声。

"阿呵，好东西飞来了，"站在前面的兵士笑着说。

亚庚害怕起来了。

"那是什么呀？"他问。

"什么！不知道么？——是糖丸子呵，那东西，"兵士一瞥那吃惊的亚庚的样子，揶揄着说。"撅出嘴去接来试试罢。"

亚庚想要掩饰，笑了起来。但兵士看出了他的仓皇的态度，亲密地说道：

"没有什么的，不要害怕。是在打仗了，要镇静。"

于是大家都集合在凯美尔该斯基横街的转角的地方，但那里已有工人和兵士的一小团，躲在卖酒的小店后面了。这里的空气，都因了飞弹的嗖哨而振动。

工人全是素不相识的人，亚庚很想问问各种的事情，但终于怕敢去开口。他很想来开枪，但谁也没有放，独自一个也就不好开枪了。大家都沉默着，仿佛御寒一般，在同一的地面上，交互地跺着脚，是不知道做什么才好的情形。而且大家的脸是苍白的，嘴唇是灰色的，只有夹在里面的亚庚，却显着鲜润的红活的面庞，流动着满是好奇和含羞的情绪的双眼，于是就自然而然地成了大家的注意的标的了。

在附近的陀勒戈鲁珂夫斯基横街的转角处，聚集着一团的兵士，工人的黑色的形相，在那里面格外显得分明，他们都正在一齐向着亚呵德尼·略特方面射击。

"从这里可以开枪么？"亚庚终于熬不住了。问一个兵士道。

"你是要打谁呀？这里可没有开枪的标的呵。得到对面的角落里去。"

"但那边不危险么？"

"你试试瞧，"那兵士歪着嘴，显出嘲笑来，但暂时沉默之后，便赶忙说道："一同去罢，同志。我先走，你跟着来。一同走，就胆壮。但是，要小心呀，敌人一开枪，就伏在地面上。"

亚庚的心发跳，脊梁上发冷了，但他勇敢地答道：

"那么，去罢。"

"到那边去，是不中用的呵，"有谁从后面用了颓唐的声音说。

"唔，又是。还说，"兵士用发怒的口吻说。"去罢。"

他将帽子拉到眉边，捏好步枪，伸一伸腰，便沿着步道，将身子贴着墙壁，跑过去了。亚庚也跟在后面跑。什么地方起了枪声，兵士的头上的窗玻璃，发出哀惨的音响。兵士跳身跑到药店的门边，蹲下了。亚庚好像被弹簧所弹似的跟着兵士，也一同并排蹲下了。兵士的呼吸，是很迫促的。

"那是从那里来的?"亚庚慌张地问。

"什么叫作从那里来的?"

"不是开了枪么?"

"谁知道呢。大约是从什么地方的屋顶上面打来的罢。"

"一不小心，就会送命哪，"亚庚栗然说。

兵士向少年瞥了一眼，但这时亚庚看见他仿佛觉得烈寒似的浑身抖动，脸色发青，两眼圆睁得怕人，异样地发闪了。好容易，兵士才会动嘴，说道：

"会送命的。因为要做枪弹的粮食的，所以，小心些罢。"

两个人紧贴在铺子的门口，有五分钟。兵士发着抖，通过了咬紧的牙缝，在刻毒地骂谁。在亚庚，不知道为什么，这骂声却比枪声更可怕……

这之间，射击停止了。在亚呵德尼·略特方面，也已经听不到枪声。兵士站起身来，仔细地遍看了各家的屋顶，于是跳跃着横断街道，跑向工人们所在的转角去。亚庚也拚命地跟在那后面。忽然不知道在什么地方从上面起了乱射击，四边的空气都呼呼地叫了起

242

来……在前面飞跑的兵士,好像在什么东西上绊了一下,便发声骂着,倒在车路上,步枪磕着铺石,发出凄惨的声音。

"唉……唉……赶快! 赶快!"有人在转角那里大声叫喊。

亚庚横断了街道,躲在转角的一团里面之后,回头看时,兵士也还是躺在跌倒的处所,小枪弹像雪子一般落在那周围的铺石上,时时扬起着烟尘。……

"终于,给打死了!"一个站在转角上的兵士,断续地说。"爬了来,那就好……"

亚庚被大家所注视,仿佛是阵亡了的兵士的下手人一样,便发了青,发了昏,站在屋壁下,因为怕极了,很想抛掉枪支,号哭起来。然而熬住了,喘息一般地呼吸着,仍然站在那地方。

从德威尔斯克街的上段那里,驶来了载着学生的看护兵的黑色摩托车。因为要叫射击中止,将缀着红十字的白旗摇了许多工夫,看护兵们这才拉起被杀的兵士来,赶忙放在担架上,刚要将摩托车回转,角落上有人叫起来了:

"将帽子拿去呀!"

原来看护兵是将被杀了的兵士的帽子忘掉了。这时候,大家所不意地感到的,是人一被杀,帽子便被遗弃的这一种忧虑。

"拿帽子去!"连亚庚也歇斯迭里地叫喊说。"拿帽子!"

学生的看护兵再从摩托车跳下,拾起帽子,并排放在兵士的头边。于是一切都照例地完毕,摩托车开走了,大家都呼的吐了一口气。阵亡的兵士曾经躺过之处的铺石,变成淡黑,两石之间的洼缝中,积起红色的水溜来。大家看这处所,是很难受的,但却很想走近去仔细地看一看……

"吓,了不得的血哪,"身穿磨得很破了的革制立领服,颈子上围着围巾的一个工人,阴郁地说。"现在是魂灵上了天堂……"

大家一声不响。各自在想象别人所不知道的自己目前的神秘的运命。

"天堂……上了真的天堂了。"

那工人还低声絮叨着，嘻嘻的笑了起来。

"上了天堂，没上天堂，兄弟，那倒是随他的便……我想抽烟呢。他们枪也打得真好。"

"但从那里打出来的呢?"

"恐怕是旅馆的屋顶上罢。有许多人在那里。"

"不是从伏司克烈闪斯基门那边打来的么?"

"不。从屋顶上打来的，"亚庚明白地说。"我跑到这里来的时候，亲眼看见：从屋顶上打来的。"

大家都注意地向亚庚看，因为他是一个竟没有和兵士一同被人打死的青年。

"哪，同志，你的魂灵儿现在没有跑到脚跟里去么?"那讲过天堂的工人插嘴说。"不想要一枝针么?"

"怎样的针? 做什么?"亚庚诧异道。

"真的针呀。从脚跟里挑出魂灵来呀。"

一团里面，有谁在吓吓的勉强装作嬉笑。亚庚满脸通红，很有些惭愧了，一个中年的兵士便用了冷淡的语调，说道：

"喂，小伙计，你到这里来，是冤枉的。真冤枉。"

"为什么是冤枉的? 我不是和你是一样的公民么? 说得真可笑!"亚庚气忿起来，孩气地大声说。

那兵士不作声，向旁边吐了一口唾沫：

"呸……"

亚庚在步道上前后往来，走到街的转角，望了一望亚呵德尼·略特。望中全是空虚，既没有人影，也没有马车。这空虚的寂静，更加显得阴惨。倘在平时，是即使半夜以后也还有许多人们来往的，而现在却连一个人影也不见了。从伏司克烈闪斯基门附近向这边开了枪，枪弹发着尖利的声音，在亚庚身边飞过，打在车路和还未造好的大房子的围栅上。在亚呵德尼·略特的转角处看见了一个人影子,亚庚便将枪身抵在肩膀上,但那人影又立刻不见了。然而亚庚被开枪的欲望所驱使,并且知道即使开了枪,也不会受罚的,于是就任枪身抵在肩膀上,扳一扳机头。步枪沉重地在肩膀上一撞,两耳都嗡的叫了起来……

兵士们聚到横街的转角来。

"你打谁呀?"一个问。

"一个大学生模样的。在那里……"

"要看清楚,不要乱打人。这里是常有闲走的人们的。"

灰色外套的人影子又在转角处出现,并且"拍!"的向这边开了一枪,又躲掉了。

这一枪的弹子,打落了一些油灰屑。

细的壁土落到兵士和亚庚的头上来。大家便一齐向后面退走。

"哪,在打我哩!"亚庚活泼地说。

他很高兴为敌人所狙击。这是可以做他一生涯的谈柄的。

"唉,他!……"一个年青的兵士忽然大声叫喊起来。"他在打,打他。唉!……"

于是一面痛骂,一面正对着街道就开枪。

拍……拍……拍……

两个兵士跑到他的旁边去,一个跪坐,一个站着,很兴奋地开始了射击,恰如对着正在前进的敌人。

亚庚发了热狂了,从街角跳到街道上,一任身子露在外面,射击着远处的房屋。什么地方也没有人,而兵士和亚庚,还有五个工人们,却已经都在一面咒骂,一面集中着枪击。从对面的街角也有一团兵士出现,发出枪声来……大家都在射击着看也没有看见的敌手。

射击大约继续了两分钟。亚庚虽然明看见敌人并不在那里,所以用不着开枪,枪弹不过空落在车路上,或者打在人家的墙壁上,然而兴奋了的他,却放而又放,将药包三束都消耗了。他的肩膀因此作痛,右手掌也弄得通红。当这边正在开枪之际,亚呵德尼·略特那面是静悄悄的。

"他们不是从那边走掉了么?"亚庚问。

"怎会走掉!在那边。在打角上的屋子哩。"

"那是我们的人么?"

"不错。那是我们的。"

好像来证实这答话一样,从转角的红色房子的窗户里,忽然发出急射击来。

"见了没有?那是我们的,"兵士证明道。

从亚呵德尼·略特那边起了叫喊。兵士们侧着耳朵听。又起了叫喊。

"有谁负伤了,"围着围巾的工人说。

"一定的,负伤了。叫着哩,不愿意死呀。"

"是士官候补生,一定的。"

"自然是士官候补生,叫得像去宰的猪一样,"一个活泼的兵士说完话,异样地笑了起来。

他看着大家的脸,仿佛是在征求同意似的。

大家都不说话。

"喂,不在大叫着什么?"

从横街的转角后面,断断续续地听到叫唤的声音。大家伸颈倾听了一回,却丝毫也听不清那意思。

亚庚之死

亚庚又从街角跳出,看好了周围的形势,举起枪枝,射击起来。这一回他已经知道瞄准,沉静地开枪了。

他首先去打那在灰色的天空之下,看得清清楚楚的烟突,此后是狙击了挂在邻街的角上的一盏大电灯。一开枪,电灯便摇动了。

"打着了哩!"亚庚满足地想。

略略休息之后,他从新射击,打破了杂货店的大玻璃,打着了红色房子的屋角,看见洋灰坠落,尘埃腾起,高兴了。于是又狙击了万国旅馆的嵌镶壁画和招牌。

轰! ——在对面的房屋后面忽然发出大声,同时在近旁也起了尖利的嚷叫。

亚庚大吃一惊,蹲了下去。看见红色房子的一角倒坏了。兵士和工人,接着是亚庚,都乱成一团,从转角拼命地向横街逃走,好容易这才定了神,一个一个地停留下来。

"开炮了!"有谁在对面的街角大叫。"留神罢,同志们!"

轰! ——又来了炮声。

大家动摇了,但立即镇定,回复了街角的原先的位置。亚呵德尼·略特方面的枪击,也更加猛烈起来。

"敌人在冲锋哩! ……"有谁在什么地方的窗子里面叫着。

于是发生了混乱,五个兵士从对面的街角向德威尔斯克街的上段一跑,一群工人也橐橐地响着长靴,跟在那后面跑去了。剩下来的,则并不看定目标,只向着大街乱放。亚庚所加入的一团中,已经逃走了十个人,只留得四个。亚庚发着抖,喘着气,在等候敌人的出现,觉得又可怕,又新鲜。这之间,就看见穿着灰色和蓝色的长外套的人们,从一所房屋里跳到车路上,向亚庚躲着的角落上开着枪,冲过来了。

"他们来哩,"亚庚想。他激动得几乎停了呼吸。

兵士们向横街方面奔逃,叫道:

"来了,来了! ……"

亚庚也就逃走,好容易回头一看,但见大家都没命地奔来,他的脊梁便冷得好像浇了冷水。后面的枪声愈加猛烈,仿佛有人要从背后赶上,来打死他似的。亚庚将头缩在两肩之间,弯着腰飞奔,竭力想赶上别人,使枪弹打不着自己……他跟着那逃走的一团,跑进一

条小路时,忽然有一个横捏步枪的大汉,在眼前出现了——大喝道:

"站住!乏货!发昏!……回去!枪毙你!"

亚庚逡巡了。那是水兵。

"回去!"

大家错愕了一下,便都站住了。

那水兵一面发着沙声大叫,一面冲出小路,到了横街,径向德威尔斯克街的街角那面去。亚庚很气壮。他自愧他害怕着士官候补生和大学生,至于逃跑,便奋勇跟着水兵,且跑且装子弹,因为亢奋已极了,牙齿和牙齿都在格格地相打。他很想赶上水兵,但水兵却一步就有五六尺,飞似的在跑。只见他刚到街角,便耸身跳上车路,露着身体在开枪了。亚庚走到水兵旁边去看时,那些在亚呵德尼·略特和德威尔斯克街的街角吃了意外的射击的人们,都在慌张着东奔西走,但俄顷之间,在大街和广场上,便都望不见一个人影子了。水兵和亚庚也不瞄准,也不倾听,只是乱七八遭地开枪。忽然间,水兵一跄踉,便落掉了枪枝,亚庚愕然凝视时,只见他呼吸很迫促,大张着嘴,手攫空中,向横街走了两步,便倒在步道上,侧脸浸入泥水里,全身痉挛起来了。亚庚连忙跳上了街角。

"给打死了!水兵给人打死了!"他放开喉咙,向那些从横街跑来的兵士和工人们叫喊:"给人打死了!"

大家同时停住脚。面面相觑。

"到这里来呀!"亚庚说。"他给打死了!"

兵士和工人迟疑不决地一个一个走近街角去,有的是被驱使于爱看可怕的物事的好奇心,有的却轻蔑地看着战死者。

"哈哈……多么逞强呵!"一个兵士恶意地说。"说我们是'乏货'。现在怎样。我们是乏货哩。"

人家聚在街角上,皱着眉。那水兵是脸向横街,胡乱地伸开了手脚,倒卧着。这时只有亚庚一个,还能够看清这人的情形。他还年青,长着黑色的微须,剪的头发是照例的俄国式。从张着的嘴里,流出紫色的血来,牙齿被肥皂泡一般的通红的唾液所遮掩,那嘴,就令人看得害怕。两眼是半开的,含着眼泪。而且脸面全部紧张着,仿佛要尽情叹息似的:

"唉唉……"

然而说不出。

聚到街角里来的人们,逐渐增多了。然而全都只是看着水兵,并不想去开枪,不知怎地大家是统统顺下着眼睛的,但竟有人用了怯怯的声调,开口道:

"将他收拾掉罢。"

大家又都活泼起来了。

"不错,收拾起来。收拾掉。"

于是就闹闹嚷嚷,好像发见了该做的工作一样,两个兵士便跳上车路,抓住战死者的两手,拖进街角来,从此才扛着运走。亚庚拾取了缀着黑飘带的水兵的帽子,跟在那后面,但终于将帽子放在战死者的胸膛上面,回到街角上来了。在水兵被杀之处,横着他所放过的枪,那周围是散乱着子弹壳。

"吓,可恶的布尔乔亚真凶!"一个工人骂着说。

别的人们便附和道:

"总得统统杀掉他们。"

大家变成阴郁,脸色苍白,不像样子了。独有亚庚却于心无所执迷,一半有趣地在看大家的脸。奇怪的是,战死了的水兵的那满是血污的可怕的嘴,总是剩在眼中,无论看什么地方,总见得像是嘴。地窖的黑暗的窗户,对面的灰色房子附近的狗洞,都好像那可怕的张开的嘴,满盖着血的唾液的牙齿,仿佛就排列在那里似的。他脊梁一发冷,连忙将眼睛滑到旁边。不安之念,不知不觉地涌起,似乎有一种危险已经逼近,却不知道这危险在那里。他想抛了枪,回到家里去了。

工人和兵士们,一句一句,在用了沉重的,石头一般的言语交谈。此时射击稀少了,周围已经平静,而在这平静里,起了远雷一般的炮声。亚庚一望那就在对面的房屋时,所有窗门全都关闭,只有窗幔在动弹,不知怎地总好像那里面躲着妖怪。枪声一响,两响,此后就寂然,又一响,又寂然无声了。倾耳一听,是卢比安加那方面在射击。

忽然间,听到咻咻的声音。

"喂,大家,像是摩托车!"向来灵敏的兵士一面说,便将身一摇,横捏着枪,连忙靠近屋角,悄悄地向亚呵德尼那面窥探。

大家侧耳听时,声音渐渐分明起来了。

"的确:摩托车。来,认清些罢……"

大家立刻振作了,密集在街角上,将枪准备端整。

从亚呵德尼的一角上,有运货摩托车出现,车上是身穿蓝色和灰色的长外套的武装了的一些人,枪枝参差不齐地向四面突出,摩托车正如爬着走路的花瓶,枪、头和手,蓝色的灰色的长外套,就见得像是花朵。摩托车向别一角的方向走,想瞒过人们的眼睛。

亚庚,工人和兵士们,便慌忙前后挤着,对准摩托车行了一齐射击。摩托车立刻停止了,从机器部冒起白烟来,车上的人们将身子左右摇摆,恰如发了痉挛一样。

"唉～～～唉!……"在亚庚的旁边,起了不像人的,咆哮一般的声音。

被这咆哮声所刺戟的兵士和工人们,便跳到步道上,忘记了危险,聚在一起,尽向摩托车开枪。从比邻的街角,也有兵士和工人们出现,一同猛烈地射击。亚庚一看,只见车上的人们恰如被卷的管子一样,滚落地上,有的爬进摩托车下,有的急得用车轮和横板来做挡牌,想遮蔽自己的身躯,狼狈万状,摩托车的横板被枪弹所削,木片纷纷飞散。见了这情景的亚庚,咽喉已被未尝经历的涌上来的锐利的喜悦所填塞了。

"杀掉! 剥皮!"有人在附近大叫道。

"杀掉!"亚庚也出神地大叫。连装弹也急得不顺手地,连呼吸也没有工夫地,只是开枪。

大约过了一分钟罢,摩托车已被破坏,在那上面,在那近旁,没有一个活动的人影子了。

"呵呵!"这边胜利地说。"了不得。一个不剩。"

大家高声欢笑,为热情所激动,为胜利所陶醉,不住地互相顾盼。

然而火一般烧了上来的激情一平静,亚庚便觉得对面的毁掉了的窗户,又像张开的死的巨口。但大家还在想打死人,在等候什么事情的出现。从远处的街角上,忽然现出一个革制短袄上缀着红十字的臂章,头上罩着白布的年青女人来,以镇静的态度,走向摩托车那面去。围着发红的围巾的一个工人,便举起了枪枝。

"你! 喂,你干什么?"一个兵士大声对他说。

工人略略回一回头,但仍将枪托靠在肩膀上。

"不要打岔! 这布尔乔亚女人,我将她……"

于是兵士大踏步跑过去,抓住了那工人所拿的枪的枪身。

"昏蛋,不明白么? 那是看护妇呀。"

"在打那样的人么? 我们是来讨伐女人的么?"别的人也叫起来。"发了疯么,你?"

"由我看起来,看护妇这东西……"那工人还想说下去,但大家立刻将他喝住了。

"那边去!"

"给他一个嘴巴,否则他不会明白……"

"看哪,看哪……她多么能干!"

那年青女子在摩托车周围绕了一圈,向那堆着好像破得不成样子了的袋子似的团块的车轮那面,弯了腰——注视着走,用手去摸,默然无言。

兵士和工人和亚庚,都屏着气看那女人的举动。只见她叫了一声什么,用一只手一挥,就有缀着红十字的臂章的两个兵士,从街角飞跑到摩托车旁,注视着一个团块,于是一个兵转过背来,别一个则将包在外套里的僵硬的袋子拉起,便挂下了一双长统靴,将这些都载在先一个的背上了。就这样地开手收拾着尸体。

当对面在收拾尸体时,这面却在当作有趣的谈资:

"搬走了。又是一个。原来是那么办的,那是我们的搬法呵。"

"瞧呀,瞧呀,那是——大学生。"

"呵呵,这回的是将官了。"

"好高的个子!"

"这是第八个了。"

"真的:我们一个,就抵他们十个。"

亚庚高兴得要发跳。心里想,这是可以做谈天的材料的,待回了家去……

然而,最后的死尸一搬走,兴奋的心情也就消失了。

摩托车就破坏着抛在十字路的中央。

拍拉!

那是起于远处的街角的枪声。大家的脸上即刻显出紧张模样,连忙毕毕剥剥地响着闭锁机,动摇起来。生着黑色的针似的络腮胡子的兵士,走近街角来,断断续续地说道:

"就要前进了,同志们。准备罢。"

"前进,"亚庚自言自语地说,"前进。"

他的心脏发了抖。他跑来跑去,寻觅他自己该站的位置,——他以为前进是排着队伍才走的。

"友军的一队,要经过了后街去抄敌人的后面。一开枪,我们就……"

兵士还没有说完话,在对面的角落上已经开了枪。兵士慌忙叫一声"跟着我来!"而且头也不回地在步道上奔向亚呵德尼·略特方面去了。亚庚喊着"呜拉"——跟定他。并且赶上了大家。独自在众人之前，目不他顾地走。有什么热的东西触着脸，也许是空气，也许是子弹——而风则在他的耳边呻吟。

亚庚在红色房子附近的角上站住了看时，只见蓝色和灰色的外套，正在沿着下面的摩呵伐耶街奔走，他便从背后向他们连开了三回枪。他气盛而胆壮了，又走上亚呵德尼·略特的礼拜堂的阶沿，想更加仔细地观察四面的形势。亚呵德尼·略特，戏院广场，以及所有的街道，是全都空虚的。从小店后面，钻出一群人——大抵是孩子来，在街道的角角落落里聚成黑黑的一团，凝视着兵士和工人的举动，望着抛在十字街头的血污的破掉的摩托车，仿佛在看什么珍奇的事物。孩子们在从摩托车的横板上挖下木片来，并且拾集子弹夹。不多久，群众便混杂在武装的兵士和工人里面了，三个十岁上下的顽皮孩子，站在亚庚的面前，羡慕似的对他看。

"放放瞧，"一个要求说。

这样的要求，是很使亚庚不高兴的。

"走开！"他威吓那孩子说。并且将身靠在礼拜堂的石壁上，横捏着枪，俨然吆喝道：

"不相干的人们走开。要开枪了！"

于是向空中放了一枪。

群众都张皇失措。连兵士和工人们，虽然拿着枪，也动摇混乱起来了。

"走开，走开！"发出了告警的声音。

瞬息之间，群众已经一个不见，像用扫帚扫过了一般，惊惶颠倒的他们，推推挤挤地挨进小杂货店中间，躲起来了。兵士和工人们集合在万国旅馆的近旁，独有亚庚留在礼拜堂的阶沿上。四面没有一个人。自己的伙伴都在对面的街角，破坏了的摩托车的背后。亚庚忽然觉到了只有自己一个人，便害怕起来，疑心从礼拜堂背后会跳出恶棍来，要将他杀掉。帽子下面的他的头发，在抖动了，脸色转成苍白的他，便跳下阶沿，横断街道，跑过摩托车旁，奔向对面的街角的工人们那边去。在涂中跌了一交,这使他更加害怕了。

"小心!"在角上的人笑着说。

亚庚气喘吁吁地到了目的地的街角。他的恐怖之念,也传染了别人,大家都捏紧枪身,摆出一有事故,即行抵抗的姿势。但是,过了一分钟,那紧张也就消失了。

"是自己在吓自己呵,"有谁用了嘲笑的调子,说,"敌人一个也没有呀。"

"有的,"亚庚答道。

"在那里?"

亚庚是本不知道敌人在那里的,但他指着摩呵伐耶街的一角,将手一挥。

"那边。"

他忽然觉得害怕。无缘无故又想抛掉了枪,赶快回到普列思那的家里去,而且这感情,此刻也愈加强烈了。他凄凉,冰冷,浑身打着寒噤。

附近突然起了尖锐的枪声,和工人一同,兵士也将身子紧贴在墙壁上。亚庚吓了一跳,也跟着大家发慌,竭力想要躲到谁的背后去。而且,仍如半点钟以前那样,又有猛烈的恐怖,像一条水,流过他的脊髓和后头部,使他毛发都直竖了。一种运命底的豫感,在挤缩了他的心,至于觉得了痛楚。

"离开这里罢,"他哀伤地想。

射击没有继续。站在墙边的兵士和工人,便宽一宽呼吸,动弹起来。

亚庚举起枪来,向空中开了一枪,借此壮壮自己的胆,而且又开了一枪。兵士们也就跟着来开枪了。是射击了好像躲着看不见的敌人的那邻近的房屋的窗门和屋顶。大家一面射击,一面都走出街角和十字街头来。亚庚也回了礼拜堂的阶沿的老窠,由这里射击万国旅馆的房屋,作为靶子的,是挂着体面的绢幔,在那深处隐约可以望见金闪闪的大装饰电灯和豪华的家具的窗门。因为开了枪了,所以也略为沉静了一点,因为动了兴了,所以他就半开玩笑地,用枪弹打碎了挂在旅馆的停车场附近的彩色玻璃的电灯,以及摆在窗前和桌上的水瓶子。

这射击,后来就自然停止,兵士和工人们聚集在礼拜堂附近,平稳地谈话,吸烟,将危险忘却了。于是又从各个裂缝里,各个空隙间,蟑螂似的钻出孩子来,走近他们,也夹着一些大人,四近被群众填得乌黑,孩子们好像小狗,在人缝里钻来钻去,检取子弹夹。更加平稳了。然而亚庚的不可捉摸的悲哀之情,却未曾消失,他在心里知道什么地方有危险在,这就伏在邻近的处所的。但那是什么处所呢?

在大学校的周围和克莱谟林的附近开了枪。士官候补生和大学生,从这里都看不见。

亚庚担忧地环顾周围,搜寻着危险的所在,然而不能发见它。

"士官候补生来哩!"在礼拜堂后面,有了好像孩子的声音。

和这同时,礼拜堂的周围和街道上就都起了急射击。群众发一声喊,往来奔逃,孩子们伏在地面上,爬着避到杂货店那面去了。亚庚浑身发抖,想跑到德威尔斯克街的转角这边去,但一出礼拜堂,便立刻陷在火线里。他看见从四面的房屋的门里,或单个,或一团,都走出拿枪的士官候补生和大学生来,在屋顶上,也有武装着的人们出现。而且盘踞在屋顶上的人们,又好像正在向他瞄准似的。他退到礼拜堂的阶沿,墙壁的掩护物去。大学生和士官候补生一面跑,一面向兵士和工人们施行着当面的射击。礼拜堂附近和满是秋季的泥泞的步道的铺石上,已经打倒着几个人,还在呻吟,还在抽搐,那旁边就横着抛掉的枪枝。五六个兵士将身子紧贴在礼拜堂的墙壁上,向士官候补生射击。然而候补生们却分成散列,一直线前进,一跳上礼拜堂的阶沿,失措的兵士便仓皇乱窜起来。候补生们挺着枪刺,去刺兵士,兵士则发出呻吟声和嘶嘎声,用两手想将枪刺捏住,或者在相距两步之处,开起枪来,亚庚仿佛在梦境中,目睹了这些鏖杀的光景。

射击和抵抗,亚庚都忘掉了,只是贴住墙壁,紧靠着冰冷的石头,好像要钻进那里面去。他用了吓得圆睁了的两眼,看着起在身边的杀戮的情形,上气不接下气地在等候自己的运命。两个士官候补生走到最近距离来,一个便举了枪,向亚庚的头瞄准。亚庚还分明地看见那人的淡黑的圆圆的眼睛。火光灿然一闪,亚庚已经听不见枪声。他抛了枪,脸向下倒在石阶上面了。

"恶　梦"

因为骇人的光景,失了常度,受了很大的冲动的华西理·彼得略也夫,从亚呵德尼·略特走到彼得罗夫斯克列树路时,已是午后三点钟左右了。他并不慌忙,一步一步地向家里走。由他看来,周围的一切,是全都没有什么相干的。饱含湿气的空气,胶积脚下的淤泥,忽然离得非常之远,而且好像成为外国人了一般的人们,在他,都漠不相关;无论向那里看,他的眼中只现出拖着嵌了拍车的漂亮的长靴——外套下面的那可怕的双脚,以及大学生和士官候补生的脑袋,颓然倒在看护兵的脊梁上的光景来。无论向那里看,跑到眼里来的只是好像接连着乌黑的自来水管一般的死人的脚,好像远处的小教堂的屋盖——恰如见于此刻的屋顶上那样——的死人的头。在落尽了叶子的树梢的密丛里,在体面的房屋的正门里,在斑驳陆离的群众里,就都看见这死了的脚,死了的头。他时时在街上站住,想用尽平生之力来大叫……

然而,怎样叫呢? 叫什么呢! 谁会体谅呢? 而且,那不是发了疯的举动么?

这周围,是平静的。发了疯的叫喊,有谁用得着呢? ……

不是被恶梦所魇了么? 谁相信这样的叫喊? 周围都冷冷淡淡。

也许是心底里有着难医的痛楚，所以故意冷冷淡淡的罢？

他常常立住脚，仿佛要摘掉苦痛模样，抓一把自己的前胸，并且因了从幼年时代以来，成了第二天性的习惯，只微动着嘴唇，低语道：

"上帝，上帝……"

但立即醒悟，苦笑了。

"上帝，现在在那里呢？不会给那在墨斯科的空中跳梁的恶魔扼死的么？"

于是他骂人道：

"匪徒！"

但骂谁呢，他不知道。

周围总是冷冷淡淡的。

在亚呵德尼·略特那里，是剥下皮来，撒上沙，渍了盐，咯支咯支的擦了，在吃……吃魂灵……

"唉唉，怕人……阿，鬼！"

但是，大街，转角，列树路，都被许多的人们挤得乌黑，大抵是男人，是穿着磨破了的外套，戴着褪了颜色的帽子和渗透了油腻的皮帽之辈。穿戴着羔皮的帽子和领子的布尔乔亚，很少见了，而女人尤其少。只有灰色的工人爬了出来，塞满了街头。他们或在发议论，或在和红军开玩笑；红军是胡乱地背着枪，显着宛然是束了带的袋子一般的可笑的模样。群众不明白市街中央的情形，所以很镇静，但为好奇心所驱使，以为战斗是没有什么大不了的，就看作十分有趣的事情。他们想，大概今天的晚上就会得到归结，一切都收场了。只有背着包裹，两手抱着啼哭的婴儿的避难者的形姿，来打破一些这平凡的安静和舒服。

然而孩子们却大高兴，成了杂色的群，在大街和列树路上东奔西走，炫示着从战场上拾来的子弹壳和子弹夹，将这来换苹果，向日葵子和铜钱。

而市街的生活，则成为怯怯的，酩酊的，失了理性的状态，与平时的老例已经完全两样了。

大报都不出版，发行的只有社会主义底的报纸，但分明分裂为两个的阵营，各逞剧烈的词锋，互相攻击。两面的报纸上，事实都很少，揭载出来的事实，已经都是旧闻，好像从昨天起，便已经过了一个月的样子。

传布着各种的风闻。喧传可萨克兵要从南方进墨斯科，来帮"祖国及革命救援委员会"，又传说在符雅什玛已经驻扎着临时政府的炮兵和骑兵了。

"一到夜，大战斗一定开场的，"有人在群众中悄悄地说。

华西理听到了这样的话。但这样的话，由他听去，恰如在脚下索索地响的尘芥一般。

于是他的神经就焦躁起来。但他想，夜间真有大战斗，则此后如夏天的雷雨一过，万事无不帖然就绪，也说不定的。

但他被街街巷巷的人群所吓倒了。离市街中央愈远，则群众的数目也愈多。无论那一道门边，无论那一个角落，都是人山人海。而且所有的人们，都用了谨慎小心，栗栗危惧的眼色，向市街中央遥望，怯怯地挨着墙壁，摆出一有变故，便立刻离开这里，拼命逃窜，躲到安稳的处所去的姿势来。

华西理在街街巷巷里走，直到黄昏时候，然而哀愁和疑虑，却始终笼罩着他的心。

"现在做什么好呢？到那里去好呢？"他自己问起自己来了，然而寻不出一个回答。

母亲的痛苦

在普列思那，当开始巷战这一天，人们就成群结队的在喧嚷。住在市梢的穷人们，都停了工作，跑向大街上来，诧异着奇特的情形,塞满了步道。到处争论起来,骂变节者,责反叛者,讲德国的暗探,有的则皱了眉头,看着那些挟枪前往中央的战场的工人们。有的在哭泣,有的在祷告。

偶然之间,也听到嘲笑布尔乔亚,徒食者和吸血鬼之类的声音。但那是例外,这灰色脸相的穿着肮脏衣服的人们,脸上打着穷字的印子的人们,对于事件,是漠不关心的。他们嗑着向日葵子,在大家开玩笑……而且所有的人,好像高兴火灾的孩子一样,都成了非常畅快的心情,到了黄昏,战斗渐渐平静,情势转到好的一面,大概便以为俄罗斯人各自期待着的奇迹,就要出现了。

华尔华拉·罗卓伐——亚庚的母亲——知道,儿子已经加入红军,往市街去了。她此刻就跑到门边,街角,巴理夏耶·普列思那的广场那里,看儿子回来没有。

"我要责罚他!"她并不是对谁说,高声地骂道。"到队里去报名,这小猪。"

她轻轻地叹一口气,对着那些塞满了马车电车和摩托车全不通行了的车路,接连地走过去的通行人,睁眼看定,眼光像要钉了进去的一般。到傍晚,各条大街上,人堆更是增加起来了。红军们散成各个,拖着疲乏的脚,跄跄踉踉,费力地拿着枪,挂在带上的空了的弹药囊在摇摆。这些人们,是做过了一天的血腥的工作来的。群众拉住他们,围起来,作种种的质问。

亚庚却没有见。

他的母亲机织女工,便拉住了陆续走来的红军,试探似的注视他们的眼睛,问他们可知道亚庚,遇见了没有。

"是十六岁的孩子,戴灰色帽子,穿着发红的颜色的外套的。"

"在那里呢? 不,没有遇见。"总是淡淡的回答说,"因为人很多呵。"

机织女工心神不定地问来问去,从街上跑进家里,从家里跑到街上,寻着,等着,暗暗地哭了起来。

耶司排司被亚庚的母亲的忧愁所感动,在天黑之前,便向市街的中央,到尼启德门寻亚庚去了。但是,一回来,机织女工便看定了他,老眼中分明流着眼泪,寻根究底地问。她显出可怜的模样来了,头巾歪斜,穿旧了的短外套只有一只手穿在袖子里,从头巾下,露出稀疏的半白的卷发来。

"是偷偷地跑掉的呵,"她总是说,"还是早晨呀。他说'我到门口去一下'。从此可就不见了。唉唉,上帝,这到底是怎么的呢?"

她凝视着耶司排司,好像是想以这样的眼色来收泪。并且祷告似的说道:"安慰我罢!"

从她眼里,和眼泪一同射出恐怖的影子来。耶司排司吃惊了,又不能不说话,便含胡着说道:

"你不要担心罢,华尔华拉·格里戈力夫那。大约是没有什么吓人的事的。"

但她心里知道这是假话,半听半不听地又跑到门那边去了。

门的附近为人们所挤满,站着全寓的主妇们,一切都不关心的老门丁安德罗普,还有素不相识的人们。于是她便对他们讲自己的梦:

"我梦见我的牙齿,统统落掉了。连门牙,连虎牙,一个也不剩。我想:'上帝呀,这教我怎么活下去呢?怎么能吃喝呢?'早上起来,想:'这是什么兆头呵?'那就是:亚庚·彼得罗微支到红军里去报了名。如果他给人打死了,教我怎么好呢?我是许多年来,夜里也不好好地睡觉,也不饱饱地吃一顿面包,一心一意地养大了他的,但到现在……"

她还未说完话,就呜咽起来了,用了淡墨色的迦舍弥耳的手巾角,拭着细细的珠子一般的眼泪。

"喂喂,"耶司排司看着她那痉挛得抽了上去的嘴唇,说,"华尔华拉·格里戈力夫那,不要这么伤心了。大概,一切都就要完事了。大概,就要回来的,如果不回来,——明天一早就走遍全市去寻去,会寻着的。人——不是小针儿，会寻着的。"

他想活泼地，热心地说，来安慰她，然而在言语里，却既无热气，也无欢欣。华尔华拉悄然离开了这地方，人们便低声相语，说亚庚是恐怕已经不在这世上了。

"做那样的梦。母亲做了那样的梦，儿子是不会有好事情的。"

这时候，听得在市街那面开了枪。大家都住了口，觉得在亚庚是真没有什么好事情了……因为有着这样的忧虑，那逐渐近来的夜，就令人害怕起来……

可怕的夜

这晚上，天色一黑，便即关了门，但谁也不想从庭中回到屋里去。门外的街道上，没有了人影子，但偶然听到过路的人的足音，骇人地作响。胆怯了的人们，怕孤独，怕自己的房，都在昏暗的庭中聚作一团，吸着潮湿的秋天的空气。而且怕门外有谁在窃听，大家放低了声音来谈天。华西理不舒服了，便在庭中踱来踱去，默默地侧了耳朵，听着夜里就格外清楚的枪声。刚以为远处的卢比安加方面开了枪，却又听得近地在毕毕剥剥地响。什么地方起了"呜拉"的叫喊，又在什么地方开了机关枪。有摩托车在巴理夏耶·普列思那疾驱而过了，由那声音来判断，是运货摩托车。

"彼得尔·凯罗丁也不在呵，"耶司排司向人大声说。

"在那边罢？听说现在是成了头儿了，"女人的声音回答道："在办烦难的公事哩。"

此后就寂然没有声息，大约是顾忌着凯罗丁家的人在听罢。华西理爽然若失了。说是凯罗丁上了战场，而且还做了首领。不错，他就是这样的人物，这正是像他的事情。他从孩子时候起，原已是刚强不屈的。为伙伴所殴打，他就露出牙齿来，叱骂一通，却决不啼哭。他和华西理和伊凡，都在这幽静的老地方长成，父母们也交际得很亲密。还在同一的工厂里，一同做过多年的工，将孩子们也送进这工厂里面去。在普列思那是可怕的年头，一九〇五年来到的时候，彼得尔和彼得略也夫家的两弟兄，都还是顽皮的孩子，但那时，彼得略也夫老人就在那角落上，被兵们杀死了，那地方，是老树的底下，至今还剩有勘密特工厂的倒坏的，好像嚼碎了一般的砖墙。

仿佛半已忘却了的梦似的，华西理还朦朦胧胧，记得那时的情状。

被害者的尸身，顺着格鲁皤基横街，在石上拖了去，抛在河里了。那时候，母亲是哭个不了，骂着父亲，怨着招致那死于这样的非命的行为。孩子们也很哀戚。但后来自觉而成了社会主义者，却将这引为光荣了：

"亡故了，很英勇地……"

他的父亲是社会革命党员，颇为严峻的人。他的哥哥伊凡，就像父亲，也严峻。

但凯罗丁成了布尔塞维克，是那首领……

儿童时代已经过去，现在是投身于政党生活之中了。虽然也曾一同捕捉小禽，和别的孩子们吵架，但一切都已成了陈迹，彼得尔去战斗，伊凡去战斗，连那乳臭的亚庚也去战斗了。

一九〇五年和现在，可以相比么？倘使父亲还活着，此刻恐怕要看见非常为难的事情了罢。

在普列思那时时起了射击，距离是颇近的。听到黑暗中有担忧的声音：

"连这里也危险起来了么？"

大家侧着耳朵，默默地站了一会。

"呜……呜……天哪，"听到从什么地方来了低低的哭声。"唉唉，亲生的……阿阿阿……"

"那是什么？是在哭么？"有谁在黑暗中问道。

"华尔华拉在哭，"女人的声音带着叹息，说："为了亚庚呵。"

大家聚成一簇,走近华尔华拉家的放下了窗幔的窗下去,许多工夫,注视着隐约地映在幔上的人影,听到了绝望的叹息和泣声:

"阿,亲生的……阿,上帝呀……阿阿阿!……"

"安慰她去罢,一定是哭坏了哩,事情的究竟也还没有明白,"女人们沉思着,切切私语,互相商量了之后,便去访华尔华拉,长谈了许多时。

"哺,哺,哺……"在窗边听得有人在那里吹喇叭。

华西理始终默默地在沿着围墙往来,总是不能镇定。母亲出来寻觅他了,用了别人听不见的声音说道:

"凡尼加①没有在。也许会送命的呢。"

华西理什么也不回答:自己也正在很担心。

贝拉该耶(华西理的母亲)也和别的女人一同,宽慰华尔华拉去了,但一走出庭中,便又任着她固有的无顾忌,放开了喉咙说:

"他们自以为社会主义者,好不威风,皇帝是收拾了。政治却一点也做不出什么来。吵架,撒谎,可是小子们却还会跟了他们去。你瞧!将母亲的独养子拐走了。"

"但你的那两个在家么?"有人在暗中问道。

"就是两个都死了,也不要紧,"贝拉该耶认真地说。"我真想将社会主义者统统杀掉。一九〇五年时候,很将他们打杀了许多,枪毙了许多哩,但是又在要杀了罢?"

"现在是他们一伙自己在闹,用不着谢米诺夫的兵了。"

"闹的不是社会主义者,是民众和布尔乔亚呵。"有谁在黑暗里发出声音来,说。"总得有一天,开始了真的战争才好哩。"

大家都定着眼睛看,知道了那声音的主子,是先前被警察所监视的醉汉,且是偷窃东西的事务员显庚。

"你才是为什么不到那里去的呢?"贝拉该耶忿忿地问道。"那

---

① 伊凡的亲昵称呼。

不正是你大显本领的地方么？"

显庚窘急了。

"我是，因为我已经有了年纪。我先前也曾奋斗过了的。"

"不错，不错，我知道，怎样的奋斗，"彼得略以哈嘲笑地说。"我知道的。"

群众里面起了笑声。

"在那里的，是些什么人呀！"耶司排司想扑灭那快要烧了起来的争论，插嘴说。"布尔乔亚字，普罗列塔利，社会主义者……夹杂在一起的。都是百姓，都是人类。但真理在那里呢，谁也不知道。"

但当将要发生争论：彼得略以哈想用挑战底的口调来骂的时候，却有人在使了劲敲门了。

"阿呀……"一个女人叫道。接着别的女人们便都惊惶失措，跑到自己的门口去，想躲起来。

"在那里的是谁呀？"耶司排司走到大门旁边，问着说。

而那发问的声音，是有些抖抖的。

"是我，伊凡·彼得略也夫，"在门外有了回音。

"唉唉，凡纽赛①，"耶司排司非常高兴了。"你那里去了呀？"

在开门之际，人们又已聚集起来，围住了伊凡，这样那样的问他市街情状。但伊凡非常寡言，厌烦似的只是简单地回答：

"在开枪。死的不少。住在市街里的，都在逃难了。"

一听到这响动，华尔华拉便跑了来，但只在裸体上围着一块布，并且问他看见亚庚没有。

"不，没有看见。"

"打死的很多么？"

"很多。"

伊凡用了微微发抖的声音，冷冷地回答：

①　伊凡的亲昵称呼。

"死的很多。两面都很多……"

他说着,便不管母亲的絮叨,长靴橐橐地走掉了。于是听得彼得略也夫的寓居的门,擦着旧的生锈的门臼,戛戛地推开,仍复碰然一响,关了起来。

"死的很多……这真糟透了,"有谁叹息说。

暗中有唏嘘声:是华尔华拉的呜咽。夜色好像更加幽暗,站在这幽暗中的人们,也好像更加可怜,无望,而且是没有价值的人了。

"大家在开枪,大家在开枪,"一个声音悲哀地说。

"是的。而且大家在相杀哩,"别一个附和着……

"而且在相杀……"

劈拍!……轰……拍,轰,轰!……市街方面起了枪声和炮声。人家的屋顶和墙壁的上段,霎时亮了一下,而相反,暗夜却更加黑暗,骇人了。

"那就是了,"华西理望着在空中发闪的火光,想。"那就是以真理为名的大家相打呵……"

他于是茫然伫立了许多时。

两个儿子

伊凡怕和母亲相遇:她是要叱骂,责备的。幸而家里谁也不在,他便自去取出晚膳来,一面想,一面慢慢地吃。华西理一回来,从旁望着哥哥的脸,静静地问道:

"你那里去了?"

"亚历山特罗夫斯基士官学校去了,"伊凡将面包塞在嘴里,坦然回答说。

刚要从肩膀上脱下外套了的华西理,便暂时站住了。

"向白军报了名么?"

伊凡沉默着点一点头,尽自在用膳。他那平静的态度和旺盛的食量,好像还照旧,并没有什么变化似的。

"还去么?"

"自然。约定了明天早上去,才回来的。因为有点事。明天就只在那里了。一直到完结。"

华西理定睛看着哥哥,仿佛初次见面的一样。伊凡却颇镇定,只在拼命地吃。然而脸色苍白,一定是整夜没有睡觉罢。眉间的皱纹刻得很深,头发散乱,额上拖着短短的雏毛。

"可是你怎么呢? 不在发胡涂么?"

伊凡望着圆睁两眼的弟弟的脸,将用膳停止了。

"还用得着发胡涂么?"

"是的,自然……"华西理支绌地回答。"但是,一面是工人,就如亚庚似的小子,以及这样的一类……白军的胜利,恐怕未必有把握罢。"

伊凡的脸色沉下来了。

"这是怎么的? 哼……我不懂。'白军的胜利'。这意思就是说,你是他们那一面的,对不对?"

"唉,你真是,你真是!"华西理愕然地说。"我不过这样说说罢了……但我的意思,是不想去打他们。因为一开枪,那边就有……亚庚呵。"

伊凡用了尖利的调子,提高声音,仿佛前面聚集着大众的大会时候模样,挥着两手,于是决然推开食器,从食桌离开了。

"我真不懂……华式加①,你总是虫子一般的爬来爬去,你和智识阶级打交道,很读了各种的文学书……于是变成一个骑墙脚色了。"

沉闷起来了。华西理沉默着低了头,坐在柜子上,伊凡也沉默着,匆忙地用毛巾在擦手。母亲回来了,直觉到兄弟之间发生了什

_____

① 华西理的亲昵称呼。

么事,便担心地看着两人的脸。伊凡的回来,她是高兴的,然而并不露出这样的样子。

"跑倦了么,浮浪汉？无日无夜地无休无歇呵。蠢才是没有药医的。一对昏虫。"她一面脱掉外套和头巾,一面骂。"现在是到底没有痛打你们的人了!"

"喂,母亲,不说了罢,"华西理道:"说起来心里难受的。"

"我怎能不说呢？胡涂儿子们使我担心,却还不许我说话么?"她发怒了,将头巾掷在屋角上。

"你明天还要出去么?"她一转身向着伊凡那面,尖了声音,问。

伊凡点头。

"出去的。"

"什么时候?"

"早晨。"

母亲嗔恨地瘪着嘴唇,顺下了眼去。

"哦哦,哦哦,少爷。但你说,教母亲怎么样呢?"

伊凡一声不响。

"你为什么不开口呀?"

"话已经都说过了。够了。我就要二十七岁了。是不是？我已经不是小孩子。自己在做的事,是知道的。"

伊凡愤然走出屋子去,他挺出前胸,又即向前一弯,张开两臂,好像体操教师在试筋骨的力量。

"哦哦,少爷……哦哦,"贝拉该耶更拖长了语尾的声音,说,"哦哦,哦～～哦。"

"算了罢,母亲,"华西理插嘴道,"你还将我们当小孩子看待,但我们是早已成了壮丁的了。"

贝拉该耶什么也不说,响着靴子,走进隔壁的房子里去了。过了半分钟,就听到那屋子里有低低的唏嘘的声音:

"咿,咿,呃……呃……咿,咿……"

伊凡不高兴地皱着眉头。

"哪,哭起来了,"他低声说。

华西理站起身,往母亲那里去了。

"好了罢,母亲。为什么哭的呢?"

"你们是只顾自己的。母亲什么就怎样都可以,"贝拉该耶含着泪责数说。"还几乎要杀掉母亲哩。恶棍们杀害了我的男人,现在儿子们又在想去走一样的路。你们是鬼,不是人……咿,咿,咿……我是一个怎样的苦人呵……"

她熬不住,放声大哭了。

华西理在暗中走近母亲去,摸到了她的头,在她额上接吻。

"哪,好了罢。你不是时常说,人们在生下来的时候,就注定着怎样死法的么?那么,即使怎样空着急,岂不是还是枉然的?"

那母亲,因为儿子给了抚慰,便平静一些,虽然还恨恨,但已经用了颇是柔和的调子,说道:

"如果你们是别人的儿子,我就不管,但是自家的呵。无论咬那一个指头,一样地痛。因为你们可怜,我才来说话的。"

母亲谆谆地说了许多工夫话,华西理坐在她旁边,摸着她的头发,想起她实在也年深月久,辛苦过来的了。自己和伊凡,真不知经了多少母亲的操心和保护,从工厂拿了宣传书来的时候,就是她都给收起,因此得免于搜查。而且从难免的灾难中救出,也有好几回,事情过后,她大抵总是说,幸而祷告了上帝,两个人这才没给捉去的。

华西理觉得母亲也很可怜了。

"哪,好了,妈妈,好了,"他恳切地说。

但伊凡却仍然在点着电灯的间壁的屋子里走来走去,沉着脸,然而不说一句话。

"伊凡,你老实告诉我,要出去么?"她用了哽咽的声音问。她大约以为用了那眼泪,已经融和了伊凡的心了。

“要出去的，”伊凡冷静地答道。

母亲放声哭出来了。

“这孩子的心不是心，——是石头。魂灵像伊罗达①一样，因为坏心思长了青苔了。即使我们饿死，他恐怕还是做他自己的事情的。全像那胡涂老子。唉唉，我真是个不幸的人呀！”

于是在黑暗的屋子里，又听到哀诉一般的啼哭。

华西理低声道：

“好了罢，妈妈。够了。”

“还不完么，母亲！”伊凡用了焦躁的声音说。“你骂到死了的父亲去干什么呢？说这样的话，还太早哩。”

母亲住了哭，阒寂无声。只有廉价的时辰钟的摆，在滴答滴答地响。屋子里满是愁惨之气，灯光冷冷然，觉得夜的漫漫而可怕。

不一会，头发纷乱，哭肿了眼睛的母亲，便走到伊凡在着的屋子里，来收拾桌上的食器了。伊凡垂着头，两手插在衣袋里，站在桌子的旁边。对于母亲，他看也不看，只在想着什么远大的，重要的事件。华西理也显着含愁的阴郁的脸相，从没有灯火的屋子里走了出来。母亲忽然在桌边站住，伸开一只手，悲伤地说道：

“听我一句话罢，我是跪下来恳求也可以的：‘儿子，不要走！’虽然明知道从你们看来，我就如同路边的石块，但恳求你——只是一件事……”

于是她将手就一挥。伊凡只向母亲瞥了一眼，便即回转身，开始从这一角到那一角地，在屋子里来回的走。

橐，橐，橐，——响着他的坚定的脚步声。

华西理觉得心情有些异样，便披上外套，走出外面去了。

---

① Iroda，犹太的王。

再　见!

　　庭院里还聚集着人们,站在门边,侧着耳朵在听市街和马路上的动静。枪声更加清楚了,好像已经临近似的。

　　"一直在放么?"华西理问一个柱子一般站在暗中的男人道。

　　"在放呵,"那人答说,"简直是一分钟也不停,一息也不停地在放呵。"

　　"是的,在撒野了,"有人用了粗扁的声音说,华西理从那口调,知道是耶司排司。

　　"你还在这里么,库慈玛·华西理支?"华西理便问他道。

　　"因为一个人在家里,胆子小呵。许多人在一处,就放心得多了。"

　　"不知道现在那边在干什么哩? 真麻烦,唉唉,"在傍边的一个叹息说。

　　"对呀对呀,但愿没有什么。"

　　大家都沉默着侧着耳朵听。很气闷。枪炮火的反射,闪在低的昏暗的天空。

　　"可是亚庚回来了没有呢?"华西理问道。

　　"不,没有回来。大概,这孩子是给打死了的,"耶司排司回答说,但立刻放低了声音:"可是华尔华拉总好像发了疯哩。先一会是乱七八糟的样子,跑到这里来,说'给我开门,寻儿子去,我立刻寻到他。'真的。"

　　"后来呢?"

　　"哪,我们没有放她出去呵。恰好有些女人们在这里,便说这样,说那样,劝慰了她,送她回了家。此刻是睡着,平静了一点了。"

　　大家又沉默了下来。

　　家家的窗户里还剩着半灭的灯火,人们在各个屋子里走,看去仿佛是影子在动弹。除孩子以外，没有就寝的人。连那睡觉比吃东西还要喜欢的老门丁安德罗普，也还在庭中往来，用了那皮做的暖靴踏着泥地。

起风了，摇撼着沿了庭院的围墙种着的菩提树的精光的枝条，发出凄惨的音响，在一处的屋顶上，则吹动着脱开了的板片，拍拍地作声。从市街传来的枪声，更加猛烈了，探海灯的光芒，时时在低浮的灰色云间滑过，忽动忽止，忽又落在人家的屋顶上，恰如一只大手，正在搜查烟突和透气窗户的中间。

安德罗普这才抬起头来，看了这光之后，说：

“阿呀，天上现出兆头来了。”

“不，那不是兆头，那就是叫作探海灯的那东西。”耶司排司说明道。

然而安德罗普好像没有听。

“哦。是的……舍伐斯妥波勒有了战事的时候，也有兆头在天空中出现的：三枝柱子和三把扫帚。一到夜，就出现。那时的人们是占问了的：那是什么预兆呢？可是血腥气的战争就开场了。但愿没有那时一般的事，这才好哪。”

“现在却是无须有兆头，而血比舍伐斯妥波勒还要流得多哩。”

“哦，哦，”安德罗普应着，但并不赞成耶司排司。

“可是总得有个兆头的。是上帝的威力呀。唉唉，杀人，是难的呢。杀一只狗也难，但杀人可又难得多多了。”

“阿阿，你，安德罗普，你真会发议论。现在却是人命比狗命还要贱了哩。”女人的声音在暗地里说，还接下去道，“你听，怎样的放枪？那是在打狗么？”

“所以我说：杀人是难的呀。总得到上帝面前去回答的罢，”安德罗普停了一停，“上帝现在是看着人们的这模样，正在下泪哩。”

“那自然，”耶司排司说：“是瞋着眼睛在看的呵。”

又复沉默起来：倾听着动静。射击的交换也时时中止，但风还是不住地摇撼着树枝,发出凄凉的声音。

什么地方的上在锈了的门臼上的门,戛戛地一响。几个人走出庭院里来了,因为昏暗,分不清是谁,只见得黑黑地。他们默然站了一会,听着动静,吐着叹息,回进屋子去,却又走了出来。大家聚作一团,用低声交谈,还在叹着气。话题是怎样才可以较为安稳地度过这困难的几天,而叹息的是这寓所中男少女多,没有警备的法子。

华西理回进屋子里面时,伊凡已经睡了觉,母亲则对着昏灯,一肘拄着桌子,用手支了打皱的面庞,坐在椅子上。伊凡微微地在打鼾,一定是这一天疲劳已极的了。

"还在开枪么?"母亲静静问道。

"在开。"

华西理急忙脱下衣服,躺在床上了,然而很不容易睡去。过去了的今天这一日,恶梦似的在他胸脯上面压下来了。被杀了的将校的闪闪的长靴,"该做什么呢"这焦灼的问题,哭得不成样子了的亚庚的母亲的形相,都在他眼前忽隐忽现。他只想什么也不记起,什么也不想到……母亲悄悄地叹一口气,在微明的屋子里往来,后来坐在圣像面前,虔心祷告了很长久,于是去躺下了。

华西理是将近天明,这才睡着的,但也不过是暂时之间,伊凡便在旁边穿衣服,叫他起来了。屋子里面,已经有黯淡的日光射入。伊凡——蓬着头发,板着脸孔——坐在床沿上穿他的长靴。

"出去么?"华西理低声问。

"出去。"

"哦,出去的,"右邻室里,突然发出了严厉的母亲的声音。"莫非伊凡不在场,就干不成那样的事情么?"

于是住了口,恨恨地叹一口气。她是通夜不睡,在等候着这可怕的瞬间的。

伊凡赶忙穿好了衣服。

"那么,母亲,再见。请你不要生气……闹嚷着唠唠叨叨,也不中用的。"

他便将帽子深深地戴到眉头,走向房门去了。母亲并不离床,也不想相送。

"等一等,我来送罢,"华西理说。

"你又要到什么地方去么?"母亲愁起来了。

"我就回来的。单是送一送。"

两弟兄走出家里了。大门的耳门,是关着的。耶司排司站在那旁边,显着疲倦的没精打采的眼神,颦着脸。他在做警备。

"出去么?"他问。

"是的,再见,库慈玛·华西理支,"伊凡沉静地说,微微一笑,补上话去道:"就是有什么不周到的事,也请你不要见怪罢。"

"噫,"耶司排司叹了一声,不说一句别的话,放他们兄弟走出街上了。

街上寂然,没有人影,枪炮声还是中断的时候多。

这是战士们到了黎明,疲乏了,勉勉强强地在射击。

两弟兄默着走到巴理夏耶·普列思那。带白的雾气,从池沼的水面上升起,爬进市街,缠在木栅,空中,和墙壁上。工人们肩着枪,带上挂着弹药囊,三五成群的走过去。华西理包在雾里,将身子一抖,站住了。

"哪,我不再走下去了。"

"自然,不要去了,再见。"伊凡说,向兄弟伸出手来。

他很泰然自若。

华西理忽然想抱住他的脚,作一个离别的接吻,但于自己的太容易感动,又觉得可羞,便只握了那伸出的手。

"再见……但你说……你不怀疑么?"

"疑什么?"

"就是那个,你自己……可是对的?"

伊凡笑了起来,挥一挥手。

"你又要提起老话来了？抛开罢。"

于是戴上手套，回转身，开快步跑向市街那面去了。

雾愈加弥漫起来，是浓重的，灰色的，有粘气的雾。

华西理目送着哥哥的后影。只见每一步，那影子便从黑色变成灰色，终于和浓雾融合，消失了。但约有一分钟模样，还响着他的坚定的脚步声。

橐，橐，橐……

于是就完全绝响。

"爱国者"

伊凡走出普列思那的时候，在街街巷巷的道路上，不见有一个人，只是尼启德门后面的什么地方，正在行着缓射击。动物园的角落和库特林广场的附近，则站着两人或三人一队的兵士，以及武装了的工人，但他们在湿气和寒气中发抖，竖起外套的领子，帽子深戴到耳根，前屈了身躯，两脚互换地蹬着在取暖。

他们以为自己的一伙跑来了，对伊凡竟毫不注意，因了不惯的彻夜的工作，疲倦已极，只是茫然地，寂寞地在看东西。

伊凡从库特林广场转弯，走进诺文斯基列树路，再经过横街，到了亚尔巴德广场了。在亚尔巴德广场的登记处那里，在接受加入白军的报名。这涂中，遇见了手拿一卷报纸的战战兢兢的卖报人，那是将在白军势力范围的区域内所印的报章《劳动》，瞒了兵士和红军的眼，偷偷地运出亚尔巴德广场来的一伙人。他们是胆怯的，注视着伊凡，向旁边回避，但伊凡并没有什么特别留神的样子，便侧着耳，怯怯地看着周围，跑向前面去了。

在亚尔巴德广场之前的三区的处所，有着士官候补生的小哨。从昏暗里，向伊凡突然喊出年青的，不镇定的沙声来：

"谁在那里？站住！"

伊凡站住了。于是走来了一个戴眼镜，戴皮手套的士官候补生。

"你那里去?"他问。

伊凡不开口，给他看了前天在士官学校报名之际，领取了来的通行许可证。

"是作为自由志愿者，到我们这边来的?"

"是的。"

士官候补生便用了客气的态度，退到旁边去了，当伊凡走了五六步的时候，他便和站在街对面的同事在谈天。

"哦，他们里面竟也有爱国者的，"有声音从昏暗的对面答应道。

听到了这话的伊凡，不高兴起来了。他现在的加入白军的队伍，和自己一伙的工人们为敌，是并非由于这样的爱国主义的。

登记处——希腊式的，华丽的灰色的房屋，正面排列着白石雕刻的肖像，大门上挂着大的毛面玻璃的电灯，——里面，已经挤满了人，显得狭小了。大学生，戴了缀着磁质徽章的帽子的官吏，中学生，礼帽而阔气的外套的青年，兵士和工人等，都纷纷然麇集在几张桌子前面；桌子之后，则坐着几个登录报名的将校。华美的电灯包在烟草的烟的波浪里，在天花板下放着黯淡的光。伊凡在这一团里，发见了若干名的党员，据那谈话，才知道社会革命党虽然已经编成了自己的军队，但那并非要去和布尔塞维克战斗，只用以防备那些乘乱来趁火打劫的抢掠者的。

"我们的党里起了内讧了。这一个去帮布尔塞维克，那一个来投白军，又一个又挂在正中间。真是四分五裂，不成样子，"一个老党员而有国会议员选举权的，又矮又胖的犹太人莱波微支，用了萎靡不振的声音，对伊凡说。

莱波微支是并非加入了投效白军的人们之列的，他很含着抑郁的沉思，在那宽弛的大眼睛里，就显着心中的苦痛和懊恼。

"哪,我一点也决不定了,现在该到那里去,该做什么事,"他愀然叹息着说。

他凝视着伊凡的脸,在等候他说出可走的路,可做的事来,但伊凡却随随便便地,冷冷地说道:

"你加入白军罢。"

莱波微支目不转睛地看定了伊凡。

"但如果我去打自己的同志呢?"他说。

"这意思是?"

"这很简单,就怕在布尔塞维克那面,也有同志的党员呵。"

"哪,但是加在布尔塞维克那里的人们,可已经不是同志了哩。"

莱波微支一句话也没有回答。

"加入罢,并且将一切疑惑抛开,"伊凡又劝了一遍.便退到旁边,觉得"这人是蛀过了的一类"。于是在心底里,就动了好像轻蔑莱波微支一般的感情。他以为凡为政党员的人,是应该玻璃似的坚硬的。

伊凡在分编投报的人们,归入各队去的桌子的附近,寻着了斯理文中尉。斯理文中尉和他,是一同在党内活动,后来更加亲密了的。这回被委为队长,伊凡便也于前天约定,加入那一队里了。斯理文穿着正式的军服,皮带下挂了长剑和手枪,戴着手套,将灰色的羊皮帽子高高的戴在后脑上。他敏捷地陀螺似的在办事,在登记处里面跑来跑去,向投报人提出种种的质问,挑选着自己所必要的一些特殊的人们。

伊凡还须等候着。走到屋角的窗前时,只见那沉思着的莱波微支还站在那里,但总没有和他谈话的意思。一看见他,伊凡就觉得侮蔑这曾经要好的胖子的心想,更加油然而起了。

那窗门,是正对亚尔巴德广场的,此刻天色已经全明,加了很多的水的牛乳似的淡白,而且边上带些淡蓝的雨云,在空中浮动。广场上面,则士官候补生们在用了列树路的木栅,柴木,木板等,赶忙造起防障来,恰如正在游戏的孩子们一般,又畅快又高兴,将这些在路上堆成障壁,然后用铁丝网将那障壁捆住。几个便衣的男子在帮忙。络腮胡子剪成法兰西式的一个美丈夫,服装虽然是海狸皮帽和很贵的防寒外套,但在肩白桦的柴束;压得跄跄踉踉地走来,掷在防障的附近,便用漂亮的手套拂着尘埃,又走进那内有堆房之类的大院子里去了。不久他又从门口出现,将一条带泥的长板拖到防障那边去,一到,士官候补生便接了那板,放在叠好了的柴木上。这美丈夫的防寒外套从领到裾,都被泥土和木屑弄得一塌胡涂了。

工作做得很快。从各条横街和列树路通到广场的一切道路,都已被防障所遮断。士官候补生们好像马蚁,在防障周围做工,别的独立队划分为两列,开快步经过广场,向斯木连斯克市场和尼启德门那方面去,又从那地方退了回来。和这一队一同,大学生,中学生,官吏和普通人等,也都肩了枪,用了没有把握的步调在行走。

拍,拍,吧,拍……

在登记处那里远远地听到,尼启德门附近和墨斯科大学那一面,射击激烈起来了。伊凡很急于从速去参加战斗,幸而好容易才被斯理文叫了过去,说道:

"去罢。已经挑选了哩,将那些本来有着心得的。要不然,就先得弄到校庭里去操一天……但我们能够即刻去。"

一分钟之后,伊凡已和一个银鼠色头发的大学生,并排站在登记处附近的步道上面了,于是斯理文所带的一队,显着不好意思的模样,走出广场,通过了伏士陀惠全加,进向发给武器的克莱谟林去。这时候,射击听去似乎就在邻近的高大房屋之后,平时很热闹的伏士陀惠全加则空虚,寂寞,简直像是闭住了呼吸一般。只在大街的角落上,紧挨了墙壁,屹然站着拿枪的士官候补生和义勇兵等。斯理文是沿了步道,在领队前进的,但已听到枪弹打中两面的房屋上部的声音,剥落的油灰的碎片,纷纷迸散在步道上面了。

义勇兵等吃了一惊,簇成一团,停住脚,就想飞跑起来。斯理文所带的一队，就经过托罗易兹基门，进了克莱谟林，而克莱谟林则阒寂无人，呈着凄凉的光景。但已经看见了兵营的入口和门的附近的哨兵。

伊凡最初也看不出什么异样的情景来，觉得克莱谟林也还是历来的克莱谟林模样。那黄色的沉默的，给人以沉闷之感的兵营，久陀夫修道院的红色的房屋，在这房屋对面的各寺院的金色的屋盖，都依然如故，在兵营的厚壁旁边，也仍旧摆着"大炮之王"。

然而一近兵器厂的门的时候，走在前面的义勇兵却愕然站住了。

"快走，快走，诸君！"斯理文不禁命令说。"快走！"

为这所惊的伊凡，从队伍的侧面一探望，便明白那使义勇兵大吃一惊的非常的原因了。车路上，兵器厂和兵营之间的广场上，无不狼藉地散乱着兵士的制帽，皮带，撕破了的外套，折断了的枪身，灰色的麻袋之类；被秋天的空气所润泽的乌黑的路石上，则斑斑点点印着紫色的血痕。在兵器厂的壁侧，旧炮弹堆的近旁，又叠着战死的兵士和士官候补生的尸骸，简直像柴薪一样。

满是血污的打破了的头，睁开着的死人的眼，溶血的一团糟的长外套，挺直地伸出着的脚和手。

就在兵器厂的大门的旁边，离哨兵两步之处，还纵横地躺着未曾收拾的死尸，最近的两具死尸的头颅，都被打碎了，从血染的乱发之间，石榴似的开着的伤口中，脑浆流在车路上。胶一般凝结了的血液，在路石上粘住，其中看去像是灰色条子的脑浆，是最使伊凡惊骇的了。

变成苍白色了的义勇兵便即停步，连忙屏住呼吸，在那脸上，明明白白地显出恐怖和嫌恶之情来。

站在门旁的一个士官候补生，略一斜瞥义勇兵的脸，便自沉默了。广场也沉默了。这是一片为新的未曾有的重量所压住了的石头的广场。

"在这里是……出了什么事呀?"有人发出枯嗄的沙声,问士官候补生说。

被问的士官候补生身子发起抖来,连忙转脸向了旁边,声不接气地说道:

"战斗……"

他是将这样的质问,当作一种开玩笑了,候补生于是仿佛在逃避再来质问似的,经过了这些可怕的死尸的旁边,走向对面去了。

"战斗……这是战斗哪,"伊凡一面想,一面用了新的感情,并且张开了新的眼,再来一望前面的广场。

这以前,国内战争在他仅是一个空虚的没有内容的音响,即使有着内容罢,那也不过是微细的并不可怕的东西罢了。

国内战争是怎样的呢?原以为就如大规模的打架。所以这回的战斗,会有这么多的现在躺在眼前那样的不幸的战死者,是伊凡所未曾想到的。

打破了的头颅,胶似的淤积着的血块,流在车路上的脑浆,不成样子的难看的可怕的人类的尸体,这就是国内战争。

伊凡觉得为一种新的感觉所劫持,而且被其笼罩,发生了难以言语形容的气促,呼吸都艰难起来了。向周围一看,则前面的枢密院的房屋和久陀夫修道院的附近,都静悄悄地绝无事情,从那屋顶上,便看见高耸着各教堂的黄金的十字架。白嘴乌在克莱谟林的空中成群飞舞,发着尖利的啼声。天空已经明亮,成为蔚蓝,只有透明的,缭绕的花带一般的轻云,在向东飞逝,从云间有时露出秋天的无力的太阳来。其时教堂的黄金的十字架骤然一闪,那车路上的血痕,便也更加明显地映在眼里了。

流着脑浆的最末的兵士,是仰天躺着的,因为满是血污,也就看不出他是否年青,是否好看来了。但当看见日光照耀着那擦得亮晶晶的长靴和皮带的铜具时,伊凡忽而想道:

"他是爱漂亮的。"

这思想异样地使他心烦意乱。现在也许他正用了只剩皮骨的手,在擦毛刷罢……

在兵器厂里,将步枪,弹药囊,弹药,皮带等,发给了义勇兵。

义勇兵们好像恐怕惊醒了战死者的梦似的,不知道为什么,总是用了低低的声音谈话,系好皮带,挂上弹药囊去,不好意思地用手翻弄着枪枝,大家都手足无措,举动迟钝起来了,不知怎的总觉得有意气已经消沉的样子……待到走出克莱谟林以后,这才吐一口气,和伊凡并排走着的大学生,便喧闹地吹起口笛来,正在叹息,却忽而说道:

"阿,唉,唉,……唔唔,可怕透了。这就是叫作战斗剧的呀。哦哦。是的……"

于是又叹了一口气。

谁也不交谈一句话,大家的心情都浮躁了。只有斯理文一个还照旧,弹簧似的,撑开着而富于弹力性。

士官候补生之谈

出了克莱谟林的一队,径到亚历山特罗夫斯基士官学校,在这里加上了士官候补生和将校,一同向卡孟努易桥去了。斯理文使伊凡穿上士官候补生的外套,这是因为当战斗方酣之际,工人的他,有被友军误认为红军,而遭狙击之虞的缘故。听说这样的实例,也已经有过了。这假装,使伊凡略觉有趣了一下。

向卡孟努易桥去,是以四列纵队前进的,士官候补生走在前面。这时步伐一致,一齐进行,所以大家也仿佛觉得畅快起来。四面的街道,空虚而寂静,居民大概已经走避,留下的则躲在地下室中。一切房屋,都门扉紧闭,森森然,一切窗户,都垂下着窗幔,那模样简直像是瞎眼的魔鬼。而在这样的街上发响者,则只有义勇兵们的足音。

沙,索。沙,索。沙,索。

这整然的声响,使大家兴奋,而且将人心引到一种勇敢的工作上去了。

守备卡孟努易桥的,是义勇兵第二队。摆着长板椅的石阑干的曲折之处,平时是相爱的男女,每夜在交谈甘甜的密语的,现在却架了机关枪,枪口正对着札木斯克伏莱支方面。士官候补生和义勇兵,在桥上和桥边的岸上徐步往来。大寺院和宫殿中,都不见人影子,但一切还像平时一样,教堂的黄金的十字架在发光,伊凡钟楼巍然高峙,城墙和望楼,以及种种的殿堂,都照旧显着美观;空中毫无云翳,冷然在发青光,秋天的太阳,则无力地照耀着。教堂的圆盖上面,有几群白嘴乌在飞舞,发着不安的啼声。

在伊凡的眼中,还剩有在克莱谟林所见的毛骨悚然的光景。这华丽的大寺院和宫殿后面,却有被惨杀了的尸骸,藏在那旧炮弹的堆积的背后,想起来总觉得是万分奇怪似的。

伊凡冻得缩了身躯,在岸边徐步。外套失了暖气,帽子不合头颅,枪身使手冷到像冰一样。和他并排走着的大学生,则和一个大脑袋蓝眼睛的士官候补生不住地在谈天。

“对于暴力,应该还它暴力的。”

“但是,这却太过了。”大学生说。

“为什么太过? 这是当然的因果报应呵。因为他们要来杀我们,所以我们杀了他们的呀。这就是战斗。”

伊凡知道,那是在讲克莱谟林界内的彼此冲突的事了。

“你就在那里么?”他问士官候补生说。

士官候补生冷冷地一看伊凡。

“是的。从头到尾。”

因为参加了那样特别时候的重大的战斗,而自己觉得满足的士官候补生,是暗暗地在等候有人来问的。然而不知道为什么,伊凡却忽而怀了反感了。血块,车路上的脑浆,在皮带的铜具上发闪的日光……他将身子紧靠在河岸的石碣上，紧到连冷气都要沁了进来，于是一声不响了。从显着蹙额含愁的脸相的他的军帽下面，挤出着蓬松的头发，而且无缘无故地，他用劲捏紧了枪身。

在桥下面，是潺潺地流着冷的澄净的秋波，漾着沉重的湿气。

大学生还在问，听到冷冷的威吓似的回答。

"等到他们降伏了，约定将武器抛在那记念碑旁边的，看见么，那纪念碑？"

"看见的，"大学生答说。

"于是我们这队就走过了门，进到克莱谟林来了。因为以为他们讲的是真话呵。"

士官候补生暂时住了口。

"但是……他们是骗子。突然开枪。因为知道我们是少数呵。用机关枪……许多人给打死了。中队的我的同僚也给打死了。体操教师也给打死了。此外许多人给打死了……"

"哦。那么，后来呢？"大学生急忙问道。

"后来我们就从古达斐耶桥那里，向着门突进，给他们没有关门的工夫。铁甲车来了，又一辆来了……于是就给他们一个当面射击。当面射击呵！"

士官候补生近乎大喝地说道：

"当面射击呵！"

伊凡的心地觉得异样了。

"后来我们这队就用机关枪和步枪冲锋。他们躲在兵营里。从窗间和屋上来开枪。但我们将他们……用当面射击！于是狼狈着叫道：'降伏了。'有些窗子上是白旗。他们怕得失掉了人性子。爬爬跌跌，嚷着'饶命。'呜呜！喊着。浑身发抖，脸色铁青，跪下去。有的还在地面接吻，划着十字这种情景哩。"

在伊凡的眼里，立刻现出这爬爬跌跌，乱嚷乱叫的人们的情景来，在石造的黄色的沉闷的屋子里，往来奔逃，而机关枪则在——拍拍拍拍地——将他们扫射。

"就使他们收拾了他们一伙的死尸的,"士官候补生说。"他们就堆在炮架后面。见了没有?那里就有着死尸哩。"

士官候补生的声音中,响着自夸胜利的调子。

"就这样地打烂了他们,占领了克莱谟林了。"

他歪着嘴,浮出微笑来。于是足音响亮地沿着桥的阑干走去了。

伊凡紧咬了牙关。

"见鬼!这便是那……"他禁不住想。

从士官候补生的谈话里透漏出来的残酷,使他吃了惊。种种的思想,成为旋风,吹进心里去,发着一种紧张的哀伤的音响。他忽然想高擎步枪,出乎头顶之上,将这摔在桥下的水里,头也不回地拔步飞跑了……但伊凡抑制着自己,知道这不过是一时的激情。

"就会平静的。"

他忍耐着,来来往往,在河岸上走了许多时,脚步声不住地在发响:

橐,橐,橐……

广场上的战斗

正午时分,布尔塞维克从札木斯克伏莱支试向卡孟努易桥进攻,不知道从那几个角落里,炮声大震,四邻的人家的窗户,都瑟瑟地响了起来。

士官候补生,将校和义勇兵们,就躲在河岸的石壁之后,开始应战,在桥上,则机关枪发出缝衣机器一般的声音。伊凡连忙用石块作为障蔽,将枪准备妥当,以待射击的良机,侧了耳朵倾听着。

"在给谁缝防寒外套呀,"和伊凡并排伏着的大学生,将下巴撅向机关枪那面,愉快地笑着说。"正好赶得上冬天哩。"

机关枪是周详审慎，等着好机会，停一会响一通。河对岸的大街上，时或有人叫喊，但那声音，却觉得孤独而悲哀。为枪声所惊的禽鸟，慌忙飞上克莱谟林和救世主大寺院的空中，画着圆圈，飞翔了一会，下来停在屋顶上，但又高飞而去了。

过了大约二十分钟，波良加方面的枪声沉默了，又成了平静。

"一定的，打退了，"大学生断定说。

"一定的，"伊凡正从石壁后面走上，附和道。

他冷了，手脚全都冻僵，觉得受不住。在桥下面，河水微微有声，空气满含着极寒的气息，从水面腾起带白色的水蒸汽来。义勇兵们无聊起来，聚成了个个的小团，但谈话总无兴致。据哨兵的话，则在那些远离市中央的街道上，挤满着人们，布尔塞维克就混在群集里，向士官候补生开着枪，然而什么对付的办法也没有。

义勇兵第八队就这样寂寞地无聊着，在桥上一直到傍晚。

但这时候，在尼启德广场，戏院广场，亚呵德尼·略特，普列契斯典加这些地方，到处盛行射击，大家觉得布尔塞维克也许会进而突入后方，从背后袭来，立刻万事全休的。然而从士官学校前来的别的义勇兵们，却以为布尔塞维克的兵力并不多，所以不至于前进。

这报告使大家安心，但又无聊起来了。

一到傍晚，从札木斯克伏莱支方面传来了钟声，河下的教堂的钟，便即和这相应和。但那音响，却短而弱，而低。伊凡一想，就记得明天是礼拜日，所以在鸣钟做晚祷了。

在枪声嚣然的市街里，听到这平和的孱弱的钟声，是很可怕的。枪声压倒了钟声，钟声也好像省悟了自己的无力，近地的教堂里的先行绝响，远处的也跟着停声，于是在空虚的街街巷巷所听到的，就和先前一样，只有枪声了。

义勇兵第八队离开桥上时，已是黄昏时分。全队在亚历山特罗夫斯基士官学校的大食堂里用晚膳，食堂的天花板是穹窿形的，壁上挂着嵌在玻璃框里的思服罗夫将军的格言："前进！时时前进！

处处前进!"(伊凡看后,起了异样的感觉。)食后并不休息,义勇兵第八队便径向尼启德门那方面去了。

当此之际,伊凡乃得以观察了队员的态度。

不知道为了什么缘故,斯理文和伊凡疏远了,所说的单是一些军务上的事。士官候补生们则以冷静而谨慎的态度,不加批判地,精确地实行着一切的事务。

大学生们,最初是意气十分轩昂,大家大发了议论的。

他们并非简单地来参加了战斗……不!他们是抱着各自的理想,前来参加了的。所以大家各以自己为英雄,在争论的样子上,尤其是在不顾危险的态度上,就表现着他们的这样的抱负。

但到第一天的傍晚,伊凡便看出他们已经疲乏,脸色青白,在谈话里,显出焦躁的神情来了。

和伊凡并排的大学生加里斯涅珂夫——银鼠色的头发,戴着搁在鼻梁上的眼镜,穿着磨破了的长外套——大大地打了一个呵欠。他是善良的,温和的人,有一种大声说出自己的意见来的脾气。

"阿,此刻可以睡了罢,"他想着,说。"这于身体是有益的。"

"是的,此刻该可以罢,"伊凡回答道。

但其实也并无可以睡觉那样的工夫。

队伍从亚尔巴德广场经过列树路,走向尼启德门去,这地方不住地在开枪。义勇兵们将身子紧贴着墙,蝉联着一个一个地前进。

枪弹劈劈拍拍地打中列树路的树木,打下枝条来,落在附近的房屋上。因为枪弹响得太接近,太尖锐了,每一响,伊凡便不禁一弯腰,急忙从这凸角奔到那凸角去;大家也跳着走,仿佛被弹簧所拨了的一般。

一同集合在有着圆柱子的白垩房屋的门的附近,尼启德门已经不远了。

斯理文叫出连络哨兵来,指示了该站的位置。在半点钟以前,布尔塞维克已经沿着德威尔斯克列树路,开始了前进,所以现在正是战斗很猛的时光。

"这好极了，"加里斯涅珂夫说，他在伊凡的后面。"整天闲着，真要无聊到熬不住的。"

过了一会，斯理文不知道跑到那里去了，托一个年青的候补少尉，来做这队的指挥。这时候，射击愈加猛烈起来了。

两个士官候补生忽然跳进了门里面，那外套满污着壁上的白粉。

"怎么了?"大家不禁争问道。

"敌在前进。密集了来的。已经到了列树路的喀喀林家附近了。"

形势已经棘手了。又听到枪声之后，接着起了喊声。好像在大叫着"呜拉"。

"听到么？ 在叫'呜拉'。前进着哩。"

伊凡从门里面一窥探，只见在垂暮的黄昏里，有黑影从巴理夏埃·伏士那尼埃教堂方面，向这里奔来。

"瞧罢。闯来了。"一个说。

大家定睛看时，诚然，在闯来了。

"我们也前进罢，"加里斯涅珂夫慌乱着说。"为什么不前进的?"

没有人回答他。

尼启德门边的战斗

这之际，斯理文恰从外庭跑进来了。

"诸君，即刻，散开着前进。准备!"

他迅速地分明地命令说。

"要挨着壁，一个个去的，"伊凡机械底地，自言自语道。

他的心窝发冷了，在背筋和两手上，都起了神经性的战栗。有谁能够打死他伊凡·彼得略也夫之类的事,他是丝毫也没有想到过的,只觉得一切仍然像是游戏一样。

"那么,前进,诸君!"斯理文命令说。"前去,要当心。"

士官候补生的第一团走出门去了。接着是第二团,此后跟了义勇兵,伊凡和加里斯涅珂夫就都在那里面。

在伊凡,觉得市街仿佛和先前有些两样了似的。列树路上的树木和望得见的灰色的房屋,仍如平日一样,挂着蓝色的招牌;只有一个店铺的正面全部写着"小酒店"的招牌,有些异样,但列树路上,却依然是晚祷以前的萧森。

然而确已有些两样了。

"呜拉!"加里斯涅珂夫忽然大叫起来,还对伊凡说,"呜拉,跟着我来呀!"

于是跳到大街的中央,横捏着枪,并不瞄准地就放,疾风似的跑向对面的转角上去了。……

"呜拉!"别人也呐喊起来……

大家就好像被大风所卷一般,也不再想到躲闪,直闯向对面的街角去。前面的射击来得正猛,恰如炒豆一样,有东西飞过了伊凡的近旁,风扑着他的脸。但他只是拼命飞跑,竭力地大叫:

"呜拉! 呜拉拉拉!"

加里斯涅珂夫跑在前头,士官候补生和义勇兵们则恰如赛跑的孩子似的,跟在那后面。向前一看,只见昏暗的街上和广场的周围,黑色的和灰色的人影,已在纷纷逃走了。

"逃着哩。捉住他们。打死他们!"有人在旁边叫着说。

"捉住! 打死!"

劈拍,拍,劈拍拍! ……——尖锐地开起枪来了。

义勇兵和士官候补生们直到喀喀林家的邸宅,这才躲在一家药店的门口,停了步。现在列树路全体都看得见了。布尔塞维克正在沿着两侧的墙壁,向思德拉司忒广场奔逃,有的屈身向地,有的在爬走,刚以为站起来了,却又跑,又伏在地面上了。义勇兵们将枪抵着肩窝,不住地响着闭锁机,在射击那些逃走的敌。

伊凡并不瞄准,只是乘了兴在射击,但在有一枪之后,却看见工人们的黑色的人影倒在步道上,还想挣扎着起来,那身子陀螺一般在打旋转了。

"呵,打着了!"伊凡憎恶地想,便从新瞄准了来开枪。

他的心跳得很利害,太阳穴上轰轰地像是被铁锤所击似的……他还想前进,去追逃走的敌人。但也就听到了命令道:

"退却!散开退却!"

大家便向后退走,只留下了哨兵,都走进就在邻近的横街上的酒店里。这地方是设备着暖房装置的,要在这里休憩一会,温了身躯,然后再到哨兵线上去。

温暖的,浓厚的空气,柔和了紧张的心情,当斯理文和一个人交谈之后,将全队分为几部,说道:"可以轮流去休息,有要睡的,去睡也行"的时候,伊凡颇为高兴了。

义勇兵们喧嚷着,直接睡在地板上,在讲些空话。伊凡占据了窗边的一角,靠了壁,抱着枪,睡起觉来……

他觉得睡后还不到一秒钟的时候,就已经有人站在他旁边,拉着他的手说话了:

"起来罢。睡得真熟呀。起来罢。"

伊凡沉重地抬了头,但眼睑还合着。

"唔?什么?"

"起来罢。轮到我们了。"

还是那个鼻梁眼镜的加里斯涅珂夫,微笑着站在他面前,手拿着枪,正要装子弹。

"哪,你真会睡,"他说,奇妙地摇摇头,还笑着:"十全大补的睡。"

酒店里面,人们来来往往,很热闹,然而大家都用低声说话,只有斯理文和别一个留着颚髯的中年的将校,却大声地在指挥:

"喂,上劲,上劲! 轮到第二班了! 快准备!"

从外面进来了义勇兵和士官候补生们,但那脸面,都已冻得变成青白,呆板了。他们将枪放在屋角上,走近暖炉,去烘通红了的两手和僵直了的指头。从他们的身边,放出潮湿和寒冷的气息。伊凡站起身,好容易那麻痹了的两脚这才恢复过来。他的外套,棍子一般地挺着……

"赶快,赶快!"斯理文催促道。

义勇兵们拥挤着聚在门的近旁。

"要处处留神,诸君。放哨是不能睡的。一睡,不但自己要送命,还陷全队于危险的。你,加拉绥夫,监视着这两个人,"他严重地转向一个留须的士官候补生,接着道:"你负完全责任。懂了么? 好,去罢。"

于是一个一个从温暖的酒店走出外面了。

射击仍然继续着。空气中弥漫着冷的,像要透骨一般的雾。

"勃噜噜噜,好冷!"加拉绥夫抖着说。

雾如湿的蛛网一样,罩住了人脸。大家因为严寒,亢奋,以及立刻就须再到弹雨里去的觉悟,都在神经底地发抖,竭力将身子缩小,来瞒过敌人的眼睛。

两人跟着先导者,绕过后街,进了一所大的二层楼屋。这屋子,是前临间道,正对着巴理夏耶·尼启德街和德威尔斯克列树路的。

先导者将伊凡和加里斯涅珂夫领进已给弹打坏的楼上的一间房子里去了,但已有两个士官候补生,在这房子里的正对大街的壁下,他们就是和这两个来换班。

微弱的黯淡的光,由破坏了的窗户,照在这房子里。在那若明若昧的昏暗中,一个士官候补生说明了在这里应做的事务。然而是义务底的语调,仿佛并无恳切之意似的。后来他补足道:

"布尔塞维克在那一角的对面的屋子里。屋顶上装着机关枪。他们在想冲到喀喀林邸这面去。"他说着,指点了列树路的那一边。

"要射击这里的,所以得很留神。你瞧,这房子是全给打坏了。"

伊凡向四面一看,只见所有窗户,都已破坏,因了枪弹打了下来的壁粉,发着尘埃气。顺着门的右手的墙壁,横倒着书厨,在那周围,就狼藉地散乱着书册,被泥靴所践踏。

伊凡留着神,走近窗户去了。

列树路全体都点着街灯,那是从战斗的前夜就点下来的,已经是第三昼夜了,角上的一盏灯,被枪弹所击破,炬火一般的大火焰,乘风在柱子上燃烧。因为火光颇炫耀,那些荒凉的列树路上的树木的枝梢,以及突出在冰冻了的灰色的地面上的树根,都分明可以辨别。一切阴影,都在不住地摇摆,映在紧张了的眸子里,便好像无不生活,移动,戒备着似的。

士官候补生们走掉了。加里斯涅珂夫将一把柔软的靠手椅,拉到倒掉的窗户那一面,坐了下去,躲在两窗之间的壁下,轻轻地放下枪。

"很好!"他笑着说。"舒舒服服地打仗。你以为怎样?"

伊凡没有回答。他默默地用两脚将书籍推开,自己贴在窗户和书厨之间的角落里。他恐怖了,有着被枪弹打得蜂窠似的窗户的毁坏了的房子,击碎了的家具,散乱在窗缘和地板上的玻璃屑,都引起他忧愁之念来。

拍!——在对面的屋子里,突然开了枪。

于是出于别的许多屋子里的枪声,即刻和这相应和。

一秒钟之内,列树路的对面的全部,便已枪声大作,电光闪烁了。枪弹打中窗户,钻入油灰,飞进窗户里。

"现在射击不得,"加里斯涅珂夫说。"看呀,他们,看见么?……"

伊凡从窗框的横档下面,向暗中注视,只见对面横街上的点心店前面,有什么乌黑的东西在动弹。加里斯涅珂夫恰如正要扑鼠的猫一般,蹑着脚,将枪准备好,发射了。

伊凡看时,有东西在那店面前倒下了。

"嗳哈，"他发着狞笑，拿起枪来，也一样地去射击。

四面的空气震动着，发出令人聋聩的声音。

但一分钟后——列树路转成寂寞了，只从不知道那里的远处，传来着一齐射击的枪声。

伊凡只准对着火光闪过的地方，胡乱地射击。布尔塞维克似乎也已经知道开枪的处所了，便将加里斯涅珂夫和伊凡躲着的窗户，作为靶子，射击起来。枪弹有的打中背后的墙壁，有的打碎那剩在窗框上的玻璃，有的发着呻吟声，又从砖石跳起。在后面的门外，时时有人出现，迅速地说道：

"要节省子弹。有命令的。"

于是又躲掉了。

"那是谁呀？"伊凡问。

"鬼知道他。也许是连络勤务兵这东西罢。真讨厌。"

伊凡是不知道连络勤务兵的性质的，但一看见严厉地传述命令的人，在门口出现，便不知怎地要焦躁起来，或是沉静下去了。思想时而混乱，时而奔放。想到自己的家，想到布尔塞维克，想到连络勤务兵，想到被践踏了的书籍……眼睛已惯于房子里的昏暗，碎成片片挂在壁上的壁纸，也分明地看见了。

加里斯涅珂夫默然坐着，始终在从窗间凝神眺望……远处开了炮，头上的空中殷殷地有声。

"阿呵，这是打我们的，"加里斯涅珂夫说。"这飞到那里去呢？一定的，落在克莱谟林。"

他叹一口气，略略一想，又静静地说道：

"这回是真的战斗要开头了。墨斯科阿妈灭亡了。但在先前呢，先前。唉！'墨斯科……在俄罗斯人，这句话里是融合着无穷的意义的。'是的。融合了的，就是现今也还在融合着。"

他又沉默起来，回想了什么事。

"是的。无论如何，墨斯科是可惜的。但是，同志，你以为怎样？

'为要保全俄罗斯,墨斯科遂迎接蛮族的大军而屡次遭了兵燹,又为了要保全俄罗斯,而墨斯科遂忍受了压抑和欺凌。'这样的句子,是在中学校里学过的。"

他自言自语似的,静静地,一面想,一面说,也不管伊凡是否在听他。

破了沉寂,炮声又起了。

"哪,听罢,就如我所说的,"加里斯涅珂夫道,"就如我所说的。"

这之后,两人就沉默下去。到了轮班,他们经过后院,走到街上,又向那温暖的酒店去了。

小酒店里,士官候补生和大学生们长长地伸着脚,睡在地板上,几个人则围着食桌,在吃罐头和干酪。大桌子上面,罐头堆积得如山,义勇兵们一面说笑,一面用刺刀撅开盖子来,不用面包,只吃罐里的食物……伊凡已经觉得饥饿,便也狼吞虎咽地吃起来了。

退　却

义勇兵们是不脱衣服,用两只手垫在头下睡着觉的。每一点钟,便得被叫起来去放哨,但这好像并非一点钟,仅有几分钟的睡眠,比规定时间还早,就被叫了起来似的。睡眠既然不足,加以躺着冷地板,坐着打磕睡这些事,伊凡的头便沉重起来,成了漠不关心的状态了。嘴里发着洋铁腥,连想到罐头也就觉得讨厌。身边有人在讲两个义勇兵,刚才已被打死的事情。伊凡自己,也曾目睹一个同去放哨的大学生,当横断过市街时,倒在地下,浑身发着抽搐。但是,这样的事,现在是早已不足为奇,意识疲劳,更没有思索事物的力量了。

伊凡恰如那上了螺旋的机器似的,默默地遂行了一切。有时也会发作底地,生出明了的意识来,然而这也真不过是一瞬息。有一回,忽然觉到门外已经是白昼了。诚然,很明亮,街灯虽然点着,却是黄金的小块一般只显着微黄,而并不发生光耀。什么地方鸣着教堂的钟,炮声轰得更加猛烈。太阳从云间露出脸来,辉煌了一下,又躲掉了。伊凡拚命地瞄了准,就开枪,有时也看看门外,然而一切举动,却全是无意识底的。只有一件还好的事,是加里斯涅珂夫在他的旁边。但其实,那也并非加里斯涅珂夫,不过是磨破了的外套,灰色的围巾,露在帽子底下的银鼠色的头发,无意识地映在伊凡的眼里罢了。

"就来换班么? 为什么教人等得这么久的?"加里斯涅珂夫时时大声说。

但有人安慰他道:

"就来换班了,即刻。"

小酒店里,盛传着不久将有援兵从战线上到来,可萨克兵和炮兵,已经到了符雅什玛的附近;大家争先恐后,来看那载着种种有希望的报告的叫作《劳动》的新闻。

"不要紧的,同志们,我们的事是不会失败的。我们所拥护的,是真的权利,是正义呀!"一个枯瘦的中学生说。"当然有帮手的。"

但他的声音抑扬宛转,大家就觉得讨厌起来了:这是世界底事件,用不着什么娇滴滴的口吻。

吃干酪和罐头,睡了又起来,到哨位去开枪,谈论援兵,骂换班的慢,但大家所期望的,是像心纵意地睡一通。

然而要熟睡,是不行的,因为只能弯腰坐着,或者躺在冰冷的地板上。

被叫了起来,前往哨位的时候,浑身作痛,恰如给人毒打了一顿似的。义勇兵的人数并不多,在小酒店里,形成斑色的群,走进走出,但大家都怨着轮班的太久。

"无休无息地怎么干呢? 因为在这里已经混了两日两夜了,"大家说。

"已经两日两夜了么!"伊凡吃惊道。

屈指一算。不错,过了两日两夜了……

在眼前时时出现的人们之中,伊凡明了地识别了的,是加里斯涅珂夫和加拉绥夫——小队长——以及斯理文这三个。斯理文仍如第一天那么紧张,高戴着羊皮帽,亲自巡视哨位,激励部下,说不久就有援军要到,换班的也就来……他几乎没有睡过觉,所以两眼通红,而且大了起来。但态度却一向毫无变化之处,仅将挂在腰间的手枪皮匣的口,始终开着,以便随时可以拔手枪。

大家都过着冲动底的生活。或者用了半意识的朦胧的脑,在作离奇的,不成片段的思想,一面打着瞌睡;或者全身忽然弦一般紧张起来,头脑明晰,一切都即刻省悟,动作也变成合适,从容了。

第二夜将尽,伊凡觉得起了精神的变化。这就是,忽然不觉疲劳,也不想睡觉了。大概别的人们也一样,加里斯涅珂夫早不睡在暖炉旁边了,正在大发议论,吃着罐头和干酪。他因为跑得太急遗了一些,就失掉了鼻眼镜,但又记不起是在什么处所了。

"要瞄准了,——看不见照尺。怎的,这岂不怪么? 伸手向鼻尖上一摸,没有了眼镜……唉,这真是倒运! 可有谁看见么,诸君,我的眼镜?"

大学生们从什么地方搬了柴来,烧起小酒店里的灶,于是所有桌子上,就出现了滚热的喷香的红茶的茶碗……大家欣然喝茶,起劲谈话,在周围隆隆不绝的枪炮声,关于负伤者和战死者的述说,都早已毫不介意了。

所虑的只是枪弹的不足。酒店的壁下,仅有着三个弹药箱,义勇兵们给他诨名,叫作"管帐先生"的一个士官候补生,很爱惜子弹,每发一回,总是说:

"请注意着使用。请只打看得见的目标。"

有一夜,来了探报,说布尔塞维克有向着士官候补生们所占据的总督衙门,立刻开始前进的模样,大约是试来占领尼启德门的。于是略起了一些喧嚣,斯理文便即增加了哨兵的人数。伊凡在哨位时,从思德拉司忒修道院那面,向着总督衙门开炮了。第一发的炮声一震,被破坏了的窗玻璃就瑟瑟作响,从撕下了壁纸的处所,则落下洋灰来:

索索……索索……索索……

过了五分钟,炮声又作了,又开了一炮。枪声便如小犬见了庞大的狗,闭口不吠一般,沉默了下去。布尔塞维克那边的街上,有人在发大声,但那言语,却听不分明,只是尖利地断断续续地叫喊着的那声音,颇令人有恐怖之感。炮击大约继续了一点半钟。那是夜里,街灯烂然,列树路上满是摇动的物影,旁边的露出的煤气火,仍如第一夜,动得像有魂灵一般。

忽然,列树路上到处起了机关枪声和枪声,喊着"呜拉"。在昏暗的横街上,工人和兵士的影子动弹起来了。

"呜拉! 占领呀! 打呀! ……"从那地方叫喊着。

义勇兵和士官候补生们开始应战,将机关枪拉进伊凡所在的房子里,摆在窗户的近旁。脸相很好而略带些威严的一个年青的候补少尉,装上了弹药带。

拍拍拍……拍拍拍拍……——时断时续地响了起来。

候补少尉巧妙地操纵了机关枪。横街上的骚扰更加厉害,不绝地叫着"呜拉,"敌人猛烈地仍在一同前进。兵士和工人们的散兵,沿着列树路,几乎一无遮蔽地前行,义勇兵们将他们加以狙击。有些敌兵,便跌倒,打滚,陷于濒死的状态了,但别人立刻补上,依然进击,竭力连声大叫着:

"呜拉! 占领呀! 呜拉!"

弹雨注在窗户和墙壁上。全屋子里,尘埃蒙蒙,成了危险而忧郁,但机关枪活动着,仍然在发响:

拍拍拍拍……

布尔塞维克的或是一个,或是两个,或者集成小团,从马拉耶·勃隆那耶街跑向喀喀林家去的光景,渐渐看得清楚了。候补少尉虽然向他们注下弹雨去,但并不能阻止他们的前进。恰如在那边的深邃的横街里,有着滔滔不绝地涌了出来的泉水一般。

伊凡和加里斯涅珂夫站在窗边,在狙击。

布尔塞维克跑过街道,便藏在列树路的树木之下的黄色的小杂货店里。这么一来,便是敌人几乎已在比邻了,但店铺碍事,倒成了不能狙击。

"放弃哨位!"有人在后院厉声大叫道。

在昏暗的门边,出现了斯理文。

"诸君,留神着退却。帮同来搬机关枪……"

候补少尉,加里斯涅珂夫和伊凡,便抬起机关枪,运向后院去。大家慌忙从房里跳进后院,拔步便走。在这里,伊凡这才看见了披头散发,发狂似的嚷着的女人们。"阿,小爹,带我们去!"其中的一个哭着说。

然而没有一个人回答,各自急着要从这里离开。

加里斯涅珂夫之死

二十分钟后,尼启德门附近的区域,已被布尔塞维克占领了。士官候补生和义勇兵们,便抛掉了刚刚舒服起来的温暖的小酒店,退向亚尔巴德方面,他们愤愤不平地退却,待到在一处停留时,才知道那受了炮击的总督衙门,落于布尔塞维克之手,他们绕出了占据着尼启德门附近区域的义勇兵的后面了。

斯理文在伏士陀惠全加地方的一个教堂之后,集合了部队,检点起人员来,知道退却之际,战死了七名,其中之一的士官候补生加拉绥夫,在后院中弹而死,尸骸就抛在那地方,看护兵没有收拾的工夫了。

周围很昏暗。当兴奋和恐怖之后,在这寂静的处所,分明感到的,是浓雾笼罩着市街的光景。

"诸君，就要反攻，准备着。"斯理文豫告道。

他的声音，是缺少确信而底力微弱的，但大家却紧张起来，又振作了精神。

"这才是哩！我正这样想呀！"加里斯涅珂夫兴高采烈地说。"我正在想，这退得古怪。因为是很可以支持下去的……"

在亚尔巴德广场上，看见放哨的士官候补生的影子，街灯明晃晃地在发光。电车站的附近烧着篝火，那周围摇动着义勇兵和士官候补生的黑影。时有摩托车发出声音，通过广场，驶向士官学校方面去，或者肩着枪的士官候补生的小团，开快步跑过了。

先以为斯理文不知道到那里去了，而他已经和两名将校和一团士官候补生一同回来，宣告大家，一个长身的，中年的，镶着假脚的将校，来当指挥之任。

"不要太兴奋，诸君。最要紧的是护住自己，谨慎地前去。是跳上去的。要利用一切凸角和掩护物。前进，是沿着两条横街和列树路而去的。决然地来行动罢。"

将校的话，是单纯，平静，简直像是使青年去做平常的事务一般。一听这平静的口调，便心中泰然，准备做得很快，在教堂前面的一家房屋上，将机关枪装好了。有士官候补生所编成的掷弹部队来到。将校又将各部队的部署和行动，简单地说明了一遍，但那作战计划，是单纯的，就是经过列树路，去占领那在巴理夏耶·尼启德街和尼启德门的角上的广庭，又从这地方来打退布尔塞维克。

义勇兵第八队沿着列树路前进。屋上的机关枪不住地活动着：
拍拍拍拍拍拍拍拍拍拍……

从尼启德门这方面，也起了步枪和机关枪的射击，弹雨注在树木的茂密处，渐渐作响，听到了枪弹的呻吟。

但义勇兵，士官候补生，却面对着这弹雨，互相隔着大约一赛旬①半的距离,默默地前进。在这尼启德列树路上,街灯是没有点着火的,所以要藏身在房屋的墙下,列树路的栅边,以及种在两旁的落了叶的大洋槐树下,都非常便当。大家并不射击,只是跑上去时,不料竟恰恰到了先前的小酒店的附近了。

喀喀林公爵邸——在路对面。那府邸的周围,兵士和工人们来来往往,或者在路上交错奔跑,或者在街角聚成一簇,或者打破了列树路上的杂货店,在夺取苹果和点心……

义勇兵们躲在洋槐的树荫下,悄悄地集合了。斯理文捏着手枪,爬了上来。

"立刻反攻。要一齐射击的。"他用沙声轻轻地说。"哪,诸君,瞄罢。要瞄准了来开枪。一齐射击!……"

大家一同动弹,整好射击的准备。

伊凡屈下一膝,瞄准了一个身上携着机关枪弹药带的高大的兵士。

"放!……"

拍,拍拍拍拍!——射击发作了。

"小队!"斯理文又命令道。

机关枪格格地响了起来。

"放!……"

"小队!……放!……"

"鸣拉!鸣拉!……"

斯理文,加理斯涅珂夫和其余的人们,猫似的从树荫下跳出,向着不及提防,受了反攻的兵士和工人们正在仓皇失措之处冲锋。当冲出来的时候,伊凡的帽子被树枝拂落了,想回去拾起来,机关枪却已在耳朵上面发响……他就不戴帽子,跟在同人后面飞跑,一面射击着那些在列树路上逃窜的敌。窜进街角的一所房屋的门内去了

---

① 俄尺名,1 Sazhen 约中国七尺。

的脸色青白的工人们,又奔出来想抵抗,但知道已被包围,便抛了枪,擎起两手,尖利地嘶声叫喊道:

"投降!投降!……"

义勇兵们神昏意乱,连叫着饶命的人也打死了,因为没有辨别的余裕。

士官候补生们则从横街跳到尼启德街上,发着喊,冲进门里去,向各窗户射击,泰然自若地在四面集注如雨的枪弹中。

变成狞猛了的伊凡,眼里冒着红烟,出神地在街上跑来跑去,跟着同人走进街角的一家的大庭院里,将一个正要狙击他的少年,用刺刀一半作乐地刺死了。在这大院的角上的尘芥箱后,还潜伏着布尔塞维克,行了一齐射击。从横街跑来的一队士官候补生,便直冲上去,想捉住他们,然而刚在门口出现,就有两个给打死了。但这不是踌躇的时候,人家便奋然叫喊起来:

"这边!在这里。这边!……"

"呜拉!"加里斯涅珂夫发一声喊,跳进了门。士官候补生,义勇兵和伊凡,也都跟着他前进,但伊凡觉得有什么热热的东西从对面飞来,即刻心脏紧缩,毛发直竖了。

"呜拉!"他不自觉地喊着,看那些跑在前面的同人的后影,如在雾里一般。

尘芥箱临近了。加里斯涅珂夫走在前头。到离箱不过一步了的中涂,他忽然站住,身子一歪,叫了一声跌倒了。

这之际,别的人们已在用了枪刺痛击那些伏在箱后的敌人……当伊凡跑到时,已经都被刺杀,软软地伸着脚躺在泥泞的石上了。只还有一个头发贴在额上的矮矮的工人,跳到角落去,捏好了枪刺在准备袭击,大约他已经没有枪弹了。伊凡瞄了准,一扳机头,然而没有响,他焦灼着再动一动闭锁机,瞄了准,一扳机头,还是没有响,这才省悟到枪膛里已经放完了子弹。

"唉……唉!……"他恨恨地大叫着,挥枪刺跳向工人去。

那人脸色青白，露着牙，虽然显出可怕模样，但却好像忘掉了防御之术似的。伊凡赶紧一跳上前，趁这工人不及措手之际，一刺刀刺进肚子去，拔出之后，又刺了一刀。他觉得枪刺有所窒碍，但发着声音刺进去了。工人想抵御，抓住伊凡的枪身，吁吁地喘着气，动着他的嘴唇……

"呃吓……呃吓……呃……"他似乎要说话，但只是责备似的看定了伊凡。

伊凡毫不看他的脸，跳进那开过枪的旁边的房屋里去了。这些地方，已经到处都是士官候补生和义勇兵，他们在聚集俘虏，又从顶阁上，茅厕里，床榻下，搜出躲着的人们，拖到广庭那里去。他们多数是未成年的，无所谓羞耻和体面，便放声大哭起来，因为他们以为立刻就要被枪毙了。

士官候补生和义勇兵们将俘虏送往后方，又跑进还在开枪的屋里去。斯理文已在那里了，使伊凡向角角落落去搜索，看可有布尔塞维克没有。在后房的衣橱后面，躲着并无武器，而衣服褴褛的两个人。一个从藏身之处走出，驯顺地脱下帽子，牙齿相打着，说道：

"蓬儒尔，穆修。① 敬请高贵的士官候补生老爷的安……"

别一个却发了吓人的喊声，所有的人们，连那驯顺的一伙，也都吃了惊向他看。听到这喊声而跑来的斯理文，便用枪托打他的头，他这才清醒转来，意识底地环顾周围，一声不响了……搜检这两人的身体，在袋子里发见了用膳的羹匙，时表，银的杯子匣之类，于是斯理文，伊凡，士官候补生，便都围了上去，许多工夫，将这两个人痛打，踢倒，踏他的脸，一直到出血。简直好像是恨他们侮辱了大家一般。

但是，这恐怕是兴奋之情所致的罢。带走了这两个俘虏之后，伊凡也略略恢复了常态，看一看周围。

---

① Bonjour, Monsieur：法语，"先生，今天好"之意。

这房屋,是完全占领了,但在邻近的屋上装着蛟龙雕像的六层楼屋和喀喀林邸里,却还藏着布尔塞维克,便从街对面的房屋的窗口,向这些窗户去开了枪。喀喀林家的一切窗间,立即应战,屋上机关枪发响,猛烈地射击着尼启德列树路和巴理夏耶·尼启德街。剧烈的射击,片时也没有停止。

忽然间,在一角刚起了叫喊,却立刻响着猛烈的爆音。这是因为掷弹队将炸弹抛进喀喀林邸里去了。爆发之后。射击更加厉害,浓的白烟,打着旋涡从那设有药店的楼上升起,遮蔽了楼屋的全正面。布尔塞维克从对着列树路的门里面跳出,跑过了正是士官候补生和伊凡站着的窗边。

"站住!站住!捉住他们!……快叫瞄准的好手来,"士官候补生焦急着,并且拼命瞄准,在射击那些逃去的敌人。

兵士和工人,有的跌倒了,有的翻筋斗,但那一部队,却总算躲进小杂货店的后面了。跑来了公认为射击好手的两个士官候补生,让给他们近窗的便当的地点,他们便即开手来"猎人类"了。

火愈烧愈大,细的树枝都看得分明。布尔塞维克逃避火焰,跑到列树路上时,就陷在枪火之下了。两个士官候补生实在是射击的高手,百发百中的。

从门口跳出黑黑的形相来。

吧!吧!——就是两枪。

那形相便已经倒下,在地面上挣扎了。

为了扫清射击的地域,士官候补生们就去炸掉了杂货店,早没有藏身的掩护物了。

但布尔塞维克还想侥幸于万一。

倘从烧着的屋子跳出,想躲到什么地方去,就一定陷于枪火之下。士官候补生们是沉静地,正确地,在从事于杀人,偶有逃进了街角后面的,便恨恨地骂詈。黑色的灰色的团块,斑斑点点,躺在列树路上。伊凡定睛一望,看见了满是血污的头和伸开的手脚。

火已经包住了那房屋的半部,烟焰卷成柱子,从窗口燃烧出来。物件倒塌作响。起了风。

　　但是,伏在屋上装着蛟龙雕像那一家的望楼里面的布尔塞维克,却还在猛烈地射击庭院和大街,不放士官候补生们走近。要将他们从这里驱逐,总很难。因为只有不过一条缝似的窗门,射击并没有效……

　　斯理文想出方法来,要求了对这房屋的炮击。于是两发的炮弹,立刻从亚尔巴德广场飞来了。第一弹将小望楼打毁,和石块的碎片一同,粉碎了的五个死尸和机关枪以及步枪的断片,都落在广庭上。第二弹一到,房屋的内部就起了火。布尔塞维克发着硬逼出来一般的叫声,从屋里奔出,沿着列树路,逃向思德拉司忒广场那面去。这样一来,尼启德门附近的区域,就又落在士官候补生们的手里了。但喀喀林邸和屋上装着蛟龙雕像的房屋,却是大炬火似的烧得正猛。

　　枪声恰如人们悚然于自己的行为一般,完全停止了。

　　从烧着的屋房里,发出如疯如狂的声音:

　　“救命! 救命! 阿阿! ……救命! ……”

　　听到了这声音的人们,虽然明知道靠近的壁后,有着活活地焦烂下去的人,然而谁也没有去救这人的手段和力量。

　　伊凡走出去,到了广庭上。

　　看护兵正在这里活动,收拾战死者。加拉绥夫被人打碎了前额,也没有外套,挺直的躺着。不知是谁脱去了他的长靴,留下着自己的旧的破靴子,然而又不给他穿上,只放在脚旁边,远远望去,还像穿着长靴一样,加拉绥夫的脚,是非常之长的……加里斯涅珂夫躺在铁的生锈的尘芥箱旁,脸面因疼挛而抽紧,他当气绝之际,用牙齿咬住着围在颈上的围巾。

　　又有人爬出广庭来——两个女人,孩子和跛脚的门丁。

　　“先前躲在那里了!”斯里文问他们说。

"那边，躲在菜蔬铺子的房屋里了，看得见罢？"门丁一面说，一面指着地下室的昏暗的窗门。

大家——斯理文，士官候补生们，伊凡——因了好奇心，向窗里面窥探时，只见在幽暗的地板上，转辗着二十来个人——都是这房屋里的住户。他们都以满含恐怖的眼，看着伊凡和士官候补生。

斯理文来安慰他们。

"你们诸位要吃什么东西么？"

他们这才放心了。

"我们吃是在吃的。因为店里就有罐头和腌菜……"

一点钟后，斯理文所带的一队，就和别一队交代，走到休憩所去了。已是三日三夜之终。觉得虽是暂时，但究竟已离危险状态的人们，便骤然精神恍惚起来。

他们经过了被火灾照得明晃晃的市街，到了亚历山特罗夫斯基士官学校……

炮火下的克莱谟林

想休息了，然而不能够。在穹窿形的天花板，而地板上排着卧床的，门口挂着"第五中队"的牌子的一间细长形的房子里，正在大发着纷纷的议论。但义勇兵们的送到这里来，是专为了来睡觉的。伊凡倾耳一听，是许多人们，在讲我军已被乱党所包围，在论某将军应该逮捕，某人应该处死。

有一个则主张了立即降服的必要——战斗下去，是无意义的。

"无论如何，总是败仗。从前线回来援助我们的军队，统统帮了布尔塞维克，和我们为敌了……降服，是必要的……"

对于这辩士，起了怒骂：

"昏话。不如死的好！耻辱！"

到了战斗的第三天，伊凡这才怀疑起来了：莫非这战斗，实在也没有意义的么？所有军队,都和布尔塞维克联合,所有工人,都是敌人。莫非真理竟在那边的人们的手里么？伊凡是为了想要寻求这真理,所以跑进这阵营里来的。然而在这里……它究竟在那里呢？

心里烦闷了。

耶司排司说过:没有人知道真理。

他的话不错么？

伊凡踱着,像被谁灌了毒药一样。

也不再渴睡了;当斯理文派伊凡往新的哨位克莱谟林去的时候,倒觉得喜欢——派到克莱谟林去,是只挑了最可靠的人的。

到处在开炮。从荷特文加,从思德拉司试修道院,从戈尔巴德桥,从札木斯克伏莱支,都炮声大作了。那隆隆的巨声,像送葬的钟音一样,响彻了墨斯科的天空。

义勇兵们几乎是开着快步,在街街巷巷往来奔驰,因为士官学校和克莱谟林的炮击,已经在开始了。

炸裂的榴霰弹的青色火,在克莱谟林的空中发闪,一时灿然照射了宫殿和寺院。鸣着雷,铁雨向着圆盖,宫殿,以及寂静的沉默了的修道院上倾注。

克莱谟林的内部,似乎是空虚的,并无生物。但定睛一看,却在房屋的各门口,现着步兵的灰色的形姿。

街灯凄凉地照耀着。

义勇兵们停在兵营内并不久,编成两人一组,散往各自的担任地点去了。伊凡的担任地点,是在伊凡钟楼之下的珍宝库入口的附近的哨位。珍宝库早被破坏,所以库内就不再派定人。

在哨位上的伊凡的战友,是年青的士官候补生,他很想长保谨严的态度,然而无效,常常说话了。

两人紧贴着石壁,最初是沉默着的。四面的步道上,满是玻璃窗的碎片和打落了的油灰屑。

尼古拉宫殿和久陀夫修道院,已经崩坏得很可以了。

"是的,学校里教过的:不向墨斯科和克莱谟林致敬者,只有俄罗斯的继子。"年青的士官候补生沉思着,说,"但现在呢,胡闹极了。是的。"

于是默然了一会,就迅速地唱起歌来:

勇者克莱谟林的山丘,

谁会在腋间挟走?

撞钟伊凡的黄金帽,

又谁能抢了拿走?……

"可是这样的人出现了。撞钟人伊凡,怕也寿命不久了罢……"士官候补生说着,将身子一抖,在壁下来回地走了起来。

"还在吟什么诗哩,"伊凡心里不高兴了,看一看士官候补生的脸。

"你见了没有?"士官候补生在伊凡旁边站住,又来说话了:"听说布尔塞维克曾经有过宣言,要毫不留情,将一切破坏。"

"破坏,"伊凡附和说。"我想,那是无所不为的罢。"

"但他们究竟是怎样的人呢? 我还没有见过真的布尔塞维克……兵士。兵士那些,是废料,如果他们是布尔塞维克,那就如称我为大僧正一样。"

伊凡记得了彼得尔·凯罗丁的模样,记得了他那雄纠纠的爽直的声音。

"是些爽直的人们。倔强的。"

"阿呀,寺里面在做什么呀?"士官候补生指着久陀夫修道院说,只见各窗的深处,都点着蜡烛,人影是黑黑的。

"修士在做功课呵。"

"哼……做得得时。会被打死的。"

然而烛光逐渐明亮起来,在幽暗中,影子似的修士两个,开了半坏的门,走出外面,开始打扫散乱着各种碎片的阶沿了。

士官候补生跑过广场,走到他们的旁边。

"这是什么的准备呀?"他问修士们说。

"奉移圣亚历克舍的圣骨,"一个修士断断续续地回答道。

五分钟后,行列就从门里面慢慢地走出来了。伊凡和士官候补生都脱帽。黑衣的修士们手上各执点了火的蜡烛,静静地唱着歌,运着灿烂的灵枢。

"圣长老亚历克舍,请为我们祈祷上帝,"修士们静静地唱着。

轰,轰,轰!——炮声发作了。在邻近的屋顶上,响着榴霰弹。

修士们将灵枢从阶沿运进黑门里面去,神奇的幻影似的消踪灭迹了,士官候补生戴上帽,又和伊凡并排将身子靠在石壁上。

"若要将圣骨运到墓地去,恐怕形势是不对的了。"

孤立无援

其实,是从什么地方都没有救援来。到了战斗的第五天,显然知道友军战败:布尔塞维克战胜了。先前是将希望系在从战线回来的军队上的,但这些军队一进墨斯科,便立刻帮了布尔塞维克,向作为派来救援的对象的这一边,猛烈地攻击起来。

可萨克兵停在山岭上,动也不动。在克拉斯努易门附近战斗了的将校部队,有的降服,有的战死;在莱福尔妥夫的士官候补生部队,则会被歼灭了。

以正义的战士自居的临时政府的拥护者们,也嵌在铁圈子里,进退两难了。

抗争了,但已经没有希望。

大家大概知道,早晚总只得让步了。

伊凡在黑衣修士将亚历克舍的圣骨运进地道去的那一夜,便已省悟了这事情……然而他不使在脸面上,现出这纷乱的,被压一般的心情,还要英气勃勃地说道:

"战斗呀,谁有正义,就胜的。"

但是,大家都意气悄然。第一,是弹药用完了。士官学校的兵士和门卫,到市街去,买了红军和喝醉了的兵士所带的弹药,藏在衣袋里,拿了回来,士官候补生们也化装为兵士坐摩托车到红军的阵营去,采办弹药,有时买来,有时被杀掉了。……

十一月一日的全夜,在克莱谟林防御者,是最可怕的夜。可萨克兵和骑兵部队,已从战线回来了,但在穆若克附近,就被扣留,结果是宣言了不愿与蜂起的民众为敌。这消息,由一个人的手送到亚历山特罗夫斯基士官学校来,又传给克莱谟林和各哨位。士气沮丧了。弹药已完,粮食无几,负伤者又很多,白军就完全心灰意懒……而最大的打击,则是断尽了希望得到救援的线索。

这之际。敌人增加了兵力,身上穿起军装来。又敏捷,又勇敢,又大胆的水兵,到处出现。而且用着有大破坏力的六寸口径炮,在轰击克莱谟林的事,也证实了。

市厅的房屋,受了猛烈的射击,藏在那里面,对于克莱谟林防御者给以许多帮助的市参事会和社会保安委员会的人们,也只好搬到觉得还可以避难的克莱谟林里来了。

然而意气的销沉和绝望,是共通的,总得寻一条出路。

这一夜,培克莱密绥夫斯卡耶塔的上层,遭了轰毁,思派斯卡耶塔为炮弹所贯通,尼古拉门被破坏,乌思班斯基大寺院的中央的尖塔和华西理·勃拉建努易寺院的圆盖之一,都被炮弹打中了。

看起来,克莱谟林也不久就要收场。

伊凡在这一夜里,在克莱谟林里面,在卡孟努易桥,也在士官学校。

到处浮动着绝望的空气。士官学校内,公然在议论投降,只有少壮血气的人,还主张着继续战斗。

"投降布尔塞维克——是耻辱。我们不赞成。我们还是冲出郊外去,在那里决一个胜负罢。"

这主张很合了伊凡的意:到郊外去,一个对一个战斗,来决定胜

败,那是很好的。待到轮到他发言的时候,便说道:

"应该战斗的。我想,如果再支持些时,布尔塞维克便将为工人所笑,所弃了。我说这话,就是作为一个工人……"

伊凡的话,很受拍手喝采了,然而敏感如一切敏感的辩士的他,却在心中觉着在听他的议论者,乃是失了希望的疲乏已极的人们……然而出路呢?!出路在那里呢?必须有出路!必须有得胜的意志!

缴　械

这一夜,彻夜是议论纷纭,但到第二天的早晨,伊凡就知道已在作投降的准备。将无食可给的俘虏,从克莱谟林释放了。迫于饥饿,疲于可怕的经验的他们,便发着呻吟声,形成了沉重的集团,从克莱谟林出伊里英加街而去。伊凡看时,他们都连爬带跌的走,疯子似的挥着拳头,威吓了克莱谟林。在这战斗的三日间,他们要死了好几回,现在恰如从坟墓中逃出一般地跑掉了。

"呜……呜!……"他们愤恨地,而且高兴地呻吟着。

这早上,又作购买弹药的尝试。主张冲出野外,一决胜负的强硬论者里面的士官候补生和大学生们,就当了这购买弹药之任,扮作兵士或工人,走出散兵线外去,但即刻陷在交叉火线之下,全部战死了。

到正午,传来了和议正在开始的消息,大家便互相述说,大约一点钟后,战斗就要收束的。

活泼起来了。无论怎样的收场,总是快点好,大家各自在心里喜欢,然而藏下了这喜欢,互相避着正视。像是羞惭模样,只有声音却很有了些精神。

然而战斗还没有歇。尼启德门的附近,斯木连斯克市场的附近,戏院广场,卡孟斯基桥,普列契斯典加街等处,都在盛行交战。

市街的空气,充满着枪炮声。中央部浴了榴霰弹火。尼启德门方面的空中,则有青白的和灰色的烟,成着柱子腾起,那是三天以前遭了火灾的房屋,至今还在燃烧。

斯理文的一队,在防御墨斯克伏莱吉基桥的附近,射击了从巴尔刁格方面前进而来的布尔塞维克。

义勇兵们是只对了看得见的目标,行着缓射的,但到正午,弹药已经所余无几了,每一人仅仅剩了三发。焦躁得发怒了的斯理文,便用野战电话,大声要求了弹药,还利用着连络兵,送了报告去,但竟不能将弹药领来。

"请你去领弹药来罢!"斯理文对彼得略也夫说。"那边遇见人,就讲一讲已经不能支持了的理由。"

伊凡前去了。

街道的情形多么不同了呵!到处是空虚。街是静的,枪声就响得更可怕。

哺⋯⋯哺哺哺!⋯⋯

时时还听到带些圆味的手枪的声音。

拍,拍,拍。

家家的窗户都被破坏,倒塌,那正面是弄得一榻胡涂。步道上散乱着碎玻璃和油灰块,堆得如小山一样。伊凡并不躲闪,在枪声中挺身前行。从炸裂的榴霰弹升腾上去的白烟,好像小船,浮在克莱谟林的空中,铁雨时时注在近旁,将浓的沙烟击起。然而伊凡已经漠不关心了。在麻木的无感觉状态中了。在现在,就是看了倒在路上的战死者,看了连战五日五夜还是点着的街灯,也都无所动于中了。⋯⋯

有水从一家的大门口涌出,瀑布似的,但他也并不留神或介意。

在马术练习所的附近,恰在驻扎古达菲耶对面之处的一团可萨克兵那里,落下榴霰弹来。大约五分钟后,伊凡经过那地方一看,只见步道上有负了伤的马在挣扎,一边躺着两具可萨克的死尸。别的可萨克兵们用缰绳勒住了嘶鸣的马,愀然紧靠在马术练习所的墙壁上。

"打死它罢,何必使它吃苦呢?"一个可萨克兵用了焦灼的沙声说,大踏步走向那正在发抖喘气的马去,从肩上卸下枪;将枪弹打进两匹马的眉心。马就全身一颤,伸开四脚倒下了。

这光景,不知道为什么很惹了伊凡的注意。

伊凡在尼启德门附近的广庭里,用刺刀刺了躲在尘芥箱后的工人的时候,那工人也一样地全身起了抽搐的。

人,圣物,市街,这些马匹,都消灭了。然而为了什么呢?

在士官学校里,竟毫无所得,伊凡便在傍晚回到墨斯克伏莱吉基桥来了。斯理文听到了不成功,就许多工夫,乱骂着一个人,而伊凡却咬了牙关倾听着。

"我打了他,看怎样?"他的脑里闪出离奇的思想来。

于是莫名其妙的恶意,忽然冲胸而起,头发直竖,背筋发冷了。然而伊凡按住了感情,几乎是飞跑似的到了街头,站在桥上,将所剩的几颗子弹向布尔塞维克放完了。

"这样……给你这样!哼,鬼东西!就这样子!吓,哪!"

"在做什么呀? 你兴奋着罢?"从旁看见了这情形的一个又长又瘦,戴着眼镜的士官候补生,问他说。

伊凡并不回答,只将手一挥。

到夜里,传来了命令,说因为讲和已成,可撤去哨位,在士官学校集合。

大家都大高兴了。连斯理文,也不禁在大家面前说道:

"好不容易呀!"

但在伊凡,却觉得仿佛受了欺骗,受了嘲笑似的。

"你说,同志,好不容易呀,"他向斯理文道。"那么为什么防战了的呢?"

斯理文有些慌张了,红了脸,但立即镇静,用了发怒的调子回答道：

"可是还有什么办法呢？"

"什么办法？洁白的战死呵！在战败者，可走的惟一的路，是——死。懂么？"

"那又为了什么呢？"

"就为了即使说是射击了流氓，究竟也还是成了射击了我们的兄弟了……"

"我可不懂，同志。"

"唔，不懂，那就是了！"

斯理文脸色发青，捏起拳头来，但又忍耐了下去。

听着这些问答的士官候补生们，都面面相觑，凝视着昂奋得仰了脸的伊凡。

"是发了疯了，"在他的背后，有谁低声说。

"不，我没有发疯。将战争弄开头，却不去打到底的那些东西，这才发着疯哩！"伊凡忍无可忍了，大声叱咤说。

谁也不来回答他。从此以后，谁也不再和他交谈，当作并无他这一个人似的远避了。

议和的通知，传到了各哨位。

于是发生了情绪的兴奋。布尔塞维克知道就要停战，便拼命猛射起来，全市都是炮声和步枪射击的声音，几乎要震聋人的耳朵。

同时白军也知道了已无爱惜枪弹的必要，就聊以泄愤地来射击胜利者。最激烈的战斗，即在和议成后的这可怕的夜里开始了。

将校们将自己的武器毁坏，自行除去了肩章。最富于热血的人们，则誓言当俟良机，以图再举。

第二天的早晨，义勇兵们就在亚特山特罗夫斯基士官学校缴械了。

怎么办呢？

这几天，华西理·彼得略也夫前途失了希望，意气沮丧，好像在大雾里过活一般。

在三月革命终结之春的有一天，母亲威吓似的说道：

"等着罢，等着罢，魔鬼们。一定还要同志们互相残杀的。"

阿，华西理那时笑得多么厉害呵！

"妈妈，你没有明白……到了现在，那里还会分裂成两面呢？"

"对的，我不明白，"母亲说。"母亲早已老发昏，什么也不明白了。只有你们，却聪明的了不得。……但是，看着罢，看着就是了。……"

现在母亲的话说中了……大家开始互相杀戮。伊凡进了白军，而旧友的工人——例如亚庚——却加入红军去。合同一致是破裂了。一样精神，一样境遇的兄弟们，都分离了去参加战斗。这是奇怪的不会有的事；这恐怖，还没有力量够来懂得它。……

伊凡去了。

那一天，送了他去的华西理便伫立在街头很长久，听着远远的射击的声音。从地上弥漫开来的雾气，烟似的浓重地爬在地面上，沁入身子里，令人打起寒噤来。工人们集成队伍，肩着枪，腰挂弹药囊，足音响亮地前去了，但都穿着肮脏的破烂的衣服。恐怕是因为免得徒然弄坏了衣服，所以故意穿了顶坏的的罢。

他觉得这些破落汉的乌合之众，在武装着去破坏市街和文化了。他们大声谈天，任意骂詈。

一个高大的，留着带红色的疏疏的胡须的，两颊陷下的工人，夹在第一团里走过了。华西理认识他。他诨名卢邦提哈，在普列思那都知道，是酒鬼，又会偷，所以到处碰钉子，连工人们一伙里也都轻蔑他。然而现在卢邦提哈肩着枪，傲然走过去了。华西理不禁起了嘲笑之念。

"连这样的都去……"

然而和卢邦提哈一起去的，还有别的工人们——米罗诺夫和锡夫珂夫，他们是诚实的，可靠的，世评很好的正经的人们。米罗诺夫走近了华西理。

"同志彼得略也夫，为什么不和我们一道儿去的？打布尔乔亚去罢。"

两手捏着枪，精神旺盛的他，便露出洁白的牙齿，微笑了。

"不，我不去，"华西理用了无精打采的声音，回答说。

"不赞成么？那也没有什么，各有各的意见的。"米罗诺夫调和底地说，又静静地接下去道：

"但你可有新的报纸没有？……要不是我们的，不是布尔塞维克的，而是你们的……有么？给我罢。"

华西理默着从衣袋里掏出昨天的报纸《劳动》来，将这递给了米罗诺夫。

"多谢多谢。我们的报纸上登着各样的事情，可是真相总是不明白。看不明白……"

他接了报章，塞进衣袋里面去。

华西理留神看时，他的大而粗糙的手，却在很快地揉掉那报章。

"那么，再见。将来真不知道怎样，"他笑着，又露一露雪白的牙齿，追着伙伴跑去了。

工人们接连着过去。他们时时唱歇，高声说话，乱嚷乱叫。好像以为国内战争的结果，是成为自由放肆，无论说了怎样长的难听的话，也就毫无妨碍似的。

连十六七岁的学徒工人也去了，而且那人数多，尤其是惹人注目样子。

智慧的人们和愚蠢的人们，卢邦提哈之辈和米罗诺夫之辈，都去了。

战斗正剧烈,枪声不住地在响。

巴理夏耶·普列思那的角角落落上,聚集着许多人。店铺前面,来买粮食的人们排得成串,红军的一伙,便在这些人们里面消失了。

华西理回了家。

母亲到门边来迎接他,但在生气,沉着脸。

"走掉了?"她声气不相接地问。

"走掉了。"

母亲垂下头,仿佛看着脚边的东西似的,不说什么。

"哦,"他于是拉长了语尾,默默地驼了背,就这样地离开门边,顿然成为渺小凄凉的模样了。

"今天又要哭一整天了罢,"华西理叹息着想。"玉亦有瑕①。……"

华尔华拉跑到门边来了。她用了一夜之间便已陷了下去的,发热的,试探一般的眼睛,凝视着华西理的脸。

"没有看见亚庚么?"

"我没有走开去。单是送一送哥哥……"

"那么,就是,他也去了?"

"去了。……"

华尔华拉站起身,望一望街道。

"我就去,"她坚决地说。

"那里去呀?"华西理问道。

"寻亚庚去。我将他,拉到家里,剥他的脸皮。要进什么红军。该死的小鬼。害得我夜里睡不着。要发疯……他……他……他的模样总是映在我眼里……"

华尔华拉呜咽起来,用袖子掩了脸。

───────────

① 古谚。

"亚克……亚庚谟式加,可怜的……唉唉,上帝呵……他在那里呢?"

"但你先不要哭罢,该不会有什么事的。"华西理安慰说:"想是歇宿在什么地方了。"

然而是无力的安慰,连自己也像感着不祥。

"寻去罢,"华尔华拉说,拭着眼睛,"库慈玛·华西理支肯同我去的。寻得着的罢。"

华西理要安慰这机织女工,也答应同她去寻觅了。

一个钟头之后,三个人——和不放他出外的老婆吵了嘴,因而不高兴了的耶司排司,机织女工和华西理——便由普列思那往沙陀伐耶街去了。街上虽然还有许多看热闹的人,但比起昨天来,已经减少。抱着或背着包裹,箱箧,以及哭喊的孩子们的无路可走的人们,接连不断地从市街的中央走来。

射击的声音,起于尼启德门的附近,勃隆那耶街,德威尔斯克列树路,波瓦尔司卡耶街这些处所,也听到在各处房屋的很远的那边。耶司排司看见到处有兵士和武装了的工人的队伍,便安慰机织女工道:

"一定会寻着的,人不是小针儿……你用不着那么躁急就是。"

机织女工高兴起来,将精神一提,一瞥耶司排司,拖长了声音道:

"上帝呵,你……"

她一个一个,遍跑了武装的工人的群,问他们看见红军兵士亚庚·罗卓夫没有。

"是的,十六岁孩子呵。穿发红的外套,戴灰色帽子的……可有那一位看见么?"

她睁了含着希望的眼,凝视着他们,然而无论那里,回答是一样的:

"怎么会知道呢?因为人多得很。……"

有时也有人回问道：

"但你寻他干什么呀?"

于是机织女工便忍住眼泪,讲述起来：

"是我的儿子呵,我只有这一个,因为真还是一个小娃娃,所以我在担心的,生怕他会送了命。"

"哦！但是,寻是不中用的,一定会回去。"

没心肝地开玩笑的人,有时也有：

"如果活着,那就回来……"

机织女工因为不平,流着泪一段一段只是向前走;沉闷了的不中用的耶司排司一面走,一面慌慌张张回顾着周围,华西理跟在那后面。

两三处断绝交通区域内,没有放进他们去。

"喂,那里去？回转！"兵士们向她喊道。"在这里走不得,要给打死的！"

三个人便都默然站住,等着能够通行的机会。站住的处所,大抵是在街的转角和角落里,这些地方,好像池中涌出的水一般,过路的和看热闹的成了群,默默地站在那里,仿佛不以为然似的看着兵士和红军的人们。

站在诺文斯基列树路上时,有人用了尖利的声音,在他们身边大叫道：

"擎起手来！"

机织女工吃了惊,回头看时,只见一个短小的,麻脸的兵士在叫着：

"统统擎起手来！"

群众动摇着,擎了手。母亲带着要往什么地方去的一个七岁左右的男孩子,便裂帛似的大哭起来。

"这里来,同志们！"那兵士横捏着枪,叫道。"这里,这里这里……"

兵士和红军的人们,便从各方面跑到。

"怎了?什么?"

他们一面跑,一面捏好着枪,准备随时可开放。群众悚然,脸色变成青白了。

"有一个将校在这里,瞧罢!"

兵士说着,用枪柄指点了混在群众里面的一个人。别的兵士们便将一个穿厚外套,戴灰色帽,苍白色脸的汉子,拖到车路上。耶司排司看时,只见那穿外套的人脸色变成铁青,努着嘴。

麻脸的兵士来剥掉他的外套。

"这是什么?瞧罢!"

外套底下,是将校用外套,挂着长剑和手枪。

"唔?他到那里去呀?"兵士愤愤地问道。"先生,您到那里去呢?"

将校显出不自然的笑来。

"慢一慢罢,您不要这么着急。我是回家去的。"

"哼?回家?正要捉拿你们哩,却回家!到克莱谟林去,到白军去的呵。我们知道。拿出证明书来瞧罢。"

将校取出一张纸片来,那麻子兵士就更加暴躁了:

"除下手枪!交出剑来!"

"且慢,这是什么理由呢?"

"唔,理由?除下来!狗入的!……打死你!"兵士红得像朱萸一样,大喝道。

将校变了颜色,神经底地勃然愤激起来,但围在他四面的兵士们,却突然抓住了他的两手。

"吓,要反抗么?同志们,走开!"

麻脸的兵士退了一步,同时也用枪抵住了将官的头……在谁——群众,兵士们,连将校自己——都来不及动弹之际,枪声一响,将校便向前一跄踉,又向后一退,即刻倒在地上,抖也不抖,动也不动了。从头上滚滚地流出鲜血来。

"唉唉,天哪!"群众里有谁发了尖利的声音,大家便如受了指挥一般,一齐拔步跑走了。最前面跑着长条子的耶司排司,在后面还响了几发的枪声。兵士们大声叫喊,想阻止逃走的群众,然而群众还是走。机织女工叹着气,喘着气,和华西理一直跑到了动物园。

"阿呀,我要死了。这是怎么一回事?"她呻吟道。"没有理由就杀人。无缘无故!……"

耶司排司等在动物园的附近。他脸色青白,神经底地拈着髭须。

"这是怎么一回事呵!不骇死人么?"他说。

"真的,上帝呵,随便杀人。在那里还讲什么!"她清楚地回答说,但突然歇斯迭里地哭了起来,将头靠在路旁的围墙上了。

耶司排司慨叹道:

"唉唉!……"

只有华西理不开口。但这杀人的光景,没有离开过他的眼中。机织女工不哭了,拭了眼睛,在普列思那街上,向着街尾,影子似的静静地走过去。三个人就这样地沉默着走。将到家里的时候,耶司排司宁静了一些,仰望着低的灰色的天空,并且用了静静的诚恳的声音说道:

"现在,是上帝在怒目看着地上哩。"

于是就沉默了。

母觅其子

从这一天起,住在旧屋子里的人们,就都如被什么东西压住了似的在过活。这屋子范围内,以第一个聪明人自居的,白发的牙科女医梭哈吉基那,便主张选出防卫委员来。

"谁也不准走进这里来:不管他是红的,是白的,要吵架——就到街上去，可不许触犯我们，"她说。"我们应该保护自己的。"

大家都同意了，赶紧选好委员，定了当值，于是从此就有心惊胆战的人——当值者——巡视着广庭。然而，没有武器。不得已，只好用斧头和旧的劈柴刀武装起来，门丁安德罗普捐了一根冬天用以凿去步道的冰的铁棍。

"防卫是当然的……如果要走进来，就用这家伙通进他那狗鼻子里去，"他蠕蠕地动着埋在白胡子里面的嘴，说。

"呵呵，老头子动了杀星了。在教人用铁棍通进鼻子里去哩！"有人开玩笑道。

"不是应该的么？已经是这样的时候：胆怯不得了。"

"不错，"耶司排司接着道。"咬着指头躲起来，是不行的。没有比这还要坏的时代了，简直是可怕的时代呵。"

女人们也和男人一同来充警备之任，裹了温暖的围巾，轮流在广庭上影子一般地往来。只有机织女工没有算进去，但她却往往自己整夜站在广庭里，叹着沉闷的气，在门边立得很久，侧耳听着街上的声音。大家都怕见她了，一望见，就不说话，也怕敢和她交谈。她来询问什么的时候，便用准备妥当了的句子回答她，给她安慰。她的身子在发抖，脸是歪的，然而眼泪却没有了。所以和她说话的人，就觉得仿佛为鬼气所袭似的。

礼拜六的早上——市街战的第三天——就在近处起了炮声。这，是起于"三山"上的尼古拉教堂附近，恰值鸣了晨祷的钟的时候的。于是那钟声，那平和的基督教的钟声，便立刻成为怯怯的，可怜的音响了。

非常害怕，而意气消沉了的人们，聚到大门的耳门旁边来，用了战战兢兢的眼色，向门外的街头一望，只见那地方，在波浪一般的屋顶间，看见了教堂的黄金的十字架。

"在打克莱谟林哩，"不戴帽子，跑到门边来的耶司排司，愤然说，"一定是什么都要打坏了。"

轰！……——又听到了炮声,恰如童话里的蛇精一样,咻咻作响,飞在市街的空中,毕毕剥剥地炸裂了。

"怎么样！见了没有？尽是放。市街全毁了……"

大家暂时站在门边,听着炮声。

华尔华拉在悄悄地啜泣。

"至圣的圣母呵,救救我们。这是怎么一回事呢?"她忽然说。
"请你垂恩罢……"

这早上却没有人安慰她:大家都胆怯而心伤了。

一队红军,兴奋着,开快步在外面的街上跑过。

"哪,已经是我们的胜利了,布尔乔亚完了。"其中的一个说。

"自然,那何消说得。"

被煤弄得漆黑的人们,满足地,愉快地,谈着话,接连着跑过去了。

"呜,破落汉,"耶司排司的老婆古拉喀,恨恨地说坏话道。"这样的贼骨头糟蹋起市街来,是不会留情面的……"

"对呀。他们有什么？他们,就是要失掉,也没有东西。"贝拉该耶附和着说。

从榴霰弹喷上的白烟,像是白色的船,飘飘然浮在青空中,射击更加猛烈了。古的大都会上,长蛇在发着声音,盘旋蜿蜒,和这一比,人类便是渺小,可怜,无力的东西了。这一天,走到外面去的,只有华西理和机织女工两个,她是无休无息地在寻儿子的。

一过古特里诺街,便不放他们前进了。机织女工于是走过戈尔巴德桥,经了兵士的哨位的旁边,进到战线里。她用那愁得陷下了的眼,凝视着正在射击着不见形影的敌的,乌黑的异样的人堆。

街道都是空虚的,人家都是关闭的,走路的很少,只是一跃而过。惟有粮食店前,饥饿的人们排着一条的长串。枪弹在呻吟,但那声音,却各式各样。机关枪一响,枪弹便优婉地唱着,从屋顶上飞过去了。

然而，一听这优婉的歌，人们就惊扰起来，机织女工则紧贴在墙壁上。

但她还是向前走——向普列契斯典加，向札木斯克伏莱支，向卢比安加，向思德拉司忒广场，那些正在剧战的处所。

她是万想不到亚庚会被打死的。

"上帝呵。究竟要弄到怎样呢？独养子的亚庚……"

但在心里，却愈加暗淡，凄凉，沉闷起来。

兵士和工人们一看见机织女工，吆喝道：

"喂，伯母，那里去？要给打死的！回转罢！"

她回转身，绕过了几个区域，又向前进了。墨斯科是复杂错综的市街，横街绝巷很不少，要到处放上步哨，到底是办不到的。

于是沉在忧愁中间的机织女工，就在横街，大街，绝巷里奔波，寻觅她的儿子，还在各处的寺院和教堂面前礼拜，如在开赛里斯基的华西理，在珂欠尔什加的尼古拉，在格莱士特尼加的司派斯，在特米德罗夫的舍尔该。

"小父米珂拉，守护者，救人的。慈悲的最神圣的圣母，上帝……救助罢！……"

她一想到圣者和使徒的名，便向他们全体地，或各别地祷告，哭着祈求冥助。然而，无论那里都看不见亚庚。

亚庚是穿着发红的外套，戴着灰色的帽子出去的，所以倘在身穿黑色衣服的工人中，就该立刻可以看出。机织女工是始终在注意这发红的外套的。但在那里呢？不，那里也没有！倘在，就应该心里立刻觉着了。

怎样的沉忧呵！

有什么火热的东西，炮烙似的刺着她的心，仿佛为蒸汽所笼罩。

两眼昏花，两腿拘挛得要弯曲了。

"亚庚谟式加，可怜的，你在那里呢？……"

再走了几步，心地又轻松起来。

"但是,恐怕圣母会保护他的……"

不多久,忧愁又袭来了……

机织女工终于拖着僵直的脚,青着脸,丧魂失魄似的回向家里去了。她的回家,是为了明天又到街上来寻觅。

要获得真的自由

华西理被恐怖之念和好奇心所驱使,走到街上了。

"要出什么事呢? 该怎样解释呢? 该相信什么呢?"

骇人,神秘,不可解。

现在,墨斯科正有着奇怪的国内战争,是难以相信的。普列思那的市街,皤罗庭斯基桥附近的教堂,诺文思基列树路一带的高楼大厦,都仍如平常一样。

而这仍如平常一样,却更其觉得骇人。

墨斯科! 可爱的,可亲的墨斯科! ……出了什么事了? 枪炮声,避难者,杀戮,疯狂,恐怖……这是梦么?

是的,这是可怕的,不可思议的恶梦。

然而并不是幻梦。

拍,拍,拍! ……

在射击。在亲爱的墨斯科。在杀人。

并且不能从恶梦醒了转来。

在巴理夏耶·普列思那,连日聚集着群众,关于这变乱的议论,纷纭极了,街头像蜂鸣一样,满是嚣然的人声。大家都在纷纷推测,友军能否早日得到了胜利。因为普列思那的居民的大半,都左袒着布尔塞维克,所以是只相信他们的得胜的。

"他们已经完结了。直到现在,给我们吃苦,这回可要轮到他们了。得将他们牵着示众之后,倒吊起来。"

"是的,这回可是反过来了。"

但在有些地方,也听到这样的叹息:

"要将市街毁完了,毁完了。要将俄国卖掉了!"

动物园的旁边,已经禁止通行,装好了轰击亚历山特罗夫斯基士官学校的大炮。因为必须绕路,华西理便从横街走出,到了市街的中央。乔治也夫斯卡耶广场上,有兵士的小哨在。

"站住! 要开枪哩! 站住!"他厉声叫道。

通行人怯怯地站住了。

"擎起手来!"

那骑兵喝着,将勃朗宁枪塞在通行人的眼前,走近身来,看通行证,粗鲁地检查携带品。

通行人们在这骑兵面前,便忽然成为渺小的,可怜的人,不中用地张开了两臂,用怯怯的声音说明了自己。

"不行! 回去!"为权力所陶醉了的兵士命令说。

这兵士的眼珠是灰色的,口角上有着深的皱纹,沉重的眼色。他一面检查华西理的携带品,一面用高调子唱歌,混合酒的气味,纷纷扑鼻,于是华西理的心里,不禁勃然涌起嫌恶和恐怖之念来。

这高个子的骑兵,便是偷儿的卢帮提哈……这样看来,不很清白的人们,在靠革命吃饭,是明明白白了。

在闪那耶广场上,三个破烂衣服的工人,留住了坐着马车而来的将校,当通行人面前,装作检查携带品,抢了钱和时表,泰然自若地就要走了。将校显着可怜的脸色,回过头去,从工人的背后叫道:

"但我的钱呢?"

破烂衣服的一伙傻笑了一下。

"不要紧。还是去做祷告,求莫破财罢……"

将校从马车上走了下来。

"诸君,这不是太难了么? 这是抢劫呀!"他向着通行人这一面,说。"怎么办才好呢? 告诉谁去呢?"

先前,华西理是看惯了意识着自己的尊严,摆着架子的将校们的模样的,但看现在在群众面前仓皇失措,却是可怜的穷涂末路的人。

群众都显着苍白的,苦涩的,可怜的脸相,站着。

华西理在大街上,横街上,列树路上,只管走下去。

胸口被哀愁逼紧了。

到处还剩着一些群众,讨厌地在发议论,好像没有牙齿的狗吠声。倘向那吠着的嘴里抛进一块石头去,该是颇为有趣的罢。

华西理偶然走近这种议论家之群去了。

一个戴着有带子的无沿帽,又高又胖的人,正和一个大学生拼命论争,手在学生的鼻子跟前摇来摆去。

"不,你们的时代,已经过去了。只会说。你们是骗子,就是这样。"

"哼,为什么我们是骗子呢?"大学生追问说。

"为什么,你们将自由都捞进自己的怀里去了呀!"

"这又怎么说呢?"

"是这么说的。现在我,听呀,就算是一个门卫……在我这里过活的是四个孩子,老婆和我……我们的住房,是扶梯底下,走两步就碰壁的房子。然而第三号的屋子里,可是住着所谓贵妇人的,自己说是社会主义者,房子有八间,是只有三个人住的呵,是用着两个使女的……从三月以来,你们尽嚷着'自由,自由',但我们却只看见了你们的自由呵。我是住在狗窠似的屋子里的,六个人过活……然而贵妇人这东西呢,三个人住,就是房子八间。唔?这怎讲?你们是自由,我们呢,无论帝制时代,你们的时代,都是狗窠——这是怎么一回事?我们的自由在那里呀?"

"但你……不懂自由的真意义,"大学生有些窘急模样,低声说。

"应该怎样解释呀?"门卫轻蔑着,眯细了眼。"自由者,就是——生活的改良罢。"

"唔,那是……唔,但是,你们的工钱增加了罢。"

"哼,不错! ……是呀,增加了。我现在拿着一百卢布。但是,面包一磅是四卢布。给孩子们,光靠食粮券是万万不够的……无论如何,总得要麦粉半普特①……那么,加钱又有什么用呢? 唔?"

大学生一句话也没有回答。群众都同情门卫,左袒他。

"你们的所谓自由,在我们是烟一样的东西。但我们现在要获得自己的自由了。好的,真的自由。要一切工人,都容易过活。是不是呢?"门卫转脸向着群众,问道。

"是的! 当然,是的!"群众中有人答应说。

亚庚在那里?

战斗在初七的上午完结了。民众成群的走出街头来,一切步道,都被人们所填塞。然而不见亚庚。机织女工更加焦急了。他在那里呢?

"死的多得很。并且所有病院里,都满是负伤的人了。"

"库慈玛·华西理支,拜托你!"机织女工向耶司排司道。"同到病院里去走一趟罢。"

"去的,去的!"耶司排司即刻同意了。

但到那里去好呢。人们说,负伤者是收容在病院里面的,然而在墨斯科,病院有一千以上,势不能一次都看遍……第一天两个人同到各处的病院去访查,窥探了满堆着难看的死人的尸体室……但到第二天,便分为两路了,机织女工向荷特文加方面,耶司排司则向大学校这方面。奇怪的不安之念,支使了机织女工,她向病院和尸体室略略窥探了一下,便即回到家里来了。因为她想象着,当出外寻访着的时候,亚庚也许已经回了家,一进广庭,他正站在锁着的门口,穿着发红的外套,圆脸上带了笑影,问道:

---

① 三十六磅为一普特。

"妈妈，你上那里去了？"

这样一想，心里就和暖起来。这天一整天，她总记起那复活节的诗句：

"为什么在死者里，寻觅生者的？为什么在消灭者里，哀伤不灭者的？"

回家一看，依然锁着门，早晨所下的雪，就这样地积在阶沿上，毫不见有人来过的痕迹。她走到邻家，问道：

"没有人来过么？"

"没有。"

为悲哀和焦灼所驱使的她，便又出外搜寻去了。

下午四点钟光景，耶司排司在大学附属的昏暗的尸体室里，发见了亚庚。死了的他，躺在屋角的地板上，满脸都是血污，凭相貌是分辨不出的了，靠着他先前到孔翠伏方面去捉鹌鹑时，常常穿去的发红的外套，这才能够知道。

"唉唉，这是你了，"耶司排司凄凉地低低的说。"这是怎么干的呢？"

他暂时伫立着，想了一想，于是走到外面，在一处地方寻到了肮脏的马车行，托事务员相帮，将死尸载在橇上，盖上帆布，运回普列思那来了。

橇在前行，但很怕见机织女工的面，要怎么说才好呢？

觉得路程颇远似的。

刚近大门，机织女工已从耳门走了出来。一看见耶司排司，一看见躺在地上，盖帆布的可怕的东西，便如生根在地上一般地站住了。耶司排司仓皇失措地下了车，映着两眼，怕敢向她看。她挺直地站着，然而骤然全失了血色，半开着口，合不上来。

"库慈玛·华西理支！"她尖利地急遽地叫道："库慈玛·华西理支！"

于是伸一只手向着橇，低声道：

"这……是他？……"

耶司排司发抖了,全身发抖了,他的细细的胡子也抖动了,他低声道:

"他呀,华尔华拉·格里戈力也夫那。是他……我们的亚庚·彼得罗微支……他……"

回想起来

缴械之后,傍晚,伊凡·彼得略也夫又穿上羊皮领子的外套,戴了灰色的帽子,精疲力尽,沿着波瓦尔斯卡耶街,走向普列思那去了。大街上到处有群众彷徨,在看给炮弹毁得不成样子了的房屋。

波瓦尔斯卡耶街的惨状很厉害。

一切步道上,到处散乱着砖瓦和壁泥的破片和碎玻璃;每所房屋上,都有炮弹打穿的乌黑的难看的窟窿。路边树大抵摧折;巴理斯·以·格莱普教堂的圆盖倒掉了,内殿的圣坛也已经毁坏,只有钟楼总算还站在那里。大街和横街上,掘得乱七八糟,塞着用柴木,板片,家具造成的障栅。群众里面,有时发出叹声。一个相识的电车车掌,来向伊凡问好。

"瞧热闹么?很给了布尔乔亚一个亏哩!"他一面说。

伊凡不作声。

"你在中央么?一切情形,都看见了么?"

"看见了。"

"这就是布尔塞维克显了力量阿,哦!"

这车掌是生着鲶鱼须的,从那下面,爬出蛇一般的满足的笑来。伊凡胸中作恶,连忙告了别,又往前走了。

群众在大街上慢慢地走,赏玩而且欢欣。

这欢欣,不知道为什么,吓了伊凡了。人们没有明白在墨斯科市街上所发生了的惨状。

"但是，也许，应该这样的罢？"他疲倦着，一面想。"他们是对的，我倒不么？"

于是就不能判断是非了。

突然闪出觉得错了的意识，但立即消灭了。

怎能知道谁是对的呢？

"但是，要高兴，高兴去罢！……"

伊凡的回去，华西理和母亲都很喜欢。然而母亲又照例地唠叨起来：

"打仗打厌了么？没有打破了头，恭喜恭喜。可是，等着罢，不久就会打破的呵。人们在谈论你哩，说和布尔乔亚在一起。等着罢，看怎样。等着就是了。"

"哪，好了，好了，母亲，"华西理劝阻她，说。"还是赶快弄点吃的东西来罢。"

母亲去打点食物的时候，伊凡就躺在床上，立刻打鼾了。

"喂，不要睡！"华西理叫道。"还是先吃饱着。"

他走到伊凡的旁边，去推他，但伊凡却仍然在打鼾。

"睡着了？"母亲问道。

"睡着了。"

"但是，叫他起来罢。吃点东西好。"

华西理去摇伊凡的肩头，摸他的脸，一动也不动。

"叫了醒来也还是不行的。让他睡着罢。"

"唔，乏极了哩，"母亲已经用了温和的声音说话了，于是离开卧床，叹了一口气。

伊凡一直睡到次日的早晨，从早晨又睡到晚，从晚上又睡到第二天，尽是睡。醒来之后，默默地吃过东西，默默地整好衣服，便到市街上去了。

睡了很久，力气是恢复过来了，而不安之念却没有去。他在毁坏到不成样子了的市街上彷徨，倾听着群众的谈话，一直到傍晚。

人们聚得最多的，是尼启德门的附近，在那地方，延烧了的房屋，恰如罗马的大剧场一般站着，仿佛即刻就要倒塌下来似的。

伊凡被好奇心所唆使，走进那曾经有过猛烈的战斗，现在是在平静的街角上的房屋了的广庭里面去观看了。庭院已经略加收拾，不见了义勇兵曾在那后面躲过的箱。门前的障栅是拆掉了，而那尘芥箱却依然放在角落里，——放得仍如战斗当时那样，被枪弹打到像一个蜂窠。

伊凡走近那尘芥箱去。在这里，是他用刺刀刺死了工人的……

伊凡站住一想，那工人的模样，就颇为清楚地浮现出来了。

短小的，有着发红的胡子的工人，活着似的站在他前面。歪着嘴唇，张着嘴——发了可怕的嘶嗄的声音的嘴——的情景，也历历记了起来。

连那工人那时想避掉枪刺，用手抓住了伊凡所拿的枪身的事，也都记得了。

“是不愿意死的呵，”他想。

他在沉思着，但想要壮壮自己的气，便哼的笑了一声，而脖子和项窝上，忽而森森然传来了难堪的冷气。他向墙壁——那件可怕的事情的证明者——瞥了一眼，就走出了广庭。

进这讨厌的广庭去，是错的。伊凡走在街上的时候，就分明地省悟了这一点的，然而被杀的工人却总是跟定他的脚踪，无论到那里，都在眼前隐现。

这很奇怪：到了刺杀以后已经过了几天的此刻，而那时的一部分，却还时时浮到眼前来。其实，是在交战的瞬息间，这些的一部分，原已无意识底地深印在脑里了的，到了现在，却经由意识而显现了。那工人的磨破了的外套，挂着线条的袖子，还有刺刀一刺之际，抓住了枪身的大大的手，凡这些，都记得了起来。唉，那手！……那是满是泥污的，很大的——工人的手。

一想起那只手，伊凡便打了一个寒噤。不知道为什么，眼睛，脸,叫喊,嘶声,都不是什么大事情,而特别要紧的,却是那工人的大的手。

回想着做过了的一件错事的时候,则逼窄的焦灼的心情,深伏在心坎里的事,是常有的。这心情被拉长,被挤弯,终于成为近于隐痛的心情,无论要做什么,想什么,这样的心情就一定缠绕着。记起了死了的工人的手的伊凡的心情,便正是这东西了。后来还有加无已,火一般烧了起来,伊凡终于沉在无底的忧愁里了。该当诅咒的工人!……

"倘若我不用刺刀去杀他,我就给他杀掉了的,"伊凡自解道,"两不相下:不是他杀我,就是我杀他。何必事后来懊恼呢? 唔,杀了,唔,这就完了。"

他将两手一挥,仿佛心满意足的人似的,取了自由的态度。

在大门的耳门那里,耶司排司显着忧郁的脸相,带着厉害的咳嗽,正和他相遇。

"不行呢,伊凡·那札力支,不行。"

"什么是不行呀?"

"我去看过了——旧的东西打得一塌胡涂,寺院真不知毁掉了几所……唔? 这要成什么样子呀? 是我们的灭亡罢。唔?"

"是的,不行。"

"听到了么? 亚庚·彼得罗微支回来了,我带来的。"

"那个亚庚·彼得罗微支?"

"哪,就是那个亚庚,机织女工的儿子。"

"受伤了?"

"怎么受伤? 死了。我好容易才认出他来的。唉唉,母亲是悲伤得很。听见罢?"

伊凡倾耳一听。

从角落上的屋子里,传来着呻吟的声音。

"在哭罢?"

"在号啕呵。拔下头发来，衣服撕得粉碎……女人们围起来，在浇冷水那样的大乱子。可怜得很……"

耶司排司顺下眼去，不作声了。

"这是无怪的，独个的儿子；希望他，养大他，一眼也不离开他……然而竟是这模样，"他又补足道，"倒了运了，真没有法子。……"

伊凡不懂他在说什么。

"但还有……还有谁死掉了罢？"

"自然呀。普罗呵罗夫斯卡耶纺纱厂的工人三个和机器工人一个给打死了……死的还很多哪，……在准备公共来行葬式哩。……"

耶司排司还在想讲什么事，但伊凡已经不要听了。

"亚庚，亚庚谟加！……谁打死了他呢？自己所放的枪弹，打死了他也说不定的，是不是？"

这样一想，好不怕人。

对于人生有着坚固的信念的，刚强的他，一起这无聊的琐屑的思想，也不禁忽而悄然战栗起来。

"是怎样的恶鬼呵！"

他茫然若失，又觉到可怕的疲劳了。

谁是对的？

夜间不能成寐，有时昏昏然，有时沉在剧烈的思索里。不知怎地，伊凡终于疑心起来，好像母亲，华西理，耶司排司，全寓里的人们，都在以他为亚庚之死的凶手了。

这亚庚是蠢才。这样的小鬼也到战场上去么？……唉……

而且为了这乳臭小儿的事，全寓里都在哀伤，也觉得讨厌起来了。夜里，伊凡想看一看死人，走近机织女工的屋子去，但听到了呻吟声,于是转身便走,只是独自在昏暗的广庭里彷徨;完全沉郁了,沉重的思想,铅似的压着他的心。

"谁是对的呢?"他问着自己,而寻不出一个答复。

夜静且冷,雾气正浓。市街上起了乱射击,但那是还在发见了反革命者的红军所放的。伊凡一面听着这枪声,一面许多工夫,想着降在自己身上的不幸。

伊凡抱着淹在水里的人似的心情,又彷徨了两天。

到处是工人们在作葬式的准备,开会,募集花圈的费用。在会场上,则公然称社会革命党员为奸细,骂詈他们的行为。

伊凡不往工厂,也不吃东西,和谁也不说话,只是支挣着在市街上徘徊,好像在寻求休息的处所。

葬式的前一晚,伊凡往市街上去了。

一到夜,大街照例就空虚起来,雾气深浓,街灯不点,听到街尾方面,不知那里在黑暗中有着猛烈的枪声。

伊凡在戈尔巴德桥上站住了。为什么?只是不知不觉地站住了。原也不到那里去。他能离开自己么?没有地方去!雾气深浓……什么也看不见。

伊凡站了许多时,倾听着远处的枪声和市街的沉默。市街是多么变换了呵!

有人在雾中走过,形相消失了,只反响着足音。这之际,忽然想到那刺杀了的工人了。在雾中走过的,仿佛就是他,但这是决不会的。因为那工人已经在生锈的尘芥箱后面,两脚蹬着地上的泥土,死掉了。他想起了这可诅咒的死亡的鲜活的种种的琐事,感到了刺进肉里去的刺刀的窒碍的声音。那是一种令人觉得嫌忌的声音。两眼一闭,那工人因为想从刺刀脱出,弯着脊梁,用做工做得难看了的两手,抓住了枪身的形相,也分明看见了。

在先前,是于一切事情都不留意,都不了然的。一切都迅速地团团回旋,并没有思索,感得,回忆的余裕。

但到了过去了的现在,一切却都了然起来,被杀在尘芥箱后的工人的形相,在伊凡的脑里分明地出现了。那时候,从伊凡的肩头到肘膊,是筋肉条条突起的……因为要刺人,就必须重击,在枪刺上用力。

又有人在雾中走过去,是肩着枪的人,影子立刻不见了……那工人,是也是肩着枪,向尼启德门方面去,于是躲在尘芥箱后,开手射击了的……

许多工夫,伊凡烦闷着什么似的在回想。

哦,是的! 那时候可曾有雾呢?

他回想着,不禁浑身紧张了。

且住,且住,且住! 在沿着列树路跑过去的时候……曾有雾么? 有的! 不错,有的!

现在伊凡回想起来:那时候,屋顶上是有机关枪声的,应该看见机关枪,然而没有见:给雾气所遮蔽了。有的,有雾!

鬼!

用两只圆圆的大眼睛,那时是凝视了的,现在却一直钻进伊凡的心坎里来了。

雾。忧愁里的市街。黑暗在逼来。黑暗。

伊凡且抖且喘,回转身就跑。

这晚上和夜里,在伊凡是可怕的。汗将小衫粘在身体上,整夜发着抖。苍白的,阴郁的他,使母亲和兄弟担着忧,只在房子里走来走去……点灯的时候,在屋角的椅子近旁的浓浓的影子,好像在动弹。伊凡于是坐在墙边的长椅上,搁起两只脚,想就这样地直到明天的早上了。

错　了！

早上，葬式开始了。然而寺院的钟，不复撞出悲音，母亲们也并不因战死者而啼哭，也没有看见黑色的丧章的旗。一切全是红的，辉煌，活泼，有美丽的花圈，听到雄纠纠的革命歌。孩子们，男女工人和兵士们，整然地排了队伍进行，在年青的女人的手中，灿烂着红纸或红带造成的华丽的花束。队伍前面，则有一群女子，运着一个花圈，上系红色飘带，题着这样的句子：

"死于获得自由的斗争的勇士万岁。"

从普罗呵罗夫斯卡耶工厂，运出三具红色灵柩，向巴理夏耶·普列思那来。工人的大集团，执着红旗，背着枪，在柩的前后行进，"你们做了决战的牺牲……"的歌，虽然调子不整齐，但强有力地震动了集团头上的空气……并且合着歌的节拍，如泣如诉地奏起幽静的音乐来。

苦于失眠之夜的疲乏的伊凡，在葬式的队伍还未出发之前，便从家里走出，毫无目的地在市街上彷徨了。

一切街道，都神经底地肃静起来，电车不走了，马车也只偶然看见，店铺的大门，从早晨以来就没有开。市街屏了呼吸，在静候这葬式的队伍的经过。秋的灰色的天空，是冰冷地，包着不动的云。

伊凡过了卡孟斯基桥，顺着列树路，向札木斯克伏莱支去。在波良加，遇到了红色柩和队伍，大街上满是人，群集将伊凡挤到木栅边去，不能再走，他便等在那里看热闹了。

挂着劈拍劈拍地在骨立的瘦马的肚子上敲打的长剑的骠骑红军和民众做先驱；后面跟着一队捏好步枪的红军，好像准备着在街角会遇到袭击；再后面，离开一点，是走着手拿红旗和花圈的男女工人们。旗的数目很多，简直像树林一样，有大的，有小的，有大红的，有淡红的，处处也夹着无政府主义者的黑旗。队伍的人们，和了军乐队的演奏,唱着葬式的行进曲,通红的枢,在乌黑的队伍的头上,一摇一摇地过去了。

伊凡定睛一看,只见队伍的大半,是青年们,也有壮年,竟也夹着老人。大家都脱了帽子,显着诚恳的脸相在走,一齐虔敬地唱着歌。

红色枢在旗帜和枪刺之间摇动,红军沿着左右两侧前行。歌声像要停止了,而忽然复起,唱着叫喊一般的《马赛曲》,喧嚣的《伐尔赛凡加》,以及舒徐的凄凉调子的挽歌。女人们的声音,响得劈耳。

此后接着是红军——背着上了刺刀的枪的工人数千名。

这一天,布尔塞维克是一空了墨斯科兵工厂,将所有的工人全部武装起来了。

现在,在数千人的队伍的头上,突出着枪和枪刺,恰如树林的梢头。而队伍中的工人,则仿佛节日那天一样,穿了最好看的衣装,行列整然地在前进……

被人波打在壁下的伊凡,饕餮似的目不转睛地注视着行列。

就是他们。在前进。伊凡曾经决意和他们共同生活,为此不妨拼出性命的那工人……在前进。

然而,他……他伊凡却被拉开了。许多许多的,这大集团,宛然一大家族似的在合着步调前进,而曾以墨斯科全区的工人团体的首领自居的他伊凡·彼得略也夫,却站在路边,好像旁人或敌人一样,旁观着他们。

但是,无疑的,他是敌人。暴动的那天,他恐怕就射击了现在跟在灵枢后面走着的这些工人们的罢?也许,躺在这灵枢里面者,说不定就正是他所枪杀的?!

伊凡思绪纷乱,觉得晕眩了,不自觉地闭了眼……回想起来,当他空想着关于世界底变动的时候,描在他那脑里的光景,就正是现在眼前所见那样的东西。万余的工人,肩着枪,走到街头来。这是难以压倒的军队!

而现在就在眼前走,这样的工人们。

他们在唱歌。子弹装好了,枪刺上好了,皇帝在西伯利亚,布尔乔亚阶级打得粉碎了,民众砍断了铁链子,在向着"自由"前进……

伊凡苦痛得呻吟起来,切着牙齿。

"呜,鬼!……错了!!……"

葬式的队伍一走完,他便回转身,向家里疾走。因为着急,走得快到几乎喘不过气来,愈快愈好。会寻到出路,修正错误的罢。回了家的他,便从床下的有锁的箱子里,取出勃郎宁手枪来,走向瓦喀尼珂伏坟地,就在亚庚的坟的近旁,将子弹打进自己的太阳穴里去了。在阒其无人的坟地里的枪声,是萎靡而微弱的。

两礼拜过去了。

市街以惊人的速度,恢复了可怕的战斗的伤痕。到处在修理毁坏的门窗,打通的屋顶和墙壁,倒掉的栅阑,工人的群拿出尖锄和铲子来,弄平了掘过壕堑的街街巷巷的地面。

人们仿佛被踏坏了巢穴的蚂蚁似的,四处纷纷地在工作。

据正在战斗时候的话,则因为墨斯科没有玻璃,此后三年间,被射击所毁的窗户,是恐怕不能修复的。

然而第二个礼拜一完,还是破着的窗玻璃就几乎看不到了。

人们发挥了足以惊异的生活能力了。

只有克莱谟林依然封锁起来,和那些不成样子的窗和塔,都还是破坏当时的模样。

而在普列思那的旧屋子里,也还剩下着哀愁。

前四章刊载于 1929 年 1 月 20 日、2 月 20 日《大众文艺》月刊第 1 卷第 5、6 期。1933 年 2 月由上海神州国光社作为"现代文艺丛书"之一出版。

三十一日

日记 星期。晴。午后三弟来,下午同至商务印书馆取影宋景祐本《汉书》卅二本,是为百衲本《廿四史》之第一期。

九月

一日

日记 小雨。上午为海婴往仁济堂买药。晚得孙用信。得王方仁信并画信片三枚,八月十四日柏林发。得诗荃信并自作木刻二枚,十五日发。

题赠冯蕙熹

杀人有将,救人为医。

杀了大半,救其孑遗。

小补之哉,乌乎噫嘻!

鲁 迅

一九三十年九月一日,上海

未另发表。据手稿编入。

初未收集。

二日

日记 昙,下午雨。得李秉中信。得杨律师信,即复。寄邵铭之信。晚铭之来,邀之往东亚食堂夜饭。

三日

日记 雨。上午往仁济堂买药。下午复李秉中信。复孙用信。以书三本寄诗荃。寄紫佩信。寄李小峰信。

致 李秉中

秉中兄：

　　来信收到。结婚之后，有所述的现象，是必然的。理想与现实，一定要冲突。

　　以译书维持生计，现在是不可能的事。上海秽区，千奇百怪，译者作者，往往为书贾所诳，除非你也是流氓。加以战争及经济关系，书业也颇凋零，故译著者并蒙影响。预定译本，成后收受，现已无此种地方，即有亦不可靠。我因经验，与书坊交涉，有时用律师或合同，然仍不可靠也。

　　青木正儿的《明清戏曲史》，我曾一看，确是好的。但此种大部，我所知道的书局，没有能收受的地方。此地的新书坊，大都以营利（而且要速的）为目的，他们所出，是稿费廉的小书。

　　我近来不编杂志；仍居上海，报载为燕京大学教授，全系谣言。

迅　上　九月三日

致 孙 用

孙用先生：

　　来信收到。近年以来，北新书局与我日见疏远，因为种种事情，冲突之处颇不少。先生之稿，可否稍待再看，因为我如去催，那对付法是相同的，前例已有多次了。

　　《勇敢的约翰》先亦已有书局愿出版，我因将原书拆开，豫备去制图，而对方后来态度颇不热心（上海书局，常常千变万化），我恐交稿以后，又如石沉大海，便作罢。但由我看来，先生的译文是很费力的，为赌气起见，想自行设法，印一千部给大家看看。但既将自主印刷，则又颇想插以更好的图，于是托在德之友人，转托匈牙利留学生，买一插画本，但至今尚无复信，有否未可知。

先生不知可否从另一方面，即托在匈之世界语会员，也去购买？如两面不得，那就只好仍用世界语译本的图了。

所以那一本原书，虽已拆开。却无损伤。 先生如仅怕遗失，则我可负责保存。如需用，则当寄上，印时再说。仍希见复遵行也。

迅　启上　九月三日

四日

日记　雨。午后往杨律师寓取北新书局版税七百四十。下午晴。往内山书店买『史底唯物論』一本，『独逸基礎単語四〇〇〇字』一本，共四元六角。买食品四种赠阿玉，阿菩。

五日

日记　雨，午晴。下午寄 Татъяна Кравцовой 书两包。寄诗荃信。

六日

日记　时晴时雨。下午为海婴往仁济堂买药。买『露語四千字』一本，『アトリエ』（九月号）一本，共泉四元二角。托三弟由商务印书馆汇绍兴朱积成泉百。收大江书店版税泉肆十八元五角三分八厘。得君智信。得孙用信。

七日

日记　星期。晴。下午三弟来。晚访史沫特列女士。

八日

日记 晴。上午收七月分编辑费三百。下午得朱宅信。得钦文信。

九日

日记 晴,下午风。晚上街买滋养糖二瓶,点心四种。

十日

日记 昙,风。上午往春阳写真馆照相。得小峰信。下午收靖华所寄《十月》一本,《木版雕刻集》(二至四)共叁本,其第二本附页烈宁象不见,包上有"淞沪警备司令部邮政检查委员会验讫"印记,盖彼辈所为,书系八月廿一日寄,晚复之。往三弟寓,雨。

无产阶级革命文学论 *

[匈牙利]Andor Gábor

人们时常质问我们:"那么,你们的无产阶级革命文学应该是什么呢? 它也和别的普通的文学似地是一种艺术么? 还是你们将它视为一种当作宣传与煽动用的'倾向的'论文呢?"我们回答说:我们的文学是艺术,至少我们是想努力将它造成艺术的,这就是说我们晓得一个艺术家不是在八天之内,也不是在八个月之内所能锻炼成就的;但同时我们的文学又是一种"倾向"(这两个字的含义我们可不要解释成政治论文),我们用它来进行煽动与宣传,在这件事情上,我们并不是什么神奇的革新者,而只不过是市民阶级的文学技术的自觉的承继人,我们的目的只是想将无产阶级的科学——即马克斯主义的列宁主义应用到文学的领域上去。

世间并没有一种普遍的"人类"的存在,而只有一种具体的人类的存在,这种具体的人类是由许多的阶级所组成,并且——像在马克斯主义上所明记着的——这种人类的历史还正是那阶级争斗的历史。文学并不是什么神圣的精灵的启示,它只是历史的造物,它只是阶级的产品,它描写,组织,和发展哪个阶级的思想与情感,它便是属于哪个阶级的文学。并且,它还是要从那培养着它的阶级的立脚点来形成那世界的影像的。谁要是肯定这种话时,请他不要诽谤这种文学,请他不要说,我们若称这个孩子以正当的名目时,那么它便是一个娼妓。如果历史上每个达到一种相当的物质的与精神的水准的阶级都有它的文学作为它的生存的写照时,那么,那在人类史上负有最深入的改革的重荷的革命的无产阶级也必然要同样地有它自己特殊的文学了。我们的意思所指的这种文学也正是一种——不过是自觉的——阶级文学,就和那过去的或正在破灭着的阶级底文学是一种阶级文学一样。

由以上我们可以得到这个明了的断论,就是,当我们今日说起我们的无产阶级革命的文学时,我们的意思并不是指那未来的,社会主义的,共产主义的,因而也就是阶级消灭了的社会上文学而言,因为在那时文学也要失掉了阶级性了。和这正相反:我们的文学是阶级文学的最高的阶段,它是彻头彻尾地阶级斗争底的。它发生在资本主义最后一段的帝国主义的时代并不是一件偶然的事。

它是和阶级争斗相并着发生的,阶级争斗的目的是在毁灭帝国主义的。资本主义制度,而借着无产阶级的统治及参议员的独裁等方法来造成那达到阶级消灭的社会去的过渡期。因此,我们的文学也就成了那正在进展着的和锐利化了的阶级争斗的武器了。无产阶级的独裁既然是阶级统治的最高的——有自觉的——形式,那么,无产阶级革命的文学也应当按照世界革命的情况而分为两个时期的文学:即世界革命前的文学(在资本主义的诸国里)和无产阶级专政期的文学(在苏维埃俄国)。在苏维埃俄国,无产阶级革命的文学已经产生了的这种事实渐渐地就要被人承认了。但对于资本主义的国家还常常有人这样地发问：那革命的劳动阶级，在政权的获得以前，能够为它自己创出一种文学来么？它应当这样做么？它不应当将所有的力量都集中在为权力的攫取的斗争上，将所有的力量全部地放在政治经济的领域上的么？

我们先用一种反证来试试这种质问。让我们说，无产阶级是不应当创造一种特殊的文学的，并且它如果要从事于那种并不是什么轻而易举的工作的时候，它一定要分裂了阶级争斗的势力的。但我们的新闻纸是作什么用的呢？——那事实上是存在着的，并且还有讲谈栏及小说栏，以应付读者的某种需要。这种读者并不是"咖啡婆"与"修道女"，而却是从事于阶级斗争的革命家。我们的出版机关又是作什么用的呢？——这也同样是一种事实而不是幻想。或者，我们的新闻纸与出版机关都是我们的行列里那应当从速被铲除的改良主义的产物么？难道这是错误的么？——我们的新闻纸与出版机关越多越容易和大众接近。或者——即使我们将那种对于新闻纸与出版机关的主张认为正确的——我们不应当全部地用经济政治的内容来充满它们么？而想用美文学的产物来供奉男女的劳动者不是那些无知的编辑者的错误么？我们不应当开始一次十字军来反对美文学而警告我们的同志和那么同情者们说，诗歌，故事，小说等的阅读是一种可耻的事的么？我们可以将这种见解宣传一下试试。或者这是没有什么损害的。

但是对于我们这实在是一种不利的事。革命的劳动者，正好是有阶级自觉的，将要嘲笑我们。因为他知道那劳动力商品的所有者并不是一束单纯的筋肉，而却是一个有各种需要的人，自然他也有文化的需要，而诗歌，小说，历史及故事的阅读便是文化的需要的一种。革命的劳动者还知道劳动运动的历史，并且他将教导我们说，还永没有一个革命党曾带着这种解决来到大众的面前过：收回你的需要去！不要有要求！你们的文化的需要是罪恶的！不但资本主义者,就连我们都希冀劳动阶级永是一种最落后的大众!

这自然是全无意义的话,在政权的获得以前,大多数的劳动阶级仍然是比较地没有文化:可是就在阶级斗争的进行中,它那最好的——那就是说,有阶级自觉的,阶级斗争的——部分已达到一种较高的文化水准。如果不是这样,那么为什么叫喊着那我们在一切的文化的领域上所完全正当地进行着的文化斗争呢? 莫非我们之进行文化斗争,完全是为了鼓舞左倾的市民阶级的分子,为了溶解小资产阶级的么? 不是的,我们进行文化斗争主要地是为了无产阶级的利益,我们想切断几条(资本主义的)文化的铁索,而好使这文化的一部分也被无产阶级所得到。实在地,那将堕落成一种腐败的妥协,假使我们以为尚在资本主义社会的怀中文化便可以由它的一切的绳索中解放出来的时候用着那改良的方法,而不要社会革命。我们就在作梦时都没有这样地想过。正相反:我们是坚信每一点文化都是和那较高的工钱,较短的工作时间,稍满人意的工作条件等一样地从统治阶级那里用凶烈的阶级斗争强夺过来的。

不错,我们的同志将说了,我们是在全线上进行着文化斗争的,并且实质上,这还完全是一种阶级的斗争。但文学却是一种装饰品,一种附属物,对于它,我们这些从事于那更严重的阶级斗争的事业的人实在是没有时间。文学,像一切的艺术似地,是诉诸情感的。而对于我们有关系的却是意识,我们把情感让给别的人罢。一种崇高的智慧! 高得使我们攀援不上去。第一,我们并不那样正确地知道,在什么地方情感告终而意识开始。此外,我们共产主义者并不觉得在我们的阶级之内会存在着什么样的东西是我们可以让给"别的人"的。我们并不想:一个劳动者必需作经济政治的斗争,"不然的时候"他就许作他所愿作的事,他就许任着他自己的意欲来思考上帝与世界,概括言之:他就许要"随着他自己的好尚"去享受幸福去了。至少我们是主张他是可以随他所欲地到任何地方去获取他的娱乐与文化的满足的。因此,即使那"别的人"是存在的时候,我们也不能将文学让给他们。

但这些别的人应该是谁呢？

人们不是常常地对我们指点出古典的（市民阶级的）文学来，就算将我们"打发"了么?! 那决定现在与将来的原动力——革命的劳动者是需要在文学的领域上将自己限制于过去的范围以内的么？从什么时候起，我们便不将文学看成一种继续不断的制作，而将它看成一个陈列所了呢？阶级斗争的文学的武器是要从那古旧的器具贮藏室里拿出来的么？这种话的意义，若移到另一个领域上去时，就等于说：无产阶级是可以用"后膛枪"来攻击资本主义的军队的"坦克"及火焰发射机的! 阶级斗争的无产阶级如果有文学的要求时，那么他们的要求是必需要满足的。但谁能满足他们呢？其他的阶级的作家们么？难道我们以为那对敌的阶级的背叛者已经代取了被压迫者的地位，致使那被压迫阶级的自己的行动都成了多余的了么？他们不但替代了我们的地位，而还要授与我们那阶级斗争的武器的么？那么同样，在经济政治的领域上，我们也应该主张那"从外面输入到"无产阶级里面来的革命原理也是足够的了。（这种原理就在现在还是被那资产阶级的脱出者在多方面往里面输入着。）我们不是早已就宣说了劳动阶级的解放（这就是说，一种和革命的理论相一致的革命的实践）只能是劳动阶级自身的工作的么？

但什么是文学？它是实践还是理论？对于过去的文学它总是实践的，几乎是百分之百的阶级性的实践，几乎完全没有理论，或是只有那几乎使人发笑的理论的探寻，这种探寻，从外观上看来，好像完全不想发现出那真实的本质似的，就是对于我们，文学也必需是一种实践，那就是说，制作；不消说：革命的实践，不过因为我们知道没有一种实践是没有理论的，所以我们的文学也就必需是一种基于革命的理论的革命的实践。这种要求，就连对于同志们都好像很粗大的似的——这些同志们都是因为他们那高度的市民阶级的教养，在精神的领域上还没有完全脱掉他们那市民阶级的思想的步调的。

对于我们，那反面的主张完全是一种萎缩了的观念。一种革命的文学的实践而没有革命的理论的认识！那么这种实践应该从那里发生呢？难道说诗人是一个空瓶子，诗神在这一次可以把这种，在另一次又可以把那种（阶级的）内容装进去的么？

我们既已划清范围并且认识了我们的文学必需是一种基于革命的理论的革命的实践了，那么，我们便可以安心地将这个领域让给"别的人"了。但还有一个问题：那愿意从事于革命的实践的著作家们都是在那里群集着呢？因为为了一种文学，一两个作家是不够的，所以我们必需有更多的或大批的作家方可。但这些作家是要出生在资产阶级的里面的么？——这个阶级我们已经断定它不是一个革命的阶级了。还是要出生在那破碎的资产阶级文学的领域上，在那半市民阶级的，四分之一的市民阶级的和还要小的市民阶级的不满者们的阵营里的呢？还是要出生在那"谋叛的巨人"的巢穴里的呢？——这种巨人已将他们自己从市民阶级的羁束中解放出来了，并且又是这般的"自由"，致使他们那傲慢的头颅不肯再屈伏于党的羁束之下，或者只能在那"如我所主张的那样的党"的条件下而屈伏。假使从明天起他们便把全部的文学的努力都"转向"我们了，那时他们肯拿那他们自己所不能忍受的党的"羁束"来"推荐"给无产阶级的读者么？这是不可期待的事。他们又要总是"推荐"革命，而却不指明那到什么地方去的路程了。纵令他们是"对于一切都准备好了"，他们从那里能得到（今日）阶级斗争及（现在）斗争着的阶级的认识呢？诗人的幻想是世界上一种和物质最有密切的联结的事。没有一行文学不是从经验中生出来的。那阶级的斗争及斗争着的阶级——这是那有千重的色彩的现象的领域——是能从新闻纸的记事中体验得出来的么？或者：一个作家，只是彻底地知道了马克思，恩格尔及列宁，就可以具体地描写一个在家里，在路上，在工作时，在小屋里，在集会中，在暴动时的革命的劳动者了么？这是一方面。另一方面呢：不懂马克思与列宁，他可以理解一个革命的劳动者的内容么？假使是不可以的时候，那么，在这两种情形之下，他都是不能艺术的地绘画出一个革命的劳动者来的。

因此，那劳动阶级与它的阶级斗争是必需亲身去体验的。现在又来了一个问题，就是：根据着怎样的原理去体验？一个在阶级上和劳动者对抗的人，一个敌手，也可以同样地去体验劳动阶级。那自然不会成为我们的文学的。我们可以想象：一个市民阶级的作家对于劳动阶级——因为这是现代的一个焦急的问题——很"感到兴趣"，致使他去"研究"他们的斗争，和为了理解他们的内容，还要"熟悉"他们的理论。一种无产阶级革命的文学作品是这样地产生出来的么？不是的，那只不过是关于无产阶级的（市民阶级的）客观的文学，那种体验也是在那市民阶级的精神基础上发生的。要使我们的文学能够发生，一个作家不但是需要"熟悉"无产阶级的科学，而同时还要将它作成自己的信仰，他不但是需要对于无产阶级的斗争"感到兴趣"，因而去"究研"它，他同时还需要觉着那是他自己的事业而和劳动者一同去争斗。无产阶级革命的文学必需在那无产阶级革命的阶级争斗的立脚点上体验出来。

因此，我们的工作的最大部分便是在引起与增进那革命的无产阶级底文学的活动了。但为防止一种误解（因为我知道一定要有许多的误解发生的）起见，让我们豫先声明，我们的意思并不是说一个劳动者在"同时"又是一个著作家。这样的一种"兼业"，在连著作的事业都实行（资本主义的）分工的现代，到底是不可能的。我们的意思是说那由革命的劳动阶级的行列里所培养出来的著作家。未来——并且还是最近的——是肯定他们的。只有他们才能完全地从那革命的阶级斗争的立脚点来体验无产阶级及他们那解放的战斗，和同化了那达到最高的发展的革命原理。（和那革命的实践相联属着。）

这种可能性现在还是潜伏着，被束缚着，并且还受着无数的困难的阻挠。我们需要发展它，好使无产阶级革命的文学能够开花。

这就是我们的工作。

（本文见于 *Die Links-Kurve* 一卷三号，一九二九年十月。）

原载 1930 年 9 月 10 日《世界文化》月刊创刊号。
初未收集。

十一日

日记 昙，上午雨。无事。

十二日

日记 晴。下午往内山书店买书两本，五元。得朱宅信。广湘来。晚三弟来。收诗荃所寄 Carl Meffert 作 Zement 木刻插画十枚，直一百五十马克，上海税关取税六元三角；又《海兑培克日报》两卷。

十三日

日记 昙。上午收《十月》稿费三百，捐左联五十，借学校六十。下午往内山书店买『新洋画研究』（1）一本，四元。

十四日

日记 星期。晴。午后三弟来，同往西泠印社买《悲盦賸墨》十集一部，二十七元；《吴仓石书画册》一本，二元七角；又为诗荃买《悲盦賸墨》三本（每三·四元），《吴仓石书画册》一本（同上），又《花果册》一本（一·六），《白龙山人墨妙》第一集一本（二·六），共泉十三元六角。伤风，服阿斯匹灵。

十五日

日记 昙，下午雨。得靖华信，八月廿七日发。得有麟信。

十六日

日记 昙。午后得季市信。得杨律师信。下午内山书店送来『広重』一本,其直卅四元。夜雨。为广湘校《静静的顿河》毕。

《静静的顿河》后记

本书的作者是新近有名的作家,一九二七年珂刚(P. S. Kogan)教授所作的《伟大的十年的文学》中,还未见他的姓名,我们也得不到他的自传。卷首的事略,是从德国辑译的《新俄新小说家三十人集》(*Dreising neue Erxaehler des newen Russland*)的附录里翻译出来的。

这《静静的顿河》的前三部,德国就在去年由 Olga Halpern 译成出版,当时书报上曾有比小传较为详细的介绍的文辞:

"唆罗诃夫是那群直接出自民间,而保有他们的本源的俄国的诗人之一。约两年前,这年青的哥萨克的名字,才始出现于俄国的文艺界,现在已被认为新俄最有天才的作家们中的一个了。他未到十四岁,便已实际上参加了俄国革命的斗争,受过好几回伤,终被反革命的军队逐出了他的乡里。

"他的小说《静静的顿河》开手于一九一三年,他用炎炎的南方的色彩,给我们描写哥萨克人(那些英雄的,叛逆的奴隶们 Pugatchov,Stenka Rasin,Bulavin 等的苗裔,这些人们的行为在历史上日见其伟大)的生活。但他所描写,和那部分底地支配着西欧人对于顿河哥萨克人的想像的不真实的罗曼主义,是并无共通之处的。

"战前的家长制度的哥萨克人的生活,非常出色地描写在这小说中。叙述的中枢是年青的哥萨克人格黎高里和一个邻人的妻阿珂新亚,这两人被有力的热情所熔接,共尝着幸福与灭亡。而环绕了他们俩,则俄国的乡村在呼吸,在工作,在歌唱,在谈天,在休息。

"有一天,在这和平的乡村里蓦地起了一声惊呼:战争!最有力的男人们都出去了。这哥萨克人的村落也流了血。但在战争的持续间却生长了沉郁的憎恨,这就是逼近目前的革命豫兆⋯⋯"

出书不久,华斯珂普(F. K. Weiskopf)也就给以正当的批评:

"唆罗诃夫的《静静的顿河》,由我看来好像是一种豫约——那青年的俄国文学以法兑耶夫的《溃灭》,班弗罗夫的《贫农组合》,以及巴贝勒的和伊凡诺夫的小说与传奇等对于那倾耳谛听着的西方所定下的豫约的完成;这就是说,一种充满着原始力的新文学生长起来了,这种文学,它的浩大就如俄国的大原野,它的清新与不羁则如苏联的新青年。凡在青年的俄国作家们的作品中不过是一种豫示与胚胎的(新的观点,从一个完全反常的,新的方面来观察问题,那新的描写),在唆罗诃夫这部小说里都得到十分的发展了。这部小说为了它那构想的伟大,生活的多样,描写的动人,使我们记起托尔斯泰的《战争与和平》来。我们紧张地盼望着续卷的出现。"

德译的续卷,是今年秋天才出现的,但大约总还须再续,因为原作就至今没有写完。这一译本,即出于 Olga Halpern 德译本第一卷的上半,所以"在战争的持续间却生长了沉郁的憎恨"的事,在这里还不能看见。然而风物既殊,人情复异,写法又明朗简洁,绝无旧文人描头画角,宛转抑扬的恶习,华斯珂普所说的"充满着原始力的新文学"的大概,已灼然可以窥见。将来倘有全部译本,则其启发这里的新作家之处,一定更为不少。但能否实现,却要看这古国的读书界的魄力而定了。

一九三〇年九月十六日。

最初印入 1931 年 10 月上海神州国光社版中译本《静静的顿河》(1)。

初未收集。

《静静的顿河》作者小传

密哈尔·唆罗诃夫(Michail Sholohov)以一九〇五年生于顿(Don)地方。父亲是杂货商,家畜和木材商,后来还做了蒸汽磨坊里的经理。他的母亲,是一个土耳其女子的曾孙女,那时她带了她的六岁的小儿子——唆罗诃夫的祖父——作为俘虏,从哥萨克移到顿来的。唆罗诃夫在莫斯科时,进了小学校,在伏罗内希(Voronesh)州的时候,则进了中学,然而没有毕业,因为他们为了来侵的德国军队,避到顿方面去了。在这地方,这孩子就目睹了市民战。一九二二年,他曾参加了对于那时还使顿地方不安的马贼的战斗。到十六岁,他便做了统计家,后来是扶养委员,终于则成了他那里的执行委员的一员。他的作品于一九二三年这才付印。使他有名的是那大部的以市民战为材料的小说《静静的顿河》。

最初收入 1931 年 10 月上海神州国光社版《静静的顿河》(1)卷首。

初未收集。

十七日

日记 昙。午后往杨律师寓取北新书局版税泉七百六十元,尚系五月分。友人为我在荷兰西菜室作五十岁纪念,晚与广平携海婴同往,席中共二十二人,夜归。

十八日

日记 晴,风。上午达夫来。

十九日

日记 晴。上午季市来。蔡君来。致苏联左翼作家笺。以照相赠乐芬,史沫特列,内山。得紫佩信。晚内山假邻家楼设宴宴林芙美子,亦见邀,同席约十人。

二十日

日记 晴。下午寄母亲信。晚复靖华信。夜发热。

致 曹靖华

究》上,此刊物亦又停顿,故后半未译,但很难懂,看的人怕不多。车氏及毕林斯基,中国近来只有少数人,知道他们的名字。

译书的霍乱症,现在又好了一点,因为当局不管好坏,一味力加迫压,译者及出版者见此种书籍之销行,发生困难,便去弄别的省力而可以赚钱的东西了。现已在查缉自由运动发起人"堕落文人"鲁迅等五十一人,听说连译作(也许连信件)也都在邮局暗中扣住,所以有一些人,就赶紧拨转马头,离开惟恐不速,于是翻译界也就清净起来,其实这倒是好的。

至于这里的新的文艺运动,先前原不过一种空喊,并无成绩,现在则连空喊也没有了。新的文人,都是一转眼间,忽而化为无产文学家的人,现又消沉下去,我看此辈于新文学大有害处,只有提出这一个名目来,使大家注意了之功,是不可没的。而别一方面,则乌烟瘴气的团体乘势而起,有的是意太利式,有的是法兰西派,但仍然毫无创作，他们的惟一的长处，是在暗示有力者，说某某的作品是收受卢布所致。我先前总以为文学者是用手和脑的，现在才知道有一些人，是用鼻子的了。

你的女儿的情形，倘不经西医诊断，恐怕是很难疗治的。既然不傻不痴，而到五六岁还不能说话，也许是耳内有病，因为她听不见，所以无从模仿，至于不能走，则是"软骨病"也未可知。打针毫无用处，海参中国虽算是补品，其实是效力很少（不过和吃鱼虾相仿佛），婴儿自己药片有点效，但以小病症为限。

不过另外此刻也没有法子，所以今天买了一打药片，两斤海参，托先施公司去寄，这公司有邮寄部，代办一切，甚便当的。不料他说罗山不通邮寄包裹，已有半年多了，再过两星期，也许会通（不知何故），因此这一包就搁在公司里，须过两星期再看。

过两星期后，我当再去问一声。

这里冷起来了。我也老下去了，前几天有几个朋友给我做了一回五十岁的纪念，其实是活了五十年，成绩毫无，我惟希望就是在文艺界，也有许多新的青年起来。

再谈罢，此祝
安吉。

弟周豫才　启　九月二十日
（通讯地址仍旧）

前半遗失，系残简。

二十一日

日记　星期。昙。上午往石井医院诊。

二十二日

日记　昙。上午寄小峰信。雨。午后往内山书店取『生物学讲座』(八)一部七本,直四元。晚三弟来,以『生物学講座』八函赠之。得君智信。得伦敦金鸡公司寄来之 *The 7th Man* 一本,其直十元,已于去年付讫。

二十三日
　　日记　晴。上午往石井医院诊。寄诗荃书两包,计六本,附照相一枚。寄尚佩吾信,并由先施公司寄婴儿自己药片一打,海参两斤。寄钦文信。下午买米五十磅,五元九角。晚收诗荃所寄关于文艺书籍五本,其直十六元二角。

二十四日
　　日记　昙,午晴。下午收未名社所寄《坟》及《出了象牙之塔》各三本。往内山书店买『新フランス文学』一本,五元。今日为阴历八月初三日,予五十岁生辰,晚广平治面见饷。

二十五日
　　日记　晴。午后同广平携海婴往阳春[春阳]堂照相。

二十六日
　　日记　昙。午后寄平甫信。得朱企霞信。得钦文信。收『世界美術全集』(三十五)一本,四元。晚三弟来并赠酒一瓶。平甫来并赠海婴以绒制小熊一匹。夜濯足。

二十七日
　　日记　晴。上午内山夫人来。以三弟所赠酒转赠镰田君。往石井医院诊。下午三弟赠海婴衣料两种。王蕴如携烨儿来,因出街买糯米珠二勺,小喷壶两个赠二孩子。今日为海婴生后一周年,晚治面买肴,邀雪峰,平甫及三弟共饮。

《梅斐尔德木刻士敏土之图》序言

小说《士敏土》为革拉特珂夫所作的名篇,也是新俄文学的永久的碑碣。关于那内容,戈庚教授在《伟大的十年的文学》里曾有简要的说明。他以为在这书中,有两种社会底要素在相克,就是建设的要素和退婴,散漫,过去的颓唐的力。但战斗却并不在军事的战线上,而在经济底战线上。这时的大题目,已蜕化为人类的意识对于与经济复兴相冲突之力来斗争的心理底的题目了。作者即在说出怎样地用了巨灵的努力,这才能使被破坏了的工厂动弹,沉默了的机械运转的颠末来。然而和这历史一同,还展开着别样的历史——人类心理的一切秩序的蜕变的历史。机械出自幽暗和停顿中,用火焰辉煌了工厂的昏暗的窗玻璃。于是人类的智慧和感情,也和这一同辉煌起来了。

这十幅木刻,即表现着工业的从寂灭中而复兴。由散漫而有组织,因组织而得恢复,自恢复而至盛大。也可以略见人类心理的顺遂的变形,但作者似乎不很顾及两种社会底要素之在相克的斗争——意识的纠葛的形象。我想,这恐怕是因为写实底地显示心境,绘画本难于文章,而刻者生长德国,所历的环境也和作者不同的缘故罢。

关于梅斐尔德的事情,我知道得极少。仅听说他在德国是一个最革命底的画家,今年才二十七岁,而消磨在牢狱里的光阴倒有八年。他最爱刻印含有革命底内容的版画的连作,我所见过的有《汉堡》《抚育的门徒》和《你的姊妹》,但都还隐约可以看见悲悯的心情,惟这《士敏土》之图,则因为背景不同,却很示人以粗豪和组织的力量。

小说《士敏土》已有董绍明蔡咏裳两君合译本，所用的是广东的译音；上海通称水门汀，在先前，也曾谓之三合土。

一九三〇年九月二十七日。

最初印入 1931 年 2 月上海三闲书屋版《梅斐尔德木刻〈士敏土之图〉》。

初未收集。

二十八日

日记 星期。昙。夜小雨。无事。

二十九日

日记 小雨。无事。

三十日

日记 昙。午同广平携海婴往石井医院诊。下午得达夫信。得靖华所寄 *Горе от Ума* 一本，约直十元。收水沫书店八月分结算版税支票一百六十三元二角五分。夜雨。

十月

一日

日记 昙。下午三弟来。得丛芜信。

二日

日记 晴,风。上午同广平携海婴往石井医院诊。寄小峰信,下午得复。得神州国光社信并《静静的顿河》编辑费五十元,又代侯朴收稿费二百元。复丛芜信。复靖华信。寄母亲信。

三日

日记 晴。午后广湘来还泉卅。收教部八月分编辑费三百。

四日

日记 晴。上午同广平携海婴往石井医院诊。午后三弟来。今明两日与内山君同开版画展览会于购买组合第一店楼上,下午与广平同往观。得田汉信并致郑振铎信及译稿。往内山书店买『千夜一夜』(八)及『抒情カット图案集』各一本,共泉七元八角。夜蒋径三来,即以田汉信并译稿托其转交郑振铎。

五日

日记 星期。晴。下午往版画展览会。寄诗荃信。

六日

日记 晴。上午同广平携海婴往石井医院诊。董绍明,蔡咏裳来。是日为旧历中秋,煮一鸭及火腿,治面邀平甫,雪峰及其夫人于夜间同食。

七日

日记　晴。上午寄紫佩信,附十一月至明年一月份家用泉汇票三百,托其转交。晚三弟来,交《自然界》稿费十元。收诗荃所寄书四本,其直十一元,九月十七日寄。

八日

日记　晴。上午同广平往石井医院取药。往内山书店买『機械論と弁証法的唯物論』一本,二元。午后得紫佩信,九月廿八日发。

九日

日记　晴。上午达夫来。午后复紫佩信。晚得诗荃信,九月十五日发。得 *Einblick in Kunst* 一本,方仁所寄。夜往内山书店,见赠复刻歌川丰春笔『深川永代凉之图』一枚,并框俱备。

十日

日记　晴。无事。

十一日

日记　晴。午后寄诗荃信并照片一枚,小报数张。下午往内山书店买『詩と詩論』(九)一本,三元。买日本别府温泉场所出竹制玩具二事,一牛若丸,一大道艺人,共泉一元五角。

十二日

日记　星期。昙。上午同广平往石井医院诊。买米五十磅,五元。

十三日

日记　昙。下午寄李小峰信。晚收诗荃所寄 *Das Beinder Ti-ennette* 一本，又换来之 *Der stille Don* 一本。得王乔南信，夜复之。

致 王乔南

乔南先生：

顷奉到五日来信，谨悉种种。我的作品，本没有不得改作剧本之类的高贵性质，但既承下问，就略陈意见如下：——

我的意见，以为《阿Q正传》，实无改编剧本及电影的要素，因为一上演台，将只剩了滑稽，而我之作此篇，实不以滑稽或哀怜为目的，其中情景，恐中国此刻的"明星"是无法表现的。

况且诚如那位影剧导演者所言，此时编制剧本，须偏重女脚，我的作品，也不足以值这些观众之一顾，还是让它"死去"罢。

匆复，并颂

曼福。

迅　启上　十月十三日

再：我也知道先生编后，未必上演，但既成剧本，便有上演的可能，故答复如上也。

十四日

日记　昙。上午往石井医院取药。午雨。季市来。得诗荃信，九月廿三发。

十五日

日记 晴。上午往阳春馆买小鸣禽一对赠冯姑母。得张瑛信。下午寄蒋径三信。晚得诗荃所寄书一本，杂志四本，又一本，《文学世界》四分。得李小峰信并八月结算版税支票九百八十元，现泉三元一角二分。

十六日

日记 晴。无事。

十七日

日记 晴。下午得茂真信。得母亲信，十三日发。

十八日

日记 昙。午后往内山书店，得 *The New Woodcut* 及『生物学講座』各一部，共泉十一元四角。得靖华信并俄国古今文人像十七幅，九月二十三日寄。晚蒋径三来。夜译《药用植物》讫。雨而有电。

药用植物

[日本]刘米达夫

总 说

植物的成分，也有在一种的植物里，平匀分布于各器官的，但特殊的成分，在或一器官中，特别蓄积得多者，也颇不少。例如蓖麻（*Ricinus communis* L.）的茎叶里，几乎不含脂肪油，而种子却含有脂肪油即蓖麻子油约 50%，又如罂粟（*Papaver somniferum* L.）的药用成分的植物硷质,因为多在乳管内的乳液中,所以以全草而言植物硷质的含量,不过 0.1% 内外,但采取乳液,使之干燥,则可得盐基物的含量达到 10%—25% 者(是名阿片)。为了入药,将这样的药用植物,采集调制其富于药用成分之器官或分泌物者,谓之生药(vegetable drugs;Pflanzendrogen)。英语的 drug,德语的 Drogen,现在成了指一切药(生药与合成药)的意思的言语了,然而和 dry(英),trocken(德)同其语源,带着"干燥"的意义的。就是,采草根树皮,而干燥之者,是药的起源。讲究鉴识生药,辨别真赝良否之学,曰生药学,(pharmacognosy;Pharmakognosie—希腊语 pharmacon 药,gnome 判断),是药学(pharmacy;Pharmacie)的一分科。作为应用植物学的一分科,研究药用植物的植物学方面者,属于药用植物学(pharmaceutical botany;pharmazeutische Botanik),药用成分的研究,则为植物化学(phytochemistry;Pflanzenchemie)的领域。

一　药用植物的沿革

以植物为药,早始于人智未开的时代,是专由经验,知其药效,因而流传的,至于近世,加以实验和学理,遂有今日的发达。从那应用的形式而言,最初是将生药制为粉末,取以内服,或者至多是用水煎煮,取而饮之罢了。二世纪顷,罗马的医师喀莱努斯(Galenus)始用酒精浸渍生药,以作丁几(tincture;Tinktur),或蒸发其水浸液,作越几斯(extract;Extrakt),要之,是发明了除去生药中的纤维等类无用的部分,浓缩其有效成分,以供药用了。这是药学上非常的进步,而更上一层的进步,则在一八〇四年,成于德国的药剂师舍调纳尔(Sertürner)的。那就是将生药中的有效成分本身,纯粹分离开来,以供药用,他始从阿片抽出其麻醉性有效成分,成为纯粹的结晶,而名之曰吗啡。为此事所刺戟,一八〇九年则从规那皮得规宁,一八二一年从茶叶得咖啡英,就这样地顺次发见了药用植物的有效成分,到了现在,大抵的重要药用植物的有效成分,都已明白了。不消说,生药的药效，是和有效成分含量的高低成比例的，然而成分的含量，并非常常一定，例如阿片中吗啡含量，据向来的记录是从 1％以下起，最高至 24％。所知的规那皮中的规宁含量，也从 1％以下起，最高至 14％。所以使用生药，药效是不定的，但作为精制的成分，以供药用，则有使药效一定的利益，而且便于使用，故在近年，精制药极其全盛。但在别一面，又如后文所述，使用生药那样的粗制药，却也有特殊的意义，所以在最近，又有些从精制药时代复归于生药时代的倾向了。

以上是略述了现代医药的变迁的，但在日本及中国，则别有古昔以来，到了特殊的发达的汉方医法在。这在今日，是非常衰微了，但所用的所谓和汉药，则现在尚以卖药的形式，盛行应用。汉方的起原在中国，允恭天皇之世（西纪四一四年），这才传入日本，那始祖，是君临远古的中国的神农（西纪前约三千年），相传自尝百草，知其药效，教庶民以疗病之道。梁武帝（西纪五〇二至五四九年）之世，陶弘景著《神农本草经》，始详述了汉药。此后有许多本草书出世，但流传至今而最著名者，是西纪一五九六年，即明的李时珍所著的《本草纲目》。

二　药用植物的种类

将药用植物，依其用途而加以大别，大概可分类为下列的三种：——

  A. 医药

  B. 汉方药

  C. 民间药

A 是用于现代的医术的医药，许多是收载在日本药局方里的。其未经收载者，也作为新药，在被应用。

B 是用于汉方医术的药，在现下，汉方衰微了，而卖药之内，汉方药还很多，那消费量也很大。在日本，卖药的年产额为二亿圆内外，其中约五成是用汉方药的。近年由药学及医学两方面,汉方药之研究非常盛行,从汉方药中陆续发见有价值的医药,为现代的医术所采用者,也已经不少。所以 A 与 B 的区别,渐次有了撤废的可能性了。

C 是包含着自古相传,俗间用以为药的植物的,然而凡所谓药,几乎全是靠了俗间的经验,这才知道药效的,所以 C 和 A 以及和 B 之间,也难以加以划然的区别。在这里,所取的意义,是民间所用的药草中,那药效成分等,未经学术底研究的东西。

主要药用植物

一 管精有胚植物部 Embryophyta Siphonogama

被子植物亚部 Angiospermae

双子叶门 Dicotyledoneae

后生花被亚门 Metachlamydeae

菊科 Compositae

希那 *Artemisia cina* Berg. 灌木状的多年草,自生于俄国的土耳其斯坦地方的沼泽地,也被栽培。那花蕾称为希那花(santonica;Wurmsamen),即用生药或由此制造山多宁,以作蛔虫驱除药(0.05 — 0.1克,一日三回)。山多宁(Santonin, $C_{15}H_{18}O_3$)是无色柱状的结晶,希那花中约含 2% 内外。

这植物是俄国的特产,那栽培及山多宁的制造,是作为同国政府的专卖事业,握世界的山多宁供给的独占权,在得莫大的收益的。因此于那种子的传播海外,力加防遏,但传闻近年在德国南部,栽培已经成功。得到这种子者,日本也有几人,虽或发芽生育,然而未达成功之域。

代山多宁以作蛔虫驱除药者，近来汉药的海人草颇被使用了。但山多宁之用尚不衰。山多宁以少量而驱虫之效确实之点胜。海人草以没有副害之点胜。

苍术 *Atractylis ovata* Thunb. 多野生于各地，秋季开白色的管状花。秋季掘根而干燥之者，称为苍术，又，去其枹皮而干燥之者，称为白术，在汉方中，为重要的健胃剂。正月的屠苏，即成于白术，桔梗，山椒，防风，肉桂，大黄这六味，用现今的说法来说，是属于芳香性健胃剂的。苍术含约 1.5% 的挥发油，那挥发油中的阿德拉克谛隆（Atractylon，$C_{14}H_{18}O$）[1]是含着根所特有的香气的油状物质。又俗间以为用苍术熏蒸室内，有除湿之效，当梅雨时，衣庄至今尚颇用之于衣服的防霉。推想起来，也许是由于挥发油的杀菌的作用罢。

艾纳 *Blumea balsemifera* DC. 自生于中国及台湾的多年草，由那水蒸气蒸溜而得的挥发油的脑分，称为艾片，或艾纳香（nagicamphor）与龙脑同为汉方的高贵药，用作发汗祛痰药及线香的香料，多从中国南部输出。苏门答腊，婆罗洲等所产的龙脑（采自龙脑香料的植物 *Dryobalanops camphora* Coleb）是光学底右旋性的，艾片则相反，由左旋龙脑（*l*-Borneol）所成。[2] 现今龙脑已能由樟脑的还元，廉价制造。

红花 *Carthamus tinctorius* L. 是埃及原产的多年草，采集其红黄色的管状花者，曰红花，加以压榨者，曰板红花，专从中国输入（于日本）。含有一种称为卡尔泰明（carthamin，$C_{21}H_{22}O_{10}$）[3]的，由烷醇配糖体而成的色素，作为妇人病，尤其是通经药，昔时曾被重用，现

① 高木诚司，本乡银作。《药学杂志》，五〇九，五三九（一九二四年）。

② Schimmel & Co.，1895 Apr. 74.

③ 黑田近子，《日本药学会例会讲演》（一九二九年一月）。

在则但以供化装用或食品著色用红的制造原料。红的制造，[①]先将红花浸渍水中一昼夜，溶出除去其称为萨弗罗黄（saflorgelb, $C_{24}H_{30}O_{15}$)的黄色素，次用灰汁溶出卡尔泰明，将梅醋加入这浸液中，使成酸性，用绢布滤取已经游离的卡尔泰明而干燥之。（日本）京都的红清，东京的羽根田等专门的红制造所，至今尚在大举制造。

除虫菊 *Chrysanthemum cinerariifolium* Bocc. 是南欧原产的广行栽培于各地的多年草，初夏采集，干燥其头状花，即为除虫菊花（insect flower；Insektenblumen），以供制造驱蚤粉，除蚊香，或农业用杀虫剂之用。杀虫成分是称为披列式林第一（Pyrethrin I, $C_{21}H_{30}O_3$)及披列式林第二（Pyrethrin II, $C_{22}H_{30}O_5$)[②]的液状物质，合两种含量共约 0.3%。这成分，近年已由斯滔定该尔（Staudinger），虑志加（Ruzica）两人考得其化学底构造，可以用类似的物质来合成了。

除虫菊是在明治十八年（西纪一八八五年），那种子才始渡到日本的，到了经过四十余年的今日，已经达到年产额四百万圆内外，输出额六百万斤，其价格三百万圆，为药用植物输出品中占第一位的重要的东西了。在日本的栽培地，以北海道为首，广岛，冈山，香川诸县次之。红花除虫菊（*C. roseum* Web. et Mohr.）虽也有杀虫之效，但比起白花种来，则杀虫力弱，收花量少，故在日本，未尝栽培。

土木香 *Inula helenium* L. 欧洲原产的多年草，秋期采集干燥其二年至三年生的宿根，即称为土木香（elecampane；Alantwurzel），用于健胃祛痰剂。在日本，卖药中往往用之，而在欧洲也视为重要的民间药，根含多量的衣奴林（inulin）及 1—2% 的挥发油，挥发油中，含有称为阿兰妥拉克敦（Alantolakton, $C_{15}H_{20}O_2$)[③]的结晶性成分。

---

① 羽根田作夫，《植物研究杂志》，四，一四二（一九二七年）。

② Staudinger, H. L. Ruzica；*Helvetica Chemica Acta* 7, 177；101 (1924)；药志，五〇八，五一二；五一〇，六七〇（一九二四年）。

③ Bredt, Posth；*Liebig's Annalen der Chemie* 285, 349(1895)。

木香 *Saussurea lappa* Clarke，（*Aucklandia Costus* Falk.）自生于印度北部的多年草，根以供芳香性健胃药，亦作熏香料，或夹衣服之间，防虫有效。

桔梗科 Campanulaceae

罗培利亚 *Lobelia inflata* L. 原是自生于北美的一年草，在日本栽培起来，也很能生育。向来是作罗培利亚丁几，用于喘息药的，因有副害，一时几乎不用。但自数年前，威兰特[①]成功了由此纯粹地抽出罗培林（lobelin，$C_{23} H_{20} NO_2$）这一种盐基物以来，遂成为不可缺的呼吸兴奋药了。日本野生的"泽桔梗"（*L. sessilifolia* Lamb.——水葱）中，也含有罗培林。[②]

桔梗 *Platycodon grandiflorum* DC. 栽培以供观赏的本植物的根，亦为重要的生药之一。即秋期掘根而干燥之，称为桔梗根，煎服以作镇咳祛痰药（一日量五克）。较之北美所输入的绥内喀根，（见后文远志科——译者），药效有优而无劣。[③] 成分称为桔梗类皂质（kikyosaponin，$C_{29} H_{48} O_{11}$）。桔梗根本是用为汉药的，但近来则以供医用。而且发卖着用这为原料的"弗拉契科丁"，"呼斯妥尔"，"埃巴宁"等的新药。

胡瓜科 Cucurbitaceae

科罗辛忒 *Citrullus colocynthis*（L.）Schrader. 栽培于欧洲的蔓性多年草，概形类似西瓜，但甚小，果实直径三四寸，球形。干燥其果肉，则成烧麸样的粗松的东西，但用其 0.2 克即有起剧烈的下痢的

---

① Wieland：*Berichte der deutschen chemischen Gesellschaft*，54，1784(1921)。

② 久保田晴光，中岛清吉，尹藤亮一，《日本药物学杂志》，九，二三（一九二九年）。

③ 松南千寿，矶义雄，《军医团杂志》，一九四，四〇一（一九二九年）。

作用。

倭瓜 *Cucurbita moschata* Duch. var *toonas* Makino. 与其同属的南瓜（*C. moschata* Duch. var. *melonaeformis* Makino）一同，种子皆称南瓜仁，为绦虫驱除药之用。驱虫作用虽不及石榴根皮之确实，但并无副害之点，是其特长。用种子 30 克，加水研烂，除去种皮，空腹时服之。合众国收载于药局方中，以供医用。多食南瓜或柑橘，往往将眼球，皮肤等染成黄色，呈黄疸一样的外观。是名柑皮症（Aurantiosis，Carotinosis）。这是因为南瓜或柑橘的称为卡罗丁（carotin，$C_{40}H_{56}$）的黄色素，一旦被人体所吸收，后从汗腺排出，将皮肤角质层的脂肪黄染了缘故。于健康是毫无害处的。[①]

栝楼 *Trichosanthes japonica* Regel. 是自生于暖地的宿根性蔓草，其种子称栝楼仁，根称栝楼根，以作镇咳祛痰药。又，由根制出的淀粉，称天花粉，外用于湿疹及其他皮肤病。

败酱科 Valerianaceae

甘松香 *Nardostachys jatamansi* Royle. 是自生于印度山地的多年草，其根有特异的佳香，称为甘松香，以作芳香性健胃药，也用于熏香料，尤其是线香的香料。在印度，是古来就以此为非常贵重的香料的。含有约 2% 的挥发油。[②]

缬草 *Valeriana officinalis* L. var. *latifolia* Miq. 自生于山地，或被栽培的多年草，初夏时，顶生美丽的淡红色的伞形花序。根称缬草根（valerian root；Baldrianwurzel），作为镇静药，用于神经衰弱，精神不安等，而于妇人的歇斯迭里病，尤所赏用。一日量 10 克，通常作浸剂而用之。含有约 6% 挥发油，那固有的臭气，则大抵由于缬草酸（Valeriansäure C_4H_9COOH）的酯类。

---

① 安齐真笃，《北海道医学杂志》，四，二五三（一九二六年）。
② 朝比奈泰彦，《药志》，三〇二，三五五（一九〇七年）。

茜草科 Rubiaceae

规那 *Cinchona* spp. 是南美原产的乔木，现在大抵栽培于爪哇，台湾也有移植栽培的，但很少。那树皮称规那皮（cinchona bark；Chinarinde），以作健胃强壮药（一日量 5—10 克，煎剂），又由此制造盐酸规那（Chininhydrochlorid—$C_{20}H_{24}N_2O_2 \cdot HCl$），作解热药（一回量 0.5—1.0 克），而对于疟疾，尤为不可缺少的特效药。本属之中，供药用者有四，五种，但作为规那皮，则用 *C. succirubra* Pav，作为规那制造原料，则以 *C. Ledgeriana* Mocus 为宜。因为前者的规那的含量，大抵有定（3—4％），后者的含量虽不定，然而多量（6—14％）的缘故。现今世界的规那皮需要额的九成，皆由爪哇供给，爪哇是在一八五四年，始从南美移种的，当时哈思卡勒（Haskaal）受荷兰政府之命，入南美腹地，苦心搜集了种子和树苗，用政府所特派的军舰，运到爪哇。就靠了这样的荷兰政府的非常的努力，才得见今日的成功。

咖啡 *Coffea* spp. 本是东阿非利加的原产，现在则为热带各地所栽培，是常绿灌木，热焦其种子，以供嗜好性饮料，是大家都知道的。含有咖啡英约 2％。咖啡英（caffein，$C_8H_{10}N_4O_2$）是用作兴奋剂，强心利尿药（一日量 0.6 克）的。咖啡属之中，现今被栽培最多者，为下列的三种：*C. arabica* L.，*C. excelsa* Chev.，*C. liberica* Bull.

刚皮尔 *Ourouparia Gambir* Baill. 产于马剌加海峡沿岸地方及其附近诸岛的乔木，干燥其心材的水制越几斯者，名刚皮尔阿仙药（Gambir-Catechu）。用途参照豆科（*Acacia Catechu* Willd）。

育亨培 *Pausinystalia yohimba* Pierre. 是在阿非利加的卡美隆（Cameroon），尼该利亚（Nigelia）等处，野生的乔木。同地方的土人，古来就称这树的皮为育亨培（Yohimbe），用作催淫药的。一八九六年,德国人斯芘该勒[1]始从此发见了称为育亨宾(Yohimbin, $C_{22}H_{28}N_2O_3$)的有效成分,那盐酸盐,即盐酸育亨宾,现今用于医疗上。就是,对于性欲衰弱,阴萎症等,注射一日量 0.01 克,则有使生殖部的血管,特别扩大的作用。大量是有剧毒的。[2] 非洲所产同属植物,此外尚有 *P. Trillesii* Beille. , *P. Talbotii* Wernham. , *P. macroceras* Pierre. 等。*P. Trillesii* Beille 也以供制药原料,和育亨培皮同。*P. macroceras* 含有和育亨宾不同的盐基物,往往作为伪品,混和于育亨培树皮内。[3]

吐根 *Uragoga ipecacuanha* Baill. (*Psychotria ipecacuanha* Mull. , *Cephaelis ipecacuanha* Willd.)产于南美巴西的半灌木,根称吐根(ipecac;Brechwurzel),用其少量(0.01—0.05 克)为祛痰药,中量(0.2—0.5 克)为催吐药,大量有剧毒。又,由此制造盐酸蔼美丁(Emetinhydrochlorid, $C_{29}H_{40}N_2O_4 \cdot 2HCl$),为变形虫赤痢的特效药。盐酸蔼美丁虽在十万倍的水溶液中,也有歼灭赤痢变形虫的强有力的作用。

吐根近年虽已移植于锡兰岛或马剌加半岛,但还很微微,大量地输出者,几乎只有巴西而已。同国的输出年额达五万启罗格兰,三十万圆内外。

车前科 Plantaginaceae

车前 *Plantago major* L. var. *asiatica* DC. 种子曰车前子,全草曰车前草,用作镇咳药,呼斯泰庚,希代英等新药,就都是用本植物为原料的。

---

① Spiegel: *Chemiker Zeitung* , 1896, 97.
② 刘米达夫,《植物研究杂志》,三,三四,(一九二六年)。
③ 刘米达夫,《药志》,四九二,——一○(一九二三年)。

紫葳科 Bignoniaceae

木角豆 *Catalpa ovata* G. Don. (*C. kaempferi* Sieb. et Zucc.)。自生于中国及日本各地的乔木,果实称为梓实,用作利尿药(一日量七克,煎剂)。果实作线状,恰如角豆的荚的样子,所以谓之木角豆。通常也写木角豆为"梓",但真正的梓,是产于中国的同属植物 *C. Bungei* C. A. Mey.

玄参科 Scrophulariaceae

实芰笞里斯 *Digitalis purpurea* L. 是欧洲原产的多年草,初夏开美丽之紫红色钟状花,往往栽培于庭园等,以供观赏,英语为 foxgloves(狐的手套),德语为 Fingerhut(指套)。花恰作套在指上模样,故学名也出于拉丁语的 digitus(指)。其叶为最重要的医药之一,用作强心利尿剂(一日量 0.5 克,浸剂),是医疗上不可缺少的东西。有效成分是实芰笃克辛(Digitoxin, $C_{41}H_{64}O_{13}$)以及别的两三种结晶性配糖体。从叶制造班芰笞尔,实芰笞明,芰咯伦,实芰福林等注射药。可作强心剂的植物,本生药之外,还有斯笃罗访图斯,铃兰,福寿草等,但斯笃罗访图斯(同项参照)和实芰笞里斯的成分,化学底地极为相近的事,已在近年发见了。[1]

地黄 *Rehmannia glutinosa* Libosch. var. *purpurea* Makino. 本是中国的原产,但早已传至日本,现在奈良县下,盛行栽培。初夏开紫红色的唇形花。根曰地黄,汉方以为补血强壮药,又于咯血,子宫出血时服之,云有止血之效。又将生根的榨汁,涂于创伤,以作止血药。

---

[1] Windaus, A., Reverey, G. U., Schwieger, A. : *Berichte der deutschen chemischen Gesellschaft*, 58, 1509(1925).

茄科 Solanaceae

颠茄 *Atropa belladonna* L. 是欧美广行栽培的多年草,但在日本,则因为产莨菪(同项参照)甚多,故未栽种。应用大抵和莨菪相同,欧美则用本植物于亚忒罗宾的制造原料。古时意大利的妇女,为要令人见得眼美,曾将水羼淡了本植物的榨汁,用以点眼云。或谓果实的榨汁作红色,故尝用于颜面的化妆。要之,belladonna(bella donna,美女之意)之名,即由此而起的。

番椒 *Capsicum annuum* L. 是热带亚美利加的原产,而日本亦广行栽植的一年草。那成熟的果实,用于烹调,以作辛味料,是人所共知的。入药则以为苛辣性健胃剂;又以作皮肤引赤剂,和于软膏中,以敷冻伤,关节痛风等。古来相传,步行雪中,当于袜中著番椒实,或云用番椒煎汁,时时浸手,可防冻伤者,即在利用其刺戟性成分的作用,使在皮肤上引赤,以散郁血,现在已有各种便当的制剂了。辛味成分曰加普赛辛(Capsaicin, $C_{18}H_{27}NO_3$),红色素曰加普山丁(Capsanthin, $C_{34}H_{48}O_3$),是加罗丁样的物质。

曼陀罗华 *Datura alba* Nees. ,番曼陀罗 D. *tatula* L. ,佛茄儿 D. *stramonium* L. 前者野生于琉球及台湾,后二种从外国来,遍生于日本内地。叶以作镇痉药,而于喘息尤所赏用。有称为"喘息烟草"者,即由此制造的,但因为在叶,果实,及其他全草中,含有称为亚忒罗宾(Atropin, $C_{17}H_{23}NO_3$)及唆斯卡明(Hyoscyamin, $C_{17}H_{23}NO_3$)的有剧烈的作用的盐基物,所以如果滥用,是极为危险的。在实际上,也每年有几个中毒者。

非沃斯 *Hyoscyamus niger* L. 为欧洲原产,在日本,大阪府三岛郡亦栽培之。叶为镇咳,镇痛药,也由此制造唆斯越儿斯。有效成分是唆斯卡明,与曼陀罗华一样。

烟草 *Nicotiana tabacum* L. 本为南美洲的原产,与哥仑布的发见新大陆一同传入欧洲,现已被栽培于世界各地了。其叶含有称为尼可丁（Nicotin，$C_{10}H_{14}N_2$）的猛毒性的液状挥发性盐基物，用为吸烟嗜好料，以及由此造出粗制硫酸尼可丁来，以供农业上杀虫剂之用。茎含多量之钾盐，故烧之以作肥料。

莨菪 *Scopolia japonica* Maxim. 是自生于山间阴地的日本特产的多年草，早春之际，先于别的植物而发芽，开带紫黄色的钟状花。根称莨菪根。以供硫酸亚忒罗宾的制造原料，又由此制造莨菪越几斯，内用于喘息，神经痛，胃痛等，以作镇痉，镇痛剂，也外用于痔疾，为坐药。成分是唆斯卡明，亚忒罗宾，斯可波拉明（Scopolamin，$C_{17}H_{21}NO_4$）等的盐基物。亚忒罗宾如为少量，则如前文所述，有镇痉，镇痛作用，但大量则有剧毒，那中毒者一时呈狂骚状态，叫唤狂走。又因亚忒罗宾对于眼有特殊的作用，故在眼科医术上为不可缺少之药。即亚忒罗宾约 0.0005 克，即能使眼的瞳孔散大，倘将较浓的溶液，注入眼中，即很觉羞明，或暂时丧失视力。瞳孔是具有和照相机的虹彩光圈一样的作用的，能顺着明暗，自行开闭，但一遇亚忒罗宾，则散而不收，光线的流入太多，不能见物了。又植物的成分中，也有和亚忒罗宾正相反，具有使瞳孔缩小的作用的。如凯拉巴尔豆（同项参照）中的菲梭斯替明，或槟榔子（同项参照）中的亚烈可林这些盐基物，就是。

唇形科 Labiatae

夏枯草 *Brunella vulgaris* L. 是自生于山野的多年草，初夏开紫色的唇形花，花穗于开花之后，变为暗褐色，作宛如枯死之观，故有此名。采集花穗而干燥之，民间用于淋病，以作利尿药，药店也有贩卖。含有多量的钾盐。

薄荷 *Mentha arvensis* L. var. *piperascens* Holmes，日本特产的多年草，现在北海道，广岛，冈山等县，皆盛行栽培。在山阳地方，则于六，八，十月，各刈一回，即行水蒸汽蒸溜，以造薄荷卸取油。这卸油入制造业者之手，则用作薄荷脑（Menthol，$C_{10}H_{20}O$）的制造原料。

薄荷脑虽作为矫味、矫臭药，供医疗之用，其大部分则消费于点心制造原料，日本的薄荷，较之下文所记的欧美种，薄荷脑的含量虽远过之，而薄荷油的香味之点却劣，故日本种专用为薄荷脑的原料。薄荷脑为日本重要输出品之一，输出年额达约一千二百万圆。近年发明了从澳洲产的有加里树的一种 *Eucalyptus dives* Schau. 的挥发油中所含有的辟沛里敦（Piperiton，$C_{10}H_{16}O$），来合成薄荷脑，而日本产薄荷脑的贩路，渐受威胁了。

洋薄荷 *Mentha piperita* L. 概形虽和前种相类，而花穗则顶生（薄荷是腋生的），薄荷脑的含量也远不及。专用作薄荷油的原料。英吉利的密卡谟（Mitcham）地方产，香气最佳，以此为世所重。此外，美国又栽培着绿薄荷（*M. viridis* L.），此种薄荷，不含薄荷脑，而含有称为凯尔丰（Carvon，$C_{10}H_{14}O$）的物质。其油曰斯沛明油（spearmint oil），以别于薄荷油（peppermint oil）。

山紫苏 *Mosla japonica* Maxim.（*M. orthodon* Nakai）为日本特产的一年草，含有 1—2％的挥发油，此油中含有约 50％的谛摩勒（Thymol，$C_{10}H_{14}O$）。曾在琦玉县下，与白花山紫苏（*M. leucantha* Nakai）一同大加栽培，以作谛摩勒制造原料，[1]现因谛摩勒价值便宜，栽培也中止了。谛摩勒以十二指肠虫驱除（一日量 4—5 克），肠内异常发酵制止等的目的，用于内服，又用于牙粉及其他，以作杀菌剂。碘化谛摩勒（Thymoliodid）一名亚理士多勒（Aristol），可作杀菌药，以代碘仿。[2] 同属的大山紫苏（*M. Hadai* Nakai），不含谛摩勒，而含有异性体的凯尔伐克罗勒。[3]

撒尔维亚 *Salvia officinalis* L. 为欧洲原产的多年草，日本则在横滨市附近栽培之。叶中含有 2％内外的挥发油，叶的浸剂也偶或

① 刘米达夫，渥美喻次郎，《药志》，四六二，七〇七（一九二〇年）。
② 刘米达夫，渥美喻次郎，《药志》，四七六，九一五（一九二一年）。
③ 村山义温，《药志》，三三三，一一八（一九〇九年）。

用于咽喉炎，为含漱剂。作酱油的赋香料，所用甚多。

麝香草 *Thymus vulgaris* L. 为欧洲原产的多年草，日本也和前种一同，栽培于横滨市附近。全草皆有芳香，称为泰谟或谛明（thyme；Thymian），以作镇咳药，也用于火腿，酱油等，为防腐性赋香料。含有挥发油，其主要成分，是谛摩勒。谛密辛，沛尔特辛等新药，即以本植物为原料，用于百日咳，以作镇咳剂的。

紫草科 Borraginaceae

紫草 *Lithospermum officinale* L. var. *erythrorhizon* Maxim. (*L. erythrorhizon* Sieb. et Zucc) 是自生于山野的多年草，初夏开白色小花。根曰紫根，向来在汉方上，以为刀伤，火伤的妙药；又以作紫色的染料，但在现在，作为染料的用途几乎断绝了。根中含有称为亚绥谛勒息可宁（Acetylshikonin, $C_{18}H_{18}O_6$）的结晶性紫色素。[①]

旋花科 Convolvulaceae

耶拉普 *Exogonium purga* Benth. (*Ipomoea purga* Haene) 生于墨西哥的多年生蔓草，其块根曰耶拉普根（jalap；Jalapenknollen），用那粉末，或用酒精浸出之，以制造耶拉普脂，作泻下药。有效成分是称为康伏勒孚林（Convolvulin）的树脂配糖体。

牵牛花 *Pharbitis nil* Chois. 是广行栽培，以供观赏的一年生蔓草，其种子名牵牛子，汉方属于峻下药（一回量1—3克），可以代耶拉普根（前项参照）。虽在现在，卖药中往往用之，但因为是作用剧烈的下剂，故滥用颇属危险。泻下成分是称为法尔皮丁（Pharbitin）的树脂配糖体。这成分，和耶拉普根的成分，是化学底地极为亲近

---

① 黑田近子，《化志》，三〇，一〇五一（一九一八年）。

的。[①] 耶拉普根及其制品，输入日本者年额一万数千圆，故若用几乎每家无不栽培的牵牛花的种子，即可以防遏输入。在英国，是早已将牵牛花的种子，收载于药局方里了的。

萝摩科 Asclepiadaceae

康杜兰戈 *Marsdenia cundurango* Nichols. 产于南美洲亚圭陀尔地方的灌木。树皮为胃肠的强壮收敛药，对于慢性胃加答儿，肠窒扶斯的恢复期，或胃癌等，医师往往用之（一日量 3—5 克）。

夹竹桃科 Apocynaceae

斯笃罗仿图斯 *Strophanthus hispidus* DC., *S. kombe* Oliv. 前者产于亚非利加西部，后者则于东部的灌木，从那种子制成斯笃罗仿图斯丁儿，与实芰答里斯叶同为重要的强心利尿药。有效成分是称为斯笃罗仿丁（Strophanthin）的配糖体。这的种子，原是土人以涂毒箭的，后由医学上的研究，遂用为重要的医药了。

龙胆科 Gentianaceae

闪滔留谟 *Erythrea centaurium* L. 自生于欧洲的多年草，花时采集全草，为健胃苦味药。是和日本的当药（本项参照）相当的生药，德国用此作苦味丁儿的原料。苦味成分是称为遏里滔林（Erytaurin）的苦味配糖体。

敢卡那 *Gentiana lutea* L. 生于欧洲山地上的宿根草，其根用为苦味健胃药。主成分是称为敢卡辟克林（Gentiopikrin $C_{16}H_{25}O_9$）的苦味配糖体。

龙胆 *Gentiana scabra* Bunge. var. *buergeri* Maxim. 产于日本各

① 朝比奈泰彦，中西庄吉，《药志》，五二〇，五一五（一九二五年）。朝比奈泰彦，清水寅次，《药志》，四七九，一（一九二二年）。

地的多年草，秋日开碧色钟状花。根曰龙胆根，以供苦味健胃药。常常配伍于水药之中，作为健胃剂的苦味丁几，即将龙胆根，橙皮，小豆蔻三种，用酒精浸出的东西。苦味成分与敢卡那根同，是敢卡辟克林。

睡菜 *Menyanthes trifoliata* L. 自生于沼泽中的多年草，其叶曰睡菜叶，用作苦味性健胃药。苦味成分是称为美略丁（meliatin, $C_{15}H_{22}O_9$）的苦味配糖体。

当药 *Swertia japonica* Makino. 是自生于山野的多年草，秋日顶生或腋生白色花，在开花期，采集其全草者，名曰当药，用为苦味健胃药（一日量 3.5—10 克，粉末，或煎剂）。苦味成分是称为斯惠尔卡玛林（Swertiamarin $C_{16}H_{22}O_{10}$）的结晶性配糖体。[①] 这物质，较之龙胆的苦味成分，苦味强得远甚，虽用三十万倍的水溶液，也仍觉得苦味。紫花当药（*S. chinensis* Hemel. et Forbes.）的成分，药效，并与当药同。如 *S. bimaculata* Hook. et Thoms 虽是同属植物，却全然不苦。这正和龙胆，山龙胆等虽苦，而蔓龙胆，笔龙胆等则完全无苦，是一样的。印度所产的支拉答（*Swertia chirata* Buch.），苦味亦强，以入药。

马钱科 Loganiaceae

马钱 *Strychnos nuxvomica* L. 是产于英领东印度的小乔木，其扁圆形，铜币大的种子，曰马钱子，或番木鳖（Nuxvomica; Brechnüsse），含有称为斯笃里希宁（Strychinin, $C_{21}H_{22}N_2O_2$）和勃鲁辛（Brucin, $C_{23}H_{26}N_2O_4$）的峻毒性的盐基物。由此制出丁几或越几斯，或制成硝酸斯笃里希宁，用之为神经系统的兴奋药。斯笃里希宁是最可怕的毒药之一，其 0.1 克，即有在二十分间，将成人一人致死的作用。日本往往用以毒杀野狗。

---

① 刘米达夫，松岛义一，《药志》，五四〇，一三三（一九二七年）。

木犀科 Oleaceae

阿列孚 *Olea europaea* L. 是常绿乔木,在欧洲地中海岸地方,北美西南部诸州,广被栽培,日本则在香川县下的小豆岛略有栽植。从其果实榨取阿列孚油,以拌生菜,供食用;又作为肥皂原料,消费甚多;在药用,则应用于注射药的溶剂,软膏等。有译本植物为橄榄者,是错误的,橄榄乃产于热带的 *Canarium album* Raeusch. ,完全两样。

赤铁科 Sapotaceae

古答贝加树 *Palaquium gutta* Burck. 是产于马来群岛的乔木植物,在干,叶中,含有多量的乳液。从干采集乳液而干燥之者,称为古答贝加(Guttapercha),在医疗上,以为齿腔充填料,或古答贝加纸;在工业上,则用作电气的绝缘材料,海底电线被覆材料,尚无物可以代用,故消费甚多。主产地为爪哇,婆罗洲,苏门答腊诸岛,本种之外,也栽培着同属的 *P. bornense* Burck. , *P. oblongifolium* Burck. 等。古答贝加的本质,是高级的炭化氢累重物。

石南科 Ericaceae

乌伐乌尔希 *Arctostaphyllos uva-ursi* L. 是自生于欧洲北部的原野,中部的山岭的伏卧性常绿小灌木,概形酷似越橘,将其叶作煎剂(一日量 1—4 克),以供治淋药。有效成分是称为亚尔蒲丁(Arbutin, $C_{12}H_{16}O_7$)的配糖体。

越橘 *Vaccinium vitis-idaea* L. 是常绿伏卧性小灌木,温地自生于高山处所,寒地则在平原。其叶可代乌伐乌尔希叶(前项参照),为治淋药。有效成分也和乌伐乌尔希叶一样,是亚尔蒲丁。[1]

---

① 刈米达夫,渥美曒次郎,《药志》,四六二,六三九(一九二〇年)。

古生花被亚门 Archichlamydeae

伞形科 Umbelliferae

柴胡 *Bupleurum falcatum*，L. 为自生于山野的多年草，采集其根而干燥之者，称为柴胡，在汉方中，属于重要的解热药。本植物果有解热之效与否，向来虽然曾有二三医学底研究发表，但尚未确实。市场售品，是以本植物和中国产细叶柴胡（*B. falcatum* L. var. *Scorzonaefolium* Willd）为母植物的。

亚育王 *Carum ajowan* Bth. et Hook. 是自生于东印度的多年草，在日本亦很能生长。其果实中含有 3—4% 的挥发油，为制造谛摩勒（thymol）的最重要原料。

川芎 *Cnidium officinale* Makino. 为中国原产而栽培于各地的多年草，其根称为芎䓖，或曰川芎，古来在汉方中，为治头痛，开气郁的要药，而用作镇静，镇痉剂。含有 1—2% 的挥发油，挥发油中，含有称为芎䓖拉克敦（Cnidiumlakton，$C_{12}H_{18}O_2$）的结晶性成分。在日本北海道，现今栽培甚多，年产额达二十万贯，悉用于卖药原料。

茴香 *Foeniculum vulgare* L. 为欧洲原产的多年草，夏日开黄色小花，秋期收获其果实。日本则大抵栽培于长野县地方。用水蒸汽蒸溜，制茴香油，以作香料，又制亚摩尼亚茴香精，为驱风祛痰药。茴香油的主成分，是称为亚内多勒（Anethol，$C_{10}H_{12}O$）的结晶性物质。

当归 *Ligusticum acutilobum* Sieb. et Zucc. 是多年草，自生及栽培于日本各地，初夏开白色的小花。全草有特异的香气。根曰当归，汉方属于妇人病的要药，用为产后之补血药，或镇静，通经药。有效成分是挥发油。现今用于卖药原料之量甚多；德国美尔克公司发售的新药"阿美诺尔"，即是以本植物为原料的镇静，通经药。

五加科 Araliaceae

八角金盘 *Fatsia japonica* Decnc. et Planch. 是栽培以供观赏之用的常绿灌木,叶中含有萨波宁,用作祛痰药。[①] 作为镇咳祛痰剂的称为"法忒辛"的新药,即以本植物为原料的。

人参 *Panax ginseng* C. A. Mey. 为朝鲜及满洲的原产,在日本,则栽培于长野,福岛,岛根等各地方。栽培人参,极为费事,须完全遮蔽阳光,掩盖东西南及上方的四面。而只开北方这一面。到播种后四年至六年,这才收获其根,即使之干燥者曰白参,蒸熟后始加以干燥者曰红参。自古以来,人参一向被尊为万病的灵药,但果有此等效验与否,却是可疑的。在近时,从医学底方面及药学底方面都颇经研究了。[②] 作为成分,是巴那吉伦(Panaquilon, $C_{32}H_{56}O_{14}$)及巴那克萨波干诺尔(Panaxsapogenol, $C_{27}H_{48}O_3$)等,而人参的特有的香气,则因于称为巴那专(Panacen, $C_{15}H_{24}$)的挥发油。在北美,栽培着近缘种 *P. quinquefolium* L. ,输出于中国。

竹节人参 *Panax repens* Maxim. 为自生于山林的阴地的多年草,概形类似人参,而根茎作结节状,却全不相同。根中含有称为巴那克萨波宁(Panaxsaponin)的一种萨波宁,用作祛痰药。

桃金娘科 Myrtaceae

有加里树 *Eucalyptus globulus* Labill. 为澳洲原产的乔木,高度往往有至一百五十密达者。生长迅速,且有吸收湿气的作用,故和多湿气的不健康地相宜。叶中含有 1% 弱的挥发油即有加里油。有

---

① 太田贤一郎,《庆应医学》,三、一一、一二;四、三、四。(一九二四、二五年)。

② 近藤平三郎,天野梅太郎,《药志》,四六六、一〇二七(一九二〇年)。阿部胜马,斋藤系平,《庆应医学》,二,二六三(一九二二年)。酒井和太郎,《东京医学会志》,三一(一九一七年)。

加里油用于鼻加答儿，为吸入药。

丁香 *Eugenia arsmatica* Bail. 是栽培于东印度诸岛及阿非利加东岸的乔木，采集其花蕾，谓之丁香（clovers；Gewüngnelken），为芳香性的调味料之用。含有 15% 内外的挥发油，由此制造欧干诺尔（Eugenol, $C_{10}H_{12}O_2$）。欧干诺尔为凡尼林（Vanillin）的制造原料，消费之量甚多。

石榴科 Punic aceae

石榴 *Punica granatum* L. 是小亚细亚原产的落叶灌木，梅雨之际，开鲜赤色花。干，枝，以及根的皮，曰石榴皮（pomegranate；Granaterinde），为绦虫驱除药。含有丕列企林（Pelletierin, $C_8H_{15}NO$）和别的盐基二三种。

蕃瓜树科 Caricaceae

蕃瓜树 *Carica papaya* L. 是作为果树，而栽植于热带各地，及台湾，小笠原岛等处的乔木。因为在本植物的茎，叶，果实中，尤其是未熟果实的乳汁中，含有多量的蛋白质分解酵素派派英（Papain），故乳汁的干燥品，用作蛋白质消化剂，也用于食肉软化的目的。或一热带地的土人，深知道这作用，当烧炙兽肉之前，有包以本植物的叶的习惯。凡酵素，大抵以室温，至高也以 30—40 度为酵素作用的最适温度，但派派英则以 85 度为最适。故当煮牛肉时，加派派英极少量，则使坚硬的肉十分软化。也可以用作麦酒，清酒，酱油等的澄清剂。[①] 叶及种子内，含有称为凯尔派英（Carpain, $C_{14}H_{25}NO_2$）的盐基。

---

① 荻原昌二，《台湾总督府中央研究所报告》，五、七（一九二四年）。

椅科 Flacourtiaceae

大枫子树 *Taractsgenos Kurzii* King. 是产于英领印度，高至十余密达的乔木。压榨种子而得的大枫子油，在现今尚为惟一的癞病治疗药，每回将其 0.1—0.2 C.C. 注射于皮下。有效成分是哨勒摩格拉酸（chaulmougric acid；Chaulmougrasäure，$C_{17}H_{31}COOH$）和希特诺卡尔普斯酸（hydnocarpic acid；Hydnocarpussäure，$C_{15}H_{27}COOH$）这两种酸的格里舍林伊的尔（ester）。这两种酸，和普通的动植物油的脂肪酸，在化学上大异其趣，是一种环状化合物，近年美国的有机化学者亚当斯，合成了和这相类的化合物甚多，并且证明了和这相类的化合物，对于癞菌，皆有相当的杀菌力。[①]

山茶科 Theaceae

茶 *Thea sinensis* L. 为东洋原产，而广被栽培于温暖地方的常绿灌木。茶叶中含有 2% 内外的咖啡英（Caffein，$C_6H_{10}N_4O_2$），用以为饮料。茶末则为咖啡英的制造原料。咖啡英者，作为强心利尿药，乃重要的医药。

古来用为兴奋性饮料的下列各种植物，其产地及分类上的位置，虽不相同，但无不以咖啡英为主要成分，却是极有兴味的事实。

植　　物		科　　名	产　　地
茶　树	*Thea sinensis* L.	山茶科	东洋各地
咖　啡	*Coffea arabica* L.	茜草科	热带各地
巴拉圭茶	*Ilex paraguariensis*，St. Hil.	冬青科	巴西
苦派那	*Paullinia cupana*，H. B. K.	无患子科	巴西
亚古明	*Sterculia acuminata*，Pal.	梧桐科	阿非利加

---

① R. Adarns：*Journal of American Chemical Society*，47，2727，(1925)。

梧桐科 Sterculiaceae

科科树 *Theobroma cacao* L. 为热带各地盛行栽培的乔木, 其种子以作称为茶勃罗明(Theobromin, $C_7H_3N_4O_2$)的盐基的制造原料。茶勃罗明是咖啡英的同族体, 同以作强心利尿药。又, 种子中的脂肪, 称为科科脂, 因其融化点略等于人体的体温, 故用为坐药的基础剂。点心上所用的支古力, 即压榨种子, 除去脂肪之后, 磨碎, 再加适当的糖和科科脂而成的东西。

锦葵科 Malvaceae

亚勒绥亚 *Althaea officinalis* L. 为栽培于中欧诸国的多年草, 根中含有多量的粘液质, 与黄蜀葵的根同以供粘滑药之用。

黄蜀葵 *Hibiscus manihot* L. 是中国原产的多年草, 夏日开黄色花, 至秋收获其根。在日本, 则广岛, 神奈川, 静冈等处皆盛行培植。根含多量的粘液质, 日本药局方上亦已收载, 替代欧洲产的亚勒绥亚, 作粘滑叶, 用于肠加答儿, 也用为锭剂及丸剂的赋形药, 但大部分, 是消费于制纸用糊料的。[①]

鼠李科 Rhamnaceae

鼠李 *Ramnus japonica* Maxim. 是自生于山地的落叶灌木, 其果实即鼠李子, 含有称为侃弗罗尔(Kämpferol, $C_{15}H_{10}O_6$)的黄色结晶性物质, 以作缓下剂。[②] 新鲜品能催呕吐, 故采集后至少经过一年, 然后用之。

---

① 小泽武,《工业化学会杂志》, 二五、三八九(一九二九年); 刘米达夫,《植研》五、九八(一九二八年);《药志》, 五五二、一五二(一九二八年)。

② 椎名泰三,《千叶医学会杂志》, 二、一三三(一九二五年); 五、四八、七二(一九二七年)。

漆树科 Anacardiaceae

盐肤木 *Rhus javanica* L. 是落叶乔木，自生于日本各地方。五倍子虫（*Schlechtendalia chinensis* J. Bell.）来刺伤其嫩芽或叶柄时，则因其刺戟，而生瘤状突起。是名五倍子（Chinese galls; chinesische Galläpfel），因为多含单宁，故用于医药，为收敛药，也供染织，鞣皮等工业之用，又作为墨水制造原料，消费颇多。也以作没食子酸及毕洛额罗尔（照相现像药）的制造原料。

大戟科 Euphorbiaceae

巴豆 *Croton tiglium* L. 是东印度原产的灌木，压榨其种子，以制巴豆油。巴豆油属于峻下剂，虽服用其四分之一滴，亦起猛烈的下痢，其作用之强至于如此，故现今不甚用之。又于外用，则以作皮肤引赤药。

樟叶柏 *Mallotus philippinensis* Müll. Arg. 为产于东半球的热带地方的常绿灌木，也野生于台湾。与赤芽柏（*M. japonicus* Müll. Arg.）同属。生在那果实上的腺毛，称为卡玛拉（Kamala），以作绦虫驱除药（一回量 7.5—12.0 克，即用粉末）。有效成分是名曰洛忒来林（Rottlerin）的结晶性物质。因为副害殊少，故每用于小儿。

蓖麻 *Ricinus communis* L. 为热带印度原产的多年草，在日本则是一年草。其种子曰蓖麻子（castor bean; Ricinussamen）加以压榨而得的蓖麻子油，是重要的下剂（一回量 20—30 克）。在工业方面，则用于飞机减摩油，印刷用油墨，化装用润发油等，而用以制造作为亚里萨林染料的媒染剂所必须的罗特油的原料者，其消费之量尤多。在工业上，温压油与冷压油并用，但入药，则只用冷压油。在种子中，含有称为里辛（Ricin）的毒性蛋白质，故若服蓖麻子以代蓖麻子油，是甚为危险的。蓖麻子油的主成分，是里企诺尔酸（Ricinolsaüre，$C_{18}H_{24}O_3$）的格里舍林伊的尔，日本仅在千叶县下略有栽培,每年从满洲及美国输入蓖麻子及蓖麻子油至一百五十万圆内外。

远志科 Polygalaceae

舍内喀 *Polygala senega* L. 是北美原产的多年草,但于日本的风土,也很相宜。根中含有称为舍内庚(senegin, $C_{15}H_{23}O_{10}$)的一种萨波宁,是重要的祛痰药(一日量5—10克)。

远志 *Polygala tenuifolia* Willd. 是产于满洲的多年草,根曰远志,与舍内喀根同用为祛痰药。含有萨波宁的一种。

黄楝树科 Simaroubaceae

黄楝树 *Picrasma quassioides*, Benn. 为日本特产的落叶乔木,木质部含有称为括辛(Quassin, $C_{31}H_{12}O_9$)的结晶性苦味质,用作健胃苦味药,又其煎汁,则为家畜及农作物的杀虫,杀蝇剂。茄买卡地方所产的同属植物 *P. excelsa* Lindl.,在欧美用于同一的目的。

芸香科 Rutaceae

夏蜜柑 *Citrus aurantium* L. subsp. *Natsudaidai* Hayata. 为栽培于暖地的常绿灌木,果皮之干燥者,谓之夏皮,往往用于浴剂,以作芳香料。在成熟之前自然落下者,和歌山及山口县地方皆利用之以为枸橼酸及蜜柑油的制造原料。枸橼酸能使汽水有酸味,每年皆消费颇多;在西洋,是由柠檬的果实制造出来的。

吴茱萸 *Evodia rutaecarpa* Hook. Fil. et Thoms. 为中国原产的落叶小乔木,也早已传入日本,栽培于各地方。夏日开绿色小花;初秋采收果实,作香辛性健胃药,又用于浴汤,有温暖身体之效。有效成分,是称为厄伏迭明(Evodiamin, $C_{19}H_{17}N_3O$)及路式卡尔宾(Rotaecarpin，$C_{13}H_{13}N_3O$)这两种的盐基和挥发油。[1]

黄蘗 *Phellodendron amureese* Rupr. 是自生于山地的落叶乔木，其树皮曰黄蘗。含有称为培尔培林（Berberin，$C_{20}H_{17}NO_4$）及巴勒玛丁（Palmatin，$C_{21}H_{21}NO_4$）的黄色的苦味性盐基，[2]在汉方中，属于重要的苦味健胃药。又，用水和黄蘗的粉末，以贴打伤，挫伤等，皆有效。

山椒 *Xanthoxylum piperitum* D. C. 为落叶灌木，自生于山地，也被栽培。那果实，汉方以作蛔虫驱除药（一回量5克）。山椒中含有3—4％的挥发油，其主成分，是称为菲兰特伦（Phellandren）及息忒罗内拉尔（Citronellal）的芳香强烈的物质。那辛味，是由于名曰山椒尔（Sanshol）的物质的。

古加科 Erythroxylaceae

古加 *Erythroxylon coca* Lam.，*E. novogranatense* Hieron 为南美洲的灌木，秘鲁所栽培者，大抵是前一种，爪哇，台湾等之所植，则为后一种。其叶，以供盐酸古加英（Cocainphydrochlorid，$C_{17}H_{21}NO_4 \cdot HCl$）及盐酸忒罗巴古加英（Tropacocainhydrochlorid，$C_{15}H_{19}NO_2 \cdot HCl$）的制造原料之用。古加英可作局部麻醉剂，是重要的医药品。古加叶原是秘鲁土人所常用，当作嗜好品的，一八八四年奥国的学者珂莱尔（Koller）始由此分离其有效成分（古加英），此后遂成为不可缺少的医药品。古加英也如阿片及吗啡一样，近时滥用于享乐，卫生流了分明的毒害，故于古加的栽培，古加英的制造及输出入，世界各国已协力而加以严重的干涉了。

---

① Y. Asahina：*Acta Phytochimica*（Tokyo），1，67（1924）。
② 村山义温，篠崎好三，高田仁一，《药志》，五三〇，二九九（一九二六年）；五五〇，一〇三五（一九二七年）。

亚麻科 Linaceae

亚麻 *Linum usitatissimum* L. 是欧洲原产的一年草,中欧诸国皆盛行栽培,在日本则培植于北海道。栽培的目的,大概是在采纤维以织亚麻布,但作为副产物,则采其种子,制造亚麻仁油,以供软膏等的基础剂。又在工业上,也可作涂料,印刷用油墨,胶版等的制造原料。

牻牛儿科 Geraniaceae

牻牛儿 *Geranium nepalense* Sweet. 为自生于山野路旁的多年草,夏秋之候,开淡红色或白色花。茎叶用作止泻药(一日量5—7克),先前只为民间所用,近年却已承认其作为医药的真价了,以此为原料的新药,在市场上贩卖者也有两三种。成分大抵是单宁。

豆科 Leguminoseae

阿卡细亚树 *Acacia catechu* Willd. , *A. suma* Kurz. 为生于东印度的乔木,将那心材的水制越几斯,使之干燥者,名曰丕梧阿仙药(Pegu-Catechu),含有多量的卡台辛(Catechin, $C_{15}H_{14}O_6$)及鞣酸。作为收敛药,以供医药;又于鞣皮及染色工业上,使用甚多。日本所流行的仁丹,清快丸那样的口中药的涩味,即全由于阿仙药的。

阿剌伯橡皮树 *Acacia senegal* Willd. 为自生于阿非利加的乔木,采集其干的分泌物,谓之阿剌伯橡皮(gum arabic; arabisches Gummi),作为粘滑药,用于缓和刺戟的目的。也以作乳剂,丸剂,锭剂等的赋形药。又于制橡皮糊,消费甚多。

忒拉额亢德 *Astragalus adscendens* Boiss. *et Hems*1. , *A. leiclados Boiss.* , *A. brachycalyx* Fisch. 是产于自小亚细亚至波斯一带地方的灌木,由干所分泌的粘液之干燥结固者,名忒拉额亢泰(Traga cantha),用作粘滑液,或丸剂,锭剂等的赋形药。又于化装品的制造上,所用甚多。

仙那 *Cassia acutifolia* Delile. , *C. angustifolia* Vahl. 两种都是高一密达余的灌木,前者生于埃及,后者生于印度,叶名仙那叶,作为泻下药(一日量1—3克,浸剂),往往用之。有效成分是养化一炭矫基安脱拉启农配糖体。

决明 *Cassia tora* L. 为南亚细亚原产的一年草,夏日开黄色花,初秋结长线状的荚果。其种子曰决明子,汉方以为缓下强壮药,又谓有增进视力之效。决明者,令人目明也。含有养化一炭矫基安脱拉启农曰遏摩亭(Emodin, $C_{15}H_{10}O_5$)。

可派瓦巴尔山树 *Copaifera officinalis* L. 为产于南美洲北部的乔木,从其树干所溢出的树脂,称可派瓦巴尔山(Copaivabalsan),为淋病及其他泌尿器疾患的内用药(一日量1.5—6克)。从别的两三种同属植物,也可以采集可派瓦巴尔山。

台里斯 *Derris elliptica* Benth. 野生于马来群岛及满剌加半岛,近年也大在栽培。形态类似鱼藤(同项参照),是蔓性灌木。原产地的土人将根的榨汁投入河流,使鱼麻痹,以作捕鱼之用。又,根的榨汁也用于驱除蔬菜类的害虫。有毒成分是称为洛台农(Rotenon, $C_{23}H_{22}O_6$)[1]的结晶成分。近时作为农业用杀虫剂,盛被使用的名曰"纳阿敦"及"台里斯肥皂"的制剂,就是以本植物为原料的。洛台农是杀虫力极强的成分,故于驱除动物的外部寄生虫,例如人类的阴虱,疥癣虫,狗的毛虱等,[2]也非常有效,但因为毒性颇大,故使用时务须小心。对于动物的肠内寄生虫,例如蛔虫,绦虫等,也颇有强大的杀虫力,然而同时对于寄生动物也是剧毒,故不用以作内服药。

---

① 刈米达夫,渥美喩次郎,《药志》,四九一、一〇(一九二三年);《药志》,五五七,六七四(一九二八年)。武居三吉,《化志》,四四、八四一(一九二三年);《理化学研究所汇报》,八、五一〇(一九二九年)。

② 前田安之助,《皮肤科及泌尿器科杂志》,二五、一(一九二五年)。

皂荚 *Gleditschia horrida* Makino 为自生于山野间的落叶乔木，夏日开淡黄绿色的蝶形花。其荚果称为皂荚，种子则曰皂角子，在汉方上，用为祛痰药或利尿药。含有多量的萨波宁（Gleditschiasaponin，$C_{59}H_{100}O_{20}$），[①]浸渍其细片的水，即生微细的泡沫，与肥皂同，故古来已用以作洗涤料。

甘草 *Glycyrrhiza glabra* L. var. *glandulifera* Regel. et Herder. 为自生于中国北部的多年草，根有特异的甘味，故用为矫味药，及丸剂的赋形药。在汉方上则常用于咽喉诸病，为镇咳药。那甘味，是因于称为格里契列丁（Glycyrrhizin，$C_{44}H_{64}O_{19}$）的甘味质的。甘草之输入日本者，年额约七十万圆内外，那主要的用途，是由此制造甘草越几斯或粗制格里契列丁，用于酱油，使有甜味。上等的酱油自有甜味，故无加入这样的甘味剂的必要，但二三流以下之品，则必须加此剂以补之。在欧洲，于雪茄烟的加味及点心上，所消费也不少。甘草的原植物，本种以外，尚有 *G. echinata* L. 及 *G. glabra* L. 两种，前者生于俄国，后者生于西班牙及法兰西。

鱼藤 *Millettia taiwaniata* Hayata. 为自生于台湾的蔓性灌木，台湾人将根的榨汁投入河流，使鱼麻痹，以供捕鱼之用，也用于蔬菜类的害虫驱除。有毒成分也和台里斯（同项参照）一样，是洛台农。[②]

秘鲁巴尔山树 *Myroxylon pereirae* Klotsch. 是产于南美的乔木，其干所分泌的巴尔山，曰秘鲁巴尔山（Porubalsam），于疥癣用为外用药。含有多量的树脂。

凯拉巴尔豆 *Physostigma venenosum* Balf. 是产于阿非利加的蔓性植物，种子曰凯拉巴尔豆（calabar-bean；Kalabarbohnen），以供菲梭斯替明（Physostigmin，$C_{15}H_{21}N_3O_2$）的制造原料。菲梭斯替明（一

---

① 松岛义一，久保田实，《药志》，五五二、一四六（一九二八年）。

② 永井一雄，《化志》，二三、七四四（一九〇二年）。刘米达夫，渥美喩次郎，岛田美知武，《药志》，五〇〇、七三九（一九二四年）。

名厄什林 Eserin)乃猛烈性的盐基物,有使瞳孔收缩的作用,即有和莨菪的含有成分亚忒罗宾正相反对的作用的。是用于眼科的药品。

葛 *Pueraria hirsuta* Matsum. 为自生于山野的落叶藤本,夏秋之候,开紫红色的蝶形花。秋季掘根而干燥之,谓之葛根,汉方以为发汗解热的要药。古来以感冒药著名的葛根汤,就是混合葛根、麻黄、生姜、大枣、桂枝、芍药、甘草这七味的。关于那药效,可参照麻黄条。葛根又以供葛淀粉的制造原料。葛淀粉虽风味佳良,但因价贵,故现今出产殊少,市场上所贩卖的称为葛淀粉者,乃是马铃薯淀粉也。

蔷薇科 Rosaceae

珂苏树 *Hagenia abyssinica* Willd. 是产于阿非利加的乔木,其雌花曰珂苏花(cousso;Kosoblüten),用为绦虫驱除药。有效成分是称为珂辛(Kossin)的黄色结晶性的物质。

杏 *Prunus armeniaca* L. var. *ansu* Maxim. 为中国原产,而亦大被栽培于日本的落叶乔木,春期开白色或淡红色花。其种子称为杏仁,压榨之以制杏仁油,又加水于其残渣,蒸溜之以造杏仁水。杏仁水中含有青酸及弁载尔兑希特(Benzaldehyd, $C_6H_5 \cdot CHO$),用为镇咳药。

博打树 *Prunus macrophylla* Sieb et Zucc. 为自生于日本暖地的常绿乔木,将那新鲜的叶片,用水蒸汽蒸溜以制造博打水。[①] 博打水也如杏仁水,含有青酸及弁载尔兑希特,用作镇咳药,与杏仁水同。价则廉于杏仁水远甚。博打水及杏仁水中,含有对于人体是猛毒性的青酸约 0.1%,所以滥用是危险的。这青酸和弁载尔兑希特,在博打树,是由普路那辛(Prunassin, $C_{14}H_{17}NO_6$)[②],在杏仁,则由阿密达

---

① 博打,日本语,语如 Bacuchi——译者。

② 刘米达夫,松岛义一,《药志》,五一四,一〇六〇(一九二四年)。

林（Amygdalin，$C_{20}H_{27}NO_{11}$）这配糖体的加水分解而生，凡蔷薇科植物的叶及种子里，是往往含有这种的配糖体的。

桃 *Prunus persica* Sieb. et Zucc.，*P. Persica* Sieb. et Zucc. var. *vulgaris* Maxim. 为中国原产的落叶乔木，在日本培养亦甚多。春日开白色或淡红色花。采集其白花而干燥之，称白桃花，以作下剂（一日量1克，煎剂）。有效成分是名为侃弗罗尔（Kämpferol，$C_{15}H_{10}O_6$）的黄色结晶性的物质。红花较之白花，成分的含量少，药效也不及。种子谓之桃仁，在汉方上，与杏仁同为镇咳药。桃叶中含有单宁质，夏期浸于浴汤中，有治汗泡之效。在汉药中，鼠李子，营实（野蔷薇的果实），白桃花三种，都是重要的下剂，而从这三种中，都检出侃弗罗尔为泻下成分，也是极有兴味的事实也。[1]

吉拉耶 *Quillaja saponaria* Molina 为产于南美智利及秘鲁的常绿乔木，其树皮吉拉耶皮（soap bark；Seifenrinde），含有多量的萨波宁，偶亦以作祛痰药，但主要的用途，则在化装品，例如加于培阑谟中，为起泡剂，或者以作怕被肥皂损其质地的绢布之类的洗浣料。

野蔷薇 *Rosa multiflora* Thunb. 为自生于山野上的落叶灌木，初夏开白色的五瓣花。其种子名曰营实，在汉方为峻下及利尿药，约二克即奏泻下之效，服用多量，则起赤痢似的剧烈的下痢，故须留心。市场所卖之品，也混有 *R. luciae* Franch. et Roch 的种子，但药效则同。含有称为谟勒契弗罗林（Multiflorin）的配糖体，这物质由加水分解而生侃弗罗尔。[2]

虎耳草科 Saxifragaceae

土常山 *Hydrangea opuloides* Steud. var. *thunbergii* Makino.

---

　①　刈米达夫，高田仁一，吉田芳信，《药志》，五七二、九三七（一九二九年）。

　②　近藤平三郎，岩本薰，口羽与三郎，《药志》，五六五、二三二（一九二九年）。近藤平三郎，远藤胜，《药志》，五七四、二六二（一九二九年）。

是自生深山中,或被栽培的落叶灌木,夏日开青紫红色花。初秋之候,采集其叶,用手掌揉熟而干燥之者,曰甘茶,亦称土常山,有甜味,汉方以为矫味药。其甘味成分,是名为菲罗度勒辛(Phyllodulcin, $C_{16}H_{14}O_5$)的结晶性物质。[①]

十字花科 Cruciferae

芥 *Brassica cernua* Thunb. 是中国原产的越年草,也大被栽培于日本,春日开黄色的十字花。那种子称为芥子,含有配糖体曰希尼格林(Sinigrin, $C_{10}H_{16}KNO_9S_2$),加水分解酵素曰米罗辛(Myrosin)以及多量的脂肪油。在某粉末上,加微温汤,则希尼格林因米罗辛的作用,分解而生一种挥发油曰挥发芥子油(Allylsenfol, C_4H_5SN),有强烈的刺戟臭。故芥子粉末可作巴布剂,为皮肤刺戟引赤药,以贴于神经痛,关节痛风,肺炎,气管枝炎等。又用于芥子渍,加里粉等,为调味料。挥发芥子油于虚脱,失神等,使之吸入,为刺戟药;作为酱油的防腐剂,所用也很多。为酱油的防腐剂,卫生上无害而比较地有效者,以此为第一。在欧美,栽培着 *B. nigra* (L) Koch. 和 *Sinapis alba* L. 两种,为芥子原料。

罂粟科 Papaveraceae

延胡索 *Corydalis decumbens* Pers. 是自生于各地的多年草,其块茎曰延胡索,汉方作为妇人病的要药,对于子宫诸病及月经痛用为镇静药。成分是名为卜罗妥宾(Protopin, $C_{20}H_{19}NO_5$)及蒲勒皤卡普宁(Bulbocapnin, $C_{19}H_{19}NO_4$)等的盐基。本种之外,*C. remota* Maxim. var. *genuina* Maxim. 及中国产的 *C. ternata* Nakai. , *C.*

---

①　朝比奈泰彦,上野周,《药志》,四〇八、一四六(一九一六年);朝比奈泰彦,浅野顺太郎,《药志》,五六四、一一七(一九二九年)。间庭秀夫,《药志》,五〇七、三四八(一九二四年)。

bulbosa DC. var. *typica* Regl. 的块茎，也一样入药。[①] 卜罗妥宾和蒲勒皤卡普宁，是有镇痛，麻醉之效的盐基，延胡索之被常用于月经痛等，是不为无因的。

驹草 *Dicentra pusilla* Sieb. et Zucc. 为自生于高山的多年草，夏日开紫红色的美花。在民间，向来即常用其全草为腹痛药。有效成分是名为迭闪忒林（Dicentrin，$C_{20}H_{21}NO_4$）及卜罗妥宾这两种具有麻醉作用的盐基。

罂粟 *Papaver somniferum* L. 为小亚细亚原产的越年草，初夏开白，红，暗紫色等的美花。伤其未熟的果实，取所分泌的乳液而干燥之者，曰阿片（Opium）。阿片的世界底产地，是土耳其、印度、波斯、中国等，但在日本，则以大阪府三岛郡，和歌山县有田郡的二郡为主产地，年产一千贯内外，昭和三年（一九二八年）遂越过从来的记录，达三千四百贯，值九十万圆。阿片含有吗啡（Morphin，$C_{17}H_{19}NO_3$）及其他的盐基，作为镇静，镇痛剂，殊为重要。阿片及吗啡在中国滥用于享乐，其害实甚，故世界各国，在协力取缔其生产，输出及输入；在日本，欲栽培罂粟，收采阿片者，也必须经地方长官许可。许可栽培者所收获的阿片，则在内务省的卫生试验所加以分析，依吗啡含量而定价格，由政府买收。罂粟的种子，大抵用于点心原料。此外，栽培以供观赏的 *P. rhoeas* L. 及 *P. orientale* L. 等，也含有有毒的盐基物，故须小心。

樟科 Lauraceae

樟 *Cinnamomum camphora* Nees. et Eberm. 为自生于日本中部以南，或被栽培的常绿乔木。在产出地，将那木材的切片，加水蒸汽蒸溜，先得樟脑油，由此分离其脑分，以造成粗制樟脑。樟脑（Cam-

---

① 朝比奈泰彦，用濑盛三，《药志》，四六三、七六六（一九二〇年）。长田捷三，《药志》，五四七、七一一（一九二七年）。

phor, $C_{10}H_{16}O$)为重要的医药品之一,用作注射药,为强心及兴奋剂;又,樟脑油的高温溜分,则作为治淋药,以替代白檀油。樟脑的主要的用途,在假象牙工业,产额的大部分,都被消费于这方面。也以供书画衣服等的防虫,及龙脑的制造原料。樟脑属于日本的重要输出品(年额六百万圆内外)之一,为政府的专卖品。

桂 *Cinnamomum cassia* Blume. 是常绿乔木,被栽培于中国广东及广西地方。那树皮曰桂皮(cassia bark;Chinesischer Zimt),用作药品,以为芳香性健胃剂,矫味,矫臭药。含有约 1.5％的挥发油。挥发油中的主成分,是棂谟忒阿尔兑希特(Zimmtal dehyd, $C_6H_5 \cdot CH = CH \cdot CHO.$),桂皮所有的特异的气味,就为此。锡兰桂皮取自锡兰岛所培植的同属植物 *C. zeylanicum* Breyne. 较之中国产桂皮,气味更为佳良,故宜于用作香味料。在成分应用上,却相同。

肉桂 *Cinnamomum loureirii* Nees. 是自生于日本暖地的常绿乔木,采集其根皮及干皮而干燥之者,曰肉桂,出高知,和歌山,鹿儿岛诸县,而尤以土佐产的"千利千利"桂皮为最良,入药,为芳香性健胃药,矫味,矫臭剂;也用于点心制造,为香味料。肉桂中含有挥发油,以棂谟忒阿尔兑希特为主成分。

肉豆蔻科 Myristicaceae

肉豆蔻 *Myristica fragrans* Houtuyn. 是产于荷属东印度及马来群岛的乔木,其种子曰肉豆蔻(nutmeg;Muskatnuss),子衣称为肉豆蔻花(mace;Muskatblüten),用作芳香性健胃药,矫味,矫臭药。在欧洲,也作为香味料,用于烹饪。含有多量的挥发油。

木兰科 Magnoliaceae

大茴香 *Illicium verum* Hook. 是产于中国南部的乔木,与日本的樒同属。其果实称大茴香,曾经以供医药,但今则惟以作香料。含有约 5％的挥发油,以阿内妥尔(Anethol, $C_{10}H_{12}O$),萨夫罗尔

（Safrol，$C_{10}H_{10}O_2$）等为主成分。日本的樒，果实的形状虽然酷似大茴香，但含有剧烈的有毒成分。

防己科 Menispermaceae

哥仑巴 *Jatrorrhiza palmata* Miers. 是产于阿非利加的东海岸的多年性蔓草，根曰哥仑巴根（columba root；Kolumbowurzel），用作苦味健胃药。含有派尔玛丁（Palmatin，$C_{21}H_{21}NO_4$）及其二三种盐基物。

汉防己 *Sinomenium acutum* Rehd. et Wilson.（*S. diversifolium* Diels，*Cocculus diversifolium* Miq.）为自生于暖地的落叶藤本，根曰汉防己，云于关节痛风，神经痛有效（一日量5—7克，煎剂）。有效成分乃称为希那美宁（Sinomenin，$C_{19}H_{23}NO_4$）[1]的盐基，近年提出之，用作注射药。

小蘗科 Berberidaceae

南天烛 *Nandina domestica* Thunb. 为自生于山野，或被栽植于庭园的常绿灌木，初夏开白色的六瓣花，秋期结白色或红色的浆果。白色的果实称白南天，汉方以为镇咳药，用于喘息，百日咳等。含有著名曰陀美司谛辛·美细勒以脱（Domesticin-methyläther，$C_{20}H_{21}NO_4$）[2]的结晶性盐基。这物质具有强烈的麻痹作用，显镇咳之效，向来仅由经验而知的药效，用今日之学术也很可以说明了。

毛茛科 Ranunculaceae

乌头 *Aconitum japonicum* Thunb. 是自生于山野的多年草，秋季

---

[1] 近藤平三郎，落合英二，《药志》，五四九，九一三（一九二七年）。后藤格二，铃木英雄，化志，五〇，五五六（一九二九年）。

[2] 北里善次郎，《药志》，五三六，八四三（一九二六年）。

开紫色兜状花。根称草乌头，含有亚科尼丁（Aconitin，$C_{34}H_{47}NO_{11}$）及别的两三种盐基物。有时也作为镇痉药，用于神经痛，关节痛风等，但因其有猛毒性，殊为危险，故今日几乎不复用。

亚科尼忒 *Aconitum napellus* L. 为产于欧美的多年草，根含亚科尼丁，像乌头一样，内服以治神经痛，关节痛风等，作为镇痉药。亚科尼忒根的毒性较弱于乌头。

黄连 *Coptis japonica* Makino. 是自生于山地的树阴，或被栽培于各地的多年草。根茎作为苦味性健胃药（一日量 15 克，煎剂），为日本药局方所收载，而于卖药，所用之量也很多。根茎除多量的培尔培林，派尔玛丁（Palmatin，$C_{21}H_{21}NO_4$）[1]之外，并含有本植物特有的盐基物黄连宁（Worenin，$C_{20}H_{15}NO_4$）[2]，科卜替辛（Coptisin，$C_{19}H_{15}NO_5$）[3]等。从成分看起来，这生药是和非洲产的哥仑巴根（同项参照）相当，可以代用的。

希特拉司忒 *Hydrastis canadensis* L. 是产于北美的多年草，根茎含有培尔培林，希特拉司丁（Hydrastin，$C_{21}H_{21}NO_6$）等的盐基。其越几斯有时也用于子宫出血等，为止血药，但现今则大抵只从中提出希特拉司丁来，酸化之，以制造希特拉司谛宁（Hydrastinin，$C_{11}H_{13}NO_3$）。希特拉司谛宁是有力的止血药。

芍药 *Paeonia albiflora* Pall. 为东部亚细亚的原产，而广被培养的多年草，初夏开红色或白色的美花。汉方以根为镇痉药，用于腹痛，及妇人诸病。

牡丹 *Paeonia moutan* Sims. 为中国原产的落叶灌木，栽植于庭园等处以供观赏之用。初夏开大形的美花。药用的牡丹皮，便是采集其根皮，而加以干燥的。牡丹皮的佳香，由于一种石炭酸性酮类

---

① 村山义温，篠崎好三，《药志》，五三〇，二九九（一九二六年）。

② 北里善次郎，《药志》，五四二，三一五（一九二七年）。

③ 北里善次郎，Proc. Imp. Acad. Japan, 2, 124(1926)。

曰丕渥诺尔（Paeonal，$C_9H_{10}O_3$），经过数年之品，往往在那断口上，看见析出着微细的结晶。对于头痛，腹痛，以及妇人诸病，作为镇痉药，与芍药同为汉方医流所常用。用于卖药者也很多。

商陆科 Phytolaccaceae

商陆 *Phytolacca asinosa* Roxb. var. *esculenta* Makino.，（*P. acinosa* Roxb. var. *Kämpferii* Makino.）为自生于山地，或被栽培的多年草，根以供利尿药。有效成分虽未详，但因为含有多量的硝酸加里，也许就为了那作用罢。

苋科 Amaranthaceae

牛膝 *Achyranthes bidentata* Blume. 为自生于原野及路旁的多年草，根称牛膝，汉方以作利尿通经药，也用于卖药。日本在奈良县下，栽培甚多，也从中国输入。

藜科 Chenopodiaceae

海诺波亭草 *Chenopodium ambrosioides* L. var. *anthelminticum* A. Gray. 是北美原产的多年草，夏日著绿色的小花。全草有特异的香气，加以水蒸汽蒸溜，则得 0.5% 内外的海诺波亭油（American wormseed oil；Chenopodiumöl）。此油对于蛔虫，十二指肠虫等，是强有力的驱虫剂。大人量一日 0.2—1.0 克，服后经一点钟，须用下剂（蓖麻子油或仙那浸）。倘若下剂的奏效不良而被吸收，则呈不快的副作用，偶或竟至于成为聋子。海诺波亭油的有效成分，是称为亚斯卡力陀尔（Askaridol，$C_{10}H_{16}O_2$）的油状物质，乃构造式如下的一种过酸化物质，在植物化学上，属于稀有的例子。

$$\begin{array}{c} CH\!\!=\!\!CH \\ CH_3\!-\!C\!-\!O\!-\!O\!-\!C\!-\!CH\!-\!CH\begin{array}{c}CH_3\\CH_3\end{array} \\ CH_2\!-\!CH_2 \end{array}$$

亚斯卡力陀尔在南美产 Monimiaceae 科的乔木植物（*Peumus-boldus* Baill）的叶中，也被含有。在日本，则以三共制药会社发卖的"内玛妥尔"之名，为世所知。

海诺波亭草之栽培，现在以北美合众国的巴尔的摩尔市附近为中心，也输入于日本，但在内务省卫生试验所药用植物圃场的试验的结果，则也很能生育，含油率亦多。

蓼科 Polygonaceae

何首乌 *Polygonum multiflorum* Thunb. 是自生于中国及日本各地的多年性蔓草，根称何首乌，汉方以为强壮药，谓有长生不老之效。约十年以前，在日本也非常流行。何首乌者，令何氏的发变黑之意，是起于"昔何公服之，白发变黑，故号何首乌"的故事的。

大黄 *Rheum tanguticum* Tschirch. 为生于中国西部的山岳地方的多年草，将根茎干燥而法制之者，曰大黄（rhubarb；Rhabarber），为各国药局方所收载，是重要的医药品，用作健胃（一日量 0.05—0.25 克）及缓下剂（一日量 0.5—2.0 克）。有效成分是克列梭方酸（Chrysophansäure，$C_{15}H_{10}O_4$），遏摩亭（Emodin，$C_{15}H_{10}O_5$）等的养化—炭矫基安脱拉启农（Oxymethylanthrachinon）。

唐大黄 *Rheum undulatum* L. 是中国及西伯利亚原产的多年草，在日本亦有栽培。根茎曰和大黄，以代中国产的真正大黄，作健胃及缓下剂，又很用于卖药的原料。其缓下作用，比大黄更为缓和。有效成分也是养化—炭矫基安脱拉启农与大黄同。和大黄的主产地是奈良县。

白檀科 Santalaceae

白檀 *Santalum album* L. 是栽培于英属印度的小乔木，其木部用作薰香料，或加以水蒸汽蒸溜，制白檀油。白檀油（santal oil）是印度玛淑亚（Maysore）政府的专卖品，以"玛淑亚产白檀油"之名，为世所知。这是重要的治淋药,主成分乃称为珊泰罗尔(Santalol, $C_{15}H_{24}$ O)的油状物质(含量 90％内外)。白檀油又用于肥皂等的原料。近年在市场上,出现了在西部澳大利亚由同科植物 *Fusanus spicatus* R. Br. 所得的所谓"西澳洲产白檀油"甚多,但在医疗上,是否和玛淑亚产白檀油功用相同,却还是一个疑问。油中含有珊泰罗尔及和这为异性体的孚赛诺尔(Fusanol)。

桑科 Moraceae

大麻 *Cannabis sativa* L. 是栽培于东印度的一年草,采其未熟的果实,以供药用。在日本,也以采其纤维(麻)为目的,而栽植之,但并不含有药用成分。在形态上,虽然和栽培于东印度者毫无差异,但也许是因了风土的关系,或者生理底变种之故罢。其中含有着具有催眠麻醉性的树脂,以作镇静催眠剂。因为和阿片一样,用为麻醉性吃烟料,故在国际间也管理其输出入,与阿片同。

霍布草 *Humulus lupulus* L. 是栽培于欧美诸国的宿根性蔓草,雌雄异株,夏时开花。将雌花穗在成熟的初期采集而干燥之,谓之霍布(hops;Hopfen),为酿造麦酒所必不可缺之品。除将特有的苦味与芳香,给与麦酒之外,还有帮助酵母作用,且使制品清澄之效。又,采集其附在雌花穗的苞上的腺体,则谓之霍布腺,偶亦用为健胃及镇静药。

壳斗科 Fagaceae

药没食子树 *Quercus lusitanica* Lamarck.（*Q. infectoria* Olivier)是产于小亚细亚的落叶乔木,春季,没食子蜂(*Cynips tinctoria* Olivier.)来刺伤本植物的嫩叶而产卵的时候,则和卵的孵化而稚蜂发育起来同时,也生出球状的虫瘿。称这为没食子(galls;Aleppogalläpfel),因其含有多量的没食子鞣酸(Gallus-gelbäure),故盛用于鞣皮工业,染织工业等。间亦以供药用,为收敛药。是和五倍子(参照盐肤木条)相当的生药。

胡椒科 Piperaceae

毕澄茄 *Piper Cubeba* L. 是自生，或被栽培于印度，爪哇等处的雌雄异株的蔓性灌木，采集其未熟的果实而干燥之，即曰毕澄茄，以作治淋药(一日量 15 克，舐剂)。含有 15％内外的挥发油。

卡瓦卡瓦 *Piper methysticum* Forst. 是自生，或被栽培于坡里内西亚(Polynesia)的多年草，作为制药原料，则大抵出于夏威夷。根含树脂，有麻醉性，又有利尿之效。将本树脂溶解于白檀油中的新药，以"戈诺山"，"卡瓦珊泰尔"等之名在出售。坡里内西亚人以根为麻醉性的嗜好料，恰如酒和阿片；其吃法有种种，斐支，萨木亚群岛，是使未婚的处女啮碎其根，村人相聚而遍饮其混和了唾液的液汁。在坡那胚岛，则用石将根敲碎，而饮其榨汁。少顷觉醉，即或唱或跳，尽欢乐之极致，然后乃入甜梦。在那常习的人们，也起中毒症，与阿片同，是名卡瓦中毒症。这麻醉性成分是一种树脂，和阿片之为盐基物者不同。

三白草科 Saururaceae

蕺菜 *Houttuynia cordata* Thunb. 为自生于路旁的多年草，初夏开花。民间采其鲜叶，揉之，用火略焙，以贴化脓，疮疖等；又谓有下毒之效，煎服以治淋病。本植物有特异的强烈的恶臭，但那臭气的本体，则未详。将这加以水蒸汽蒸溜，便得臭气全不相同的挥发油。

单子叶门 Monocotyledoneae

兰科 Orchidaceae

采配兰 *Cremastra appendiculata* Makino. 为自生于树阴的多年草，因其根茎含有多量的粘液，故以代欧洲所产的萨力普根(原植物

Orchis Morio L., *O. mascula*, L., 等), 为粘滑药。

姜科 Zingiberaceae

郁金 *Curcuma longa* L. 为自生, 或被栽培于台湾及别的热带地方的多年草, 根茎呈鲜黄色。这称为姜黄(turmeric; Kurkuma), 曾以供药用及染料, 但现今则大抵仅用为食料品的著色料。即混合于加里粉, 或加入于泽庵渍(译者按: 日本的一种盐渍萝卜)。用作化学上试验纸的姜黄纸, 便是将纸浸在姜黄的酒精浸出液里而成的。那黄色素, 是称为库尔库明(Curcumin, $C_{21}H_{20}O_6$)的成分。

同属中还有名为"姜黄"(*C. aromatica* Salisb.)的植物, 但其根茎, 与郁金的根茎(也名姜黄)异, 黄色淡, 而芳香却强。

莪荗 *Curcuma zedoaria* Rosc. 是广被栽培于热带地的多年草, 日本则栽植于鹿儿岛及冲绳县下。根茎作为芳香性健胃药, 大抵用于卖药。含有约 1% 的挥发油。

生姜 *Zingiber officinale* Rosc. 为热带亚细亚的原产, 而广被栽培于各地的多年草。其根气辛烈, 有特异的芳香。辛味成分是称为精该伦(Zingeron, $C_{11}H_{14}O_3$)的结晶性物质。生姜用为香辛性健胃药, 也以作调味料。

小豆蔻 *Elettaria cardamomum* Whit et Maxton. 为栽培于英属印度的多年草, 其果实曰小豆蔻(cardamoms; Cardamomen), 种子有佳快的芳香。用作芳香性健胃药, 以供芳香散, 苦味丁几等的制剂原料。和汉药中, 虽有缩砂(*Amomum xanthioides* Wall.), 伊豆缩砂(*Alpinia japonica* Miq.), 益智(*Zingiber nigrum* Gaertner.)等可以替代小豆蔻, 但于气味芳香之点, 皆远不如。小豆蔻含有约 5% 的挥发油, 其主成分, 是醋酸台尔比内阿尔(Terpineolacetat, $C_{10}H_{16}O \cdot COCH_3$)及契内阿尔(Cineol, $C_{10}H_{18}O$)等。

鸢尾科 Iridaceae

泪夫兰 *Crocus sativus* L. 为栽培于各地的多年草,晚秋之候,开淡紫色的美花。雌蕊入药,作为镇痉,通经剂(一日量 0.5 克),为民间所用,又于卖药原料,所消费也很多。主成分是亚法—克罗辛(α-Crocin,$C_{43}H_{68}O_{25}$),培泰—克罗辛(β-Crocin),冈玛—克罗辛(γ-Crocin $C_{26}H_{32}O_5$)这三种黄色素。这色素,和胡萝卜(根),栀子,酸浆,西红柿(果实)等的色素属于同类,通常称之为卡罗企诺易特色素。泪夫兰是明治十八年(译者按:一八八五年)才始传入日本的植物,但在经过了四十余年的今日,则年产额已达四十万圆,完全将输入品防遏了。泪夫兰是九月种植,十一月收获的,也可以种在桑圃的隙地里。一反步(译者按:约中国一亩二分弱)的收量约二斤半,一斤的卖价为三十圆(每年不同),现在在兵库,广岛,左佐贺这三县,栽培得最广。

石蒜科 Amaryllidaceae

石蒜 *Lycoris radiata* Herb. 为自生于各地的宿根草,秋分前后,开红色花。鳞茎中含有着称为里珂林(Lycorin,$C_{16}H_{17}NO_4$)的剧毒性盐基物,是可怕的有毒植物之一,但近年由森岛教授的研究,发见了里珂林的药理底作用,与吐根(同项参照)的有效成分蔼美丁相类似[①],从本植物的鳞茎制造了祛痰药在发卖了。但吐根和本植物,都是剧药,所以倘不是医生,来用是危险的事。凡有毒植物,若少许,大抵入药,而相反,虽是药,过量就一定成为毒物的。

百合科 Liliaceae

芦荟 *Aloe africana* Mill. , *A. ferox* Mill. , *A. succotrina* Lam.

---

① 森岛库太,《东京医事新志》,二四○二(一九二五年)。

这些植物，都产于阿非利加及西印度群岛，叶片肥厚，含蓄着多量的汁液。入药的芦荟（Aloe），是将那叶的汁液加以蒸发浓缩，作为越几斯，以为泻下药（一日量 0.1—1.0 克）。倘用至 0.5 克以上，则有峻下作用，同时也是通经药。泻下成分是称为芦荟英（Aloin）的养化一炭矫基安脱拉启农的一种。

铃兰 *Convallaria majalis* L. 是自生于欧洲及日本北部的多年草，初夏开钟状的白色小花，也被栽培以供观赏。将全草作煎剂，或作丁几，以为强心利尿药。有效成分是称为康伐拉妥克辛（Convallatoxin）的结晶性的配糖体。这成分，在花中含得最多。

车前叶山慈姑 *Erythronicum japonicum* Makino. 是自生于山地的多年草，早春开紫色的美花。其根含有多量的淀粉，用以供"片栗粉"的制造原料。片栗粉品质佳良，但因价贵，故现今市贩品之称为片栗粉者，大抵是马铃薯淀粉。片栗粉也被收载于日本药局方，以为锌华淀粉的原料。

贝母 *Fritillaria verticillata* Willd. var. *thunbergii* Baker. 为中国原产的多年草，在日本则培植于奈良县吉野郡等地方。春日开碧绿色的钟状花。鳞茎称为贝母，汉方以为镇咳，解热药，又谓有催乳止血之效。含有莃里谛林（Fritillin, $C_{25}H_{41}NO_3$）及其他两三种盐基物。[①]

小叶麦门冬 *Ophiopogon japonicus* Ker. Gawl. 是往往栽植于庭园的多年草，初夏开紫色的小花。采须根的瘤起部而干燥之者，曰麦门冬，或曰小叶麦门冬，汉方中用为镇咳，解热，强壮药；虽现在，卖药中亦颇用之。大阪府三日市町，是著名的产地。*Liriope graminifolia* Baker. 的根，也用于同样的目的，为区别起见，称为大叶麦门冬。

海葱 *Scilla maritima* L. (*Urginea maritima* Baker.) 是自生于

---

① 福田昌雄，《化志》，五〇，七四六（一九二九年）。

地中海沿岸的多年草，将那地下茎的鳞叶，称为海葱（squill；Meerzwiebel），由此作海葱丁几，以为强心利尿药。也用以作对于人体少有危害的杀鼠剂。有效成分是斯替林（Scillin）。斯替来英（Scillein）等物质。

天南星科 Araceae

半夏 *Pinellia ternata* Breit. 是自生于路旁，田圃上的多年草，初夏抽肉穗花序，包以黄绿的佛焰苞，在汉方上，根茎名曰半夏，为镇咳的要药，而尤常用于妊娠呕吐（恶阻）。在近时，医师的处方也颇应用了。有效成分未详。

棕榈科 Palmae

槟榔 *Areca catechu* L. 是马来地方的原产，而广被栽培于热带地方的常绿乔木。种子即槟榔子（areca nut；Arekanuss），含有亚利可林（Arecolin）及其他数种的盐基，用作绦虫驱除药（一回量 4—5 克）。热带地方的土人，有将石灰加于槟榔子，包以蒟酱（*Piper betle* L.）的叶而咀嚼之的风习，在这些人，说是肠寄生虫少，下痢也少有的，这是由于亚列可林和单宁的作用。

莎草科 Cyperaceae

香附子 *Cyperusrotundus* L. 是自生于海滨沙地的多年草，生在根茎上的瘤块，曰香附子，汉方以为妇人病的要药，用作通经及镇痉药。含有约 1% 的挥发油。

禾本科 Gramineae

薏苡 *Coix lacryma-jobi* L. var. *frumentacea* Makino. 为田圃中所栽植的一年草，从种子除其子壳，谓之薏苡仁，汉方常用为利尿及营养强壮药，薏苡仁是适宜地含有着蛋白质，脂肪，淀粉等的良好的营养品。在民间,也煎用之,谓有除疣之效云。

裸子植物亚部 Gymnospermae

麻黄门 Gnetales

麻黄科 Gnetaceae

麻黄 *Ephedra sinica* Stapf. 是生于中国腹地的雌雄异株的多年草,全形略似天花菜,叶很退化,作小鳞状,对生节上。初夏开小花。在汉方,麻黄乃发汗,镇咳的要药,古来常用为感冒药的葛根汤,便是配合了葛根、麻黄、桂枝、芍药、甘草、大枣的六味的。麻黄的有效成分是厄弗特林,又称麻黄精(Ephedrin, $C_{10}H_{15}NO$),这一种盐基物,为明治二十五年(一九○二年)故药学博士,理学博士长井长义氏所发见[1]。此后直到近年,盐酸厄弗特林不过用以为散瞳药,但自一九二四年 Chen, Schmidt 两氏[2]的药理学底研究发其端,而作为呼吸镇静药的用途大开,尤其常用于气管支,喘息等,为内服(0.025—0.05 克),或注射药。厄弗特林的化学底构造,和从牛的副肾制出的亚特力那林(Adrenalin, $C_9H_{13}NO_3$)这一种高贵药相类似,那药理作用也相类似。

HO—⬡—CHOH·OH_2NH·CH_3
HO

亚特力那林

⬡—CHOH—CH—NH—CH_3
　　　　　　　|
　　　　　　CH_3

厄弗特林

---

[1] 长井长义,《药志》,一二○,一○九(一八九二年);一三○,一一八六;一三九,九○一(一八九三年)。

[2] Chen and Schmidt: J. exp. Pharmacol. 24, 339 (1924)。

亚特力那林不但价很贵,且是化学上极不安定的物质,水溶液一触空气,很容易便被养化,而且不适于内服,仅仅用作注射药(偶或用作吸入药)而已。而厄弗特林则是安定得多的物质,其长处在也宜于内服。于是三十年前由长井博士所发见的厄弗特林,现在已成为世界底的医药,从中国输出于英美德各国的麻黄之量,每年至数十吨了。

如上所述,在汉方,麻黄的茎叶是用为发汗,镇咳药的,但同时,那地下茎,则作为制汗药,而用于结核患者的盗汗等。就是,地上部和地下部的作用,是发汗和制汗,恰相反对,《本草纲目》亦云,"麻黄发汗之气,驶不能御,而根节止汗,效如应响,物理之妙,不可测度。"近年医学博士藤井美知男氏于麻黄地上部和地下部的生理作用的相反,已由动物试验给以证明了。[①]

麻黄的原植物,久用了 *E. vulgaris* Rich. var. *helvetica* Hook. et Thompson 这学名,但据近年 O. Staft 氏的研究,判明了汉药的麻黄,是和欧洲及印度产麻黄不同的新种,同氏已立了 *E. sinica* Stapf.[②]的新名。由中国所输出的麻黄是同种之外,也混有 *E. equisetina* Bunge 的[③]。据 B. E. Reed 及刘汝强两氏,[④]则在原产地,称前者为草本麻黄,后者为木本麻黄,以为区别云。

球果门 Coniferae

松柏科 Pinaceae

桧 *Chamaecy paris obtusa* Sied. et. Zucc. 树干,根叶,皆含有

---

① 藤井美知男,《满洲医学杂志》,四,五六(一九二六年)。

② O. Stapf: *New Bulletin*, 1927, 133.

③ 刘米达夫,《植物研究杂志》,五,三二五(一九二八年)。

④ B. F. Read, J. C. Liu: *Journal of American Pharmaceutical Association*. 1928, 339.

1％内外的挥发油,其主成分,是称为卡地南(Cadinen,$C_{15}H_{24}$)的三二松油精。"滋育尔","渥勃泰尔"等新药,便是用本植物为原料的治淋药。

赤松 *Pinus densiflora* Sieb. et Zucc. 黑松 *P. thunbergii* Parl. 在树干上加以割伤,采集其渗出的粘稠液者,曰台列宾替那(terpentina;Terpentin),成于 60—80％的松脂,与 20—30％的挥发油即台列宾油,将这和水而蒸溜之,则从溜液得台列宾油(译者按:或译作松节油),将残滓加热脱水者,曰珂罗孚纽谟(colophony;Geigenharz)。台列宾替那在树上自然干燥,失其挥发分者,便是松脂。台列宾替那及松脂,作为硬膏的基础剂,用途殊广;台列宾油于气管支炎,黄磷中毒等,为内服药,于肺坏疽,为吸入药。台列宾油有从空气中吸收酸素,而生过酸化物的性质,这过酸化物将黄磷酸化,成为无害的酸化物,便达了解毒的目的了。用于此种目的的台列宾油,愈旧愈佳者,即因为油愈陈年,含有过酸化物也愈多量的缘故。古来相传,松林能将空气净化,但从松树发散于空中的台列宾油,其量极微,不能视为能行这样的净化作用,但要之,台列宾油是具有这样的和别的挥发油有些不同的性质的。

高丽松 *Pinus koraiensis* Sieb. et Zucc. 是自生于朝鲜的常绿乔木。种子称海松子,以作滋养强壮药。含有 50％内外的脂肪油。

一位科 Taxaceae

榧 *Torreya nucifera* Sieb. et Zucc. 是自生于山地的常绿乔木,其种子谓有驱除十二指肠虫之效云。含有多量的脂肪油。又,叶中含有挥发油,用于熏以驱遣蚊子。

二　无管有胚植物部 Embryophyta Asiphonogama

石松门 Lycopodiales

石松 *Lycopodium clavatum* L. 是自生于山地的常绿多年草,夏日生子囊穗。石松子便是采集了本种及同属诸种的胞子的东西;含有多量的脂肪油,具不吸收湿气的性质,专用以作丸药的衣。

羊齿门 Filicales

小齿朵 *Dryopteris crassirhizoma* Nakai. 是生于日本北海道及本州的山地的多年草,根茎用作绵马越几斯原料,为绦虫驱除药,以代欧洲产绵马根(D. filixmas Schott.)。有效成分是菲里辛(Filicin),菲勒玛伦(Filmaron)等。

三　真菌植物部 Eumycetes

担子菌门 Basidiomycetes

落叶松蕈 *Polyporus officinalis* Fries. 是寄生于落叶松属(Larix)诸种的树干的菌体,含有亚喀里辛酸(Agaricinsäure, $C_{22}H_{40}O_7$),专以供那制造原料。亚喀里辛酸是用于结核患者的盗汗(一回量0.005—0.01克),作为制汗药的。

囊子菌门 Ascomycetes

麦角 *Claviceps purpurea* Tulasne. 世界各地无不广布,寄生于禾本科植物。那宿主,在欧洲是来麦(*Secale cereale* L.),在日本则大抵是鹅观草(*Agropyrum semicostatum* Nees.)。麦角(ergot; Mutterkorn)便是将发生于这些宿主的本植物的菌核(Sclerotium),加以干燥的东西,有子宫收缩,止血等的作用,作为阵痛促进剂,或于子宫出血等妇人科领域,是甚为重要的医药。阵痛促进剂者,倘若多量,即起流产及其他剧烈的中毒,所以在北海道的一部,曾经有因麦角繁殖于牧草上,而牛马流产甚多,蒙了损害的事。有效成分是亚戈妥克辛(Ergotoxin,$C_{35}H_{41}N_5O_6$),亚戈泰明(Ergotamin,$C_{33}H_{35}N_5O_5$)等盐基物及其他的亚明盐基。因为麦角有经过一年,则成分分解,而不能使用之类的不便,故近来也制出了种种的代用药,但还因麦角有优于他物的特长,所以至今也还在使用。

麦角在日本,也到处自然地发生着的,然而所产不多,故从欧洲,尤其是从俄国输入。在欧洲,也大抵是采集着自生品,但人工培养,亦属可能,前年,维也纳的高等农业学校植物病理学教室的赫开教授(Prof. Hecke),曾将麦角的胞子,施行麦芽汁胶质的固形培养,开始从同教室供给颁布于大家了。[1] 在日本,大谷药学士也在试行麦角的人工底培养。[2]

不完全菌门 Fungi Imperfecti

茯苓 *Pachyma Hoelen* Rumph. 是松树采伐后,经三四年,发生于土中的松根周围的不定形的菌体,大者直径至一尺,是名茯苓。汉方以为利尿药,又多用于卖药中。

四 红藻植物部 Rhodophyceae

鹧鸪菜 *Digenia simplex* Ag. 为沿着黑海流域,生于从台湾到九洲南部,土佐等的近海的红藻的一种,名鹧鸪菜,或曰海人草,可作蛔虫驱除药(一日量 10 克,煎剂)。这是并无副害,而却还确实的驱虫药,故尤宜于小儿。以此为原料,在日本发卖的制剂,有"玛克宁","提改宁","提改尔明","提改拉克辛"等,德国的有名的制药公

---

① L. Hecke: Wiener Landw. Zeitg. 75, 3(1923); Bot Sbstr. 13, 57(1924).
② 大谷文昭,药志,五五四,三七六(一九二八年)。

司美尔克，则早就特地从日本运去了本植物，制造发卖着名曰"海尔米那尔"的驱虫药。

石花菜 *Gelidium amansii* Lamx. 为生于日本本洲沿海的海底岩石上的红藻的一种，由此以制造"寒天"（Agar Agar）。于寒天的制造，此外通常也混用 *Campylaephora hypnoides* J. Ag. , *Ceramium boydenii*, Gepp. 及其他的红藻。法将原灌和略加硫酸或醋酸的水一同煮沸，取滤过而得的粘浆，使之凝固，切作四角柱状（角寒天），或用寒天筛滤作丝状（细寒天），冬季置屋外，令冻结，然后借日中的暖气，使水分融解滴下，干燥起来。就是，寒天的制法，实不过是从粘浆分离其粘质物和水分的工程。日本所通行的冻制食品中，冰豆腐，冰蒟蒻，冰饼等，后来虽与水同煮，也不再成为原来的豆腐或蒟蒻，而惟独寒天，却具有可逆性。寒天的成分，以称为该罗什（Gelose，〔$C_6H_{10}O_5$〕n）的炭水化合物为主，因加水分解，而生糖曰格拉克妥什。寒天之于药用，有时以作缓下剂。"亚喀罗尔"，"沛忒罗尔亚喀"等新药，大抵是美国的制品，但也就是在寒天浆里，含有着流动巴拉芬，菲诺尔孚泰列英等的下剂，而且利用了寒天本身，也有缓下作用的东西。又于细菌培养基，也为必不可缺之品。包服散药的薄衣，大概是由淀粉质所制的，但三重县下所出的称为"小林药衣"之品，则以淀粉和寒天为原料。此外，在食品方面，如点心，甜酱，牛肉大和煮的罐头等，所用之量也很多。

凡　　例

（1—2）（略）。

（3）凡生药之名，皆力举英德两国语，但化学底成分的名称，则因为英德两语，并无大差，所以大抵只举德国语，那读法也照德语的发音。

（4）文献则力举日文的最近之作一二种，因为倘有必要，便可以查考的缘故。关于文献,所用的略字如下:——

《药志》——《药学杂志》。《化志》——《日本化学会志》。《植研》——《植物研究杂志》。

(5)读过本书后,倘欲调查其详细,则有下列的参考书:——

下山顺一郎著,朝比奈泰彦,藤田直市增补,《生药学》。

下山顺一郎著,柴田桂太增订,《药用植物学》。

刘米达夫,木村雄四郎共著,《邦产药用植物》。

近藤平三郎,朝比奈泰彦,安本义久合编,《第四改正日本药局方注解》。

Gilg：*Pharmakognosie.*

Tschirch：*Handbuch der Pharmakognosie.*

Köhler：*Die medizinische Pflanzen.*

Kraemer：*The Scientific and Applied Pharmacognosy.*

原载 1930 年 10、11 月《自然界》第 5 卷第 9、10 期。署乐文摘译。

最初印入 1936 年 6 月上海商务印书馆版"中学生自然科学丛书"之一《药用植物及其他》,为该书上编。

十九日

日记　星期。晴,大风。午后寄母亲信。下午得诗荃所寄画帖两种,又彩色画片两枚。夜往内山书店食松茸。

二十日

日记　晴,风。午后复矛尘信。下午侍桁来。晚三弟来,同始食蟹。

致 章廷谦

矛尘兄足下,启者:昨获　惠示,备悉种种。书单前已见过,后又另
　　见一种,计有百种之多,但一时不易搜集,因出版所等,难以详
　　知,故未能著手也。　嫂夫人想已日就痊可,但务希保重。弟粗
　　安,可释锦注,孩子则已学步矣。专此奉达,顺请
秋安。

弟俟　顿首　十月廿日

二十一日
　　日记　晴,风。无事。

二十二日
　　日记　雨。午后寄靖华信。往内山书店买书两本,六元八角。

二十三日
　　日记　小雨。无事。

二十四日
　　日记　昙。午往内山书店买『川柳漫画全集』(十一)一本,二元
二角;又『命の洗濯』壹本,三元五角。晚蒋径三来。夜小雨。

二十五日
　　日记　晴。午后往内山书店买书两本,五元四角。

二十六日

日记　星期。昙。午后腹写，服 Help。以平甫文寄靖华。夜雨。

二十七日

日记　昙。午后得诗荃信，九日发。下午从内山书店假泉百。夜雨。

二十八日

日记　昙。上午广平往商务印书馆取得从德国寄来之美术书七种十二本，共付泉百八十八元。下午以重出之 *Mein Stundenbuch* 一本赠镰田政一君。往内山书店买『上海自然科学研究所彙报』两本（四及五），共泉五元六角。得靖华信，十一日发。晚三弟来并为代买得《中国文字之原始及其构造》二本，直一元六角。

二十九日

日记　昙，午后雨。复靖华信。夜大风雨。

三十日

日记　晴。午后往内山书店取『世界美術全集』（三十六）一本，于是全书完。晚得遇庵信。得小峰信。得诗荃所寄书两本，杂志一本。

三十一日

日记　晴。上午同广平携海婴往石井医院诊。午后昙。下午寄小峰信。内山书店送来『千夜一夜』（十）一本。寄诗荃小报一卷。晚雨。

十一月

一日

日记　小雨,午晴,下午昙。寄诗荃信。

二日

日记　星期。午后昙。无事。

三日

日记　晴,风。下午蕴如来,并赠莼菜两瓶,给海婴玩具三种。

四日

日记　晴。下午寄紫佩信。寄杨律师信。

五日

日记　晴。午后得谭金洪信并稿。得诗荃信,十月十七日发。由商务印书馆取得去年豫约之《清代学者像传》一部四本。买蟹分赠邻寓及王蕴如,晚邀三弟至寓同食。收未名社所寄《建塔者》六本。夜雨。

六日

日记　雨。上午得杨律师信。得蔡,董二君信。下午雨。理发。夜径三及平甫来,各赠以《建塔者》一本。

七日

日记　雨。上午得紫佩信,二日发。患感冒,夜服阿斯匹林二片。

八日

　日记　雨。上午收诗荃所寄日报两卷,《文学世界》四分。

九日

　日记　星期。昙,午后晴。三弟送来成先生所赠酒一坛。晚雨。

十日

　日记　昙。上午收神州国光社稿费百。下午收诗荃所寄画集二本。得王乔南信。内山书店送来书籍二册,直泉十元。得石民信。

十一日

　日记　晴,风。上午复石民信。寄诗荃以《梅花喜神谱》一部。下午往内山书店买『ボローヂン脱出記』一本,二元。

十二日

　日记　晴。上午引石民往平井博士寓诊。午后昙。晚濯足。

十三日

　日记　晴。午后往内山书店买『川柳漫画全集』(5)一本,二元二角。得紫佩信,八日发。为诗荃买《贯休罗汉象》一本,《悲盦賸墨》七本,共泉二十元一角六分。晚三弟来谈。

十四日

　日记　晴。午后以所买书寄诗荃,计两包。复紫佩信。夜腹泻。

致 王乔南

乔南先生：

　　顷奉到六日来信，知道重编阿 Q 剧本的情形，实在恰如目睹了好的电影一样。

　　前次因为承蒙下问，所以略陈自己的意见。此外别无要保护阿 Q，或一定不许先生编制印行的意思，先生既然要做，请任便就是了。

　　至于表演摄制权，那是西洋——尤其是美国——作家所看作宝贝的东西，我还没有欧化到这步田地。它化为《女人与面包》以后，就算与我无干了。

　　电影我是不懂得其中的奥妙的。寄来的大稿，恐未曾留有底稿，故仍奉还。此复，即颂
时绥。

迅　启上　十一月十四夜。

　　十五日

　　日记　晴。下午寄诗荃信。复王乔南信。三弟为代买来《汉南阳画像集》一本，二元四角。内山书店送来『生物学讲座』一函六本，即交三弟。夜侍桁来。

　　十六日

　　日记　星期。晴。午后往内山书店买书一本，二元五角。下午蒋径三来。

十七日

日记 晴。无事。

十八日

日记 晴。下午制裤二条,泉十二元也。

十九日

日记 晴。上午往平井博士寓乞诊,并为石民翻译。从内山书店买『浮世絵版画名作集』(第二回)第一及第二辑各一部,每部二枚,泉十四元。得真吾信。

致 崔真吾

真吾兄:

来信收到。

能教图案画的,中国现在恐怕没有一个,自陶元庆死后,杭州美术院就只好请日本人了。但我于日本人中,不认识长于此道的人。

上海也已经不像从前。离开广州,那里去呢?我想别处也差不多的。今年是"民族主义文学"家大活动,凡不和他们一致的,几乎都称为"反动",有不给活在中国之概,所以我的译作是无处发表,书报当然更不出了。

书坊老板就都去找温暾作家,现在最行时的是赵景深汪馥泉,我们都躲着,——所以马君的著作,无法绍介。

八宝饭我不知道是那里买的。我单知道茶馆里的点心很好,如陆羽居,在山泉之类,但此种点心,上海现亦已有,例如新雅即是。

海婴已出了三个半牙齿,能说的话还只三四句,但却正在学走,滚来滚去,领起来很吃力。

迅　上　十一月十九夜

二十日

　　日记　晴。下午商务印书馆为从德国购来 *Der Maler Daumier*
一本,计钱六十六元五角。寄叶誉虎信。复崔真吾信。往内山书店
买『世界美術全集』(別卷十五),『マチス以後』各一本,共泉十元零
六角。夜开始修正《中国小说史略》。

二十一日

　　日记　晴。下午往内山书店买『芸術総論』一本,一元八角。晚
得诗荃信,三日发。得孙用信并《勇敢的约翰》插画十二枚。得梓生
信。三弟送来《自然界》第十期稿费八元。

二十二日

　　日记　晴。晚密斯冯邀往兴雅晚饭,同坐五人。矛尘,小峰来,
未见。

二十三日

　　日记　星期。晴。无事。

致 孙 用

孙用先生:

　　十九日来信,已收到。《勇敢的约翰》图画极好,可以插入,但做
成铜版单色印,和画片比较起来,就很不成样子。倘也用彩色,则每

张印一千枚，至少六十元，印全图须七百二十元，为现在的出版界及读书界能力所不及的。

又，到制版所去制版时，工人照例大抵将原底子弄污，这事我遇见过许多回，结果是原画被毁，而复制的又大不及原画，所以那十二张，恐怕要做"牺牲"。

《奔流》上用过的 Petöfi 像太不好，我另有一张，但也不佳。又世界语译者的照相，我觉得无须加入因为关系并不大，不知　先生以为何如？

《文学世界》我恐怕不能帮忙，我是不知道世界语的——我只认识 estas 一个字。

迅　启上　十一月二十三日

二十四日

日记　晴。下午复孙用信。

二十五日

日记　晴。下午汇寄诗荃书款二百马克，合中币百七十三元。晚往内山书店，得『浮世绘名作集』第二回第三辑一帖二枚，直十四元。夜改订《中国小说史略》讫。小雨。

《中国小说史略》题记

回忆讲小说史时，距今已垂十载，即印此梗概，亦已在七年之前矣。尔后研治之风，颇益盛大，显幽烛隐，时亦有闻。如盐谷节山教授之发见元刊全相平话残本及"三言"，并加考索，在小说史上，实为大事；即中国尝有论者，谓当有以朝代为分之小说史，亦殆非肤泛之论也。此种要略,早成陈言,惟缘别无新书,遂使尚有读者,复将重印,义当更张,而流徙以来,斯业久废,昔之所作,已如云烟,故仅能于第十四十五及二十一篇,稍施改订,余则以别无新意,大率仍为旧文。大器晚成,瓦釜以久,虽延年命,亦悲荒凉,校讫黯然,诚望杰构于来哲也。

一九三〇年十一月二十五日之夜,鲁迅记。

未另发表。

初收 1931 年 7 月上海北新书局修正本初版《中国小说史略》。

二十六日

日记　晴。上午往平井博士寓为石民作翻译,并自乞诊。下午往街买药。晚三弟来,留之晚酌。收东方杂志社稿费三十。

二十七日

日记　昙。午后中美图书公司送来书一本,七元半。内山书店送来书两本,八元。又自取两本,亦八元。收神州国光社稿费支票二百。

二十八日

日记　昙。上午达夫来。午后内山书店送来特制本『楽浪』一本,其直九十元。下午校《溃灭》起。

二十九日

日记　晴。无事。夜雨。

三十日

日记　星期。昙,大风。下午得孙用信。

十二月

一日

日记 昙。无事。

二日

日记 晴。午后往瀛环书店买德文书七种七本,共泉二十五元八角。晚内山书店送来书籍两本,六元二角。

三日

日记 晴。上午将世界语本《英勇的约翰》及原译者照相寄还孙用。下午往内山书店买书一本,一元五角。得中美图书公司信。

四日

日记 雨。无事。

五日

日记 晴,下午昙。内山书店送来『川柳漫画集』一本,价二元二角。晚三弟来并赠《进化和退化》十五本。得诗荃信,十一月十七日发。

六日

日记 晴。午后复孙用信。寄季市《进化和退化》两本。得李小峰信。下午得靖华信并《小说杂志》两本,十一月二十日发。

致 孙 用

孙用先生：

十一月廿七日信，早到。《英雄的约翰》世界语译本及原译者照相，已于大前天挂号寄上，想已收到了。译本因为当初想用在《奔流》上，将图制版，已经拆开：这是很对不起的。

接到另外的十二张图画后，我想，个人的力量是不能印刷的了，于是拿到小说月报社去，想他们仍用三色版每期印四张，并登译文，将来我们借他的版，印单行本一千部。昨天去等回信，不料竟大打官话，说要放在他们那里，等他们什么时候用才可以——这就是用不用不一定的意思。

上海是势利之区，请　先生恕我直言："孙用"这一个名字，现在注意的人还不多。Petöfi 和我，又正是倒楣的时候。我是"左翼作家联盟"中之一人，现在很受压迫，所以先生此后来信，可写"……转周豫才收"，较妥。译文的好不好，是第二个问题，第一个问题是印出来时髦不时髦。

不过三色版即使无法，单色版总有法子想的，所以我一定可以于明年春天，将他印出。此复，即颂
近安。

迅　启上

《阿Q正传》的世界语译本，我没有见过，他们连一本也不送我，定价又太贵，我就随他了。

七日

日记　星期。昙。上午复靖华信。下午从三弟寓持来母亲所寄果脯，小米，斑豆，玉蜀黍粉等，云是淑卿带来上海者。晚蒋径三

来，赠以《进化和退化》一本。

八日

日记 雨。上午得有麟信。同石民往平井博士寓为翻译。

九日

日记 晴。午后寄母亲信。寄诗荃信。晚寄还有麟旧稿。

十日

日记 晴。无事。

十一日

日记 晴。下午往内山书店买『泰西名家傑作選集』一本，价三元，以赠广平。得『ヤボンナ月刊』两张。

十二日

日记 晴。午后广平往商务印书馆取得从德国寄来之 *Die Schaffenden*（VI Jahrgang）二帖二十枚，*Kulturgeschichte des Proletariats*（Bd. I）一本，付直九十五元。夜风。

十三日

日记 晴。晚往内山书店。三弟来，留之饮郁金香酒。

十四日

日记 星期。昙。下午钦文来。晚北新书局招饮，不赴。

十五日

日记 晴，午后昙。收编辑费三百，为九月分。

十六日

日记　晴。上午内山书店送来『生物学講座』（十一）一函八本，其直四元。

十七日

日记　雨。午前同石民往平井博士寓诊。夜有雾。

十八日

日记　晴。上午寄紫佩信并汇票泉二百，为明年二月及三月家用；又照相二枚，一赠紫佩，一呈母亲。下午往内山书店买『浮世絵大成』（四）一本，三元六角。夜有雾。

十九日

日记　小雨。无事。夜寄汉文渊书肆信。

二十日

日记　昙。无事。夜雨。

二十一日

日记　星期。雨。下午内山夫人赠海婴玩具两种。夜濯足。

二十二日

日记　晴，风而冷。下午内山书店送来『浮世絵版画名作集』第四集一帖二枚，『エゲレスイロハ』一本，计书直十七元五角。

二十三日

日记　晴。前寄 Татъяна Кравцова 之书两包不能达，并退回。

下午往内山书店买小说二本,『昆虫記』二本,计泉八元。托人从天津买来蒲桃二元,分赠内山,又添玩具四种赠阿玉,阿菩。夜邀一萌等在中有天晚餐,同席六人。

二十四日

日记　晴。无事。

二十五

日记　晴。晚三弟来,留之晚饭。

二十六日

日记　晴。午后王蕴如及淑卿来。晚得杨律师信,即复。买金牌香烟五条,四元六角。夜译《溃灭》讫。小雨。

二十七日

日记　晴,午后昙。晚杨律师来并交北新书局六月份应付旧版税五百。付商务印书馆印《土敏土》插画泉二百。煮火腿及鸡鹜各一,分赠邻友,并邀三弟来饮,又赠以《溃灭》校阅费五十。夜雨。

二十八日

日记　星期。昙,下午小雨。无事。

二十九日

日记　晴。午后往内山书店还书泉。下午平甫来。

三十日

日记　昙。午后季市来。内山书店送来『生物学講座』(十二)

一函六本，即赠三弟。得紫佩信，二十四日发。夜校《铁甲列车 Nr. 14—69》记[讫]，并作后记一叶。

《铁甲列车 Nr. 14—69》译本后记

作者的事迹，见于他的自传，本书的批评，见于 Kogan 教授的《伟大的十年的文学》中，中国已有译本，在这里无须多说了。

关于巴尔底山的小说，伊凡诺夫所作的不只这一篇，但这一篇称为杰出。巴尔底山者，源出法语，意云"党人"，当拿破仑侵入俄国时，农民即曾组织团体以自卫，——这一个名目，恐怕还是法国人所起的。

现在或译为游击队，或译为袭击队，经西欧的新闻记者用他们的有血的笔一渲染，读者便觉得像是渴血的野兽一般了。这篇便可洗掉一切的风说，知道不过是单纯的平常的农民的集合，——其实只是工农自卫团而已。

这一篇的底本，是日本黑田辰男的翻译，而且是第二次的改译，自云"确已面目一新，相信能近于完全"的，但参照 Eduard Schiemann 的德译本，则不同之处很不少。据情节来加推断，亦复互见短长，所以本书也常有依照德译本之处。大约作者阅历甚多，方言杂出，即这一篇中就常有西伯利亚和中国语；文笔又颇特别，所以完全的译本，也就难于出现了罢。我们的译本，也只主张在直接的完译未出之前，有存在的权利罢了。

一九三〇年十二月三〇日。编者。

最初印入 1932 年 8 月上海神州国光社版《铁甲列车 Nr. 14—69》。

初未收集。

三十一日

日记 昙。午前王蕴如来,并赠元宵及蒸藕。午韦丛芜来,邀之在东亚食堂午饭,并三弟。下午往内山书店,得书五种,共泉十五元四角。晚小雨。

书　帐

現代独逸文学一本　三・六〇　一月四日

造形美術ニ於ケル形式問題一本　三・六〇

都会の論理一本　一・〇〇

新興芸術四本　四・〇〇　一月六日

詩と詩論(五至六)二本　六・〇〇　一月十七日

世界美術全集(十二)一本　二・〇〇

Russia Today and Yesterday 一本　一二・〇〇　一月二十五日

グリム童話集(七)一本　〇・六〇

様式と時代一本　一・五〇

レニンと哲学一本　一・八〇

レニン主義と哲学一本　一・五〇

フィリップ全集(一及二)二本　五・〇〇　　　　　四二・六〇〇

転形期の歴史学一本　二・四〇　二月四日

千夜一夜(一)一本　二・四〇

四十一人目一本　一・〇〇

自然科学史一本　〇・八〇

Le Miroir du Livre d'Art 一本　季志仁寄赠

Contemporary Figure Painters 一本　六・三〇　二月五日

Etching of Today 一本　六・三〇

Eine Frau allein 一本 Agnes Smedley　赠　二月十日

版画第三、四、十三、十四辑各一帖　五・〇〇　二月十一日

版画特辑一帖五枚　三・四〇

昆虫記(十)一本　〇・六〇　二月十五日

Der nackte Mensch in der Kunst 一本　六・〇〇

映画芸術史一本　二・〇〇　二月二十日

Der befreite Don Quixote 一本　二・〇〇　二月二十六日

Die Abenteuer des J. Jurenito 一本　五・〇〇

Deutschland, D. über alles 一本　四・〇〇

30 neue Erzähler des neuen Russland 一本　六・五〇

Die 19 一本　三・五〇

Taschkent u. and. 一本　三・五〇

Zement 一本　五・五〇

世界美術全集(4)一本　二・〇〇　二月二十七日

祭祀及礼と法律一本　三・八〇　　　　　　　　　　　七二・〇〇〇

千夜一夜(2)一本　二・五〇　三月二日

文学の社会学的批判一本　二・一〇　三月五日

芸術に関する走書的覚書一本　二・〇〇

文学的戦術論一本　二・三〇

S. Sauvage 一本　五・五〇　三月八日

Der russische Revolutionsfilm 一本　一・八〇

G. Grosse's Die Zeichnungen 一本　四・六〇

Das neue Gesicht der herrschenden Klasse 一本　四・六〇

Der Buchstabe "G" 一本　四・六〇

Notre Ami Louis Jou 一本　四〇・〇〇　三月十日

弁証法と自然科学一本　二・三〇　三月十一日

社会学上ヨリ見タル芸術一本　二・三〇

Die Kunst und die Gesellschaft 一本　三〇・〇〇　三月十四日

柳瀬正夢画集一本　二・四〇　三月十五日

詩学概論一本　三・二〇　三月十七日

生物学講座第一函六本　三・二〇

鉄の流一本　一・六〇　三月二十六日

装甲列車一本　一・六〇

生物学講座第二函七本　三・三〇

世界美術全集（五）一本　二・四〇　三月二十九日

オスカア・ワイルド一本　〇・八〇　三月三十一日

芸術の暗示と恐怖一本　〇・六〇

フィリップ全集（3）一本　二・三〇　　　　　　　一〇九・〇〇〇

新郑古器图录二本　五・六〇　四月三日

芸術とマルクス主義一本　一・七〇　四月七日

唯物史観序説一本　一・七〇

千夜一夜（3）一本　二・六〇

鼓掌绝尘一本　李秉中贈　四月二十三日

叛乱一本　一・五〇　四月二十四日

巴黎の憂鬱一本　一・八〇

世界出版美術史一本　七・七〇

世界美術全集（13）一本　一・八〇　四月二十六日

Ten Polish Folk Tales 一本　三・〇〇

Die Schaffenden 第二至四年三帖　三七〇・五〇　四月二十七日

同上第五年分二帖二十枚　六一・七〇

56 Drawings of S. R. 一本　六・〇〇　四月二十八日

德国原枚［板］木刻十一枚　一二〇・〇〇　四月三十日

Amerika im Holzschnitt 一本　六・〇〇

428

Passion 一本　六・〇〇

Der Dom 一本　六・〇〇

Der Persische Orden 一本　八・〇〇

Das Werk Diego Riveras 一本　四・五〇

Die Kunst und die Gesellschaft 一本　三二・〇〇

Das Schlosz der Wahrheit 一本　二・〇〇

Was Peteschens Freunde Erzahlen 一本　一・五〇

Volksbuch 1930 一本　二・〇〇　　　　六四二・〇〇〇

昆虫記(五)一本　二・五〇　五月二日

Buch der Lieder 一本　学昭寄贈

Les Artistes du Livre 二本　一三・〇〇

The Nineteen 一本　七・〇〇

G. Grosz's Gezeichneten 一本　五・〇〇　五月三日

Neue Gesicht 一本　五・〇〇

Hintergrund 一帖十七枚　一・四〇

Die Pioniere sind da 一本　〇・四〇

Ein Blick in die Welt 〇・八〇

支那近代戯曲史一本　一二・〇〇　五月七日

C. C. C. P. 一本　二・四〇

生物学講座第三輯六本　三・四〇　五月十一日

Der stille Don 一本　五・四〇　五月十三日

Die Brusky 一本　四・六〇

プロ芸術教程(3)一本　一・七〇　五月十四日

芸術社会学一本　二・五〇

Osvob. Don-Kixot 一本　靖華寄来　五月十六日

芸術学研究(2)一本　三・二〇　五月十七日

ロシア革命映画一本　一・八〇　五月十九日

東亜考古学研究一本　一四・〇〇

生物学講座(4)七本　三・四〇

千夜一夜(4)一本　二・六〇　五月二十二日

支那産"紬"ニ就イテ一本　一・七〇　五月二十三日

漢薬写真集成(一)一本　二・〇〇

食療本草の考察一本　二・〇〇

人類協同史一本　三・二〇

文学論一本　一・六〇

新興芸術(七、八)一本　一・二〇　五月二十五日

千夜一夜(五)一本　三・〇〇　五月卅日

世界美術全集(14)一本　三・〇〇

ソ・ロ文学の展望一本　二・〇〇

シュベイクの冒険(上)一本　三・〇〇

沙上の足跡一本　三・六〇　五月卅一日

巡洋艦ザリヤー一本　一・四〇

吼えろ支那一本　二・〇〇　　　　　　　　　　　　　一〇八・〇〇

大学生の日記一本　一・八〇　六月二日

プロ美術の為めに一本　二・六〇

マルクス主義と法理学一本　一・八〇　六月三日

ジヤズ文學(一ー四)四本　一二・〇〇　六月四日

台尼画集一本　靖华寄来

洒落の精神分析一本　三・〇〇　六月六日

Platon's Phaedo 一本　二四・〇〇　六月十一日

C. Чехонин 画集一本　靖华寄来　六月十三日

A. Каплун　画册一本　同上

蔵書票の話一本　一〇・〇〇

現代美学思潮一本　六・〇〇　六月十六日

生物学講座(五)六本　三・八〇　六月十七日

世界美術全集(卍)一本　三・〇〇　六月二十日

430

V. F. Komissarzhevskaia 纪念册一本　靖华寄来
六月二十八日

東亜文明の黎明一本　四・〇〇　六月二十九日

芸術とは何ぞや一本　一・六〇

儿童剪纸画二枚　二〇・〇〇　六月三十日

Deutscher Graphiker 一本　一八・〇〇

Für Alle! 一本　四・〇〇　　　　　　　　　　一一五・六〇〇

千夜一夜(六)一本　四・〇〇　七月二日

自然科学と弁証法(下)一本　三・〇〇　七月五日

インテリゲンチヤ一本　三・〇〇　七月七日

太阳(木刻)一枚　三〇・〇〇　七月十日

战地(木刻)一枚　一五・〇〇

作书之豫言者(木刻)一枚　三〇・〇〇

蝶与鸟(著色石版)一枚　一〇・〇〇

H. Robinska;Pioniere 一本　二・〇〇　七月十一日

Landschaften und Stimmungen 一本　二・五〇

Mit Pinsel und Schere 一本　一・〇〇　七月十五日

Ein Ruf ertönt 一本　三・〇〇

Ein Weberaufstand etc　三・〇〇

Mutter und Kind 一本　三・〇〇

Käthe Kollwitz-Werk 一本　一六・〇〇

Käthe Kollwitz Mappe 一帖　八・〇〇

詩と詩論(七、八)二本　八・〇〇　七月十七日

二九年度世界芸術写真年鑑一本　六・〇〇　七月十八日

生物学講座(六辑)七本一函　四・〇〇　七月十九日

世界美術全集(十五)一本　三・〇〇　七月二十一日

Dein Schwester 五枚　七〇・〇〇

R. M. Rilke's Briefe 一本　学昭寄赠　七月二十二日

欧洲文芸思潮史一本　四・四〇　七月二十三日

支那古明器泥象図説二本　三六・〇〇　七月二十八日

Plunut Nekogda 一本　靖华寄来　七月三十日

Tri Sestri 一本　同上

Ha Dhe 一本　同上　　　　　　　　　　　　　　　二六五・〇〇〇

現代のフランス文学一本　三・〇〇　八月一日

現代の独乙文学一本　二・〇〇

超現実主義と絵画一本　三・〇〇

千夜一夜(7)一本　四・〇〇

Das Werk D. Riveras 一本　六・〇〇

Volksbuch 1930 一本　四・〇〇

歴史を捻ぢる一本　二・五〇　八月二日

Die polnische Kunst 一本　八・五〇　八月六日

Des Antliz des Lebens 一本　二・七〇

Verschwörer u. Revolutionäre 一本　三・〇〇

Eine Woche 一本　一・二〇

Panzerzug 14—69 一本　一・〇〇

ソヴェートロシア文学理論一本　三・二〇　八月十四日

生物学講座(7)六本　四・〇〇　八月十八日

Wie Franz u. Grete nach Russland reisten 一本　二・〇〇

Hans-Ohne-Brot 一本　一・〇〇

Roter Trommler2—9 八本　二・七〇

Die Sonne 一本　二五・〇〇

Mein Stundenbuch 一本　三・五〇

Мы, наши Друзья и н. Враги 一本　一〇・〇〇　八月十九日

プロレタリア芸術教程(4)一本　二・〇〇　八月二十二日

世界美術全集(34)一本　三・〇〇　八月二十三日

芸術学研究(4)一本　四・〇〇　八月二十四日

百衲本二十四史一部　豫约二七〇・〇〇　八月二十六日

千夜一夜(九)一本　四・〇〇　八月二十九日

新洋画研究一本　四・〇〇　八月三十日

影宋本汉书三十二本　预付讫　八月三十一日　三七五・三〇〇

史的唯物論入門一本　二・六〇　九月四日

独逸基礎単語四〇〇〇字一本　二・〇〇

露西亜基礎単語四千字一本　二・〇〇　九月六日

アトリエ(九月号)一本　二・三〇

Октябрь一本　一・〇〇　九月十日

Гравюра(2—4)三本　九・〇〇

戦闘的唯物論一本　二・〇〇　九月十二日

コクトオ芸術論一本　三・〇〇

ZEMENT插画木刻十枚　一四一・三〇

新洋画研究(1)一本　四・〇〇　九月十三日

悲盦賸墨十集十本　二七・二〇　九月十四日

吴仓石书画册一本　二・七〇

広重一本　三四・〇〇　九月十六日

生物学講座(八)七本　四・〇〇　九月二十二日

The 7th Man 一本　一〇・〇〇

Mynoun：G. Grosz　一本　三・〇〇　九月二十三日

Karl Thylmann's Holzschnitte 一本　二・四〇

Kinder der Strasse 一本　三・〇〇

"Mein Milljoh"一本　三・〇〇

W. Klemm：Das Tierbuch 一本　四・八〇

新フランス文学一本　五・〇〇　九月二十四日

世界美術全集(35)一本　四・〇〇　九月二十六日

Gore ot Uma 一本　一〇・〇〇　九月十[三十]日　二八二・三〇〇

千夜一夜(八)一本　四・〇〇　十月四日

抒情カット図案集一本　三・八〇

Briefe an Gorki 一本　一・五〇　十月七日

George Grosz 一本　二・〇〇

BC 4ü 一本　三・五〇

Reineke Fuchs 一本　四・〇〇

機械論と唯物論一本　二・〇〇　十月八日

Einblick in Kunst 一本　方仁寄来　十月九日

深川永代涼之図一枚　内山贈

詩と詩論(九)一本　三・〇〇　十月十一日

Das Bein der Tiennette 一本　三・二〇　十月十三日

Bilder Galerie zur Russ. Lit.　一本　四・〇〇　十月十五日

The New Woodcut　一本　七・四〇　十月十八日

生物学講座(九)一函八本　四・〇〇

俄国古今文人画象十七幅　靖华寄来

Van Gogh-Mappe　一帖十五幅　詩荃寄来　十月十九日

Die Wandrungen Gottes　同上

芸術社会学の方法論一本　一・二〇　十月二十二日

造型美術概論一本　五・六〇

川柳漫画全集(十一)一本　二・二〇　十月二十四日

いのちの洗濯一本　三・五〇

文学革命の前哨一本　二・四〇　十月二十五日

機械と芸術革命一本　三・〇〇

F. Masereel's Bilder-Romane 六本　二〇・〇〇　十月二十八日

同 C. Stirnhiem's Chronik 插画一本　四二・〇〇

同 O. Wilde's The Ballad of Reading Gaol 插画一本　三七・〇〇

同插画 C. Philippe's Der alte Perdrix 一本　三・〇〇

同 Gesichter und Fratzen 一本　二〇・〇〇

W. Geiger：Tolstoi's Kreutzersonata 插画一帖十三枚　四七・〇〇

Maler Daumier(Nachtrag)一本　一九・〇〇

天産鈉化合物の研究(其一)一本　三・〇〇

漢薬写真集成(第二輯)一本　二・六〇

中国文字之原始及其构造二本　一・六〇

世界美術全集(卅六)一本　三・〇〇　十月三十日

Die Jagd nach Zaren 一本　〇・六〇

Das Attentat auf den Zaren 一本　一・〇〇

千夜一夜(十)一本　三・八〇〇　十月卅一日　二六七・五〇〇

Über alles die Liebe 一本　七・二〇　十一月十日

Das Teufelische in der Kunst　一・八〇

美術史の根本問題一本　四・八〇

新しき芸術の獲得一本　五・二〇

ボローヂン脱出記一本　二・〇〇　十一月十一日

川柳漫画全集(5)一本　二・二〇　十一月十三日

南阳汉画象集一本　二・四〇　十一月十五日

生物学講座(十)六本　四・〇〇

ドレフユス事件一本　二・五〇　十一月十六日

浮世絵名作集(第二回)第一輯二枚　一四・〇〇　十一月十九日

同上第二輯二枚　一四・〇〇

Der Maler Daumier 一本　六六・五〇　十一月二十日

世界美術全集(別巻十五)一本　三・〇〇

マチス以後一本　七・六〇

芸術総論一本　一・八〇　十一月二十一日

浮世絵名作集第三輯二枚　一四・〇〇　十一月二十五日

The New Woodcut 一本　七・五〇　十一月二十七日

芸術学研究(4)一本　四・〇〇

詩と詩論(特輯別册)一本　四・〇〇

機械と芸術の交流一本　五・〇〇

ヒスラーリ一本　三・〇〇

楽浪（特制本）一本　九〇・〇〇　十一月二十八日　　二二六・三〇〇

Abrechnung Folget 一本　二・〇〇　十二月二日

Die Kunst ist in Gefahr　〇・七五〇

China-Reise 一本　三・七〇〇

Erinnerungen an Lenin　一・三〇

Geschichte der Weltliteratur 一本　七・六〇

Wesen u. Veränderung der Formen 一本　七・六〇

Geschichten aus Odessa 一本　二・八五〇

千夜一夜（十一）一本　三・〇〇

世界美術全集（別册三）一本　三・二〇

レーニンと芸術一本　一・五〇　十二月三日

川柳漫画全集（5）一本　二・二〇　十二月五日

泰西名家傑作選集一本　三・〇〇　十二月十一日

Die Schaffenden（VI Jahrgang）四帖二十枚　七八・〇〇
十二月十二日

Kulturgeschichte des Prolet.（Vol. I）一本　一七・〇〇

生物学講座（十一回）一函八本　四・〇〇　十二月十六日

浮世絵大成（四）一本　三・六〇　十二月十八日

浮世絵版画名作集（四）一帖二枚　一五・〇〇　十二月二十二日

エゲレスイロハ一本　二・五〇

昆虫記（七）一本　二・〇〇　十二月二十三日

昆虫記（八）一本　二・〇〇

新シキ者ト古キ者一本　一・六〇

工場細胞一本　二・四〇

生物学講座（十二）一函六本　四・〇〇　十二月三十日

千夜一夜（十二）一本　三・〇〇　十二月三十一日

世界美術全集（別巻7）一本　三・二〇

436

川柳漫画全集(九)一本　二・二〇
浮世絵大成(十)一本　三・六〇
欧洲文学発達史一本　三・四〇　　　　　　一九一・二〇〇
　　総計二四〇四・五〇〇，
　　平匀每月用泉二〇〇・三七五〇〇〇。